Diogenes Taschenbuch 21198

de
te
be

W0398686

Maurice Leblanc

Die Insel der 30 Särge

Aus dem Französischen von Lothar Schmidt und Ulrike Simon

Diogenes

Titel der Originalausgabe:
›L'île aux trente cercueils‹
Copyright © 1969 by Claude Leblanc, Paris
Umschlagmotiv nach einer
Illustration der französischen
Originalausgabe

Alle deutschen Rechte vorbehalten
Copyright © 1984 by
Diogenes Verlag AG Zürich
40/88/36/3
ISBN 3 257 21198 8

Inhalt

Vorspiel

Infolge der Umwälzungen, die der Krieg hervorgerufen hat, erinnert sich heute kaum noch jemand des sogenannten Hergemont-Skandals.

Rufen wir uns kurz die Ereignisse von damals ins Gedächtnis zurück.

Im Juli 1902 ging Antoine d'Hergemont – dessen Studien über die megalithischen Denkmäler der Bretagne sehr geschätzt sind – mit seiner Tochter Véronique im Pariser Bois de Boulogne spazieren, als er von vier unbekannten Individuen angefallen und mit einem Stockschlag ins Gesicht niedergeworfen wurde.

Nach kurzem Kampf und verzweifeltem Widerstand wurde Véronique, die schöne Véronique, wie sie von ihren Freunden genannt wurde, fortgeschleppt und in ein Auto geworfen, das Zeugen dieses sich sehr schnell abspielenden Vorganges in Richtung Saint-Cloud davonfahren sahen.

Eine Entführung also. Am folgenden Morgen wußte jeder, worum es sich handelte. Graf Alexis Vorski, ein junger polnischer Edelmann, von ziemlich schlechtem Ruf, aber großartigem Auftreten, noch dazu angeblich von königlichem Blut, liebte Véronique d'Hergemont, und Véronique liebte ihn wieder. Vom Vater abgewiesen und sogar verschiedentlich von ihm beleidigt, war er auf dieses Abenteuer verfallen, bei dem übrigens Véronique auch nicht im geringsten die Hand im Spiele hatte.

Antoine d'Hergemont, der – wie einige Briefe, die in die Öffentlichkeit gelangten, bestätigten – gleichzeitig heftig und zurückhaltend war und der durch seine wunderlichen Launen, seinen grausamen Egoismus und seinen kleinlichen Geiz die Tochter überaus unglücklich gemacht hatte, schwor jetzt vor aller Welt, daß er sich in der unversöhnlichsten Weise rächen würde.

Er gab seine Einwilligung zu der Heirat, die zwei Monate später in Nizza stattfand, aber schon im nächsten Jahr erfuhr man eine Reihe aufsehenerregender Neuigkeiten. Monsieur d'Hergemont hielt seinen Racheschwur, entführte das Kind, das aus der Ehe seiner Tochter mit Vorski hervorgegangen war, und in Villefranche ging er an Bord der kleinen Vergnügungsjacht, die er neu gekauft hatte.

Der Seegang war heftig. Unweit der italienischen Küste sank die Jacht; die vier Matrosen, die an Bord waren, wurden von einer Barke aufgenommen. Ihren Aussagen nach waren Monsieur d'Hergemont und das Kind in den Wellen umgekommen.

Als Véronique den Nachweis ihres Todes erhalten hatte, trat sie in ein Karmeliterinnen-Kloster ein.

Dies sind die Tatsachen. Vierzehn Jahre später sollten sie die entsetzlichsten und außergewöhnlichsten Geschehnisse nach sich ziehen. Geschehnisse, die, obwohl verschiedene Einzelheiten auf den ersten Blick erdichtet scheinen, sich doch wirklich zugetragen haben. Aber der Krieg hat unser Leben so aus der Bahn des Gewöhnlichen herausgerissen, daß auch vom Kriege unberührte Ereignisse wie die, die wir erzählen wollen, gleichsam etwas Ungewöhnliches, Unlogisches und mitunter Seltsames bekommen haben. Es bedarf der ganzen, alles erhellenden Wahrheit, um diesen Ereignissen den Stempel einer Wirklichkeit aufzudrücken, die letzten Endes sehr einfach ist.

Die verlassene Hütte

Mitten im Herzen der Bretagne liegt das malerische Dörfchen Faouët. Dort fuhr an einem schönen Maimorgen ein Wagen ein, dessen Insassin eine Dame von so großer Schönheit und so vollkommener Anmut war, daß auch das weite graue Kleid und der dichte Schleier, der das ganze Gesicht bedeckte, diesen Eindruck nicht verwischen konnten.

Die Dame nahm in aller Eile im besten Gasthaus des Dorfes einen Imbiß zu sich. Gegen Mittag bat sie den Wirt, ihren Koffer aufzubewahren, ließ sich einige Auskünfte über die Gegend geben und ging geradewegs durch das Dorf auf die Felder hinaus.

Bald zweigten von der Straße zwei Wege ab, der eine führte nach Quimperlé, der andere nach Quimper. Sie wählte den letzteren, stieg eine Talsenkung hinunter, dann wieder hinauf und bemerkte zu ihrer Rechten am Anfang eines Feldweges einen Wegweiser mit der Aufschrift: Locriff 3 km.

»Das ist die Stelle«, sagte sie sich.

Sie sah sich prüfend um, bemerkte aber nichts von dem, was sie suchte. Hatte sie die Angaben, die man ihr gemacht hatte, falsch verstanden?

Ringsumher war niemand zu sehen, keine Menschenseele soweit der Blick auch über die bretonische Erde schweifte, über die von Bäumen eingefaßten Wiesen und die welligen Hügel. Unweit des Dorfes erblickte sie die graue, von jungem Frühlingsgrün bewachsene Fassade eines Schlößchens, dessen Fenster alle mit Läden verschlossen waren. Es schlug zwölf, und das Angelusläuten wehte herüber. Dann wieder lautlose Stille und tiefer Friede.

Die Dame setzte sich auf eine frischgemähte Böschung und

zog einen Brief aus ihrer Tasche, dessen zahlreiche Blätter sie entfaltete.

Auf der ersten Seite stand oben der Firmenname:

AGENTUR DUTREILLIS
ERMITTLUNGSBÜRO
VERTRAULICHE AUSKUNFT
DISKRETION

dann darunter folgende Adresse:

MADAME VÉRONIQUE, MODEHAUS, BESANÇON.

Sie las:
»Madame,

Sie ahnen nicht, mit welchem Vergnügen ich mich des doppelten Auftrages entledigt habe, den Sie mir freundlicherweise in Ihrem werten Schreiben dieses Monates, Mai 1917, erteilt haben. Ich habe niemals vergessen, unter welchen Umständen es mir möglich war, Ihnen vor vierzehn Jahren wirksame Dienste zu leisten, anläßlich der traurigen Ereignisse, die so dunkle Schatten auf Ihr Dasein warfen. Ich war es in der Tat, dem es gelang, völlige Gewißheit über den Tod Ihres lieben und geschätzten Vaters, des Herrn Antoine d'Hergemont, und Ihres heißgeliebten Sohnes François zu verschaffen. Das war der erste Sieg einer Laufbahn, die noch andere glänzende Erfolge zeitigen sollte.

Ich war es gleichfalls, vergessen Sie dies nicht, der auf Ihre Bitte hin und in der Einsicht, daß es ratsam sei, Sie dem Haß und – sprechen wir es ruhig aus – der Liebe Ihres Gatten zu entziehen, die ersten Schritte unternommen hat, um Ihren Eintritt in das Karmeliterinnen-Kloster zu ermöglichen. Und ich war es auch, der, nachdem Ihre Zurückgezogenheit im Kloster Ihnen gezeigt hatte, daß dieses Leben der Frömmigkeit Ihrer Natur widersprach, Ihnen jene bescheidene Stellung als Modistin in Besançon verschafft hat, fern von den Städten, wo sich die Jahre Ihrer Kindheit und die Wochen Ihrer Ehe abgespielt hatten. Sie hatten Geschmack, hatten das Bedürfnis nach Arbeit, um zu leben und zu vergessen. Es mußte Ihnen gelingen, und es ist Ihnen gelungen.

Kommen wir zur Sache, zu den zwei Tatsachen, die uns beschäftigen.

Zunächst die erste Frage.

Was ist im Strudel der Ereignisse aus Ihrem Gatten, aus Alexis Vorski, seinen Papieren nach Pole von Geburt, seinen Reden nach Sohn eines Königs, geworden? Ich werde mich kurz fassen. Politisch verdächtigt, seit Beginn des Krieges in einem Internierungslager bei Carpentras gefangengehalten, ist besagter Vorski eines Tages entflohen, in die Schweiz entwichen und schließlich nach Frankreich zurückgekehrt. Hier wurde er festgenommen, wegen Spionage angeklagt und als Deutscher entlarvt. Das Todesurteil war unvermeidlich. Er entwich zum zweiten Male. Seine Spuren verloren sich im Walde von Fontainebleau, wo er schließlich, man wußte nicht von wem, durch einen Dolchstich ermordet wurde.

Ich erzähle Ihnen dies ganz schonungslos, gnädige Frau, weiß ich doch, welche Verachtung Sie für diesen Menschen empfinden, der Sie so erbärmlich verraten hat; zudem ist mir ja auch bekannt, daß Sie schon die meisten dieser Tatsachen aus den Zeitungen erfahren haben, ohne daß Sie indessen ihre absolute Zuverlässigkeit hätten feststellen können.

Doch die Beweise sind da. Ich habe sie gesehen. Es gibt keinen Zweifel mehr. Alexis Vorski ist in Fontainebleau begraben.

Ich erlaube mir, Madame, Sie nebenbei auf die seltsamen Umstände dieses Todes aufmerksam zu machen. Sie erinnern sich wohl noch der merkwürdigen Prophezeiung, von der Sie mir sprachen und die besagten Monsieur Vorski betraf. Monsieur Vorski, dessen angeborene Intelligenz und ungewöhnliche Energie durch Unklarheit und Hang zum Aberglauben beeinträchtigt wurden und den Halluzinationen und Angstzustände peinigten, war von dieser Weissagung sehr beeindruckt. Sie lastete auf seinem Leben – sie war ihm von verschiedenen Leuten gemacht worden, die in okkulten Wissenschaften bewandert waren. ›Vorski, Sohn des Königs, du wirst von der Hand eines Freundes sterben, und deine Frau wird ans Kreuz geschlagen werden.‹ Während ich diese letzten Worte schreibe, lache ich, Madame! Kreuzigen! Das ist denn doch eine Strafe, die ein wenig außer Mode gekommen ist, und in bezug auf Ihre Person bin ich beruhigt! Aber, was halten Sie von dem Dolchstoß, der Monsieur Vorski den geheimnisvollen Weisungen des Schicksals entsprechend getroffen hat?

Aber genug von diesen Betrachtungen. Es handelt sich jetzt, Madame...«

Véronique ließ einen Augenblick den Brief in ihren Schoß sinken. Die anmaßende Schreibweise, die vertraulichen Scherze des Monsieur Dutreillis gingen ihr zu weit. Das tragische Schicksal von Alexis Vorski stand ihr vor Augen. Ein Schauer durchlief sie bei der schrecklichen Erinnerung an diesen Menschen. Sie faßte sich und begann von neuem zu lesen.

»Madame,

Es handelt sich um eine zweite Mission, die wichtigere in Ihren Augen, da alles übrige nur noch der Vergangenheit angehört.

Halten wir zunächst die Tatsachen fest. Es war vor drei Wochen, als Sie an einem Donnerstag abend ausnahmsweise die strenge Einförmigkeit Ihres Daseins unterbrachen und mit Ihren Angestellten ins Kino gingen. Hier begegnete Ihnen etwas höchst Seltsames. Der Hauptfilm mit dem Titel ›Eine bretonische Legende‹ zeigte eine Wallfahrt und darin eine Szene, die sich an einem Wege vor einer kleinen verlassenen Hütte abspielte, welche mit der Handlung durchaus nichts zu tun hatte. Diese Hütte stand offenbar rein zufällig da, aber etwas wahrhaft Ungewöhnliches lenkte Ihre Aufmerksamkeit auf sie. Auf den geteerten Brettern der alten Tür standen mit der Hand geschrieben folgende drei Buchstaben: ›V. d'H.‹, und diese drei Buchstaben waren ganz einfach die Anfangsbuchstaben Ihres Mädchennamens, mit denen Sie früher Ihre privaten Briefe unterschrieben hatten und die Sie seit 14 Jahren nicht ein einziges Mal mehr angewandt haben. Véronique d'Hergemont! Kein Irrtum möglich. Zwei große Buchstaben, getrennt durch das kleine d und den Apostroph und, was noch besonders auffällig war, der Querstrich des Buchstabens H war unter die drei Buchstaben weiter gezogen und bildete dort einen Schnörkel, genau so wie Sie es früher getan haben.

Der Schrecken über dieses seltsame Zusammentreffen veranlaßte Sie, meine Hilfe in Anspruch zu nehmen. Sie war Ihnen von vornherein sicher, und Sie wußten auch von vornherein, daß sie wirksam sein würde.

Wie Sie wohl erwarten durften, bin ich ans Ziel gelangt.

Meiner Gewohnheit gemäß werde ich mich weiter kurz fassen.

Nehmen Sie in Paris den Abendzug, Madame, der Sie am folgenden Morgen nach Quimperlé bringen wird. Von da weiter per Wagen bis nach Faouët. Falls Sie vor oder nach dem Essen Zeit haben, Besuch der äußerst bemerkenswerten Kapelle Sainte-Barbe, die in einer phantastischen Landschaft liegt und die der Anlaß zu dem Film ›Eine bretonische Legende‹ war.

Dann gehen Sie zu Fuß auf der Straße nach Quimper weiter. Nach der ersten Steigung, ein wenig vor dem Feldweg, der nach Locriff führt, steht auf einer im Halbrund von Bäumen eingefaßten Anhöhe die verlassene Hütte, die jene Inschrift trägt. Nichts Bemerkenswertes ist an ihr zu sehen. Das Innere ist nichts als ein leerer Raum. Nicht einmal ein

Fußboden. Ein verfaultes Brett dient als Bank. Als Dach ein Rahmen aus wurmstichigem Holz, durch den es hindurchregnet. Ich wiederhole, es steht außer Zweifel, daß nur der Zufall diese Hütte in das Blickfeld des aufnehmenden Kinematographen gebracht hat. Ich will noch hinzufügen, daß der Film ›Eine bretonische Legende‹ im verflossenen September aufgenommen wurde, daß mithin die Inschrift also mindestens acht Monate zurückdatiert werden muß.

Soweit der Tatbestand, Madame. Meine zweifache Aufgabe ist beendet. Ich bin zu bescheiden, um Ihnen zu sagen, nach welchen Anstrengungen und durch welche sinnreichen Mittel ich sie in so kurzer Zeit habe erledigen können. Sie würden sonst die Summe von 500 Francs, auf die ich das Honorar für meine Bemühungen beschränke, wirklich etwas lächerlich finden. Hochachtungsvoll«

Véronique faltete den Brief wieder zusammen und überließ sich einige Minuten dem Eindruck, den diese Lektüre in ihr hervorgerufen hatte. Ein sehr schmerzhaftes Gefühl war es, wie alles, was sie an die gräßlichen Tage ihrer Ehe erinnerte. Ein Eindruck besonders war in ihr noch jetzt wach wie am Tage, da sie, um sich ihm zu entziehen, in den Schatten eines Klosters verschwunden war. Es war das Gefühl, die Gewißheit sogar, daß all ihr Unglück, daß der Tod ihres Vaters, der Tod ihres Sohnes, alles von der Schuld herrührte, die sie durch ihre Liebe zu Vorski auf sich geladen hatte. Gewiß, sie hatte sich gegen die Liebe dieses Mannes gewehrt, sie hatte sich nur gezwungen zu der Heirat entschlossen, rein aus Verzweiflung und um Monsieur d'Hergemont der Rache Vorskis zu entziehen. Aber trotz alledem hatte sie ihn geliebt, diesen Mann. Trotz alledem war sie anfangs unter seinem Blick blaß geworden, und weil ihr all dies heute als eine unverzeihliche Feigheit erschien, blieb in ihr ein Gefühl der Reue, das die Zeit nicht gemildert hatte.

»Schluß jetzt«, murmelte sie, »genug geträumt, ich bin nicht hierhergekommen, um zu weinen.«

Die Neugierde, die sie aus ihrer Zurückgezogenheit in Besançon herausgelockt hatte, erwachte von neuem, und – zum Handeln entschlossen – stand sie auf.

»Ein wenig vor dem Feldweg, der nach Locriff führt, auf einer im Halbrund von Bäumen eingefaßten Anhöhe« hieß es im Brief von Monsieur Dutreillis. Sie war also an der Stelle vorbeigegangen. Sie ging rasch zurück und bemerkte alsbald zu ihrer Rechten die Baumgruppe, hinter der die Hütte versteckt lag. Als sie näher hinzukam, erkannte sie sie.

Es war eine Art Unterstand für einen Hirten oder einen Straßenarbeiter, der unter dem Einfluß der Witterung schon baufällig geworden war. Véronique ging näher heran und stellte fest, daß die Inschrift, die durch Sonne und Regen schon gelitten hatte, weit weniger deutlich zu sehen war als auf dem Film; aber die drei Buchstaben waren gut zu erkennen, ebenso der Schnörkel. Und sie entdeckte sogar darunter etwas, was Monsieur Dutreillis nicht festgestellt hatte, nämlich einen Pfeil und eine Nummer, die Nummer 9.

Ihre Erregung wuchs. Obwohl man in keiner Weise versucht hatte, ihre Handschrift nachzuahmen, war es doch die Unterschrift ihres Mädchennamens. Wer hatte hier in der Bretagne, wo sie niemals gewesen war, auf einer verlassenen Hütte diese Buchstaben anbringen können?

Véronique kannte auf der Welt keinen Menschen mehr. Durch eine Folge von Umständen war mit dem Tod all derer, die sie geliebt und gekannt hatte, ihre ganze Vergangenheit sozusagen versunken. Wie war es also möglich, daß die Erinnerung an ihren Namenszug außer in ihr und denen, die nicht mehr lebten, noch fortbestand? Und dann vor allem: was sollte diese Inschrift hier an diesem Orte? Was bedeutete sie?

Véronique ging um die Hütte herum. Weder hier noch auf den Bäumen ringsum fand sie ein anderes Zeichen. Sie erinnerte sich, daß Monsieur Dutreillis die Hütte geöffnet und auch im Innern nichts entdeckt hatte. Trotzdem wollte sie sich selbst vergewissern, ob er sich nicht getäuscht habe.

Die Tür war mit einem einfachen Holzriegel verschlossen. Sie hob diesen Riegel, und merkwürdig genug, sie mußte sich unerklärlicherweise einen Ruck geben – keine körperliche, aber doch eine seelische Willensanstrengung –, um diese Tür zu sich zu ziehen. Es schien, als ob sie mit dieser Bewegung in eine Welt von Geschehnissen und Tatsachen einträte, vor der sie unbewußt zurückschreckte.

»Was soll das?« sagte sie zu sich selbst, »was hält mich zurück?«, und sie öffnete hastig.

Ein Schrei des Entsetzens entfuhr ihr. In der Hütte lag ein toter Mann, und sofort, in eben der Sekunde, als sie die Leiche sah, bemerkte sie auch das besondere Merkmal des Toten: die eine Hand fehlte.

Es war ein Greis, dessen Bart fächerartig auseinanderfiel und dessen langes weißes Haar bis zum Halse herabhing. Die schwärzlichen Lippen, eine gewisse fleckige Farbe der Haut brachten Véronique auf den Gedanken, daß er vielleicht vergiftet worden sei, denn sein Körper zeigte keine Spur einer Verwundung, außer der Wunde am Arm, der fein säuberlich oberhalb des Handgelenkes abgetrennt war, was aber schon einige Tage her sein mußte. Seine Kleidung war die eines bretonischen Bauern, sauber, aber sehr abgetragen. Der Tote saß auf dem Boden, den Kopf an die Wand gelehnt und die Beine angezogen.

Alle diese Feststellungen machte Véronique halb unbewußt. Erst später sollten sie ihr zum Bewußtsein kommen, denn im Augenblick stand sie zitternd mit aufgerissenen Augen da und stammelte:

»Ein Leichnam, ein Leichnam ...«

Plötzlich kam ihr der Gedanke, daß sie sich vielleicht irrte und daß dieser Mann vielleicht nicht tot sei. Als sie aber seine Stirne berührte, zuckte sie vor der eiskalten Haut zurück.

Diese Bewegung riß sie aus ihrer Betäubung. Sie beschloß zu handeln, und da ringsum niemand zu sehen war, wollte sie nach Faouët zurückkehren, um die Polizei zu benachrichtigen. Vorher aber untersuchte sie sorgfältig die Leiche, um zu sehen, ob nicht ein Anhaltspunkt für seine Identität zu finden wäre.

Die Taschen waren leer. Wäsche und Kleider waren nicht gezeichnet. Als sie aber, um ihre Nachforschungen auszuführen, den Leichnam ein wenig beiseite schob, neigte sich der Kopf nach vorn, der Oberkörper sank vorn über die Beine, und die Bank wurde sichtbar.

Unter der Bank entdeckte sie ein zusammengerolltes Papier mit einer fast verwischten Zeichnung. Es war zerknittert, fast zerrissen und zusammengedreht.

Sie hob es auf und faltete es auseinander. Aber kaum hatte sie dies getan, als ihre Hände zu zittern begannen, und sie stammelte:

»O mein Gott... O mein Gott!«

Mit aller Willenskraft wollte sie sich zur Ruhe zwingen und mit Augen schauen, die ruhig prüften, und mit einem Gehirn arbeiten, das die Dinge erfaßte.

Dies gelang ihr für höchstens einige Sekunden, aber während dieser Sekunden erkannte sie durch einen immer dichter werdenden Nebel hindurch, der ihr Auge zu verschleiern drohte, eine rote Zeichnung, die vier an vier Bäumen gekreuzigte Frauen darstellte.

Und als erste sah sie auf dieser Zeichnung im Mittelpunkt des Bildes eine verschleierte, schon erstarrte Gestalt, deren Züge trotz der entsetzlichen Qualen noch deutlich zu erkennen waren. Diese gekreuzigte Frau war sie selbst. Kein Zweifel, sie war es, sie selbst, Véronique d'Hergemont!

Auch befand sich oberhalb des Hauptes, nach antikem Muster, ein Schild mit einer stark hervortretenden Inschrift.

Es war der Namenszug: V. d'H. Véronique d'Hergemont!

Ein krampfartiges Zittern durchlief sie. Sie richtete sich

auf, tastete schwindelnd nach der Tür und sank ohnmächtig ins Gras.

Véronique war eine gesunde, große und kräftige und bewundernswert ausgeglichene Frau, deren seelisches Gleichgewicht und deren äußeres Ebenmaß niemals durch die Prüfungen, die sie erduldet hatte, erschüttert wurden. Es bedurfte schon außergewöhnlicher und unvorhergesehener Ereignisse wie dieser, zu denen noch zwei im Zug verbrachte Nächte kamen, um ihre Nerven und ihre Willenskraft derart zu erschüttern.

Diese Schwäche dauerte übrigens nur zwei bis drei Minuten, dann wurden ihre Gedanken wieder klar und hellwach.

Sie erhob sich, trat noch einmal in die Hütte, hob das Papier auf und las es, wenn auch mit unsagbarer Angst, so doch mit Augen, die ruhig prüften, und mit einem Gehirn, das die Dinge erfaßte.

Zuerst die Einzelheiten, die unbedeutend schienen oder deren Bedeutung ihr zunächst nicht klar war. Links eine schmale Spalte von ungefähr fünfzehn Zeilen, die keine Worte enthielten, sondern nur aus Buchstaben bestanden, aus immer gleichen Strichen, die offensichtlich nur den leeren Raum ausfüllen sollten.

An verschiedenen Stellen waren immerhin einige Worte zu lesen, und Véronique entzifferte:

Vier Frauen am Kreuz

weiter unten:

Dreißig Särge

und am Schluß eine ganze, folgendermaßen lautende Zeile:

Stein Gottes, der Tod oder Leben gibt.

Diese ganze Spalte war von zwei regelmäßig geführten Linien eingerahmt. Die eine mit roter, die andere mit schwarzer Tinte gezogen. Oben, gleichfalls rot, sah man eine Darstellung zweier von einem Mispelzweig umschlungener Sicheln und darunter den Schattenriß eines Sarges.

Der rechte, bei weitem bedeutungsvollste Teil des Bildes war mit der Rötelzeichnung ausgefüllt, die der ganzen Seite mit der danebenstehenden Erklärung das Aussehen einer Buchseite gab oder vielmehr der Kopie einer Buchseite – das Blatt sah aus wie das eines großen mit Bilderschmuck versehenen altertümlichen Buches –, worin die Gegenstände ein wenig naiv, in völliger Unkenntnis der Gesetze der Perspektive dargestellt sind.

Es waren vier gekreuzigte Frauen.

Drei von ihnen füllten, immer kleiner werdend, den Hintergrund. Sie trugen bretonische Tracht und auf dem Kopf eine bretonische Haube von besonderer Art, die nur an bestimmten Orten üblich war, mit breiter, schwarzer, nach Elsässer Art geknoteter Schleife. In der Mitte der Seite aber befand sich das Schreckliche, von dem Véronique ihren entsetzten Blick nicht lösen konnte: das Hauptkreuz, der Baumstamm, dessen Zweige abgehackt worden waren und an dem rechts und links die Arme der Frau herunterhingen.

Hände und Füße waren nicht durch Nägel gehalten, sondern durch einen Strick, der bis zu den Schultern und bis hinauf zur Gabelung der Beine reichte. An Stelle der bretonischen Tracht trug dieses Opfer eine Art Schultertuch, das fast bis zur Erde reichte und den durch die Marterung abgemagerten Körper noch schmaler erscheinen ließ.

Der Ausdruck des Gesichtes war herzzerreißend. Es war ein Ausdruck schmerzlicher Ergebenheit und melancholischer Anmut. Und es war Véroniques Gesicht, so wie sie sich erinnerte, als Zwanzigjährige ausgesehen zu haben, wenn sie in trüben Stunden mit hoffnungslosen Augen und tränenüberströmt in den Spiegel gesehen hatte.

Und da war auch die dichte Flut ihres Haares, das in gleichmäßigen Wellen bis auf den Gürtel herabfiel.

Und oben die Inschrift V. d'H.

Véronique dachte lange nach, sie befragte ihre Vergangenheit und versuchte in dem Dunkel eine Verbindung herzustellen zwischen den Ereignissen von jetzt und den Erinnerungen an ihre Kindheit; aber ihr Geist konnte es zu keiner Klarheit bringen. Die Worte, die sie las, die Zeichnung, die sie sah, nichts von alldem ergab auch nur den geringsten Sinn für sie, nichts hätte zu der kleinsten Aufklärung führen können.

Mehrmals prüfte sie das Papier. Endlich zerriß sie es langsam in lauter kleine Stückchen, die der Wind forttrug, auch wenn ihre Gedanken sich nicht davon lösten. Als das letzte Stückchen davongeweht war, stand ihr Entschluß fest. Sie schob die Leiche des Mannes zurück, schloß die Tür und entfernte sich eiligst in der Richtung des Dorfes, um diesem Vorfall den gerichtlichen Abschluß zu geben, der vor allem andern notwendig war.

Als sie aber eine Stunde später mit dem Bürgermeister von Faouët, dem Feldhüter und einer Anzahl Neugieriger, die durch ihre Erzählung angelockt waren, zurückkam, war die Hütte leer. Die Leiche war verschwunden.

All dies war so sonderbar, und Véronique wußte wohl, daß es ihr in ihrer augenblicklichen Verwirrung unmöglich war, auf die Fragen, die man an sie richtete, zu antworten und die Verdächtigungen und die Zweifel zu zerstreuen, die man sich über ihre Aufrichtigkeit, den Grund ihrer Anwesenheit und die Klarheit ihres Verstandes machte.

Der Wirt war auch da, und so fragte sie ihn, welches das nächste Dorf sei, das auf dem Wege liege, und ob sie auf diese Weise an eine Bahnstation käme, die ihr die Rückkehr nach Paris ermöglichte.

Sie merkte sich die beiden Namen Scaër und Rosporden, bestellte einen Wagen, der sie mit ihrem Koffer unterwegs einholen sollte, und entfernte sich, gegen jede böswillige Gesinnung durch ihr elegantes Auftreten und ihre beeindruckende Schönheit geschützt.

Sie ging sozusagen ins Blaue hinein. Der Weg war lang. Meilen und wieder Meilen, aber sie hatte es so eilig, diese unbegreiflichen Ereignisse hinter sich zu bringen und wieder Ruhe und Vergessen zu finden, daß sie mit großen Schritten weitermarschierte, ohne zu bedenken, daß diese Anstrengung überflüssig war, da der Wagen ihr ja folgte.

Sie stieg bergan, dann wieder talwärts, und sie dachte an nichts mehr. Sie wehrte sich dagegen, eine Lösung zu suchen für all die Rätsel, die sich ihr darboten. Die Vergangenheit tauchte plötzlich wieder vor ihr auf, und sie hatte eine fürchterliche Angst vor dieser Vergangenheit, die von ihrer Entführung durch Vorski bis zum Tode ihres Vaters und ihres Kindes reichte...

An nichts weiter wollte sie denken als an die ganz bescheidene Existenz, die sie sich in Besançon geschaffen hatte. Dort gab es keinen Kummer, keine Träume, keine Erinnerungen, und sie zweifelte nicht daran, daß sie inmitten ihrer kleinen täglichen Verpflichtungen, die sie in dem bescheidenen, von ihr gewählten Beruf einhüllten, die verlassene Hütte, die verstümmelte Leiche des Mannes, die entsetzliche Zeichnung und die geheimnisvolle Inschrift vergessen würde.

Als sie aber noch vor dem Marktflecken Scaër den Hufschlag eines Pferdes hinter sich hörte, sah sie an der Stelle, wo die Landstraße nach Rosporden abbog, ein altes Gemäuer, das von einem halbeingestürzten Haus übriggeblieben war.

Und auf dieser Mauer stand über einem Pfeil und der Nummer zehn mit weißer Kreide jene schicksalhafte Inschrift: V. d'H.

An der Küste des Ozeans

Véroniques Einstellung den Ereignissen gegenüber änderte sich mit einem Mal. Sosehr sie mit aller Entschiedenheit vor der Gefahr zurückwich, die ihr von ihrer schrecklichen Vergangenheit herzukommen schien, so sehr war sie dennoch entschlossen, den beängstigenden Weg, der sich ihr zeigte, bis zu Ende zu gehen.

Dieser Umschwung rührte wohl daher, daß plötzlich etwas Licht in das Dunkel zu dringen schien. Sie verstand auf einmal, um was es sich handelte. Um eine ganz einfache Sache übrigens, daß nämlich der Pfeil eine Richtung anzeigte und daß die Nummer zehn die zehnte einer Reihe von Nummern zur Markierung einer Wegstrecke bedeuten mußte.

War es ein Zeichen, das jemand einem anderen gab, um seine Schritte zu lenken? Ziemlich unwichtig. Die Hauptsache war, daß Véronique jetzt einen Faden in Händen hielt, der sie vielleicht zur Lösung des Rätsels, inwiefern die Unterschrift aus ihrer Mädchenzeit mit all diesen tragischen Umständen verkettet war, führen konnte.

In diesem Augenblick erreichte sie der Wagen, den man ihr von Faouët nachgeschickt hatte. Sie stieg ein und befahl dem Kutscher, in langsamem Tempo Richtung Rosporden zu fahren. Gegen Abend kam sie dort an, und sie fand ihre Vermutungen bestätigt. Zweimal sah sie, wenn ein Weg abzweigte, ihren Namenszug, und zwar mit den Zahlen elf und zwölf.

Véronique verbrachte die Nacht in Rosporden, und gleich am folgenden Morgen nahm sie ihre Nachforschungen wieder auf.

Die Zahl zwölf, die sie auf einer Friedhofsmauer fand,

führte sie auf die Straße nach Concarneau, die sie auch erreichte, ohne daß andere Inschriften zu finden gewesen wären.

Sie nahm also an, daß sie sich getäuscht habe, kehrte um und verlor einen ganzen Tag mit unnützem Suchen.

Erst am folgenden Tag wies ihr die kaum noch lesbare Nummer dreizehn die Richtung nach Fouesnaut.

Vier Tage nachdem sie Faouët verlassen hatte, gelangte sie schließlich an den Ozean, und zwar an den Strand von Beg-Meil.

Sie verbrachte zwei Nächte im Ort, ohne auf ihre vorsichtigen Fragen auch nur die geringste Antwort zu erhalten. Eines Morgens endlich, nachdem sie lange Zeit bald zwischen Felsen, die halb unter Wasser sich längs der Küste hinziehen, bald an der niedrigen Felsenküste umhergeirrt war, entdeckte sie zwischen zwei unbelaubten Eichen einen aus Erde und Zweigen gebildeten Unterschlupf, der früher einmal den Grenzbeamten gedient haben mochte. Vor dem Eingang stand ein kleiner Menhir.

Der Menhir trug die Inschrift und dahinter die Zahl siebzehn.

Keinerlei Pfeil diesmal, sondern nur ein einfacher Punkt daneben. Das war alles.

In dem Unterschlupf drei zerbrochene Flaschen und leere Konservenbüchsen.

»Hier ist das Ziel«, sagte sich Véronique. »Man hat hier gegessen, vielleicht Lebensmittel, die man schon vorher hier gelagert hatte.«

In diesem Augenblick bemerkte sie, daß gar nicht weit von ihr, am Rande einer kleinen Bucht, die inmitten der benachbarten Felsen das Rund einer Muschel bildete, ein Boot schaukelte, ein Motorboot mit einem Außenbordmotor.

Sie hörte Stimmen, die aus dem Ort herüberdrangen. Eine Männer- und eine Frauenstimme.

Von ihrem Standort aus konnte sie vorerst nur einen

ziemlich bejahrten Mann sehen, der ein halbes Dutzend Beutel mit Lebensmitteln trug – Nudeln, getrocknetes Gemüse usw. – und sie mit folgenden Worten absetzte: »Na, haben Sie eine gute Reise gehabt, M'ame Honorine?«

»Ausgezeichnet.«

»Und wo waren Sie?«

»In Paris. Acht Tage fortgewesen. Besorgungen für meinen Herrn ...«

»Zufrieden, daß Sie wieder hier sind?«

»Na, das will ich meinen!«

»Und Sie sehen, M'ame Honorine, daß Ihr Boot noch an derselben Stelle liegt. Jeden Tag hab ich danach gesehen. Heute morgen habe ich das Verdeck abgenommen. Fährt es noch gut?«

»Wunderbar.«

»Sie verstehen aber auch etwas vom Steuern, M'ame Honorine! Wer hätte je gedacht, daß Sie einmal diesen Beruf ausüben würden?«

»Es ist eben Krieg. Alle jungen Leute von unserer Insel sind fort, die anderen sind auf Fischfang, und es gibt keine Schiffsverbindung mehr wie früher alle vierzehn Tage. So mache ich eben die Besorgungen.«

»Aber das Benzin?«

»Wir haben noch eine Reserve. Da brauchen wir uns keine Sorgen zu machen.«

»Na gut, dann will ich mich mal verabschieden, M'ame Honorine. Soll ich Ihnen nicht noch helfen, die Sachen aufzuladen?«

»Ist nicht nötig, Sie haben es eilig.«

»Na, dann will ich mich mal verabschieden«, wiederholte der Mann, »bis aufs nächste Mal, M'ame Honorine. Ich werde die Sachen schon vorher bereitstellen«, und er ging und rief aus einiger Entfernung noch einmal zurück:

»Gebt nur acht auf die Klippen vor Eurer verdammten Insel. Sie hat nicht gerade einen guten Ruf. Nicht umsonst nennt man sie die Insel der dreißig Särge. Viel Glück, M'ame Honorine!«

Er verschwand hinter einem Felsen.

Véronique war zusammengefahren. Die dreißig Särge! Die gleichen Worte, die sie am Rande der schrecklichen Zeichnung gelesen hatte!

Sie beugte sich vor. Die Frau ging inzwischen die wenigen Schritte auf das Boot zu, und nachdem sie andere Vorräte, die sie selbst getragen hatte, verstaut hatte, wandte sie sich um. Jetzt sah Véronique sie von vorn. Sie trug die Tracht der bretonischen Frauen und auf ihrer Haube eine große Schleife aus schwarzem Samt.

»O mein Gott«, stammelte Véronique. »Es ist die gleiche Haube wie die der drei Frauen am Kreuz!«

Die Frau mochte ungefähr vierzig Jahre alt sein. Ihr energisches, von Wind und Wetter gebräuntes Gesicht hatte knochige Züge und war grob geschnitten, doch zwei große schwarze, kluge Augen belebten es. Eine schwere goldene Kette reichte bis auf ihre Brust. Sie trug ein eng anliegendes Samtmieder.

Sie sang halblaut vor sich hin, während sie ihre Pakete in das Boot trug, wobei sie auf einen großen Stein niederknien mußte, an dem es vertäut war.

Als sie fertig war, blickte sie zum Horizont, an dem dunkle Wolken auftauchten. Das schien sie jedoch nicht zu beunruhigen, und sie sang, während sie das Tau losmachte, ihr Lied weiter, etwas lauter jetzt, so daß Véronique die Worte verstehen konnte. Es war ein langsamer und eintöniger Singsang, eine Art Wiegenlied. Sie lächelte beim Singen, und Véronique sah ihre schönen weißen Zähne leuchten.

Sprach die Mutter zu dem Kind:
Weine nicht und schlaf geschwind!
Wenn sie dich so weinen schaut,
Weinet auch die Himmelsbraut.

Nur ein Kind, das singt und lacht,
Der heil'gen Jungfrau Freude macht.
Nimm die Händchen, falte sie:
Bete lächelnd zu Marie.

Sie sang nicht zu Ende, denn plötzlich stand Véronique vor ihr. Das Gesicht war bleich und verzerrt. Erschrocken fragte sie:

»Was ist denn?«

Mit zitternder Stimme erwiderte Véronique:

»Wer hat Sie dieses Lied gelehrt? ... Woher kennen Sie es? Es ist ein Lied von meiner Mutter... Es ist aus ihrer Heimat, Savoyen... Und seit sie tot ist, habe ich es nie mehr gehört... Ich möchte gern...«

Sie verstummte. Die Frau betrachtete sie schweigend und erstaunt, es schien, als ob auch sie Fragen stellen wollte.

Véronique aber wiederholte:

»Wer hat es Sie gelehrt?«

»Jemand von drüben«, antwortete endlich die Frau, die man Mutter Honorine nannte.

»Von drüben?«

»Ja, jemand von meiner Insel.«

»Der Insel mit den dreißig Särgen?« – Véronique schien zu verstehen.

»So nennt man sie hier herum, eigentlich heißt sie Sarek.«

Wieder musterten sie einander mit einem Blick, gemischt aus Mißtrauen und dem Bedürfnis, zu sprechen und mehr zu erfahren; und plötzlich fühlten sie beide, daß sie sich nicht als Feinde gegenüberstanden.

»Verzeihen Sie, aber es gibt Dinge, die einen außer Fassung bringen!«

Die Frau nickte zustimmend, und Véronique fuhr fort:

»Die uns so aus der Fassung bringen und so verwirren... Wissen Sie zum Beispiel, warum ich hier an dieser Küste bin? Ich muß es Ihnen sagen, und Sie allein können mir vielleicht eine Erklärung geben ... Der Zufall ... ein ganz unscheinbarer Zufall, von dem sich doch im Grunde alles herleitet, hat mich hierhergeführt. Ich bin zum ersten Male in der Bretagne, und auf der Tür einer alten verlassenen Hütte an einem Wegrand sah ich die Initialen meiner Mädchenunterschrift, die ich seit vierzehn oder fünfzehn Jahren nicht mehr gebraucht habe. Als ich die Straße weiterging, bemerkte ich noch mehrmals dieselbe Inschrift zusammen mit fortlaufenden Zahlen. So bin ich bis hierher an den Strand von Beg-Meil gekommen. An diesen Teil der Küste, der folglich der Endpunkt einer vorbereiteten und ausgeführten Reise ist. Von wem, das weiß ich nicht.«

»Ihr Namenszug steht da?« sagte Honorine lebhaft, »wo denn?«

»Auf jenem Stein dort oben am Eingang in die kleine Höhle.«

»Ich kann es von hier aus nicht sehen. Welche Buchstaben sind es?«

»V. d'H.«

Die Bretonin unterdrückte eine Bewegung. Ihr knochiges Gesicht verriet tiefe Erregung. Sie stieß zwischen den Zähnen hervor:

»Véronique? ... Véronique d'Hergemont?«

»O«, rief die junge Frau, »Sie kennen meinen Namen, Sie wissen ...«

Honorine ergriff ihre beiden Hände und hielt sie fest in den ihren. Ein freundliches Lächeln zeigte sich auf ihrem strengen Gesicht. Tränen traten ihr in die Augen, und sie wiederholte:

»Mademoiselle Véronique ... Madame Véronique ... Sie sind es also, Véronique? ... O mein Gott! ist es denn möglich! Heilige Jungfrau, sei gebenedeit!«

Véronique war völlig verwirrt und wiederholte nur immerzu:

»Sie kennen meinen Namen ... Sie wissen, wer ich bin? ... So können Sie mir also dieses ganze Rätsel erklären?«

Schließlich antwortete Honorine:

»Erklären kann ich Ihnen nichts ... Ich verstehe ebenfalls nicht... aber vielleicht können wir zusammen suchen... Wie heißt doch das bretonische Dorf?«

»Faouët.«

»Faouët. ... das kenne ich ... Wo war die verlassene Hütte?«

»Zwei Kilometer von dort entfernt.«

»Sind Sie drin gewesen?« ...

»Ja, und das ist das Schrecklichste von allem ... In dieser Hütte lag ...«

»Sprechen Sie, was denn?«

»Die Leiche eines Mannes, eines Greises in bretonischer Tracht. Er hatte langes weißes Haar und einen grauen Bart ... Oh, ich werde diesen Toten nie vergessen ... Er muß wohl ermordet worden sein ... oder vergiftet, ich weiß nicht ...«

Honorine hörte gespannt zu. Dieses Verbrechen schien ihr jedoch auch keinen Hinweis zu geben, und so sagte sie nur:

»Wer war es denn? Hat man die Sache untersucht?«

»Als ich mit den Leuten aus dem Dorf zurückkam, war die Leiche verschwunden.«

»Verschwunden? Wer hat sie denn fortgeschafft?«

»Ich weiß es nicht.«

»So wissen Sie also gar nichts?«

»Gar nichts, nein. Das erstemal hatte ich in der Hütte eine Zeichnung gefunden, die ich zerrissen habe, aber die Erinnerung daran liegt mir noch wie ein Alptraum auf der Brust ... Ich kann diese Erinnerung nicht loswerden. Hören Sie ... es war ein Blatt, auf dem man offenbar versucht hatte, ein altes Bild wiederzugeben. Das Ganze stellte, oh, etwas Furchtbares dar, etwas Grausiges ... Vier Frauen am Kreuz! Und die eine Frau war ich selbst, sie trug meinen Namen ... die anderen drei trugen Hauben wie Sie.«

Honorine hielt Véroniques Hände krampfhaft umschlossen.

»Was sagen Sie, vier Frauen am Kreuz?«

»Ja, und es war die Rede von dreißig Särgen, das bezog sich folglich auf Ihre Insel.«

Die Frau legte Véronique die Hand auf den Mund.

»Schweigen Sie, schweigen Sie. Sie dürfen davon nicht sprechen. Nein, sprechen Sie nicht davon... Es gibt teuflische Dinge! Davon zu sprechen... ist ein Frevel... Wir wollen nicht davon sprechen... Später werden wir sehen... Nächstes Jahr vielleicht... Später... Später...«

Sie schien von Entsetzen geschüttelt wie von einem Gewittersturm, der die Bäume peitscht und die ganze Natur in Aufruhr bringt. Plötzlich kniete sie auf den Felsen nieder und betete, tief gebeugt, den Kopf in die Hände vergraben, so ganz dem Gebet hingegeben, daß Véronique keine Fragen mehr stellte. Endlich stand sie auf und fuhr fort:

»Ja, all dies ist schrecklich, aber ich sehe nicht ein, was dies an unserer Pflicht ändern könnte. Wir dürfen nicht zögern.«

In tiefem Ernst fuhr sie dann fort:

»Sie müssen mit mir dort hinüber.«

»Dort hinüber auf Ihre Insel?« erwiderte Véronique, ohne ihr Entsetzen davor zu verbergen.

Honorine ergriff von neuem ihre Hände, und in demselben etwas feierlichen Tone, der Véronique voll geheimer unausgesprochener Gedanken schien, fuhr sie fort:

»Sie heißen doch wirklich Véronique d'Hergemont?«

»Ja.«

»Und Ihr Vater hieß?«

»Antoine d'Hergemont.«

»Sie haben einen angeblichen Polen mit Namen Vorski geheiratet?«

»Ja, Alexis Vorski.«

»Sie haben ihn geheiratet nach einer aufsehenerregenden Entführung und nach einem Bruch mit Ihrem Vater?«

»Ja.«

»Sie haben ein Kind von ihm?«

»Ja, einen Sohn, François.«

»Den Sie sozusagen nicht gekannt haben, denn er war Ihnen von Ihrem Vater weggenommen worden?«

»Ja.«

»Und alle beide, Ihr Vater und Ihr Sohn, sind bei einem Schiffbruch verschollen?«

»Ja, sie sind tot.«

»Wie können Sie das wissen?«

Ohne sich über diese Frage zu wundern, antwortete Véronique:

»Die Nachforschungen, die ich angestellt habe, und die gerichtliche Untersuchung stützen sich beide auf das unanfechtbare Zeugnis der vier Matrosen.« »Und wer sagt Ihnen, daß sie nicht gelogen haben?«

»Warum hätten sie lügen sollen?« rief Véronique erstaunt.

»Ihre Aussage kann erkauft worden sein...«

»Von wem?«

»Von Ihrem Vater.«

»Welch ein Einfall! Und wie denn...? Mein Vater war doch tot.«

»Ich frage Sie noch einmal: Wie können Sie das wissen?«

Jetzt schien Véronique zu stutzen.

»Was wollen Sie damit sagen?« murmelte sie.

»Einen Augenblick. Kennen Sie die Namen jener vier Matrosen?«

»Ich kannte sie, aber ich erinnere mich nicht mehr an sie.«

»Sie erinnern sich nicht, daß es bretonische Namen waren?«

»Doch, aber ich begreife nicht...«

»Wenn Sie selbst niemals in der Bretagne waren, so ist doch Ihr Vater oft hier gewesen, wegen der Bücher, die er schrieb. Zu Lebzeiten Ihrer Mutter hat er sogar hier gewohnt.

Dadurch kam er in Verbindung mit Leuten aus dem Volk. Setzen wir also den Fall, daß er die vier Matrosen seit langem kannte, daß diese Leute ihm ergeben waren oder daß er sie bezahlt und sie für seine Zwecke eigens gedungen hatte. Nehmen wir an, daß sie zuerst Ihren Vater und Ihren Sohn in einem kleinen italienischen Hafen an Land setzten und dann alle vier, gute Schwimmer wie sie waren, angesichts der Küste die Jacht zum Kentern gebracht haben. Nehmen wir an...«

»So leben diese Leute noch!« rief Véronique mit wachsender Erregung. »Man könnte sie also fragen?«

»Zwei sind eines natürlichen Todes gestorben, schon vor Jahren. Der dritte ist ein gewisser Maguennoc, ein alter Mann, den Sie auf Sarek finden werden. Den vierten haben Sie vielleicht vorhin selbst gesehen. Er hat mit dem Geld, das diese Angelegenheit ihm eingebracht hat, in Beg-Meil eine Lebensmittelhandlung aufgemacht.«

»Ach, der war es. Den kann ich also gleich sprechen«, sagte Véronique zitternd vor Erregung. »Gehen wir gleich zu ihm.«

»Weshalb, ich weiß mehr darüber als er.«

»Sie wissen... Sie wissen...«

»Ich weiß alles, was Sie nicht wissen. Ich kann Ihnen alle Ihre Fragen beantworten. Fragen Sie nur.«

Véronique jedoch wagte nicht, die wichtigste Frage, die sich allmählich in ihr Bewußtsein drängte, an sie zu richten. Sie fürchtete sich vor einer Wahrheit, die sie immerhin als möglich erkannte und die sie dunkel ahnte. Ängstlich stammelte sie:

»Ich begreife nicht... Warum sollte denn mein Vater so gehandelt haben? Warum sollte er gewollt haben, daß man an seinen Tod und an den meines Kindes glaubte?«

»Ihr Vater hat geschworen, sich zu rächen.«

»An Vorski ja, aber an mir?... An seiner Tochter?... Und auf diese Weise...?«

»Sie liebten Ihren Gatten. Sie standen unter seinem Einfluß, und anstatt davonzulaufen, haben Sie eingewilligt, ihn zu heiraten. Außerdem war die Beleidigung in aller Öffentlichkeit geschehen. Und Sie kannten Ihren Vater, seinen aufbrausenden, nachtragenden Charakter, sein etwas, wie er es nennt, unausgeglichenes Naturell.«

»Aber seither?...«

»Seither, ja seither! ... Seither hat sich mit zunehmendem Alter auch die Reue eingestellt. Er liebte das Kind, und so hat er Sie überall suchen lassen... Was habe ich nicht für Reisen gemacht! Angefangen bei den Karmeliterinnen von Chartres, aber dort waren Sie schon lange nicht mehr... und wo, wo nur sollte ich Sie finden?«

»Weshalb haben Sie nicht eine Anzeige in die Zeitungen gesetzt?«

»Eine Anzeige hat er aufgegeben, aber sie war sehr vorsichtig gehalten, schon wegen des damaligen Skandals. Es hat sich auch jemand gemeldet. Es wurde eine Zusammenkunft vereinbart, und wissen Sie, wer sich einstellte? Vorski! Vorski suchte Sie auch, er liebte Sie noch immer und haßte Sie auch. Ihr Vater bekam Angst und hat nicht mehr gewagt, öffentlich Schritte zu unternehmen.«

Véronique schwieg. Kraftlos setzte sie sich auf den Stein. Hier blieb sie mit gesenktem Kopf sitzen.

»Sie sprechen von meinem Vater, als ob er noch lebte«, murmelte sie.

»Er lebt.«

»Und als ob Sie ihn häufig sähen...«

»Jeden Tag sehe ich ihn...«

»Aber...«, Véronique sprach leiser, »aber Sie reden kein Wort von meinem Sohn... Ich zittere bei dem Gedanken... Ist er nicht gerettet worden? ... Ist er etwa gestorben? Sprechen Sie darum nicht von ihm?«

Mühsam wandte sie Honorine ihr Gesicht zu. Diese lächelte.

»Oh, ich flehe Sie an, sagen Sie mir die Wahrheit, es ist entsetzlich, sich Hoffnungen hinzugeben, die... Ich flehe Sie an...«

Honorine legte ihr den Arm um den Hals.

»Aber Sie Ärmste, hätte ich Ihnen dies alles erzählt, wenn er tot wäre, mein lieber, kleiner François?«

»Er lebt, er lebt?« rief die junge Frau außer sich.

»Aber gewiß, und es geht ihm gut. Oh, es ist ein kräftiger Junge, er steht fest auf seinen Beinen, und ich kann mit Recht stolz auf ihn sein, denn ich bin es, die ihn aufgezogen hat, Ihren François.«

Unter dem Ansturm ihrer Gefühle, die ebensoviel Schmerz wie Freude in sich bargen, lehnte sich Véronique an Honorine, die ihr freundlich zusprach.

»Weinen Sie nur, meine Liebe, das wird Ihnen guttun. Diese Tränen sind besser als die früheren, nicht wahr? Weinen Sie nur, damit all Ihr früheres Elend fortgespült wird. Ich gehe jetzt ins Dorf. Sie haben sicher noch einen Koffer im Gasthaus? Man kennt mich dort. Ich hole ihn, und dann fahren wir ab.«

Als Honorine eine halbe Stunde später zurückkam, sah sie Véronique aufrecht im Boot stehen und ihr Zeichen machen. Sie rief:

»Schnell doch, wie langsam Sie sind! Wir dürfen keine Minute verlieren.«

Honorine ging aber trotzdem nicht schneller, sie antwortete nicht. Kein Lächeln zeigte sich auf ihrem strengen Gesicht.

»Na, fahren wir?« rief Véronique und ging ihr entgegen. »Weshalb zögern wir, was hindert uns? Sie scheinen mir verändert.«

»Aber ja, aber ja...«

»Beeilen wir uns also.«

Zusammen trugen sie den Koffer und die Säcke mit Vorräten in das Schiff. Plötzlich aber trat Honorine dicht an Véronique heran und sagte:

»Sind Sie wirklich sicher, daß die Frau auf dem Kreuz Sie selbst darstellte?«

»Vollkommen sicher; außerdem stand mein Namenszug darüber!...«

»Das ist seltsam«, murmelte Honorine, »und sehr beunruhigend.«

»Wieso?... Irgend jemand, der mich vielleicht kannte, hat sich ein Vergnügen daraus gemacht... Ein bloßer Zufall, ein rätselhaftes Zusammentreffen hat Vergangenes heraufbeschworen.«

»Ach, nicht die Vergangenheit ist es, die mir Sorgen macht, sondern die Zukunft.«

»Die Zukunft?«

»Erinnern Sie sich an die Prophezeiung?«

»Ich verstehe nicht.«

»Doch, doch. Jene Weissagung, die Vorski über Sie gemacht hatte...«

»Sie kennen sie?«

»Ja, ich kenne sie, und es ist gräßlich, an diese Zeichnung zu denken und an andere Dinge, die Sie nicht wissen und die noch viel entsetzlicher sind.«

Véronique lachte.

»Und deshalb zögern Sie, mich mitzunehmen?... Denn darum handelt es sich doch, oder?«

»Lachen Sie nicht! Wenn man die Hölle vor sich sieht, vergeht einem das Lachen!«

Bei diesen Worten schloß Honorine die Augen und bekreuzigte sich, dann fuhr sie fort:

»Es scheint, daß Sie sich über mich lustig machen! Sie glauben, ich bin eine Frau, die wie andere in der Bretagne abergläubisch ist, an Gespenster und Irrlichter glaubt. Nicht, daß ich das völlig abstreite. Aber das... das..., es gibt eine Erkenntnis, die einen blind macht...! Sie können mit Maguennoc darüber sprechen, wenn Sie sein Vertrauen gewinnen.«

»Maguennoc?«

»Der eine von den vier Matrosen. Er ist ein alter Freund Ihres Sohnes, er hat ihn erzogen. Maguennoc weiß mehr als alle Gelehrten, mehr als Ihr Vater. Und doch...«

»Und doch...?«

»Maguennoc hat das Schicksal herausfordern wollen und hat das ergründen wollen, das zu wissen man kein Recht hat.«

»Wieso?«

»Er wollte an das Dunkle rühren, mit der Hand, der eigenen Hand, wie er mir selbst gesagt hat.«

»Und dann?« rief Véronique, gegen ihren Willen beeindruckt.

»Seine Hand verbrannte in den Flammen. Er trägt eine furchtbare Wunde, die er mir selbst gezeigt hat, die ich mit eigenen Augen gesehen habe, ähnlich einer Krebswunde. Und er litt so sehr, daß... daß er mit seiner linken Hand zur Axt greifen mußte und sich damit selbst die rechte Hand abschlug.«

Véronique verstummte voll Entsetzen. Die Erinnerung an die Leiche in Faouët tauchte auf, und sie stammelte:

»Seine rechte Hand? Sie sagen, daß Maguennoc sich die rechte Hand abgeschlagen hat?«

»Ja, mit der Axt. Es sind jetzt zehn Tage her, kurz vor meiner Abreise. Ich habe ihn damals gepflegt... Warum fragen Sie danach?«

»Weil dem Toten, dem alten Mann, den ich in der verlassenen Hütte fand und der dann verschwunden war, die rechte Hand fehlte, sie war erst vor kurzem abgeschlagen.«

Honorine fuhr zusammen. Wieder zeigte ihr Gesicht diesen erschreckten Ausdruck, diese maßlose Erregung, die in so völligem Gegensatz zu der gewöhnlichen Ruhe ihrer Züge stand.

»Sind Sie sicher?« stieß sie hervor. »Ja, Sie haben recht, er ist es, Maguennoc. Er hat lange weiße Haare, nicht wahr, und einen Bart, der nach unten breiter wird? Oh, wie entsetzlich!«

Sie hielt inne und blickte sich um, als fürchte sie, zu laut gesprochen zu haben. Wieder bekreuzigte sie sich und sagte langsam, wie zu sich selbst:

»Er ist der erste von denen, die sterben müssen ... Er hatte es mir vorausgesagt ... Und die Augen des alten Maguennoc lasen so gut im Buch der Zukunft wie in dem der Vergangenheit. Er sah auch das, was wir nicht sehen. Das erste Opfer werde ich sein, sagte er ... und wenn der Diener nicht mehr sein wird, wird einige Tage später sein Herr an die Reihe kommen.«

»Und wer ist sein Herr ...« stieß Véronique tonlos hervor.

Honorine richtete sich auf und ballte energisch die Fäuste. »Ich werde ihn verteidigen,« rief sie, »ich werde ihn retten. Ihr Vater soll nicht das zweite Opfer werden. Nein, nein, ich werde schon noch rechtzeitig hinkommen. Lassen Sie mich abfahren.«

»Wir fahren zusammen«, sagte Véronique entschlossen.

»Ich beschwöre Sie, bestehen Sie nicht darauf«, flehte Honorine. »Lassen Sie mich machen, noch vor dem Abend bringe ich Ihren Vater und Ihren Sohn hierher ...«

»Aber weshalb?«

»Dort ist die Gefahr zu groß ... für Ihren Vater und besonders für Sie. Denken Sie an die vier Kreuze! Dort werden sie aufgerichtet werden. Ach, Sie dürfen nicht hingehen, die Insel ist verflucht.«

»Und mein Sohn?«

»Sie werden ihn heute noch sehen, in wenigen Stunden schon.«

Véronique lachte heiser auf.

»In wenigen Stunden! Aber das ist Wahnsinn! Seit vierzehn Jahren habe ich keinen Sohn mehr! Plötzlich höre ich, daß er lebt, und da soll ich warten, bis ich ihn in meine Arme schließen kann?! Keine Stunde warte ich! Lieber will ich mich tausendmal in Todesgefahr begeben, als diesen Augenblick aufschieben.«

Honorine sah sie an und schien zu begreifen, daß Véroniques Entschluß feststand. Sie gab nach. Zum dritten Mal bekreuzigte sie sich und sagte einfach:

»Gottes Wille geschehe.«

Beide Frauen setzten sich zwischen die Pakete, die das kleine Boot beinahe ausfüllten. Honorine ließ den Motor anlaufen, ergriff das Steuer und lenkte das Boot mit großer Sicherheit zwischen den bis an die Oberfläche des Meeres ragenden Klippen hindurch.

Vorskis Sohn

Véronique saß am Steuerbord auf einer Kiste, das Gesicht Honorine zugewandt, und lächelte. Ein noch befangenes, zurückhaltendes Lächeln, zögernd wie ein Sonnenstrahl, der die letzten Gewitterwolken durchdringen will, und trotzdem glücklich.

Glück schien der natürliche Ausdruck zu sein für dieses wunderbare Gesicht, dessen Züge jenen Adel, jene besondere Reinheit zeigten, die ein tiefer Lebensernst und der Verzicht auf jede weibliche Gefallsucht gerade den Frauen verleiht, die von unerhörten Schicksalsschlägen verfolgt werden oder von Liebe umgeben sind.

Ihr schwarzes, an den Schläfen schon ein wenig ergrautes Haar war tief im Nacken zu einem Knoten geschlungen. Sie hatte die matte Hautfarbe einer Südländerin. Die Augen waren groß und leuchtend blau, so daß der ganze Augapfel von derselben Farbe schien, klar wie ein Winterhimmel. Sie war hochgewachsen, breitschultrig, kräftig und schlank. Ihre melodische und ein wenig tiefe Stimme klang leicht und freudig, als sie jetzt von dem wiedergefundenen Sohn sprach. Und nur von ihm wollte Véronique sprechen. Vergeblich suchte Honorine auf die Fragen, die sie quälten, zurückzukommen, und sagte hin und wieder:

»Also, zwei Dinge kann ich mir immer noch nicht erklären. Wer hat die Fährte markiert, die Sie bis nach Faouët geführt hat, gerade bis an den Ort, wo ich immer anlege? Man sollte meinen, es sei schon jemand von Faouët nach der Insel Sarek gekommen? Und dann, wie ist der alte Maguennoc dazu gekommen, die Insel zu verlassen? Ist er freiwillig gegangen, oder hat man seine Leiche weggeschafft? Und wenn ja, wie?«

»Warum fragen Sie?« warf Véronique ein.

»Aber bedenken Sie nur! Außer mir, die ich alle vierzehn Tage mit meinem Boot Lebensmittel hole, entweder in Beg-Meil oder in Pont-l'Abbé, gibt es ja nur noch zwei Fischerboote, die immer viel weiter oben die Küste herauffahren bis nach Audierne zum Fischmarkt. Wie hat also Maguennoc übers Meer kommen können? Und dann noch eins, hat er sich selbst getötet? Weshalb wäre seine Leiche dann aber verschwunden?«

»Ich bitte Sie«, protestierte Véronique, »das hat doch für den Augenblick gar keine Bedeutung. All das wird sich schon aufklären. Sprechen wir lieber von François. Also, Sie sagten, er sei nach Sarek gekommen...«

Endlich gab Honorine den Bitten der jungen Frau nach.

»Ja, der arme Maguennoc hat ihn damals auf seinen Armen hingebracht, wenige Tage, nachdem man Ihnen das Kind genommen hatte. Maguennoc erzählte, was Monsieur d'Hergemont ihm eingebläut hatte, nämlich eine fremde Dame habe ihm das Kind anvertraut, und er ließ es von seiner Tochter, die inzwischen gestorben ist, nähren. Ich war nicht daheim, ich war seit zehn Jahren bei Parisern in Stellung. Als ich wiederkam, war er schon ein netter kleiner Junge, der in der Heide auf den Felsen herumstrich. Damals trat ich dann bei Ihrem Vater in Dienst, der sich in Sarek niedergelassen hatte. Als Maguennocs Tochter gestorben war, nahmen wir das Kind zu uns ins Haus.«

»Unter welchem Namen?«

»Unter seinem richtigen Namen François... Einfach François. Monsieur d'Hergemont ließ sich Monsieur Antoine nennen. Das Kind nannte ihn Großvater. Kein Mensch hat etwas dabei gefunden.«

»Und sein Charakter?« Mit einer gewissen Angst fragte Véronique.

»Ach, das ist ein wahrer Segen. Er hat gar nichts von seinem Vater, auch nichts von seinem Großvater, wie Monsieur d'Hergemont selbst zugibt. Er ist ein sanftes, freundliches, hilfsbereites Kind. Niemals gerät er in Zorn. Immer ist er guter Laune. Damit hat der Junge auch das Herz seines Großvaters gewonnen, und dadurch ist auch das Gefühl Ihres Vaters für Sie wieder erwacht, so sehr erinnerte ihn der Enkel an die Tochter, die er verleugnet hatte. ›Seiner Mutter wie aus dem Gesicht geschnitten‹, sagt er. ›Genau wie Véronique, sanft, zärtlich und liebevoll.‹ So hat er angefangen, nach Ihnen zu forschen, mit meiner Hilfe, denn mit der Zeit habe ich sein Vertrauen gewonnen.«

Véronique strahlte vor Freude.

»Ja, kennt der Junge mich denn«, fragte sie, »weiß er, daß seine Mutter am Leben ist?«

»Ob er es weiß! Monsieur d'Hergemont wollte zuerst das Geheimnis für sich behalten, aber ich habe bald alles erzählt.«

»Alles?«

»Nein, er glaubt, daß sein Vater tot ist und daß Sie bald nach dem Schiffbruch, bei dem Monsieur d'Hergemont und er verschollen sind, in ein Kloster gegangen sind, ohne daß man Sie finden konnte. Und wie gierig er immer auf Neuigkeiten wartet, wenn ich von einer Reise zurückkehre! Jedesmal macht er sich Hoffnungen. Oh, er liebt sie sehr, seine Mama. Immerzu singt er jenes Lied, das Sie hörten und das sein Großvater ihm beigebracht hat. O ja, er liebt Sie. Da ist zwar Maman Honorine, aber Sie sind eben die Mama. Und um Sie zu suchen, kann er nicht schnell genug groß werden und seine Studien beenden.«

»Seine Studien? Er arbeitet also?«

»Ja, mit seinem Großvater, und seit zwei Jahren auch mit einem braven Jungen, den ich aus Paris mitgebracht habe. Stéphane Maroux, einem Kriegsversehrten, der alle möglichen Auszeichnungen hat und der nach mehreren Operationen entlassen worden ist. François hat sich von ganzem Herzen an ihn angeschlossen.«

Auf der glatten Meeresfläche fuhr das Boot rasch dahin. Seine schäumende Spur im Wasser glänzte wie Silber. Die Wolken am Himmel hatten sich verzogen, und der Tag versprach ruhig und heiter zu enden.

»Weiter, weiter«, rief Véronique, die nicht müde wurde, zuzuhören. »Sagt, was zieht er denn an, mein Sohn?«

»Er trägt kurze Hosen, die die runden Knie hervorsehen lassen, ein dickes Flanellhemd mit goldenen Knöpfen und eine Mütze wie sein großer Freund, Monsieur Stéphane, aber seine ist rot, und sie steht ihm wunderbar.«

»Hat er noch andere Freunde außer Monsieur Maroux?«

»Früher war er mit allen Kindern der Insel zusammen, aber die sind jetzt mit Ausnahme von drei oder vier ganz kleinen Knirpsen mit ihren Müttern fortgezogen, sie arbeiten an der Küste von Concarneau und Lorient. Ihre Väter sind im Krieg, und nur die Alten sind dageblieben. Wir sind nur noch etwa dreißig Leute auf Sarek.«

»Mit wem spielt er dann? Mit wem geht er spazieren?«

»Oh, da seien Sie ohne Sorge. Er hat die beste Gesellschaft.«

»Und wen denn?«

»Einen kleinen Hund, den Maguennoc ihm geschenkt hatte.«

»Einen Hund?«

»Ja, und den drolligsten, den Sie sich denken können, häßlich und sehr komisch. Eine Kreuzung von Fox und Pudel, aber so amüsant und so zum Lachen. Ich kann Ihnen sagen, dieser Monsieur Okay ist eine Nummer!«

»Okay?«

»Ja, so nennt ihn François, und kein Name paßt besser zu ihm. Immer sieht er zufrieden und glücklich aus. Er liebt übrigens die Freiheit und verschwindet für Stunden, sogar für Tage. Aber wenn man ihn braucht und wenn man traurig ist und einem etwas schiefgeht, dann ist er da... Tränen, Scheltworte und Zank kann Okay nicht leiden. Sobald jemand weint oder traurig aussieht, setzt er sich auf die Hinterbeine, macht Männchen, kneift ein Auge zu, macht das andere halb auf und scheint so herzlich zu lachen, daß man selbst lachen muß. Dann sagt François: ›Ja, du hast recht, alter Freund, alles okay. Da darf man den Kopf nicht hängen lassen, nicht wahr?‹, und sobald man getröstet ist, trottet Okay davon, er hat seine Pflicht getan.«

Véronique lachte und weinte zugleich. Lange blieb sie still. Nach und nach verdüsterte sich ihre Miene, und ihre Freude wich einem Gefühl der Verzweiflung. Sie dachte daran, was sie in diesen vierzehn Jahren für ein Glück entbehrt hatte. Sie war eine Mutter gewesen ohne Kind und hatte um einen Sohn getrauert, der noch lebte.

All die Sorgen, die man sich um ein wachsendes Wesen macht, die Zärtlichkeit, mit der man es umgibt und die man von ihm empfängt, der ganze Stolz, den man empfindet, wenn man es heranwachsen sieht und sprechen hört, alles was eine Mutter erfreut und begeistert und ihr Herz täglich von neuer Liebe überlaufen läßt, das alles hatte sie nicht gekannt.

»Den halben Weg haben wir jetzt hinter uns«, meinte Honorine.

Sie sahen jetzt die Glenans-Inseln. Zu ihrer Rechten deutete die Spitze von Penmarch, deren Küste sie in einer Entfernung von fünfzehn Meilen entlangfuhren, eine dunklere Linie an, die sich nicht immer vom Horizont abhob.

Véronique dachte an ihre traurige Vergangenheit, an ihre Mutter, an die sie sich kaum erinnerte, an ihre lange Kindheit neben einem egoistischen und verdrießlichen Vater, an ihre Heirat, oh, vor allen Dingen an ihre Heirat! Sie beschwor ihre ersten Begegnungen mit Vorski herauf, als sie erst siebzehn Jahre alt war. Welche Angst sie sofort vor diesem eigenartigen Mann gehabt hatte, sie fürchtete ihn und erlag zugleich seinem Einfluß, wie man in diesem Alter dem Einfluß eines Menschen erliegt, der geheimnisvoll und unbegreiflich ist.

Dann kam der abscheuliche Tag der Entführung, und andere folgten, die noch abscheulicher waren, Wochen, in denen er sie eingeschlossen, sie bedroht und sie mit seiner ganzen scheußlichen Macht beherrscht hatte. Er hatte ihr das Versprechen zu einer Verbindung entrissen, einen Pakt gegen den Instinkt und Wille des jungen Mädchens sich empörten, den zu unterschreiben ihr aber, nach dem ganzen Skandal und da ihr Vater einwilligte, unerläßlich schien.

Alles in ihr sträubte sich gegen die Erinnerung an ihr Ehejahr. Nein, niemals, selbst in den schrecklichsten Stunden, in denen die Alpträume der Vergangenheit einen wie Gespenster heimsuchen, nie ließ sie den geheimen Erinnerungen an diese erniedrigende Zeit Raum, an die Kränkungen, Verletzungen, an den Verrat, das schändliche Leben ihres Mannes, der sich schamlos und mit zynischem Stolz nach und nach so zeigte, wie er war, ein Trinker und Falschspieler, der seine Saufkumpane bestahl; ein Betrüger und Erpresser, der bei seiner Frau den Eindruck einer Art Genius des Bösen hervorrief, grausam und unausgegoren – eine Vorstellung, die ihr immer noch Grauen einflößte.

»Genug geträumt, Madame Véronique«, sagte Honorine.

»Das sind keine Träume oder Erinnerungen«, erwiderte sie, »es sind Gewissensbisse.«

»Das alles ist jetzt zu Ende, Madame Véronique, denn Sie werden Ihren Sohn und Ihren Vater wiederfinden. Ja, ja, denken Sie nur noch daran, glücklich zu sein.«

»Glücklich sein – kann ich das wohl noch?«

»Ob Sie es können! Das werden Sie schon sehen, und zwar bald. Schauen Sie, dort liegt Sarek.«

Honorine holte aus einer Kiste unter der Bank eine große Muschel hervor, die ihr nach altem Brauch als Signalhorn diente. Sie legte sie an die Lippen, blies die Backen auf und blies ein paarmal kräftig hinein, so daß es weit umher wie eine Art Muhen zu hören war.

Véronique sah sie fragend an.

»Jetzt rufe ich ihn«, sagte Honorine.

»François rufen Sie, François!«

»So mache ich es jedesmal, wenn ich zurückkehre. Er klettert dann schleunigst den Felsen herunter, auf dem unser Haus steht, und kommt bis an die Mole.

Sie werden ihn sehen. Ziehen Sie Ihren Schleier doppelt vor Ihr Gesicht, damit er Sie nicht von den Bildern her erkennt. Ich werde mit Ihnen sprechen wie zu einer Fremden, die nach Sarek zu Besuch kommt.«

Jetzt sah man die Insel deutlich vor sich liegen, aber eine Anzahl von Klippen verdeckte den unteren Teil der Felsen.

»Ja, ja, die Riffe, an denen fehlt es hier nicht, davon wimmelt es wie auf einer Heringsbank!« rief Honorine, die den Motor ausgeschaltet hatte und zwei kurze Ruder ergriff. »Eben noch war das Meer ganz ruhig, aber hier ist es immer wild.«

In der Tat sah man ringsum ungezählte kurze Wellen, die aufeinanderstießen und einander überrollten, den Felsen unaufhörlich erbitterte Schlachten lieferten. Das Boot schien auf der Gischt eines Sturzbaches zu tanzen. Nirgends war in dem schäumenden Strudel ein Stückchen blaues oder grünes Meer zu entdecken. Nichts als weißer Schaum, den die unermüdlich gegen die spitzen Klippen anprallenden Wasser aufwirbelten.

»Überall ist dasselbe«, fuhr Honorine fort, »und Sarek ist nur mit einem Boot zu erreichen. Ja, bei uns konnten die Deutschen keinen Flottenstützpunkt für ihre Unterseeboote errichten! Vor zwei Jahren sind zwar Offiziere von Lorient herübergekommen, um das genau abzuklären – und zwar wegen ein paar Höhlen, die auf der Westseite liegen und bei Ebbe eine Einfahrt bilden. Aber das war verlorene Zeit. Nichts zu machen bei uns. Bedenken Sie doch, es ist, als hätte es rings um die Insel Felsen geregnet, ganz spitze Felsen, die verräterisch von unten das Boot aufreißen, und obgleich dies die gefährlichsten sind, sind die anderen nicht weniger zu fürchten. Dort drüben die großen, da hat jeder seinen Namen und seine Geschichte, die von Verbrechen und Schiffbruch erzählt. Ja, das sind die schlimmsten!...«

Ihre Stimme klang dumpf. Zögernd, fast scheu deutete sie mit der Hand auf einige Riffe, die mächtig aufragten und die verschiedensten Formen bildeten. Da waren Tiere, die sich duckten, zinnenbesetzte Türme, gewaltig aufstrebende Pfeiler, Sphinxgestalten, grob umrissene Pyramiden aus schwarzem Granit, der rötlich schimmerte, als sei er in Blut getaucht.

Honorine bekreuzigte sich und fuhr ruhiger fort:

»Es sind dreißig. Ihr Vater sagt, daß man Sarek die Insel mit den dreißig Särgen nennt, weil das Volk im Laufe der Zeit und unbewußt die beiden französischen Wörter ›écueils‹, was Klippen heißt, und ›cercueils‹, was Särge heißt, verwechselt hat. Vielleicht... andrerseits... Aber es sind schon wahre Särge, Madame Véronique, und wenn man sie öffnen könnte, würde man sicherlich eine Unzahl menschlicher Gebeine finden. Auch meint Monsieur d'Hergemont, das Wort Sarek käme von Sarkophag, was nach seiner Erklärung der gelehrte Ausdruck für Sarg ist. Und außerdem...«

Honorine unterbrach sich, als wollte sie lieber an etwas anderes denken. Sie zeigte auf ein Riff:

»Schauen Sie, Madame Véronique, hinter jenem breiten Felsen dort, der uns den Weg versperrt, sehen Sie gleich durch einen Spalt unseren kleinen Hafen und auf dem Kai die rote Baskenmütze von François.«

Zerstreut hatte Véronique Honorines Erklärungen zugehört. Sie lehnte sich über den Bootsrand, um so früh als möglich die Gestalt ihres Sohnes zu entdecken, während ihre Gefährtin, in Gedanken noch bei ihrer Erzählung, fortfuhr:

»Außerdem gibt es auf Sarek, und deshalb hat Ihr Vater sich gerade hier niedergelassen, eine Anzahl Dolmen, die nichts Merkwürdiges an sich haben, die aber eigentümlicherweise alle ungefähr gleich sind. Und wissen Sie, wieviel solcher Dolmen es hier gibt? Gerade dreißig, ebensoviel wie Klippen, und die dreißig stehen auf der Insel verteilt, jeder genau vor der Klippe, die seinen Namen trägt! Dol-er-H'rock, Dol-ker-litu usw. Was sagen Sie dazu?«

Sie hatte diese Namen mit ängstlicher Stimme geflüstert, wie immer, wenn sie von diesen Dingen sprach, als fürchte sie, daß diese sie hören könnten und so wieder zu einem furchtbaren und verfluchten Leben erwachten.

»Was meinen Sie dazu, Madame Véronique? Oh, in allem dem liegt viel Geheimnisvolles, und ich sage immer, es ist besser, darüber zu schweigen. Ich will Ihnen das einmal erzählen, wenn wir von hier fort sind, weit fort, und wenn Sie erst Ihren Vater und François in den Armen halten ...«

Véronique schwieg immer noch und beobachtete unverwandt die Stelle, die die Bretonin ihr gezeigt hatte. Sie hatte ihrer Gefährtin den Rücken zugewandt, klammerte sich mit beiden Händen an den Rand des Bootes und blickte geradeaus. Dort, durch die Öffnung zwischen den Felsen, sollte sie zum ersten Male ihr wiedergefundenes Kind erblicken, und keine Sekunde wollte sie von dem Augenblick verlieren, wo François am Hafen auftauchen konnte.

Jetzt erreichten sie die Küste.

Eines der Ruder berührte den Hafendamm, den sie bis zum äußersten Ende entlangfuhren.

»Oh«, rief Véronique schmerzlich enttäuscht, »er ist nicht da.«

»Das ist nicht möglich«, rief Honorine.

Ihr Blick hing an den drei- bis vierhundert Meter entfernt liegenden mächtigen Steinen, die dem Strand als Damm vorgelagert waren. Drei Frauen, ein kleines Mädchen und ein paar alte Fischer erwarteten das Boot. Ein Knabe mit roter Mütze war nirgends zu sehen.

»Wie sonderbar«, sagte Honorine, »zum ersten Male ist er auf mein Zeichen nicht gekommen.«

»Vielleicht ist er krank«, meinte Véronique.

»Nein, krank ist er nie.«

»Was dann?«

»Ich weiß es nicht.«

»Und Sie können so ruhig sein«, fragte Véronique, die von wahnsinniger Angst ergriffen war.

»Seinetwegen bin ich ruhig... Aber wegen Ihres Vaters. Maguennoc hatte mir geraten, ihn nicht zu verlassen; er ist in Gefahr.«

»Aber François ist ja da, um ihn zu verteidigen, und auch Herr Maroux, sein Lehrer. Was vermuten Sie denn?«

Honorine schwieg, dann zuckte sie mit den Schultern.

»Es sind Torheiten! Mir kommen sonderbare, sehr unwahrscheinliche Gedanken. Seien Sie mir deshalb nicht böse. Immer wieder merke ich, daß ich Bretonin bin. Mit Ausnahme weniger Jahre habe ich mein ganzes Leben in diesem Land voller Legenden und Geschichten zugebracht... Sprechen wir nicht mehr davon.«

Die Insel Sarek bildet ein langgestrecktes, hügeliges Plateau, das von alten Bäumen bedeckt ist und von phantastisch zerrissenen, dabei nicht allzuhohen Klippen getragen wird. Die Insel ist umgeben von einem Kranz ungleichförmiger spitzer Klippen, an denen Wind und Regen, Sonne und Hagel, Nebel und Frost, alles vom Himmel stürzende und alles aus der Erde dringende Wasser unaufhörlich nagen.

Die einzig zugängliche Stelle liegt im Osten an einer Bodensenkung, wo einige seit dem Krieg meist leerstehende Fischerhütten das Dorf bilden. Dort öffnet sich eine Bucht, die durch eine kleine Mole geschützt ist. Hier ist das Meer völlig ruhig. Zwei Boote lagen vor Anker.

Während Honorine anlegte, machte sie einen letzten Versuch, Véronique von der Landung abzuhalten.

»Nun sind wir da, Madame Véronique... Aber wollen Sie wirklich aussteigen? Bleiben Sie hier... In zwei Stunden bringe ich Ihnen Ihren Vater und Ihren Sohn, und wir essen zusammen in Beg-Meil oder in Pont-l'Abbé, einverstanden?«

Véronique war aufgestanden. Ohne zu antworten, sprang sie auf die Mole.

»Na, Kinder«, sagte Honorine, die ihr, ohne auf ihrem Vorschlag zu bestehen, folgte, »ist François heute denn nicht hier?«

»Um zwölf Uhr war er noch hier«, erklärte eine der Frauen. »Er erwartet Sie aber erst morgen.«

»Ja sicher, aber er hat mich doch wohl hören müssen... Na, wir werden ja sehen.«

Und als die Leute ihr beim Ausladen halfen, meinte sie:

»Das braucht ihr nicht in die Abtei hinaufzubringen, und die Handkoffer auch nicht... Falls nicht... Ja, wenn ich nicht bis fünf Uhr wieder hier bin, so schickt einen Jungen mit dem Koffer nach oben.«

»Schon gut, ich komme dann selbst«, sagte einer der Matrosen.

»Wie du willst, Corréjou, aber weißt du nichts Neues von Maguennoc?«

»Maguennoc ist fort. Ich selbst habe ihn nach Pont-l'Abbé gebracht.«

»Wann denn, Corréjou?«

»Gleich am Tage nach Ihrer Abfahrt, Ma'ame Honorine.«

»Was wollte er denn dort?«

»Er hat uns erzählt, daß es wegen seiner abgeschlagenen Hand wäre, so eine Art Wallfahrt, glaube ich, wohin, weiß ich nicht...«

»Eine Wallfahrt? Vielleicht nach Faouët, zur Kapelle der heiligen Barbara?«

»Ja, so sagte er.«

Mehr fragte Honorine nicht. An Maguennocs Tod war nicht mehr zu zweifeln. Sie ging mit Véronique, die ihren Schleier heruntergezogen hatte, voraus, und beide Frauen schlugen einen steinigen, in Stufen ansteigenden Fußweg ein, der durch einen Eichenwald hindurch zur Nordspitze der Insel führte.

»Übrigens muß ich gestehen«, sagte Honorine, »daß ich nicht sicher bin, ob Monsieur d'Hergemont von hier fortgehen will. Alles, was ich sage, tut er ab als Hirngespinste, obgleich er selbst sich oft über manches wundert.«

»Ist es weit bis zum Haus?« fragte Véronique.

»Vierzig Minuten zu Fuß. Der Teil ist wie eine zweite Insel, wie Sie sehen werden, die mit dieser verbunden ist und auf der die Benediktiner eine Abtei erbaut haben.«

»Aber er wohnt doch nicht mit François und Monsieur Maroux allein da?«

»Vor dem Kriege hatte er noch zwei Leute mehr, aber jetzt machen Maroux und ich zusammen mit der Köchin Marie le Goff alles allein.«

»Und die ist doch dageblieben während Ihrer Abwesenheit?«

»Ja, gewiß.«

Sie waren jetzt auf der Hochebene angelangt. Der Fußweg, der sich längs der Küste entlangzog, führte bald aufwärts, bald fiel er steil bergab. Überall standen alte Eichen, durch deren noch spärlich belaubte Zweige man die büschelweis hängenden Eicheln sah. Das Meer, das in der Ferne mattgrün schimmerte, umgab die Insel mit einem weißen Schaumgürtel.

»Was wollen Sie jetzt tun, Honorine?« fragte Véronique.

»Ich will zunächst allein hineingehen und mit Ihrem Vater sprechen, dann hole ich Sie an der Gartentür ab, und Sie gelten François gegenüber vorerst als eine Freundin seiner Mutter. Nach und nach wird er dann die Wahrheit erfahren.«

»Und Sie glauben, daß mein Vater mich gut aufnehmen wird?«

»Er wird Sie mit offenen Armen empfangen, Madame Véronique«, rief Honorine, »und wir werden allesamt glücklich sein, vorausgesetzt ... vorausgesetzt, daß nichts dazwischengekommen ist... Es ist so sonderbar, daß François nicht angelaufen kommt! Von jeder Stelle der Insel aus konnte er unser Boot sehen... beinahe von den Glenans-Inseln an.«

Sie verfiel wieder in das, was Monsieur d'Hergemont ihre »Hirngespinste« nannte, und beide setzten schweigend ihren Weg fort, Véronique ein wenig ungeduldig und ängstlich.

Plötzlich bekreuzigte sich Honorine.

»Machen Sie es wie ich, Madame Véronique«, sagte sie, »die Mönche haben den Ort geweiht, aber da sind aus früherer Zeit noch so manche böse Dinge, die Unglück bringen, besonders in diesem Wald hier, dem Wald der Großen Eiche.«

»Frühere Zeiten«, das sollte sicher heißen: die Zeiten der Druiden und der Menschenopfer. Und in der Tat, sie gelangten in einen Wald, dessen Eichen in großen Abständen voneinander auf einem kleinen Hügel mit bemoostem Gestein standen, so daß sie wie antike Götter aussahen, jede mit ihrem Altar, ihrem geheimnisvollen Kult und ihrer furchtbaren Macht.

Véronique bekreuzigte sich wie die Bretonin und fing an zu zittern.

»Wie traurig das hier ist«, rief sie unwillkürlich, »nicht eine Blume wächst hier auf diesem öden Plateau.«

»Hier wachsen schon welche, wenn man sich Mühe gibt. Sie werden noch die von Maguennoc sehen ganz am Ende der Insel, rechts vom ›Feendolmen‹, dem ›Dolmen-aux-Fées‹ an einer Stelle, die man den blühenden Kalvarienberg nennt. Sie sind prachtvoll, sage ich Ihnen, aber er holt sich auch von verschiedenen Stellen selber die Erde zusammen. Er bearbeitet sie und mischt sie mit allerlei Blättern, deren besondere Kräfte er kennt.«

Und noch leiser flüsterte sie:

»Sie werden die Blumen von Maguennoc noch sehen...

Blumen, wie es auf der Welt keine gibt... Wunderblumen...«

Hinter einem Hügel fiel der Weg plötzlich steil ab. Ein scharfer Einschnitt teilte die Insel in zwei Teile. Der zweite Teil lag gerade gegenüber und war etwas weniger hoch und viel weniger ausgedehnt.

»Das ist die Abtei da auf der anderen Seite drüben.«

Die gleichen zerklüfteten Felsen umgaben die kleine Insel mit einem noch steileren Wall, der mit seinen spitzen Zacken von unten wie ein Kronenreif wirkte. Dieser Wall war mit der Hauptinsel nur durch ein schmales, fünfzig Meter langes Felsstück verbunden, er war kaum breiter als die Mauer eines Wehrturms, und sein spitzer Grat schien scharf zu sein wie die Schneide einer Axt.

Auf diesem Grat war an einen Weg gar nicht zu denken, um so weniger, als ein breiter Spalt ihn in der Mitte auseinanderriß. Deswegen hatte man über diese Kluft eine Brücke geschlagen, die sich mit ihren beiden Enden direkt auf den Felsen aufstützte und unten über den Spalt führte.

Véronique und Honorine traten eine nach der andern auf die Brücke. Sie war sehr schmal und nicht eben solide und zitterte bei jedem Schritt und bei jedem Windstoß.

»Sehen Sie, dort drüben auf der Spitze der Insel können Sie schon einen Teil der Abtei sehen.«

Der Fußweg führte durch Wiesen, die mit kleinen kreuzweis gepflanzten Tannen bestanden waren. Ein anderer Fußweg ging rechts ab und führte in dichtes Gehölz.

Véronique wandte keinen Blick von der Abtei, deren niedrige Fassade nach und nach zum Vorschein kam, als die Bretonin sich nach einigen Minuten plötzlich umwandte, das Gesicht dem Gehölz zuwandte und rief:

»Monsieur Stéphane!«

»Wen rufen Sie?« fragte Véronique, »Monsieur Maroux?«

»Ja, François' Lehrer. Er lief nach der Brücke zu. Ich habe ihn durch eine Lichtung gesehen... Monsieur

Stéphane! Aber warum antwortet er nicht? Haben Sie ihn gesehen?«

»Nein.«

»Ich könnte schwören, daß er es war, mit seiner weißen Mütze ... übrigens kann man von hier aus die Brücke hinter uns noch sehen. Wir wollen warten, bis er hinübergeht.«

»Warum denn warten? Wenn irgend etwas Schlimmes passiert ist, so auf der Abtei ...«

»Ja, Sie haben recht ... Beeilen wir uns lieber.«

Sie begannen schneller zu gehen. Düstere Ahnungen hatten sie ergriffen. Plötzlich fingen sie ohne besonderen Grund an zu laufen, so sehr wuchsen ihre Befürchtungen, je näher sie der Wirklichkeit kamen.

Die Insel verengte sich von neuem. Eine niedrige Mauer legte sich quer vor, sie umgrenzte das Gebiet der Abtei. In diesem Augenblick hörte man von drinnen Schreie.

Honorine schrie auf:

»Man ruft! Haben Sie gehört! ... Eine Frau hat geschrien ... Es ist die Köchin ... Marie le Goff.«

Sie stürzte zur Gartentür, stieß den Schlüssel hinein, aber so ungeschickt, daß sie trotz aller Bemühungen nicht aufschließen konnte.

»Dort, durch die Lücke!« befahl sie ... »rechts hinüber ...«

Sie stürzten vorwärts, stiegen über die Mauer und kamen über eine weite Rasenfläche, auf der einzelne Trümmer verstreut lagen und auf der der schlecht zu erkennende Fußweg sich jeden Augenblick unter Efeu und Moos verlor.

»Da sind wir! Da sind wir!« stieß Honorine hervor. »Wir kommen.«

Sie konnte kaum noch sprechen.

»Es schreit niemand mehr! Das ist ja entsetzlich ... Ach, die arme Marie le Goff«, und sie faßte Véronique am Arm.

»Gehen wir um das Haus herum.«

»Der Eingang ist auf der anderen Seite ... Auf dieser Seite

sind die Türen immer verschlossen und die Fensterläden heruntergelassen.«

Véronique hatte sich in einigen Wurzeln verfangen. Sie stolperte und fiel auf die Knie. Als sie sich wieder erhoben hatte, war Honorine fortgelaufen und bog gerade um den linken Flügel. Unwillkürlich lief Véronique, anstatt ihr zu folgen, geradewegs auf das Haus zu, stürmte die Treppe hinauf und warf sich gegen die verschlossene Tür, auf die sie mit aller Gewalt einschlug.

Der Gedanke, wie Honorine um das Haus herumzulaufen, schien ihr ein Zeitverlust, der niemals wiedergutgemacht werden könnte. Als sie gerade von ihren nutzlosen Bemühungen ablassen wollte, hörte sie von neuem aus dem Innern des Hauses Schreie.

Es war eine Männerstimme, und Véronique glaubte, die Stimme ihres Vaters zu erkennen. Sie wich einige Schritte zurück. Plötzlich wurde im ersten Stock ein Fenster aufgestoßen, und sie sah das von Entsetzen entstellte Gesicht Monsieur d'Hergemonts:

»Zu Hilfe, zu Hilfe! Oh, dieses Ungeheuer... zu Hilfe!« schrie er. Und Véronique:

»Vater, Vater, ich bin da!«

Er neigte einen Augenblick den Kopf, schien aber seine Tochter nicht zu sehen und versuchte mit aller Hast vom Balkon herunterzuklettern. Da hörte man hinter ihm einen Knall, und eine der Fensterscheiben zersplitterte.

»Mörder, Mörder«, schrie er und verschwand wieder im Zimmer.

Wie von Sinnen und unfähig, einzugreifen, sah Véronique sich um. Wie sollte sie ihrem Vater zu Hilfe kommen? Die Mauer war zu hoch. Nirgends entdeckte sie etwas, woran sie sich hätte hochziehen können. Plötzlich bemerkte sie in einer Entfernung von zwanzig Metern eine Leiter. Mit unglaublicher Willenskraft gelang es ihr, die sehr schwere Leiter vorwärts zu schleppen und unter das offene Fenster zu stellen. Trotz ihrer Verwirrung wunderte sich Véronique, warum sie Honorines Stimme nicht hörte.

Auch an François dachte sie. Wo war nur François? War er mit Stéphane Maroux geflohen? War er fortgelaufen, um Hilfe zu holen?

Und wer war derjenige, den Monsieur d'Hergemont mit Ungeheuer und Mörder bezeichnet hatte?

Die Leiter reichte nicht bis zu dem Fenster hinauf, und Véronique erkannte sogleich, wie schwer es für sie sein würde, über den Balkon zu klettern. Sie zögerte jedoch nicht. Dort oben wurde gekämpft, sie konnte die erstickten Rufe ihres Vaters dabei unterscheiden. Véronique stieg hinauf. Sie konnte gerade noch die untere Querstange des Balkons fassen. Ein schmales Gesims, auf das sie das Knie stützte, gab ihr jedoch die Möglichkeit, das Zimmer zu übersehen und das Drama, das sich dort abspielte, zu verfolgen.

In diesem Augenblick war Monsieur d'Hergemont von neuem bis ans Fenster zurückgewichen und lehnte sich so nach hinten, daß sie ihm fast ins Gesicht sehen konnte. Er rührte sich nicht. Seine Augen blickten verstört. Die Arme hielt er unschlüssig vorgestreckt, so als erwarte er etwas Entsetzliches, das gleich geschehen würde.

»Mörder, Mörder«, stammelte er ... »Bist du es wirklich? Oh, sei verflucht! François, François!«

Offenbar rief er seinen Enkel zu Hilfe, und auch François war bestimmt in Gefahr, vielleicht sogar verletzt oder tot!

Mit übermenschlicher Anstrengung gelang es Véronique, den Fuß auf das Gesims zu setzen.

»Da bin ich, da bin ich«, wollte sie rufen, aber das Wort blieb ihr in der Kehle stecken. Sie hatte gesehen ... Sie sah ... ihrem Vater gegenüber, fünf Schritte von ihm entfernt, stand, an die gegenüberliegende Wand des Zimmers gelehnt, ein Wesen, das einen Revolver auf Monsieur d'Hergemont richtete und langsam zielte. Und dieses Wesen ... o, fürchterlich ... Véronique erkannte die rote Mütze, von der Honorine gesprochen hatte, das Flanellhemd mit den goldenen Knöpfen ... Vor allem aber erkannte sie in diesem jungen, von Grausamkeit verzerrten Gesicht den gleichen Ausdruck wieder, den sie an Vorski gesehen hatte, wenn Haß und Roheit ihn fortrissen.

Das Kind konnte sie nicht sehen. Seine Blicke blieben an dem Ziel, das es treffen wollte, hängen, und es schien ihm eine wilde Freude zu sein, die verhängnisvolle Bewegung hinauszuschieben.

Véronique sagte nichts. Worte und Schreie konnten die Gefahr nicht abwenden. Sie konnte sich höchstens zwischen Vater und Sohn werfen. Sie begann zu klettern, klammerte sich fest und stieg auf die Fensterbrüstung.

Zu spät ... Der Schuß ging los. Monsieur d'Hergemont brach mit einem Schmerzenslaut zusammen.

Da, in demselben Augenblick, als das Kind noch den Arm erhoben hatte und Monsieur d'Hergemont zu Boden stürzte, ging hinten im Zimmer eine Tür auf. Honorine erschien, und der Anblick des furchtbaren Schauspieles traf sie mitten ins Herz.

»François«, schrie sie auf ... »Du! Du!«

Das Kind sprang auf sie zu. Honorine versuchte ihm den Weg zu versperren. Es kam zu keinem Kampf. Das Kind wich einen Schritt zurück, hob plötzlich die Waffe, die es in der Hand hielt, und schoß.

Honorine brach zusammen und stürzte quer vor der Tür hin. Und als der Knabe über ihren Körper hinwegsprang und entfloh, rief sie:

»François! ... François! ... Nein, das ist nicht wahr ... François ...«

Draußen ein Auflachen. Ja, das Kind hatte gelacht. Véronique hatte es gehört, dieses furchtbare, höllische Lachen, das Vorskis Lachen glich, und das alles durchbohrte sie mit einem solchen Schmerz, daß sie ihre Qual von früher wiedererkannte, die Qual, die sie bei Vorski zerfressen hatte.

Sie verfolgte den Mörder nicht. Sie machte keine Anstrengung, ihn zu rufen. Ganz in ihrer Nähe hörte sie eine Stimme:

»Véronique! Véronique!«

Monsieur d'Hergemont lag am Boden und sah sie mit glasigen Augen an, aus denen schon der Tod sprach.

Sie kniete bei ihm nieder, und als sie versuchte, seine blutige Weste und das Hemd zu öffnen, um seine Wunde zu verbinden, schob er sie sanft mit der Hand weg. Sie begriff, daß jede Hilfe vergebens war und daß er mit ihr sprechen wollte. Sie beugte sich ganz zu ihm hinab.

»Verzeih mir, Véronique.«

Dies war das erste, was sein schwindendes Bewußtsein hervorbrachte. Sie küßte ihn auf die Stirn und sagte weinend:

»Sei ruhig, Vater, strenge dich nicht an.«

Aber er hatte ihr noch etwas zu sagen, sein Mund mühte sich vergebens, Silben zu formen, die jedoch keinen Zusammenhang mehr hatten und die sie verzweifelt zu verstehen suchte. Das Leben entschwand. Sein Geist versank im Dunkel. Véronique hielt ihr Ohr dicht an seine Lippen, die eine letzte Anstrengung machten. Sie verstand die Worte:

»Nimm dich in acht... der Stein Gottes...«

Plötzlich richtete er sich halb auf. In seinen Augen leuchtete ein Glanz auf, flackernd wie eine sterbende Flamme. Ihr Vater schien jetzt ihre Anwesenheit in ihrer ganzen Bedeutung zu erfassen und ausschließlich an die vielen Gefahren zu denken, die sie bedrohten. Mit heiserer und erschreckter Stimme hörte sie ihn sagen:

»Nicht bleiben... Es ist dein Tod, wenn du bleibst. Fort von dieser Insel... rasch...«

Sein Kopf fiel hintenüber, und er stammelte ein paar Worte, die Véronique auffing:

»Ach das Kreuz... die vier Kreuze von Sarek... meine Tochter... meine Tochter... die Marter am Kreuz...«

Das war alles.

Ein tiefes Schweigen trat ein. Ein ungeheures Schweigen,

das die junge Frau auf sich lasten fühlte wie eine Bürde, deren Gewicht mit jedem Augenblick schwerer wurde.

»Fort von dieser Insel ...« wiederholte eine Stimme, »rasch! Ihr Vater befiehlt es Ihnen, Madame Véronique.«

Honorine befand sich neben ihr, leichenblaß. Ihre beiden Hände hatten sich um ein zusammengeknülltes, blutdurchtränktes Tuch gekrampft, das sie gegen ihre Brust drückte.

»Aber Sie müssen verbunden werden!« rief Véronique. »Warten Sie, lassen Sie mich sehen.«

»Später ... später wird man sich um mich kümmern«, stammelte Honorine. »Oh, das Ungeheuer ... Wenn ich doch rechtzeitig gekommen wäre ... Aber die Tür unten war verbarrikadiert ...«

Véronique flehte sie an:

»Lassen Sie sich pflegen ... Hören Sie ...«

»Gleich ... Aber erst ... Marie le Goff, die Köchin ... unten an der Treppe ... Sie ist auch verwundet ... Vielleicht auf den Tod ... Sehen Sie nach ihr ...«

Véronique ging durch die Tür im Hintergrund, durch die ihr Sohn geflohen war. Der Treppenflur war geräumig. Auf den ersten Stufen lag Marie le Goff zusammengekrümmt und röchelte.

Sie starb ganz kurz darauf, ohne das Bewußtsein wiedererlangt zu haben, als drittes Opfer eines unbegreiflichen Dramas.

Wie der alte Maguennoc vorausgesagt hatte, war Monsieur d'Hergemont das zweite Opfer gewesen.

Die armen Leute von Sarek

Als Véronique Honorines Wunde verbunden hatte – eine nicht sehr tiefe Wunde, die das Leben der Bretonin nicht zu gefährden schien – und Marie le Goffs Leiche in das große Zimmer gebracht hatte, das ganz mit Büchern angefüllt und wie ein Arbeitsraum eingerichtet war und wo auch ihr Vater lag, schloß sie Monsieur d'Hergemont die Augen, bedeckte ihn mit einem Tuch und begann zu beten. Aber die Worte des Gebetes kamen ihr nicht über die Lippen, und sie konnte keinen Gedanken fassen. Sie war wie zerschmettert von all den Schicksalsschlägen, die einer nach dem anderen auf sie niedersausten. Fast eine Stunde lang saß sie da, den Kopf in die Hände gestützt, während Honorine im Fieberschlaf lag.

»Madame Véronique«, sagte Honorine leise.

»Was gibt es?« fragte die junge Frau, die aus ihrer Versunkenheit erwachte.

»Hören Sie nicht?«

»Was denn?«

»Unten klingelt es. Das ist sicher Ihr Gepäck.«

Véronique erhob sich hastig.

»Was soll ich nur sagen? Wie soll ich alles erklären? Wenn ich das Kind beschuldige...«

»Sagen Sie lieber nichts. Lassen Sie mich reden.«

»Sie sind doch zu schwach, meine liebe Honorine.«

»Nein, nein, es geht schon besser.«

Véronique ging nach unten und schob dort in der mit schwarzen und weißen Fliesen ausgelegten Halle den Riegel einer großen Pforte zurück.

Es war in der Tat einer der Matrosen.

»Ich habe schon an der Küche geklopft«, sagte der Mann.

»Ist denn Marie le Goff nicht da? Und Madame Honorine?«

»Honorine ist oben und möchte Sie sprechen.«

Der Matrose sah sie an. Ihr bleiches und ernstes Gesicht schien auf ihn großen Eindruck zu machen, und er folgte ohne ein Wort zu sagen.

Honorine stand wartend vor der offenen Tür im ersten Stockwerk.

»Ach, du bist es, Corréjou?... Hör gut zu... Man kann sich auf dich verlassen, nicht wahr?«

»Was gibt es denn, M'ame Honorine, Sie sind ja verwundet, was ist denn geschehen?«

Sie trat zurück, wies durch die offene Tür auf die beiden Toten und sagte:

»Monsieur Antoine und Marie le Goff... sind beide ermordet...«

Ganz außer sich starrte der Mann sie an.

»Ermordet«, stammelte er. »Ist das möglich... Von wem?«

»Ich weiß nicht, wir kamen zu spät.«

»Aber der kleine François... und Monsieur Stéphane?...«

»Sie sind nicht zu finden... Man hat sie wohl ebenfalls ermordet.«

»Aber... aber... Maguennoc?«

»Maguennoc?... Warum sprichst du von ihm, Corréjou?«

»Ich spreche von ihm... von ihm... weil... wenn Maguennoc noch lebt... dann ist das alles... etwas anderes. Maguennoc hat immer gesagt, er werde der erste sein. Maguennoc sagt nur, was er sicher weiß. Maguennoc sieht auf den Grund der Dinge.«

Honorine dachte nach und erklärte dann: »Auch Maguennoc ist getötet.«

Diesmal verlor Corréjou alle Fassung. Sein Gesicht drückte jenen wahnsinnigen Schrecken aus, den Véronique schon verschiedentlich bei Honorine wahrgenommen hatte. Er bekreuzigte sich und sagte ganz leise:

»Ja dann... dann M'ame Honorine... kommt alles, wie Maguennoc es vorhergesagt hat... Noch neulich, als wir zusammen im Boot fuhren, sagte er mir, jetzt kommt bald die Zeit... Man müßte fort von hier.«

Und plötzlich machte der Matrose kehrt und stürzte auf die Treppe zu.

»Bleib hier, Corréjou!« befahl Honorine.

»Wir müssen fort von hier. Maguennoc hat es gesagt. Wir alle müssen fort.«

»Du bleibst«, wiederholte Honorine, und als der Matrose zögernd stehenblieb, fuhr sie fort:

»Wir sind uns einig. Wir müssen fort. Morgen abend fahren wir. Vorher aber müssen wir Monsieur Antoine und Marie le Goff begraben. Schick uns die Schwestern Archignat für die Totenwache. Es sind zwar bösartige Weiber, aber sie machen es ja immer. Zwei von den drei Schwestern müssen kommen, jeder wird doppelt soviel bezahlt als sonst.«

»Und dann, Ma'ame Honorine?«

»Du kümmerst dich mit den Alten um die Särge, und bei Tagesanbruch werden wir die Toten in geweihter Erde begraben, drüben auf dem Friedhof bei der Kapelle.«

»Und was dann, M'ame Honorine?«

»Dann bist du frei, ebenso wie die anderen, dann könnt ihr eure Sachen packen und abfahren.«

»Aber Ihr, M'ame Honorine?«

»Ich habe ja mein Boot. Und nun genug geschwatzt. Wir sind uns einig?«

»Einig wohl. Nur diese Nacht müssen wir noch hierbleiben. Aber ich denke wohl, daß von heute auf morgen nichts Neues passiert.«

»Sicher nicht... nein, sicher nicht... Geh nur, Corréjou, beeile dich, und sag vor allem den anderen nicht, daß Maguennoc tot ist, sonst bleiben sie keine Stunde mehr hier.«

»Versprochen, M'ame Honorine.«

Der Matrose eilte davon.

Eine Stunde später erschienen zwei der Schwestern Archignat. Zwei alte, knochige, hagere Gestalten, die wie Hexen aussahen und deren Hauben und schwarze Samtschleifen vor Schmutz starrten. Man brachte Honorine in ihr Zimmer, das im selben Stockwerk am äußersten Ende des rechten Flügels lag. Die Totenwache begann.

Véronique blieb zunächst bei ihrem Vater, dann an Honorines Bett, deren Zustand sich zu verschlimmern drohte. Véronique war in Halbschlaf versunken, als sie durch ein paar Worte der Bretonin geweckt wurde, die in einem Fieberanfall, aber noch halb bei Bewußtsein sagte:

»François muß sich verstecken... Und auch Monsieur Stéphane... Es gibt sichere Schlupfwinkel auf der Insel. Maguennoc hat sie ihnen gezeigt. Man wird sie nicht finden, und so bleibt alles unentdeckt.«

»Sind Sie sicher?«

»Ganz sicher... Hören Sie... Wenn morgen alle Leute Sarek verlassen haben und wir beide allein sind, gebe ich ihm das Zeichen mit meiner Muschel, dann kommt er.«

Véronique aber wehrte sich dagegen.

»Ich will ihn nicht sehen... mir graut vor ihm!... Ich verfluche ihn, wie mein Vater es tat... Bedenken Sie doch nur, er hat vor meinen Augen meinen Vater erschossen. Er hat Marie le Goff getötet... Und auch Sie hat er töten wollen! Nein, nein, ich fühle nichts als Haß und Abscheu vor diesem Ungeheuer!«

Die Bretonin drückte ihr die Hand und flüsterte:

»Verurteilen Sie ihn doch nicht... Er wußte nicht, was er tat.«

»Was sagen Sie? Er wußte es nicht! Ich habe seine Augen gesehen, es waren die Augen von Vorski.«

»Er wußte es nicht... Er war von Sinnen.«

»Von Sinnen? Wie meinen Sie das?«

»Ja, Madame Véronique, ich kenne den Jungen. Niemand kann besser sein als er. Wenn er das getan hat, so hat er es im Wahnsinn getan ... Genau wie Monsieur Stéphane. Jetzt weinen sie sicher beide vor Verzweiflung.«

»Das kann ich nicht glauben ... Das halte ich für ausgeschlossen ...«

»Sie glauben es nicht, weil Sie nichts von all dem wissen, was geschieht ... und geschehen wird ... Wenn Sie es wüßten ... Ich sage Ihnen, es gibt Dinge ... Dinge ...«

Ihre Stimme erlosch. Sie schwieg, aber ihre Augen blieben weit geöffnet und ihre Lippen bewegten sich lautlos.

Bis zum Morgen blieb alles ruhig. Gegen fünf Uhr hörte Véronique, wie die Särge zugenagelt wurden; fast gleichzeitig wurde die Tür des Zimmers aufgerissen, und die Schwestern Archignat stürzten beide in höchster Erregung herein.

Sie hatten von Corréjou, der, um sich Mut zu machen, ein wenig zuviel getrunken und drauflos geschwatzt hatte, die Wahrheit erfahren.

»Maguennoc ist tot«, schrien sie, »Maguennoc ist tot, und Sie haben uns nichts gesagt! Wir müssen fort! Schnell, unser Geld!«

Sobald sie bezahlt waren, rannten sie auf und davon. Eine Stunde später kamen andere von ihnen aufgehetzte Frauen, um ihre in der Abtei arbeitenden Männer zu holen. Sie erklärten alle:

»Wir müssen fort und alles vorbereiten ... Nachher ist es zu spät ... Die zwei Boote können uns alle aufnehmen.«

Honorine widersetzte sich ihrem Vorhaben mit aller Gewalt. Véronique gab Geld. In aller Eile fand die Beerdigung statt. Nicht weit von der Abtei lag eine alte Kapelle, die Monsieur d'Hergemont hatte wiederherstellen lassen und in der jeden Monat ein Priester aus Pont-l'Abbé die Messe las. Daneben befand sich die alte Grabstätte der Mönche von Sarek. Dort wurden die zwei Leichen beerdigt, und ein alter Mann, der sonst als Mesner diente, stotterte das Totengebet.

Alle schienen wie von Wahnsinn ergriffen. Ihre Worte, ihre Bewegungen hatten etwas Panikartiges. Die fixe Idee, möglichst schnell aufzubrechen, beherrschte sie. Und um Véronique, die weinend abseits stand und betete, kümmerte sich niemand.

Noch vor acht Uhr war alles beendet. Männer und Frauen eilten zum Hafen hinab. Véronique aber, der zumute war, als hätte sie einen schweren Traum, darin die Ereignisse ohne Sinn und Zusammenhang einander folgten, kehrte zu Honorine zurück, die wegen ihrer Schwäche an der Bestattung ihres Herrn nicht hatte teilnehmen können.

»Es geht mir besser«, sagte die Bretonin. »Heute oder morgen fahren wir ab und nehmen François mit.«

Als Véronique aufbegehrte, wiederholte sie:

»Wir nehmen ihn mit, sage ich Ihnen, und auch Monsieur Stéphane, und zwar so schnell wie möglich. Auch ich will von hier fort... Sie und François mitnehmen... Der Tod geht hier auf der Insel um... Hier ist er Herrscher... Wir müssen ihm Sarek überlassen... Wir gehen alle fort.«

Véronique wollte ihr nicht widersprechen. Aber gegen neun Uhr hörte man von neuem eilige Schritte. Es war Corréjou, der aus dem Dorf kam; kaum im Zimmer, rief er bereits:

»Man hat Ihr Boot gestohlen, M'ame Honorine. Ihr Boot ist verschwunden!«

»Unmöglich!«

»Es ist verschwunden«, behauptete atemlos der Matrose. »Heute morgen schon ahnte ich so etwas... Aber ich hatte wohl etwas zuviel getrunken... und so dachte ich nicht mehr daran. Später haben es die anderen auch bemerkt. Das Tau ist durchschnitten... Es muß in der Nacht geschehen sein, und sie haben sich davongemacht. Niemand hat sie gesehen oder erkannt.«

Die beiden Frauen blickten sich an, und ein und derselbe Gedanke schnürte ihnen das Herz zusammen. François und

Stéphane Maroux waren geflohen. Honorine stieß undeutlich hervor:

»Ja, ja, so ist es. *Er* kennt sich damit aus.«

Véronique fühlte sich wohl erleichtert bei dem Gedanken, daß ihr Kind fort war und sie es nicht mehr zu sehen brauchte. Von neuer Angst ergriffen rief Honorine aus:

»Und nun... Was wird nun?...«

»Sie müssen gleich mit uns fahren, M'ame Honorine. Die Boote sind bereit... Alle packen schon... Um elf Uhr ist niemand mehr im Dorf.«

Véronique widersprach:

»Honorine kann in diesem Zustand nicht fort.«

»Doch, es geht mir besser«, erklärte die Bretonin.

»Nein, das wäre töricht, wir wollen ein oder zwei Tage warten. Kommen Sie übermorgen wieder, Corréjou.«

Sie drängte den Matrosen, der sowieso nicht schnell genug fortkommen konnte, zur Tür hinaus.

»Gut, ich komme übermorgen wieder... Wir können auch nicht alles mitnehmen... Wir müssen ohnehin von Zeit zu Zeit zurückkommen, um einiges zu holen. Pflegen Sie sich, M'ame Honorine.«

Dann stürzte er fort.

»Corréjou, Corréjou«, rief Honorine, die sich im Bett aufgerichtet hatte, verzweifelt hinter ihm her.

»Geh nicht, geh nicht fort, Corréjou, warte auf mich. Du mußt mich in dein Boot tragen.«

Sie horchte angestrengt, und als der Matrose nicht zurückkam, wollte sie aufstehen.

»Ich habe Angst, ich will nicht allein hierbleiben.«

Véronique hielt sie zurück.

»Aber Sie bleiben doch nicht allein hier, Honorine. Ich verlasse Sie nicht.«

Ein Kampf entspann sich zwischen den beiden Frauen, und Honorine, die von Véronique mit Gewalt auf das Bett zurückgeworfen wurde, stöhnte in ihrer Wehrlosigkeit:

»Ich habe Angst, ich habe Angst... Die Insel ist verflucht... Hierbleiben heißt Gott versuchen... Maguennocs Tod ist die Warnung... Ich habe Angst...«

Sie sprach im Fieber, war aber immer noch halb bei Bewußtsein, so daß ihren sonst unzusammenhängenden Reden, aus denen die abergläubische Seele der Bretonin sprach, hin und wieder ein Sinn zu entnehmen war.

Sie faßte Véronique bei den Schultern und stieß mühsam hervor:

»Ich sage Ihnen... Die Insel ist verflucht... Maguennoc hat es mir eines Tages anvertraut: ›Sarek ist ein Tor zur Hölle. Jetzt ist es verschlossen. Aber an dem Tag, an dem es sich öffnet, wird alles Unheil wie ein Sturmwind über uns hinwegfegen.‹«

Auf Véroniques Zureden hin beruhigte sie sich ein wenig. Ihre Stimme wurde sanfter und schwächer, und sie fuhr fort:

»Trotzdem liebte er die Insel sehr... wie wir alle... Er sagte merkwürdige Dinge, die ich nicht verstand. ›Das Tor hat zwei Seiten, Honorine, es führt auch ins Paradies.‹ ... Ja, ja, auf der Insel konnte man gut leben. ... Wir liebten sie ... Maguennoc pflanzte hier Blumen ... Oh, diese Blumen ... sie sind enorm... dreimal höher... und schöner.«

Die Minuten flossen langsam dahin. Das Zimmer lag am äußersten Ende des Hauses in einem Flügel, der vorgebaut war und von dessen Fenstern aus man rechts und links die Insel und die Felsen übersehen konnte, die das Meer beherrschten.

Véronique starrte auf die weißen Wogen, die der Wind stürmischer bewegte. Die Sonne brach durch dichten Nebel, der die Küste der Bretagne nicht sichtbar werden ließ. Nach Westen zu reichte der Blick über den Schaumgürtel und die schwarzen Felsriffe hinweg bis hinüber zu der weiten Fläche des Ozeans.

Halb im Schlaf flüsterte die Bretonin:

»Man sagt, die Pforte der Hölle bestehe aus einem Stein... und er soll von sehr weit herkommen, aus einem fremden Land... es ist der Stein Gottes. Man sagt auch, es sei ein wertvoller Stein... der aus Gold und Silber gemacht ist... Der Stein bringt Tod oder Leben. Maguennoc hat ihn gesehen... Er hat die Pforte geöffnet und den Arm hineingesteckt... und seine Hand... und seine Hand ist in Asche zerfallen.«

Beklemmung legte sich auf Véronique, langsam packte auch sie die Angst. Die fürchterlichen Ereignisse, die sie seit einigen Tagen mit Entsetzen erlebte, schienen andere, noch furchtbarere, nach sich zu ziehen, wie ein Orkan, der alles mit sich fortreißt.

»Sehen Sie die Boote nicht?« fragte Honorine.

»Man kann sie von hier aus nicht sehen«, entgegnete Véronique.

»Doch, doch, sie nehmen bestimmt diesen Weg. Die Boote sind schwer, und an der Spitze der Insel ist die Durchfahrt breiter.«

In der Tat sah Véronique bald darauf ein Boot um das Vorgebirge biegen.

Es war mit Kisten und Kasten, auf denen Frauen und Kinder sich niedergelassen hatten, voll beladen und lag tief im Wasser. Vier Männer ruderten mit aller Kraft.

»Es ist Corréjous Boot«, sagte Honorine, die, halb angezogen, von ihrem Bett aufgesprungen war. »Und da ist das andere, sehen Sie?«

Das zweite Boot, auch schwer beladen, tauchte jetzt auf. Nur drei Männer ruderten und eine Frau.

Beide Boote waren zu weit entfernt, vielleicht sieben- oder achthundert Meter, als daß man die Gesichter hätte unterscheiden können. Es drang auch kein Laut aus diesen schweren, mit Elend beladenen Nußschalen, die vor dem Tod flohen, zu ihnen herüber.

»Mein Gott, mein Gott«, stöhnte Honorine, »wenn sie nur aus der Hölle herauskommen.«

»Was können Sie nur fürchten, Honorine? Denen droht doch keine Gefahr?!«

»Doch, solange sie die Insel nicht verlassen haben.«

»Aber sie haben sie doch verlassen.«

»Alles um die Insel herum gehört noch zur Insel. Da lauern die Särge.«

»Aber das Meer ist ruhig.«

»Da ist eben etwas anderes als das Meer. Nicht das Meer ist der Feind.«

»Was aber dann?«

»Ich weiß es nicht... ich weiß nicht...«

Die beiden Boote näherten sich der nördlichen Spitze. Zwei Durchfahrten taten sich vor ihnen auf, die die Bretonin nach dem Namen der zwei Klippen den Teufelsfelsen und den Zahn von Sarek nannte.

Fast gleichzeitig konnte man sehen, daß Corréjou die Teufelsdurchfahrt gewählt hatte.

»Sie kommen zum Felsen«, sagte die Bretonin. »Sie sind schon da... hundert Meter noch... und alles ist gut. Der Teufel wird sein Spiel verlieren, Madame Véronique. Ich glaube wirklich, daß wir gerettet werden, Sie und ich und alle Leute auf Sarek!«

Véronique blieb schweigsam. Ihre Beklemmung wich nicht und war um so beängstigender, als sie nur auf unbestimmten Ahnungen beruhte, die sich nicht bekämpfen ließen.

Sie blickte unverwandt auf den Grenzbereich, bis zu welchem Gefahr drohte, und Corréjou hatte diese Grenze noch nicht erreicht.

Fieberfrost schüttelte Honorine, die immerzu wiederholte:

»Ich habe Angst... ich habe Angst...«

»Aber nein«, erklärte Véronique und richtete sich auf. »Das ist absurd. Woher sollte denn die Gefahr kommen?«

»Oh«, schrie die Bretonin, »was ist das? Was soll das heißen?«

»Was denn? Was ist denn?«

Alle beide hatten die Stirn gegen das Fenster gepreßt und sahen entsetzt hinaus. Drüben war etwas sozusagen aus dem Zahn von Sarek hervorgesprungen, und sofort erkannten sie das Motorboot, das sie gestern benutzt hatten und dessen Verschwinden Corréjou gemeldet hatte.

»François! ... François! ...« rief Honorine verblüfft. »François und Monsieur Stéphane!...«

Véronique erkannte jetzt das Kind. Es stand aufrecht vorn im Boot und machte den Leuten in den zwei Booten Zeichen. Die Männer antworteten, indem sie die Ruder bewegten, während die Frauen mit den Händen winkten. Trotz Véroniques Einwänden öffnete Honorine die beiden Fensterflügel, und durch das Knattern des Motors hindurch hörten sie Stimmen, konnten aber kein Wort verstehen.

»Was soll das heißen«, wiederholte die Bretonin. »François und Stéphane... Warum sind sie nicht ans Ufer gegangen?«

»Vielleicht hatten sie Angst, bei ihrer Landung entdeckt und vernommen zu werden«, erklärte Véronique.

»Aber nein, man kennt sie, besonders François, der mich oft begleitet hat. Unsere Ausweispapiere sind außerdem noch im Boot. Nein, nein, sie haben dort hinter dem Felsen verborgen gewartet.«

»Aber Honorine, wenn sie sich verborgen haben, warum zeigen sie sich dann jetzt?«

»Ach, da... da seht nur... das verstehe ich nicht.... Das ist wirklich seltsam... Was sollen denn Corréjou und die anderen davon denken?«

Die Boote, von denen das zweite im Kielwasser des ersten dahinfuhr, standen beinahe still. Alle Insassen schienen sich nach dem Motorboot umgedreht zu haben, das in schneller

Fahrt auf sie zufuhr, als es in die Nähe des zweiten Bootes kam, seine Fahrt verlangsamte und dann parallel zu den beiden Booten in einem Abstand von ungefähr fünfzehn oder zwanzig Metern dahinglitt.

»Ich verstehe nicht... Ich verstehe nicht...« murmelte die Bretonin.

Der Motor war ausgeschaltet, und das Boot schob sich allmählich zwischen die beiden Boote.

Plötzlich sahen die beiden Frauen, daß François sich bückte, sich dann aufrichtete und den rechten Arm zurückschwenkte, als ob er etwas weit wegschleudern wollte.

Stéphane Maroux machte dieselbe Bewegung.

Dies geschah blitzschnell und machte einen unheimlichen Eindruck.

»Oh«, schrie Véronique.

Sie hielt sich einen Moment die Augen zu, hob aber sofort den Kopf wieder und sah ein furchtbares Schauspiel. Zwei Gegenstände waren in die nahen Boote hineingeschleudert worden. Der erste kam vom Bug und war von François, der andere kam von hinten und war von Stéphane geworfen worden.

Und schon schossen zwei Feuergarben von den Booten auf; zwei Rauchwolken folgten.

Die Detonation hallte über das Meer.

Einen Augenblick konnte man nicht sehen, was hinter der schwarzen Rauchwolke vorging.

Dann schob sich der Vorhang beiseite, der Wind hatte ihn fortgeweht, und Véronique und die Bretonin sahen, wie die beiden Boote rasch untergingen, während einige der Insassen ins Meer sprangen.

Dieses höllische Schauspiel dauerte nicht lange. Auf einer der Bojen sahen sie eine Frau. Sie hielt ein Kind in ihrem Arm und rührte sich nicht. Daneben schwammen regungslose Körper, die wohl getroffen waren, dann zwei Männer, die aufeinander einschlugen – wahrscheinlich in einem

Anfall von Wahnsinn. Dann versank alles, Menschen und Boote.

Ein paar Strudel, ein paar schwarze Punkte auf der Oberfläche, und alles war zu Ende.

Starr vor Entsetzen, hatten Honorine und Véronique kein Wort gesprochen. Dieses Schauspiel übertraf alles, was sie sich in ihrer Angst ausgemalt hatten.

Plötzlich preßte Honorine die Hand gegen die Stirn, und mit einer Stimme, die Véronique unvergeßlich blieb, stieß sie hervor: »Mir springt der Kopf... Ach, die Unglücklichen... Es waren meine Freunde... Freunde aus der Kindheit... Und niemals werde ich sie wiedersehen... Niemals gibt das Meer bei Sarek seine Toten wieder. Es hält sie fest... und Särge hat es für sie bereit, eine Unzahl in der Tiefe verborgener Särge... Ach, mir springt der Kopf... Ich werde wahnsinnig... Wahnsinnig wie François... Mein armer François!«

Véronique gab keine Antwort. Sie war leichenblaß. Krampfhaft hielt sie sich am Balkon fest und blickte hinunter, wie man in einen Abgrund blickt, in den man sich stürzen will. Was würde ihr Sohn jetzt tun? Würde er die Alten retten, deren Angstgeheul man jetzt hörte? Selbst nach einem Ausbruch des Wahnsinns konnte er ja angesichts dieses Unglücks wieder zur Vernunft kommen.

Das Motorboot hatte sofort gedreht, um nicht in die Strudel mit hineingerissen zu werden. François und Stéphane, deren rote und weiße Mützen man immer noch sah, standen jeder noch an seinem Platz vorn und hinten im Boot und hielten in ihrer Hand... Die beiden Frauen konnten bei der großen Entfernung nicht recht erkennen, was sie in der Hand hielten, es sah aus wie ein langer Stock.

»Vielleicht sind es Stangen, um die Leute zu retten«, flüsterte Véronique.

»Oder Gewehre«, meinte Honorine.

Die schwarzen Punkte schwammen noch im Wasser. Es waren neun, die Köpfe der neun Überlebenden, und deutlich sah man die Bewegung der Arme und hörte Hilferufe.

Einige suchten eilig von dem Boot wegzukommen. Vier aber näherten sich ihm, und von diesen waren zwei im Begriff, es zu erreichen.

Da machten François und Stéphane dieselbe Bewegung, die Bewegung von Schützen, die das Gewehr anlegen.

Zweimal blitzte es auf. Man hörte den Knall. Und die Köpfe der beiden Schwimmer verschwanden im Wasser.

»Oh, diese Ungeheuer«, stammelte Véronique, die halb ohnmächtig in die Knie sank.

Neben ihr stand Honorine und schrie aus Leibeskräften:

»François!... François...«

Die Stimme drang nicht weit. Sie war zu schwach, und der Wind trug die Worte fort. Aber die Bretonin hörte nicht auf zu rufen.

»François!... Stéphane!...«

Dann lief sie durch das Zimmer, durch den Korridor, sie suchte etwas und kam dann, immer noch rufend, ans Fenster zurück.

»François... François, hör doch...«

Sie hatte die Muschel gefunden, die ihr als Signalhorn diente. Als sie sie aber an den Mund legte, konnte sie nur dumpfe und undeutliche Töne hervorbringen.

»Ach, verdammt!« stammelte sie und warf die Muschel fort. »Ich habe keine Kraft mehr. François!... François!...«

Ihr Anblick war furchtbar. Das Haar hing ihr wirr herab, Fieberschweiß rann über das Gesicht.

»Ich flehe Sie an, Honorine«, bat Véronique.

»Aber sehen Sie doch hin, sehen Sie doch...«

Drüben flog das Boot dahin. Die beiden Schützen standen auf ihrem Posten, die Waffen zu neuen Verbrechen erhoben.

Die Überlebenden hatten die Flucht ergriffen. Zwei blieben zurück. Auf diese zielten sie, und sie verschwanden.

»Aber sehen Sie nur«, wiederholte die Bretonin mit tonloser Stimme. »Das ist die reine Jagd... Sie schießen auf ihr Wild... Oh, die armen Leute von Sarek.«

Wieder ein Schuß. Ein dunkler Punkt verschwand.

Véronique wand sich vor Verzweiflung und rüttelte an dem Balkongitter, als wäre es das Gitter eines Gefängnisses.

»Vorski, Vorski!« ...stöhnte sie niedergeschmettert von der Erinnerung an ihren Mann. »Es ist Vorskis Sohn.«

Plötzlich fühlte sie sich an der Kehle gepackt und sah dicht an ihrem Gesicht das entstellte Gesicht der Bretonin.

»Es ist dein Sohn«, brachte Honorine mühsam hervor. »Sei verflucht... du bist die Mutter dieses Ungeheuers, und du wirst bestraft werden...«

Dabei brach sie in unheimliches Gelächter aus, wie geschüttelt von einem Krampf, und stampfte dazu mit den Füßen.

»Das Kreuz, ja, das Kreuz! Du wirst ans Kreuz steigen... Nägel durch die Hände! ... Das wird eine Strafe sein! ... Nägel durch die Hände!«

Sie hatte den Verstand verloren.

Véronique machte sich los und wollte sie zur Ruhe zwingen. Aber boshaft und wütend stieß Honorine sie zurück. Véronique verlor das Gleichgewicht und sah noch, wie Honorine auf den Balkon kletterte. Dort blieb sie mit ausgebreiteten Armen stehen, hob die Arme und schrie von neuem:

»François, François!...«

Das Haus, das auf unebenem Gelände stand, war an dieser Seite weniger hoch. Die Bretonin sprang in den Garten, lief die Allee entlang, zwängte sich durch das angrenzende Gebüsch und lief dem Grat eines Felsen zu, der über das Meer hinausragte.

Einen Augenblick hielt sie inne, rief dreimal den Namen

des Kindes, das sie aufgezogen hatte, und stürzte kopfüber in den Abgrund.

Draußen auf dem Meer ging die Menschenjagd dem Ende zu. Ein Kopf nach dem anderen versank. Das Morden hatte aufgehört.

Dann floh das Boot mit François und Stéphane zur bretonischen Küste, in Richtung Beg-Meil und Concarneau.

Véronique blieb allein auf der Insel mit den dreißig Särgen zurück.

Vier Frauen am Kreuz

Véronique war allein auf der Insel der dreißig Särge zurückgeblieben. Sie rührte sich nicht, bis die Sonne zwischen den Wolken, die auf dem Meer zu ruhen schienen, unterging. Sie lehnte zusammengebrochen am Fenster, den Kopf in den beiden auf dem Sims liegenden Armen vergraben.

Die Wirklichkeit tauchte aus dem Dunkel ihres Bewußtseins auf wie ein Bild, das sie nicht sehen wollte, das aber für Augenblicke so klar und deutlich wurde, als erlebe sie die grausigen Szenen noch einmal.

Noch immer suchte sie nach keiner Erklärung, gab sich keinen Vermutungen hin, die Licht in dieses Drama hätten bringen können. Sie nahm vielmehr an, daß François und Stéphane Maroux wahnsinnig geworden seien, denn einen anderen Beweggrund für ihr Verbrechen konnte sie nicht finden.

Auch ließ sie Honorines Wahnsinn, dessen Ausbruch sie gewissermaßen mit angesehen hatte, alle Ereignisse auf eine Geistesstörung zurückführen, deren Opfer alle Bewohner von Sarek geworden wären. Sie selbst fühlte, wie sich in gewissen Augenblicken ihre Gedanken verwirrten und im Nebel verschwanden. Unsichtbare Gespenster mochten wohl hier umgehen.

Sie sank in einen Halbschlaf, der von so furchtbaren Bildern erfüllt war, daß sie verzweifelt zu schluchzen begann. Es schien ihr, als hörte sie ein leises Geräusch, das in ihrem müden Kopf sofort eine schlimme Bedeutung annahm. Feinde näherten sich. Sie schlug die Augen auf.

Vor ihr, drei Schritte entfernt, saß auf seinen Hinterbeinen ein drolliges Tier mit langem hellbraunem Fell. Die Vorderpfoten hatte es wie Arme über der Brust gekreuzt.

Es war ein Hund. Und sogleich erinnerte sie sich an den Hund, von dem Honorine ihr erzählt hatte, als von einem guten, treuen und spaßigen Tier. Sogar der Name fiel ihr ein, »Okay«.

Als sie halblaut den Namen aussprach, kam es wie Zorn über sie, und schon wollte sie das Tier mit dem trügerischen Namen davonjagen. Okay. Sie dachte an alle Opfer der grausigen Katastrophe, an alle Toten von Sarek, an ihren ermordeten Vater, an Honorine, die sich ins Meer gestürzt hatte, und an François, der wahnsinnig geworden war. Okay...!

Der Hund rührte sich nicht. Er machte Männchen, so wie Honorine es beschrieben hatte. Der Kopf hing ein wenig vornüber, ein Auge hatte er geschlossen, die Schnauze machte er breit bis zu den Ohren, hielt die Pfoten gekreuzt, und auf seinem Gesicht lag wirklich so etwas wie ein Lächeln.

Jetzt erinnerte sich Véronique. So zeigte Okay denjenigen, die Kummer hatten, sein Mitgefühl.

Okay konnte keine Tränen sehen. Sobald jemand weinte, machte er so lange Männchen, bis man lächeln mußte und ihn streichelte.

Véronique lächelte nicht, aber sie zog ihn an sich und sagte zu ihm:

»Nein, mein armes Tier, nichts ist okay, im Gegenteil. Aber wenn auch, man muß leben, nicht wahr, und man darf nicht verrückt werden wie die anderen.«

Aber es galt zu handeln. Sie ging in die Küche hinunter, fand einige Vorräte, von denen sie dem Hund einen guten Teil abgab, und ging dann wieder hinauf.

Es war Nacht geworden. Im ersten Stockwerk öffnete sie die Tür zu einem Zimmer, das wohl für gewöhnlich leer gestanden hatte. Die Anstrengungen und furchtbaren Aufregungen, die hinter ihr lagen, hatten sie grenzenlos erschöpft, und sie schlief sofort ein. Okay wachte an ihrem Bett.

Sie erwachte erst gegen Morgen. Ein eigentümliches Gefühl von Ruhe und Frieden war über sie gekommen. Ihr jetziges Leben rief ihr die ruhigen und sanften Tage von Besançon wieder ins Gedächtnis. Die Schreckenstage, die sie durchlebt hatte, wichen zurück wie entfernte Ereignisse, deren Wiederkehr nicht zu befürchten war. Die Menschen, die der großen Katastrophe zum Opfer gefallen waren, blieben für sie gleichsam Fremde, denen man einmal begegnet ist und die man nicht mehr wiedersieht. Ihr Herz trauerte nicht um sie. Der Schmerz drang nicht bis auf den Grund ihrer Seele.

Ruhe kam über sie, tröstliche Einsamkeit, das tat ihr so wohl, daß sie, als ein Dampfer bei der Unglücksstelle vor Anker ging, ihm keinerlei Zeichen gab. Zweifellos hatte man am Vorabend von der Küste aus das Aufblitzen der Schüsse und den Knall bemerkt. Véronique rührte sich nicht.

Sie sah, wie ein Boot vom Dampfer herabgelassen wurde, und sie glaubte, man werde an Land gehen und das Dorf durchsuchen. Sie fürchtete eine Untersuchung, in die ihr Sohn hineingezogen werden konnte. Außerdem wollte sie vermeiden, daß man sie fand, daß man sie ausfragte, ihren Namen erfuhr, ihre Geschichte aufdeckte und daß man sie dann wieder in den Kreislauf der höllischen Ereignisse zurückreißen würde, denen sie kaum entgangen war.

Lieber wollte sie ein bis zwei Wochen warten, bis irgendein Zufall ein Boot an der Insel vorbeitrieb, das sie aufnehmen würde.

Aber niemand kam bis zur Abtei herauf. Der Dampfer fuhr ab. Nun störte nichts mehr die Einsamkeit der jungen Frau.

So verbrachte sie drei Tage. Das Schicksal schien nichts Schlimmes mehr gegen sie im Schilde zu führen. Sie war allein und konnte über sich bestimmen. Auch Okay, dessen Gegenwart ihr so tröstlich war, verschwand.

Das Gebiet der Abtei umfaßt die ganze äußerste Spitze der Insel. Früher befand sich hier ein Benediktinerkloster, das die Mönche im fünfzehnten Jahrhundert verlassen hatten und das inzwischen ganz verfallen war.

Das jetzige Gebäude, das im achtzehnten Jahrhundert von einem reichen bretonischen Schiffsreeder aus den Trümmern der alten Kapelle errichtet worden war, bot nichts Besonderes, weder in der Bauart noch in der Einrichtung des Hauses. Außerdem wagte Véronique nicht, auch nur eines der Zimmer zu betreten. Die Erinnerung an ihren Vater und an ihren Sohn hielt sie von den verschlossenen Türen zurück.

Am zweiten Tag aber, verlockt durch den hellen Frühlingssonnenschein, durchstreifte sie den Park. Er reichte bis zur Spitze der Insel und war wie der vor dem Haus liegende Rasen mit Trümmern und Efeuranken bedeckt. Sie bemerkte, daß alle Wege zu einem hohen, ins Meer hinausragenden Felsen hinführten, auf dem einige uralte Eichen standen. Als sie dort ankam, entdeckte sie, daß diese Eichen eine Lichtung umgaben, die sich im Halbkreis auf das Meer öffnete.

In der Mitte dieser Lichtung erhebt sich ein Dolmen, dessen längliche und ziemlich kurze Steinplatte auf zwei fast viereckigen Felsvorsprüngen ruht. Der Eindruck ist von gewaltiger Feierlichkeit. Der Blick schweift ins Unendliche.

Das ist der Dolmen, von dem Honorine erzählt hat, dachte sie. Es ist gewiß von hier nicht weit zu dem blühenden Kalvarienberg und zu Maguennocs Blumen.

Sie ging um den Megalith herum. Auf der inneren Fläche der beiden Felsenfüße waren einige unlesbare Zeichen eingehauen, aber auf der äußeren, dem Meere zugewandten Seite, die eine für eine Inschrift bestimmte glatte Fläche bildete, entdeckte sie etwas, das ihr Herz vor Angst erbeben ließ.

Rechts sah sie, tief in den Stein eingemeißelt, die ungeschickte und naive Darstellung von vier Kreuzen, an denen die Gestalten von vier Frauen hingen. Links sah sie mehrere

Zeilen von Schriftzeichen, die nur grob in den Stein geritzt, durch die Unbill des Wetters verwischt oder vielleicht absichtlich von Menschenhand zerstört worden waren. Einige Worte nur waren noch lesbar. Es waren dieselben Worte, die Véronique auf der neben Maguennocs Leiche gefundenen Zeichnung gelesen hatte.

»Vier Frauen am Kreuz... Dreißig Särge... Stein Gottes, der Leben oder Tod gibt.«

Véronique taumelte zurück. Wieder stand sie vor dem Geheimnis, wie überall auf der Insel. Aber sie wollte nichts mehr davon wissen, bis zu dem Augenblick, wo sie Sarek verlassen konnte.

Neben der letzten Eiche rechts, die vom Blitz getroffen schien und von der nur noch ein Teil des Stammes und einige abgestorbene Zweige übriggeblieben waren, führte ein Fußweg aus der Lichtung heraus.

Auf diesem gelangte Véronique durch einige Steinstufen hinab auf eine kleine Wiese, wo vier Reihen Menhire nebeneinander standen. Mit einem erstickten Schrei blieb sie plötzlich stehen, voll Staunen und Verwunderung über den Anblick, der sich ihr bot.

»Maguennocs Blumen«, sagte sie leise. Die beiden letzten Menhire der Reihe, die sie durchschritt, bildeten die Eingangspforte zu dem unerhörtesten Schauspiel. Es war ein rechteckiger, höchstens fünfzig Meter langer Platz, zu dem einige Stufen hinabführten und der wie von Tempelsäulen von zwei Reihen gleich hoher und in regelmäßigen Abständen sich folgender Menhire begrenzt wurde. Das Schiff und die Seitengänge dieses Tempels waren mit großen, unregelmäßigen und geborstenen Granitplatten ausgelegt. Das Gras, das in den Spalten wuchs, umrahmte sie wie die Bleieinfassung großer Kirchenfenster.

In der Mitte sah Véronique ein etwas kleineres Quadrat. Hier drängte sich um eine steinerne alte Christusskulptur, die in der Mitte stand, eine Fülle von Blumen. Aber was für

Blumen! Blumen, wie keine Phantasie sie sich ausmalen konnte, phantastische Blumen, Wunderblumen von ungewöhnlicher Größe.

Véronique erkannte sie gleich. Dennoch stand sie wie betäubt vor diesem Glanz und dieser Größe. Es waren Blumen vieler Arten, aber von jeder Sorte nur ein paar. Sie sahen aus wie ein Strauß, der alle Farben, alle Düfte und alle Schönheit in sich vereinigen wollte.

Und das Erstaunlichste war, daß diese Blumen, die für gewöhnlich nicht gleichzeitig blühen, sondern von Monat zu Monat aufbrechen, hier gleichzeitig in Blüte standen! An demselben Tage gingen alle diese üppigen Blumen, deren Blütezeit sonst zwei oder drei Wochen umfaßt, auf und vermehrten sich. Ihre schweren, prächtigen, leuchtenden Blüten standen stolz auf den kräftigen Stielen.

Und über all diesen Blüten – ach, wie erschrak die junge Frau – über diesem leuchtenden Blumenkorb standen etwas erhöht auf einem schmalen Beet um den Sockel der Christusfigur, zu der ihre blauen Blüten hinaufzustreben schienen, eine Fülle blaue, weiß und lila blühender Veronica...

Vor Erregung drohte sie umzusinken. Auf einer kleinen Tafel, die an dem Sockel befestigt war, stand schlicht:

»Mamas Blumen.«

Véronique glaubte nicht an Wunder, sie sah wohl, daß diese übernatürlichen Blumen den Blumen unseres Landes nicht vergleichbar waren. Aber sie wollte nicht glauben, daß diese Besonderheit nur von übernatürlichen Kräften oder von den Mitteln und Zauberformeln herrührte, deren Geheimnis Maguennoc gekannt hatte. Nein, hier gab es noch einen anderen Grund, der vielleicht sehr einfach war und über den die Ereignisse bald Klarheit bringen würden.

In dieser heidnischen Umgebung, mitten in diesem Wundergarten, den Christus durch seine Gegenwart geschaffen zu haben schien, erhob sich ein Bild aus der Fülle der Blumen, die ihm ihre Farben und ihre Düfte darboten. Véronique kniete nieder.

An den beiden folgenden Tagen ging sie wieder zum Kalvarienberg. Diesmal hatte das Geheimnis, das sie von allen Seiten umgab, für sie etwas ungemein Liebliches, und ihr Sohn spielte darin eine Rolle, denn beim Anblick der blauen Veronica vermochte sie ohne Haß und ohne Verzweiflung von ihm zu träumen.

Am fünften Tage aber bemerkte sie, daß ihre Vorräte zur Neige gingen, und so stieg sie am Nachmittag ins Dorf hinunter.

Dort unten fand sie die meisten Häuser offen, so sehr hatten sich ihre Bewohner beim Weggehen darauf verlassen, daß sie wiederkommen und bei ihrer zweiten Fahrt alles Notwendige mitnehmen würden.

Beklommenen Herzens wagte sie nicht über die Schwelle zu treten. Auf dem Fenstersims standen Geranien. In den leeren Zimmern zeigten große Standuhren mit Kupferpendeln nach wie vor die Zeit an. Sie ging wieder.

Da bemerkte sie nicht weit vom Hafen unter einem Schutzdach die Säcke und Kisten, die Honorine in ihrem Boot mitgebracht hatte.

»Nun also«, sagte sie sich. »Ich werde nicht vor Hunger sterben. Das reicht für Wochen, und dann ...«

Sie packte Schokolade, Kekse, ein paar Konservenbüchsen, Reis und Streichhölzer in einen Korb und wollte gerade in die Abtei zurückgehen, als sie auf den Gedanken kam, ihren Gang bis ans andere Ende der Insel auszudehnen. Auf dem Rückweg würde sie dann den Korb mitnehmen.

Ein schattiger Weg führte zu dem Plateau hinauf. Die Landschaft schien hier nicht anders zu sein. Dieselbe Ebene, dieselbe Heidelandschaft, unbebaut und ohne Viehherden, dieselben alten Eichen. Auch hier verengte sich die Insel, und nichts hinderte den Ausblick auf die andere Seite, so daß man weithin die Küste der Bretagne übersehen konnte.

Sie entdeckte eine Hecke, die sich von einem Felsen zum anderen hinzog und die ein Gut abgrenzte. Ein Gut von jämmerlichem Aussehen, mit langgestrecktem, halbzerfallenem Gemäuer. Die Dächer der Nebengebäude waren geflickt, der Hof war schmutzig. Altes Eisen und Holz lagen herum.

Schon wollte Véronique umkehren, als sie haltmachte. Sie glaubte, ein Stöhnen gehört zu haben, und lauschte in die Stille hinaus. Da vernahm sie von neuem und diesmal deutlicher diesen Laut. Es war eine weibliche Stimme, die klagend um Hilfe rief. So waren also nicht alle Bewohner fort? Bei dem Gedanken, nicht allein auf Sarek zu sein, überkam sie ein Gefühl der Freude und zugleich des Schreckens.

Soweit Véronique es beurteilen konnte, kam das Geräusch nicht aus dem Hause, sondern aus einem Nebengebäude rechts vom Hof. Diesen Hof schloß nur ein einfaches Holzgitter. Sie öffnete es. Der hölzerne Riegel knirschte.

Jetzt wurden die Rufe lauter. Sicher hatte man sie kommen hören. Véronique ging schneller.

Wenn auch das Dach des Gebäudes schadhaft war, so waren doch die Mauern dick und fest, mit alten gewölbten Türen, die durch Eisenstangen gesichert waren. Gegen eine dieser Türen wurde von innen mit den Fäusten geschlagen, während die Hilferufe immer drängender wurden.

»Hilfe!... Hilfe!...«

Hinter der Tür kämpften zwei Menschen miteinander und eine andere weniger schrille Stimme kreischte:

»Ruhig doch, Clemence, vielleicht sind sie es.«

»Nein, nein, Gertrude, sie sind es nicht! Man hört sie nicht!... Machen Sie doch auf, der Schlüssel steckt!«

In der Tat sah Véronique, als sie hineinzugelangen versuchte, einen großen Schlüssel im Schloß stecken. Sie brauchte ihn nur umzudrehen, und die Tür ging auf.

Sie erkannte sofort die Schwestern Archignat mit ihren alten Hexengesichtern, nur notdürftig bekleidet und halb verhungert. Der Raum war ein mit allerlei Gerät angefülltes Waschhaus; im Hintergrunde bemerkte Véronique auf einem Strohlager eine dritte Frau, die mit erlöschender Stimme vor sich hinstöhnte und die die dritte Schwester zu sein schien.

In diesem Augenblick sank die eine der beiden Schwestern ohnmächtig um. Die andere aber, deren Augen im Fieber glänzten, ergriff ihren Arm und keuchte:

»Haben Sie sie gesehen? Wie?... Sind sie da?... Wie sind Sie ihnen entgangen? Seitdem die anderen geflohen sind, sind sie Herrscher auf Sarek, und bald werden wir... Seit sechs Tagen sind wir hier eingeschlossen... Am Morgen vor der Abfahrt... Wir packten gerade und wollten zu den Booten herab... Wir wollten alle drei hier aus dem Waschhaus unsere Wäsche holen, da kamen *sie*... Wir hörten *sie* nicht... Man hört *sie* nie... Und plötzlich wurde die Tür hinter uns verschlossen... Wir hörten sie ins Schloß fallen, der Schlüssel wurde umgedreht, und wir waren gefangen... Wir hatten Äpfel und Brot und auch Branntwein. Not haben wir nicht gelitten... Aber werden sie nicht wiederkommen und uns totschlagen? Ach, liebe gute Frau, wie haben wir auf jedes Geräusch gelauscht, und was für eine Angst haben wir ausgestanden! Die älteste von uns hat den Verstand verloren... Hören Sie nur, sie redet ganz irre... Clemence kann nicht mehr. Und ich... ich... Gertrude...«

Sie hatte noch Kraft, denn sie packte Véronique fest am Arm.

»Corréjou ist doch wieder zurückgekommen, nicht wahr? Und wieder abgefahren? Warum hat er uns nicht abgeholt? Es war nicht schwer, uns zu finden... Man wußte ja, wo wir waren, und beim geringsten Geräusch riefen wir um Hilfe... Was ist denn geschehen?...«

Véronique zögerte mit der Antwort. Weshalb aber sollte sie die Wahrheit verschweigen?

»Die beiden Boote sind untergegangen«, sagte sie dann.

»Wie?«

»Nicht weit von Sarek sind beide Boote gesunken. Alle sind ertrunken... Das Unglück passierte bei der Durchfahrt am Teufelsfelsen, gegenüber der Abtei.«

Mehr sagte Véronique nicht. Sie vermied es, François und seinen Lehrer zu erwähnen und davon zu sprechen, daß sie die Schuld an dem Untergang trugen.

Clemence hatte sich aufgerichtet. Mit verstörtem Gesicht kniete sie neben der Tür.

»Und Honorine?...« flüsterte Gertrude.

»Honorine ist tot.«

»Tot?« Beide Schwestern hatten es gleichzeitig ausgerufen, dann schwiegen sie und blickten einander an. Derselbe Gedanke kam ihnen. Sie schienen zu überlegen. Gertrude bewegte die Finger, als ob sie zählte. Das Entsetzen auf beiden Gesichtern wurde zusehends größer.

Gertrude, die den Blick fest auf Véronique richtete, stieß wie von Angst gewürgt leise hervor:

»Es stimmt... Es stimmt... Wissen Sie, wieviel auf dem Boot waren, ohne mich und meine Schwestern? Wissen Sie das? Zwanzig, dazu Maguennoc, der als erster starb... dann Monsieur Antoine als zweiter, dazu François und Herr Stéphane, die verschwunden und sicher auch tot sind, dann Honorine und Marie le Goff, beide tot... Zählen Sie einmal nach... das macht sechsundzwanzig... Sechsundzwanzig, die Rechnung stimmt, nicht wahr? Dreißig weniger sechsundzwanzig... Sie verstehen mich doch, nicht wahr? Die dreißig Särge müssen voll werden, dreißig weniger sechsundzwanzig... bleiben vier, nicht wahr?«

Sie konnte nicht weitersprechen. Ihre Lippen versagten. Ihr Mund aber stieß trotzdem schreckliche Worte hervor, und Véronique hörte sie stammeln.

»Was? Verstehen Sie... bleiben vier... wir vier, die drei Schwestern Archignat, die man hier eingeschlossen hat, und Sie, stimmt doch, nicht wahr? Die vier Kreuze... Sie wissen doch? Vier Frauen am Kreuz, die Rechnung stimmt... das sind wir vier ... wir allein sind noch auf der Insel übrig, wir vier Frauen ...«

Schweigend hörte Véronique zu. Schweißperlen traten ihr auf die Stirn. Achselzuckend sagte sie dann:

»Was wollen Sie damit sagen, wenn nur vier auf der Insel sind? Was fürchten Sie denn?«

»*Sie, sie*!«

»Sie sind doch alle fort«, erwiderte Véronique ungeduldig.

»Sprechen Sie leise, wenn man Sie hört«, sagte Gertrude ängstlich.

»Wer soll mich denn hören?«

»*Sie*, die von früher ...«

»Die von früher?«

»Ja, die, die Opfer darbrachten ... ihren Göttern Männer und Frauen opferten ...«

»Aber das ist längst vorbei! Sie meinen die Druiden? Druiden gibt es keine mehr.«

»Sprechen Sie leise, sprechen Sie leise! Es gibt noch welche, es gibt böse Geister ...«

»Gespenster meinen Sie wohl«, sagte Véronique, die einen solchen Aberglauben verabscheute.

»Ja, Gespenster, aber Gespenster aus Fleisch und Blut ... mit Händen, die Türen zuschlagen und einen einsperren ... böse Geister, die Boote zum Kentern bringen, dieselben, die Monsieur Antoine getötet haben und Marie le Goff und die anderen ... alle sechsundzwanzig ...«

Véronique antwortete nicht ... Was sollte sie antworten ... Sie wußte, wer Monsieur d'Hergemont, Marie le Goff und die anderen getötet und die beiden Boote versenkt hatte. Sie fragte:

»Wann hat man Sie hier eingeschlossen?«

»Um halb elf Uhr ... Um elf wollten wir Corréjou und die andern im Dorf treffen.«

Véronique dachte nach. Es war kaum möglich, daß François und Stéphane um halb elf hätten hier sein können und eine Stunde später schon hinter dem Felsen waren, von dem aus sie die beiden Boote dann angegriffen hatten. Also konnte man annehmen, daß auf der Insel der eine oder der andere ihrer Helfer zurückgeblieben war.

»Wie dem auch sei«, sagte sie, »auf jeden Fall müssen wir einen Entschluß fassen. In diesem Zustand können Sie nicht bleiben. Sie müssen sich ausruhen und wieder zu Kräften kommen.«

Die zweite Schwester war aufgestanden, in demselben dumpfen und leidenschaftlichen Ton wie die erste sagte sie:

»Vor allem müssen wir uns verbergen, um uns gegen *sie* verteidigen zu können.«

»Aber wie«, fragte Véronique, die unwillkürlich auch den Wunsch empfand, sich gegen einen unbekannten Feind zu schützen.

»Wie? Das kann ich Ihnen gleich sagen. Wir haben viel auf der Insel darüber gesprochen, besonders in diesem Jahr, und Maguennoc hatte beschlossen, daß sich alle nach dem ersten Angriff in die Abtei flüchten sollten.«

»Weshalb in die Abtei?«

»Weil man sich dort verteidigen kann. Dort gehen die Felsen senkrecht ins Meer. Von allen Seiten ist man geschützt.«

»Und die Brücke?«

»Maguennoc und Honorine hatten an alles gedacht. Links von der Brücke steht eine kleine Hütte, dort wollten sie ihren Brennstoff aufbewahren. Zwei oder drei Kanister Benzin und ein Streichholz, und alles erledigt. Man ist ganz sicher, eine Verbindung oder irgendein Angriff ist dann nicht mehr möglich.«

»Warum sind die Leute dann nicht auf die Abtei gekommen, anstatt in den Booten zu fliehen?«

»Die Flucht auf den Booten war klüger, aber jetzt haben wir keine Wahl mehr.«

»Wollen wir also aufbrechen!«

»Sofort, es ist noch hell, und da ist es besser als bei Nacht.«

»Aber Ihre Schwester, die dort liegt?«

»Wir haben einen Karren, auf dem wir sie fahren können. Es gibt einen direkten Weg zur Abtei, am Dorf vorbei.«

So unangenehm Véronique auch die Aussicht war, mit den Schwestern Archignat zusammen zu hausen, so gab sie unter dem Druck einer unbezwinglichen Angst doch nach.

»Gut«, sagte sie. »Gehen wir also. Ich begleite Sie in die Abtei und gehe dann noch einmal ins Dorf, um Vorräte zu holen.«

»Das ist kaum nötig«, warf eine der Schwestern ein. »Sobald die Brücke gesprengt ist, zünden wir auf der Anhöhe beim Feendolmen ein Feuer an, und dann wird man uns von der Küste einen Dampfer schicken. Heute ist es neblig, aber morgen ...«

Véronique hatte nichts einzuwenden. Sie fand sich mit dem Gedanken ab, Sarek zu verlassen. Selbst auf die Gefahr hin, daß ihr Name in eine Untersuchung hineingezogen würde.

Nachdem die beiden Schwestern ein Glas Branntwein getrunken hatten, machten sie sich auf den Weg. Die Irre hockte auf dem Karren, lachte leise vor sich hin und plauderte in kurzen Sätzen, als wollte sie Véronique auch zum Lachen bringen.

»Wir treffen *sie* noch nicht ... *Sie* bereiten sich noch vor.«

»Schweig, du Närrin!« befahl Gertrude. »Du bringst uns noch Unglück.«

»Ja, ja, es wird lustig werden ... Am Hals werde ich ein goldenes Kreuz tragen ... Und ein zweites, mit einer Schere in die Haut geschnitten, in der Hand ... Seht nur, überall Kreuze ... Es muß gut sein auf einem Kreuz, dort schläft man ruhig.«

»Willst du wohl schweigen, du alte Närrin!« wiederholte Gertrude und gab ihr eine Ohrfeige.

»Schon gut, schon gut, bald kriegst auch du eine. Ich sehe schon, wie *sie* sich verstecken.«

Der erst etwas steile Fußweg erreichte jetzt das Plateau, das von den westlichen Felsen gebildet wurde und das zwar höher, aber weniger zerklüftet war. Dort standen weniger Bäume, und die Eichen waren vom Wind, der von der offenen See heraufblies, gekrümmt und zerzaust.

»Jetzt kommen wir zu der Heide, die man die schwarze Heide nennt«, erklärte Clemence. »Hier unten hausen *sie.*«

Wieder zuckte Véronique die Achseln.

»Woher wissen Sie das?«

»Wir wissen mehr als die anderen. Man nennt uns Hexen, und daran ist etwas Wahres... Sogar Maguennoc, der doch etwas davon verstand, fragte uns um Rat bei allen Heilmitteln, über Glückssteine und alle möglichen Kräuter...«

»Beifuß und Eisenkraut«, kicherte die Wahnsinnige. »Man pflückt es bei Sonnenuntergang.«

»Er sprach auch mit uns über die alten Geschichten«, fuhr Gertrude fort, »wir wissen, was man sich seit Jahrhunderten auf der Insel erzählt. Eine ganze Stadt soll hier unten liegen. Eine Stadt mit Straßen, in denen Menschen lebten, und noch heute leben dort welche... Ich habe welche gesehen, ich selbst...«

Véronique antwortete nicht.

»Ja, ich und meine Schwestern haben jemand gesehen. Zweimal am sechsten Tage nach Vollmond im Juni. Er trug ein weißes Gewand... Er stieg auf die Große Eiche, um mit einer goldenen Sichel den heiligen Mistelzweig zu schneiden... Das Gold glänzte im Mondschein... Ich habe ihn gesehen... Glauben Sie mir, auch andere haben ihn gesehen... Und er ist nicht der einzige. Es sind noch andere von früher da und hüten den Schatz, ja, ich sage: den Schatz... Man spricht von einem wundertätigen Stein, der töten kann, wenn man ihn berührt, und der einen, wenn man sich darauflegt, zum Leben erwecken kann... Alles das ist wahr. Maguennoc hat es uns gesagt. Die von damals hüten den Stein... den Gottesstein... Und in diesem Jahr müssen wir alle geopfert werden. Wir alle, dreißig Tote, für die dreißig Särge...«

»Vier Frauen am Kreuz«, sang die Irre halblaut vor sich hin.

»Und bald wird es geschehen. Der sechste Tag nach Vollmond rückt näher. Wir müssen fort sein, bevor sie auf die Große Eiche steigen, um den Mistelzweig zu schneiden. Sehen Sie dort die Große Eiche. Man kann sie von hier aus sehen. Sie steht in dem Wald vor der Brücke... Sie ist größer als alle andern.«

»Dahinter halten *sie* sich versteckt«, sagte die Irre, die sich auf ihrem Karren umgedreht hatte. »Sie warten auf uns.«

»Genug jetzt, du rührst dich nicht mehr. Sehen Sie den Baum, dort drüben hinter dem letzten Stück Heide? Er ist größer als...«

Sie hatte den Karren losgelassen und vollendete den Satz nicht.

»Was hast du denn?« fragte Clemence.

»Ich habe etwas gesehen«, stammelte Gertrude, »etwas Weißes, das sich bewegt hat.«

»Etwas Weißes? Was redest du denn da? Das kannst du nicht gesehen haben!«

Beide spähten einen Augenblick zur Eiche hinüber. Dann gingen sie weiter. Bald war die Große Eiche nicht mehr zu sehen.

Die Heide, durch die sie schritten, machte einen düsteren Eindruck. Der Boden war uneben, bedeckt mit Steinen, die wie Grabsteine alle in einer Reihe lagen.

»Da haben sie ihren Friedhof«, flüsterte Gertrude.

Jetzt sprachen sie nicht mehr. Mehrmals mußte Gertrude sich ausruhen. Clemence hatte nicht Kraft genug, den Karren zu schieben. Beide konnten sich nur mit Mühe auf den Beinen halten und spähten unruhig ins Dunkel hinaus. Der Pfad führte abwärts, dann wieder bergan, und so kamen sie auf den Weg, den Véronique am Tag ihrer Ankunft mit Honorine gegangen war. Sie betraten jetzt den Wald vor der Brücke.

An der wachsenden Erregung der Schwestern Archignat merkte Véronique, daß sie sich der Großen Eiche näherten, und dann sah sie sie; in der Tat war sie mächtiger als die anderen Bäume. Sie stand wie auf einem Sockel von Steinen und Wurzeln, und ein ziemlich großer Zwischenraum trennte sie von den übrigen. Sie konnte sich des Gedankens nicht erwehren, daß hinter diesem dicken Stamm mehrere Menschen sich verbergen könnten und daß auch vielleicht welche dahinterstanden.

Trotz ihrer Angst hasteten die Schwestern schneller voran und vermieden es, nach dem gefährlichen Baum hinüberzusehen.

Jetzt war man vorbei, und Véronique atmete auf. Die Gefahr war vorüber, und sie wollte sich eben über die Schwestern Archignat lustig machen, als eine von ihnen, Clemence, sich herumwarf und stöhnend zu Boden stürzte.

Gleichzeitig fiel ein Gegenstand auf die Erde. Dieser hatte sie in den Rücken getroffen. Es war eine Axt, eine steinerne Axt.

»Oh, die Feueraxt!« schrie Gertrude. Sie hob den Kopf, als ob, wie das Volk glaubte, die Axt wirklich vom Himmel gefallen und von einem Donnerschlag geschleudert sei.

In demselben Augenblick machte die Irre einen Satz und fiel kopfüber auf den Boden. Ein zweiter Gegenstand war durch die Luft gesaust. Die Wahnsinnige wand sich vor Schmerzen, und Gertrude und Véronique bemerkten einen Pfeil, der in ihrer Schulter steckte, in der er noch zitterte. Heulend stürzte Gertrude davon.

Véronique aber zögerte. Clemence und die Irre wanden sich am Boden.

»Da hinter der Eiche! *Sie* verstecken sich da... Ich sehe *sie*«, lachte die Wahnsinnige, während Clemence stammelte:

»Zu Hilfe, retten Sie mich, bringen Sie mich fort, ich fürchte mich.«

Ein zweiter Pfeil zischte durch die Luft.

Nun floh auch Véronique. Sie erreichte die letzten Bäume und stürmte den zur Brücke führenden Abhang hinunter. Sie lief wie gehetzt. Weniger von Angst getrieben als von dem Wunsch, eine Waffe zu finden und sich zu verteidigen. Es fiel ihr ein, daß im Arbeitszimmer ihres Vaters ein Schrank stand, in dem Gewehre und Revolver lagen, die alle den Vermerk: »Geladen« trugen – wahrscheinlich eine Vorsichtsmaßnahme wegen François. Eine dieser Waffen wollte sie holen, um sich dem Feind entgegenzustellen. Sie wandte sich nicht einmal um. Sie wollte nicht wissen, ob man sie verfolgte. Sie lief dem einzigen rettenden Ziel entgegen.

Bald holte sie Gertrude ein.

»Die Brücke«, keuchte diese, »wir wollen sie verbrennen, das Benzin liegt im Schuppen...«

Véronique antwortete nicht. Für sie kam die Zerstörung der Brücke in zweiter Linie. Diese Zerstörung wäre sogar ihrem Vorsatz, sich mit der Flinte dem Feind entgegenzuwerfen, hinderlich gewesen.

Als sie aber an der Brücke ankamen, machte Gertrude eine Drehung um sich selbst und wäre beinahe in den Abgrund gestürzt. Ein Pfeil hatte sie in den Rücken getroffen.

»Helfen Sie mir...« stieß sie hervor, »verlassen Sie mich nicht.«

»Ich komme gleich wieder«, rief Véronique ihr zu, die den Pfeil nicht gesehen hatte und glaubte, daß Gertrude nur gestrauchelt sei. »Ich komme wieder und bringe zwei Flinten... Kommen Sie mir nach!«

Ihr Plan war, sobald sie beide Waffen hätten, in den Wald zurückzukehren und die beiden Schwestern zu befreien. Sie spannte alle Kräfte an, eilte über die Brücke, kam an die Grenzmauer der Abtei, lief über den Rasen und stürzte ins Arbeitszimmer ihres Vaters hinauf. Atemlos blieb sie dort stehen, und als sie die beiden Flinten an sich genommen hatte, schlug ihr Herz so heftig, daß sie langsamer gehen mußte.

Sie wunderte sich, daß Gertrude nirgends zu sehen war. Sie rief nach ihr. Niemand antwortete. Erst jetzt kam ihr der Gedanke, daß die Bretonin vielleicht wie ihre Schwestern verwundet worden sei.

Sie begann von neuem zu laufen. Als sie aber in die Nähe der Brücke kam, hörte sie trotz des Sausens in ihren Ohren schrille Klagelaute, und als sie an den steilen Abhang gelangte, der sich bis zu dem Eichenwald hinzog, sah sie...

Beim Anblick, der sich ihr bot, blieb sie wie angewurzelt vor der Brücke stehen. Auf der anderen Seite wälzte sich Gertrude am Boden, sie klammerte sich an den Baumwurzeln fest und grub ihre verkrampften Finger ins Gras. Noch wehrte sie sich, aber unaufhaltsam, unmerklich wurde sie von oben langsam den Abhang emporgeschleift.

Und Véronique begriff, daß um die Arme und um den Leib der Unglücklichen ein Strick geschlungen war und daß sie so wie eine leblose Beute von unsichtbarer Hand hochgezogen wurde.

Véronique legte an. Aber auf wen sollte sie zielen? Gegen wen sollte sie kämpfen? Wer verbarg sich hinter den Bäumen und hinter den Steinen, die den Hügel wie einen Wall umgaben?

Zwischen diesen Steinen und zwischen diesen Baumstämmen wurde Gertrudes Körper hin und her geschleift. Sie schrie nicht mehr. Sie hatte wohl die Besinnung verloren, und bald sah man nichts mehr von ihr.

Véronique hatte sich nicht gerührt. Sie sah ein, wie vergeblich es wäre, sich zu wehren. Wenn sie sich in einen Kampf einließ, in dem sie unterliegen mußte, konnte sie die Schwestern Archignat nicht befreien. Sie hätte sich nur selbst dem Sieger als letztes Opfer angeboten.

Überdies hatte sie Angst. Alles geschah nach der unerbittlichen Logik von Tatsachen, deren Sinn sie nicht erfaßte, die aber in Wirklichkeit wie die Ringe einer Kette miteinander verbunden schienen. Sie fürchtete sich vor diesen Wesen, diesen Geistern, fürchtete sich unbewußt und unwillkürlich, ganz wie die Schwestern Archignat, wie Honorine, wie alle die andern Opfer der entsetzlichen Katastrophe.

Um nicht von der Großen Eiche aus gesehen zu werden, bückte sie sich; und so, im Schutz von Gebüsch und Dorngestrüpp, gelangte sie an den kleinen Schuppen, von dem ihr die Schwestern Archignat erzählt hatten. Es war ein runder Bau mit einem spitzen Dach und farbigen Fliesen. Dieser Schuppen war zur Hälfte mit Benzinkanistern angefüllt.

Von hier aus beherrschte sie die Brücke, die niemand betreten konnte, ohne von ihr gesehen zu werden. Niemand aber kam aus dem Wald heraus.

Die Nacht brach herein. Eine neblige Nacht, schwach erhellt von silbernem Mondlicht, so daß Véronique den Wald drüben noch schwach erkennen konnte.

Nach einer Stunde hatte sie sich genügend beruhigt, um zum ersten Male zur Brücke zu gehen, mit zwei Kanistern, deren Inhalt sie auf die äußeren Balken der Brücke goß. Zehnmal wiederholte sie diesen Gang, immer auf der Lauer, das Gewehr zur Hand, zur Verteidigung bereit. Aufs Geratewohl goß sie das Benzin auf die Brücke, suchte tastend die Stellen, wo das Holz ihr am trockensten schien.

Sie hatte eine Schachtel Streichhölzer bei sich, die einzige, die sie im Hause hatte finden können. Sie zog ein Streichholz heraus und zögerte einen Augenblick, als fürchte sie sich vor der großen Helligkeit, die sie entfachen würde.

»Wenn man das Feuer doch wenigstens von der Küste aus sähe«, dachte sie... »aber bei diesem Nebel...«

Rasch strich sie das Streichholz an und steckte ein Stück Papier in Brand, das sie mit der Flüssigkeit getränkt hatte.

Eine helle Flamme leuchtete auf und verbrannte ihr fast die Finger. Nun warf sie das Papier in eine Benzinpfütze, die sich in einer Vertiefung gebildet hatte, und floh in den Schuppen zurück. In einem Augenblick stand die Brücke in Flammen, und das Feuer erfaßte im Nu den Teil der Brücke, den sie mit Benzin getränkt hatte.

Die Felsen der beiden Inseln, der spitze Felsgrat, der sie verband, die großen Bäume ringsumher, der Hügel, der Eichenwald und tief unten das Meer, alles wurde grell beleuchtet.

»Jetzt wissen *sie*, wo ich bin... *Sie* können den Schuppen sehen, in dem ich mich verberge«, dachte Véronique, die keinen Blick von der Großen Eiche wandte.

Aber nichts regte sich in dem Wald. Kein Laut drang zu ihr. Jene Wesen, die sich dort verborgenhielten, verließen ihr undurchdringliches Versteck nicht.

Einige Minuten später stürzte die eine Hälfte der Brücke krachend ein. Nach allen Seiten stoben die Funken. Die andere Hälfte brannte weiter. Immer wieder fiel ein Balken in den Abgrund und erhellte das tiefe Dunkel.

Jedesmal fühlte Véronique sich erleichtert. Ihre überreizten Nerven beruhigten sich. Ein Gefühl der Sicherheit kam über sie, das immer stärker wurde, je größer der Abgrund zwischen ihr und ihren Feinden wurde. Sie blieb jedoch in ihrem Schuppen, wo sie den Morgen erwarten wollte, um sich zu überzeugen, daß jetzt keine Verbindung mehr zwischen ihr und der Insel möglich war.

Der Nebel war dichter geworden, alles versank im Dunkel. Gegen Mitternacht hörte sie drüben, auf der Spitze des Hügels, wie es ihr schien, ein Geräusch. Es klang, als wenn ein Baum abgeschlagen würde. Mit regelmäßigen Schlägen fiel eine Axt in einen Baum, dessen Äste abbrachen.

Véronique kam auf den Gedanken – dieser war, wie sie selbst wußte, lächerlich –, daß jemand vielleicht einen Steg zurechtzimmerte, und sie umspannte ihre Flinte fester.

Eine Stunde später glaubte sie, ein schwaches Stöhnen und einen erstickten Schrei zu hören, dann vernahm sie längere Zeit nichts als das Rascheln von Laub und ein beständiges Kommen und Gehen. Dann hörte auch dieses auf. Von neuem senkte sich jenes tiefe Schweigen über sie, in dem alles versinkt, was sich bewegt, alles, was leidet, alles, was zittert und alles, was im Raume lebt.

Véronique war so von Hunger und Müdigkeit erschöpft, daß sie keinen klaren Gedanken mehr fassen konnte. Dunkel erinnerte sie sich, daß sie keinerlei Vorräte hatte mitbringen können und nichts mehr zu essen hatte. Das bekümmerte sie indes nicht, denn sie war entschlossen, sobald der Nebel sich zerstreuen würde, mit Hilfe der Benzinvorräte ein großes Feuer anzuzünden. Sie erwog sogar, daß der beste Ort dazu die Spitze der Insel sein würde, wo der Dolmen stand.

Plötzlich aber durchzuckte sie ein furchtbarer Gedanke. Hatte sie ihre Streichhölzer auf der Brücke liegenlassen? Sie suchte sie in ihrer Tasche und fand sie nicht.

Doch das brachte sie nicht aus der Fassung. Für den Augenblick erfüllte sie die Vorstellung, den Feinden entronnen zu sein, mit solcher Freude, daß es ihr schien, als müßten alle Schwierigkeiten sich von selbst lösen.

So vergingen lange Stunden, die der durchdringende Nebel und die Kälte vor Anbruch des Tages noch unangenehmer machten.

Der Himmel überzog sich jetzt mit einem fahlen Schein. Die Gegenstände traten aus dem Dunkel heraus und nahmen ihre wirkliche Gestalt an. Nun sah Véronique, daß die Brücke in ihrer ganzen Länge eingestürzt war. Ein Zwischenraum von fünfzig Metern trennte die beiden Inseln, die nur noch durch den spitzen und nicht gangbaren Felsgrat verbunden waren.

Sie war gerettet.

Als sie aber ihre Blicke auf den gegenüberliegenden Hügel richtete, sah sie auf dem Abhang ein Schauspiel, das ihr einen Ruf des Grauens entlockte. Drei von den Bäumen auf dem Hügel waren ihrer unteren Äste beraubt worden. Auf ihren kahlen Stämmen reckten sich, die Arme nach rückwärts gebunden, die Beine unter den zerlumpten Röcken verschnürt, mit einem Strick um den Hals, über dem die fahlen Gesichter unter den schwarzen Flügelschleifen ihrer Hauben kaum zu sehen waren, die drei Schwestern Archignat.

Sie waren gekreuzigt worden...

Okay

Véronique riß sich von diesem grausigen Anblick los und ging geradewegs und ohne sich darum zu kümmern, was passieren könnte, wenn man sie sähe, zur Abtei zurück.

Ein einziges Ziel, eine einzige Hoffnung hielt sie aufrecht: »Fort von der Insel Sarek!« Das Maß des Entsetzens war voll. Diese Qual übertraf alles Menschliche. Hier war eine Verruchtheit am Werk, eine Niedertracht, die alle Grenzen überschritt!

Sie dachte an sich selbst. Sie war das vierte und letzte Opfer von den dreißig. Das Schicksal schien sie dieser Lösung zuzuführen wie eine zum Tode Verurteilte, die man zum Schafott schleppt! Mußte sie nicht vor Angst erschauern? War die Wahl des Ortes für die Hinrichtung der drei Schwestern Archignat auf dem Hügel der Großen Eiche nicht ein Vorzeichen für sie selbst?

Was waren das für unsichtbare Wesen, die sie verfolgten? Wer hatte den Auftrag, die dreißig Särge von Sarek zu füllen? Wer vernichtete alle Bewohner der unheilbringenden Insel? Wer wohnte in den Höhlen, pflückte in den vom Schicksal bestimmten Stunden den heiligen Mistelzweig und die Kräuter der Johannisnacht? Wer benutzte noch Äxte und Pfeile und kreuzigte die Frauen? Und was trieb ihn dazu? Welches fürchterliche Werk sollte da vollbracht werden? Und nach was für unvorstellbaren Plänen? Geister des Dunkels, bösartige Dämonen, Priester einer toten Religion, die blutrünstigen Göttern Männer, Frauen und Kinder zum Opfer darbrachten ...?

»Genug, genug. Ich werde wahnsinnig!« rief sie laut vor sich hin. »Fort von hier! ... Aus dieser Hölle muß ich entrinnen, an etwas anderes darf ich nicht mehr denken.«

Das Schicksal jedoch schien immer neue Qualen für sie zu ersinnen. Beim Suchen nach Lebensmitteln entdeckte sie plötzlich in dem Arbeitszimmer ihres Vaters in einem Wandschrank ein an die Wand geheftetes Blatt mit einer Darstellung des Bildes, das sie auf dem Papier in der verlassenen Hütte bei Maguennocs Leiche gefunden hatte.

In einem der Fächer des Schrankes lag eine Zeichnungsmappe. Sie machte sie auf. Sie enthielt mehrere Skizzen zu dem Bild, auch sie mit roter Tinte ausgeführt. Der erste der Frauenköpfe trug auf allen Skizzen die Inschrift: »V. d'H.« Die eine Zeichnung war mit dem Namen Antoine d'Hergemont unterzeichnet. So hatte also ihr Vater die Zeichnung auf Maguennocs Blatt gemacht! Ihr eigener Vater hatte auf all diesen Entwürfen versucht, der gemarterten Frau eine immer größere Ähnlichkeit mit seiner Tochter zu geben!

»Genug, genug!« wiederholte Véronique. »Ich will nicht mehr denken... Ich will nicht grübeln!«

Der Hunger trieb sie, weiter zu suchen, aber sie fand nichts Eßbares, auch kein Feuerzeug, mit dem sie auf der Spitze der Insel ein Feuer hätte anzünden können. Inzwischen hatte sich der Nebel zerstreut. Ihre Signale müßten vom Ufer aus zu sehen sein.

Sie versuchte zwei Steine aneinanderzureiben, aber sie war zu ungeschickt; es gelang ihr nicht.

Drei Tage hindurch hielt sie sich aufrecht. Wasser und wilde Erdbeeren, die sie zwischen den Trümmern pflückte, waren ihre einzige Nahrung. Fiebernd, am Ende ihrer Kraft, wurde sie häufig von Weinkrämpfen gepackt. Dann eilte jedesmal Okay herbei. Aber sie war dem armen Tier fast böse, weil es diesen Namen trug, und jagte es weg. In etwas weiterer Entfernung setzte Okay sich verwundert wieder auf die Hinterbeine und machte Männchen. Sie aber jagte ihn von neuem fort, als wäre es seine Schuld, daß er François gehörte.

Beim geringsten Geräusch zitterte sie am ganzen Körper

und war in Schweiß gebadet. Was hatten die Wesen vor, die bei der Eiche hausten? Von welcher Seite aus würden sie angreifen? Sie schlang die Arme fest um ihren Leib, zitternd bei der Vorstellung, diesen Ungeheuern in die Hände zu fallen, und sie konnte nicht umhin, daran zu denken, daß sie schön war und daß ihre Jugend und Schönheit jene vielleicht noch mehr reizen könnten.

Am vierten Tage schöpfte sie wieder Mut. In einer Schublade hatte sie ein ziemlich starkes Brennglas gefunden. Bei hellem Sonnenschein gelang es ihr, die Strahlen auf einem Papier zu sammeln, das in Brand geriet, so konnte sie jetzt eine Kerze anzünden.

Sie glaubte sich gerettet. Sie hatte einen ganzen Vorrat an Kerzen entdeckt, so daß sie bis zum Abend dieses kostbare Licht erhalten konnte. Gegen elf Uhr ging sie mit einer Laterne zum Schuppen, um ihn in Brand zu stecken. Die Luft war klar, und das Feuersignal konnte von der Küste aus gesehen werden.

Da sie fürchtete, mit ihrem Licht auf der Insel gesehen zu werden und weil sie vor allem den Anblick der Schwestern Archignat vermeiden wollte, deren Todesstätte vom Mondlicht beleuchtet war, wählte sie nach Verlassen der Abtei einen anderen, mehr links liegenden Weg, der von Buschwerk eingefaßt war. Voller Unruhe schritt sie weiter und vermied es, Blätter zu streifen oder über Wurzeln zu stolpern. Als sie auf freies Gelände kam, in der Nähe des Schuppens, war sie so müde, daß sie sich setzen mußte. Es schien, als ob ihr Herzschlag aussetzte.

Auch von hier konnte sie die Richtstätte noch nicht sehen. Als aber wider ihren Willen ihr Blick sich doch dorthin verirrte, schien es ihr, als ob sie etwas Weißes sich hätte bewegen sehen. Es war mitten im Wald, am äußersten Ende einer Allee, die sich in dieser Richtung durch den Wald zog. Wieder sah sie die Erscheinung, diesmal hell beleuchtet, und obgleich die Entfernung ziemlich groß war, stellte Véronique fest, daß dieses Wesen ein langes weißes Gewand trug und sich in den Zweigen eines alleinstehenden Baumes versteckt hielt, der höher war als die übrigen.

Die Worte der Schwestern Archignat fielen ihr ein.

»Der sechste Tag nach Vollmond rückt näher. *Sie* werden auf die Große Eiche steigen und den heiligen Mistelzweig schneiden.«

Gleichzeitig erinnerte sie sich an Beschreibungen, die sie früher in Büchern gelesen hatte, und an Erzählungen ihres Vaters, und es schien ihr, als wäre sie Zeugin einer Zeremonie der alten Druiden, mit denen sich ihre kindliche Phantasie beschäftigt hatte. Da sie sich aber sehr schwach fühlte, war sie nicht sicher, ob ihre Sinne klar seien und ob dieses seltsame Schauspiel Wirklichkeit wäre. Vier andere weiße Gestalten standen unten am Baum und hoben die Arme, als ob sie den heiligen Zweig auffangen wollten. Oben blitzte es auf. Die goldene Sichel des Priesters hatte den Mistelzweig geschnitten.

Dann stieg der Hohepriester von der Eiche herunter, und die fünf Gestalten zogen durch die Allee weiter, machten die Runde um das Gehölz und stiegen den Hügel hinauf.

Véronique, die ihre Augen nicht von diesen Wesen abwenden konnte, neigte den Kopf vor und sah die drei an den Marterpfählen hängenden Leichen. Die schwarzen Schleifen der Hauben sahen von weitem aus wie die Flügel von Raben. Den Gekreuzigten gegenüber hielt der Zug inne, als wollte man irgendeinen unbegreiflichen Ritus vollziehen. Jetzt löste sich der Hohepriester, den Mistelzweig in der Hand, aus der Gruppe, stieg den Hügel hinab und wandte sich der Stelle zu, wo der erste Brückenbalken noch stand.

Véronique wurde halb ohnmächtig. Alles flimmerte vor ihren Augen. Ihr Blick blieb auf der leuchtenden Sichel haften, die auf der Brust des Priesters unter seinem langen Bart hing.

Was würde er tun? Obwohl die Brücke nicht mehr stand,

wurde Véronique von Angst geschüttelt. Ihre Beine trugen sie nicht mehr. Ohne von der furchtbaren Erscheinung einen Blick zu wenden, sank sie zu Boden.

Am Rande des Abgrundes blieb der Priester wieder einige Augenblicke stehen. Dann streckte er die Hand mit dem Mistelzweig vor, und durch den vorgehaltenen Zweig, wie durch einen Talisman geschützt, setzte er den Fuß über den Abgrund.

Und so schritt er, vom Mondlicht weiß umflossen, im leeren Raum dahin.

Mit geschlossenen Augen wartete sie auf etwas, das nicht eintraf und über dessen Natur sie auch nicht nachdachte. Andere, wirklichere Dinge beschäftigten sie viel mehr. Das Licht in der Laterne erlosch. Sie bemerkte es, und trotzdem war es ihr unmöglich, einen Entschluß zu fassen und in die Abtei zurückzukehren. Und sie sagte sich, daß, wenn die Sonne an den nächsten Tagen nicht schien, sie kein neues Feuer entzünden könne und daß sie dann verloren sei.

Müde ergab sie sich in ihr Schicksal. Sie wußte, daß sie in diesem ungleichen Kampf erliegen mußte. Das einzige, was ihr unerträglich schien, war, in die Hände ihrer Verfolger zu fallen. Warum sollte sie sich nicht dem Tod überlassen, der sich anbot, dem Tod durch Hunger oder Erschöpfung? Wenn man leidet, muß ein Augenblick kommen, in dem das Leid aufhört und man, beinahe ohne es zu wissen, aus dem allzu grausamen Leben in jene Bewußtlosigkeit hinübergleitet, die man nach und nach herbeisehnt.

»Ja«, sagte sie vor sich hin, »ja, von Sarek fortgehen oder sterben, das ist alles einerlei! Nur fort muß ich.«

Ein Rascheln im Laub ließ sie die Augen aufschlagen. Die Flamme in der Laterne flackerte zum letzten Male auf. Hinter der Laterne saß Okay. Er bewegte die Vorderpfoten, und Véronique sah, daß an einer Schnur um seinen Hals ein Paket Zwieback hing.

»Erzähle mir, was dir passiert ist, mein lieber Okay!« sagte Véronique am nächsten Morgen, nachdem sie in ihrem Zimmer der Abtei eine ruhige Nacht verbracht hatte. »Denn ich kann mir nicht denken, daß du mir absichtlich Nahrung gesucht und hergebracht hast. Es war doch Zufall, nicht wahr? Du bist dort umhergestreift und hast mich weinen gehört, und so bist du gekommen. Wer aber hat dir dieses Paket Zwieback um den Hals gebunden? Haben wir denn in Sarek einen Freund, der sich für uns interessiert, und warum zeigt er sich nicht? Sprich, Okay!«

Sie drückte seinen treuen Kopf an sich und fuhr fort:

»Und für wen war dieser Zwieback bestimmt, für deinen Herrn, für François oder vielleicht für Honorine? Nein. Für wen denn, vielleicht für Stéphane?«

Der Hund wedelte mit dem Schwanz und rannte nach der Tür. Er schien wirklich zu verstehen.

Véronique ging ihm nach bis zu dem Zimmer von Stéphane Maroux. Okay kroch unter das Bett des Lehrers. Dort lagen drei weitere Pakete Zwieback, Schokolade und zwei Konservenbüchsen. An jedem Päckchen hing eine Schnur mit einer Schlinge, durch die Okay seinen Kopf gesteckt haben mußte.

»Was bedeutet denn das?« sagte Véronique verblüfft. »Hast du sie da versteckt? Aber wer hat sie dir dann gegeben? Wir haben also wirklich einen Freund auf der Insel, einen Freund, der uns und auch Stéphane Maroux kennt? Kannst du mich zu diesem Freund hinführen? Er muß auf dieser Seite der Insel wohnen, denn eine Verbindung besteht ja nicht mehr, und du konntest nicht auf die andere Seite.«

Véronique dachte angestrengt nach. Zugleich mit den von Okay herbeigeschleppten Vorräten hatte sie unter dem Bett einen kleinen Handkoffer entdeckt; sie fragte sich, weshalb Stéphane Maroux ihn hier versteckt haben mochte. Sie glaubte sich berechtigt, ihn zu öffnen, um dort irgendwelche Anhaltspunkte für die Stellung des Lehrers, seinen Charakter, seine Vergangenheit, vielleicht sogar für seine Beziehung zu Monsieur d'Hergemont und zu François zu finden.

Mit Hilfe einer großen Schere brach sie das brüchige Schloß auf. Der Koffer enthielt nichts als ein mit einem Gummiband verschlossenes Tagebuch. Aber kaum hatte sie den Deckel aufgeschlagen, als sie verwirrt innehielt.

Auf der ersten Seite war ihr eigenes Bild, eine Photographie, die sie als junges Mädchen zeigte. Es trug ihren vollen Namen als Unterschrift und folgende Widmung:

»Meinem Freund Stéphane.«

»Das begreife ich nicht... Das begreife ich nicht...« flüsterte sie. »Ich erinnere mich wohl dieses Bildes... Ich muß damals sechzehn Jahre gewesen sein. Aber wieso habe ich ihm dieses Bild geschenkt? Kannte ich ihn denn?«

Begierig, mehr zu erfahren, las sie die zweite Seite, eine Art Vorwort:

»Véronique, ich will unter Ihren Augen leben. Wenn ich die Erziehung Ihres Sohnes übernehme, so tue ich es, weil ich eine Hoffnung hege, die mich nicht enttäuschen kann. Der Tag wird kommen, an dem Sie wieder als Mutter in Ihre Rechte treten werden. An diesem Tage werden Sie stolz sein auf François. Ich werde dann alles in ihm, was an seinen Vater erinnert, ausgelöscht und alle edlen und wertvollen Eigenschaften, die er von Ihnen geerbt hat, aufs höchste entwickelt haben. Dies ist ein Ziel, groß genug, um sich ihm mit Leib und Seele hinzugeben. Ich tue es mit Freuden. Ihr Lächeln wird meine Belohnung sein.«

Eine sonderbare Erregung erfaßte Véronique. Ein etwas sanfteres Licht breitete sich über ihr Leben. Dieses neue Geheimnis, das sie ebensowenig wie die anderen entschleiern konnte, war wenigstens lieblich und trostbringend, wie Maguennocs Blumen.

Wie sie nun weiterblätterte, nahm sie Tag für Tag an der Entwicklung ihres Sohnes teil. Sie sah die Fortschritte des Schülers, die Arbeitsweise des Lehrers. Der Schüler war liebenswert, intelligent, fleißig, gutwillig, zärtlich und empfänglich, dabei aber auch selbständig und nachdenklich. Der Lehrer war liebevoll und geduldig.

Die folgenden Seiten der täglichen Beichte drückten eine wachsende Begeisterung aus, die mit immer größerer Freiheit zum Ausdruck kam.

»François, mein geliebtes Kind – denn so darf ich dich jetzt nennen, nicht wahr? –, in dir lebt deine Mutter wieder auf. Deine reinen Augen sind klar wie die ihren. Deine Seele ist wie ihre Seele ernst und unbefangen. Du kennst das Böse nicht, und fast könnte man sagen, du kenntest auch das Gute nicht, so sehr ist dieses mit deinem Naturell verbunden.«

Einzelne Arbeiten des Kindes waren in dem Buch abgeschrieben. Es sprach darin von seiner Mutter mit leidenschaftlicher Liebe und mit der Hoffnung, sie bald wiederzufinden.

»Ja, wir werden sie finden, François«, hatte Stéphane hinzugefügt, »und dann wirst du alles kennenlernen, Schönheit, Licht, Lebensfreude, das Glück zu schauen und zu bewundern.«

Dann kamen kleine Anekdoten von Véronique, Einzelheiten, an die sie sich selbst nicht mehr erinnerte oder die sie nur allein zu kennen glaubte.

»Eines Tages, in den Tuilerien – da war sie sechzehn – bildete sich um sie ein Kreis von Menschen ... von Leuten, die sie anschauten und die ihre Schönheit bewunderten. Ihre Freunde freuten sich, daß man sie so schön fand.«

»Öffne ihre rechte Hand, François«, hieß es. »Mitten auf der Handfläche wirst du eine lange, weiße Narbe finden. Als ganz kleines Kind hat sie sich mit einer eisernen Gitterspitze die Hand durchbohrt.«

Die letzten Seiten aber schienen nicht für das Kind bestimmt zu sein, waren auch sicher von ihm nicht gelesen worden. Hier verbarg sich die Liebe nicht mehr unter Worten der Bewunderung. Sie zeigte sich vielmehr unverhüllt, glühend, schmerzlich und voll Angst und Hoffnung, wenn auch immer mit dem Ausdruck der höchsten Verehrung.

Véronique schloß das Tagebuch. Sie konnte nicht mehr lesen.

Sie zog den Hund an sich.

»Zwei gute Menschen, nicht wahr, Okay? Weder der Schüler noch der Lehrer sind schuld an den unerhörten Verbrechen, die ich sie habe begehen sehen. Wenn sie mit unseren Feinden hier im Bunde sind, so geschieht dies gegen ihren Willen und ohne daß sie es wissen. Ich glaube nicht an Zaubertränke, an Beschwörungsformeln, auch nicht an Kräuter, die den Menschen um den Verstand bringen, und doch muß irgend etwas vorgegangen sein, nicht wahr, lieber Hund? Das Kind, das auf dem Kalvarienberg Blumen pflanzte mit der Inschrift ›Mamas Blumen‹, kann nicht schuldig sein, nicht wahr? Und Honorine hatte völlig recht, als sie von einem Anfall von Wahnsinn sprach. Bald kommt er mich holen, nicht wahr? Stéphane und er kommen wieder...?«

Stunden der völligen Ruhe folgten. Véronique stand nicht mehr allein im Leben. Die Gegenwart erschreckte sie nicht mehr, und sie glaubte wieder an die Zukunft.

In der Frühe des folgenden Morgens sagte sie zu Okay, den sie, damit er nicht wieder fortlief, mit in ihr Zimmer genommen hatte:

»Jetzt, mein Freund, wirst du mich führen; wohin? Zu dem unbekannten Freund, der Stéphane Maroux Lebensmittel geschickt hat. Komm mit!«

Okay hatte nur auf diese Aufforderung gewartet. Er lief auf den Rasen zu, der sich bis zum Dolmen hinzog, und auf halbem Weg blieb er stehen. Véronique folgte ihm. Er lief nach rechts und kam auf einen Fußweg, der zwischen einem Gewirr von Steinen bis an den Rand des Felsens führte.

Hier machte er von neuem halt.

Der Hund duckte sich. Am Fuß zweier von Efeu überzogener Felsböcke sah sie ein Dornengestrüpp vor sich, unter dem sich eine schmale Öffnung zeigte, nicht größer als die eines Kaninchenbaues. Dort hinein zwängte er sich. Dann kam er wieder zum Vorschein, um Véronique zu holen. Diese aber mußte erst in die Abtei zurückkehren, um ein Messer zu holen, mit dem sie das Gestrüpp abhauen wollte.

Eine halbe Stunde später hatte sie die erste Stufe einer Treppe freigelegt, die sie tastend hinabschritt. Der Hund führte sie in einen langen, in den Felsen gehauenen Gang, der an der rechten Seite durch kleine Öffnungen Licht erhielt. Sie hob den Kopf und sah, daß die Öffnungen auf das Meer hinausgingen.

So ging sie zehn Minuten lang weiter und kletterte dann wieder ein paar Stufen hinab. Der Gang wurde enger. Er war jetzt von beiden Seiten erhellt, durch Öffnungen, die alle oben angebracht waren, wohl damit man von unten nicht gesehen würde. Nun begriff Véronique, wie Okay auf den anderen Teil der Insel gelangen konnte. Der unterirdische Gang lief unter dem schmalen Felsgrat hin, der die Abtei mit der Insel verband. Von allen Seiten schlugen die Wogen gegen die Felswand.

Jetzt ging es wieder hinaus, und Véronique befand sich auf dem Hügel der Großen Eiche. Dort teilte sich der Weg. Okay wählte den Tunnel rechts, der an der Küste entlangführte.

Die beiden anderen Abzweigungen zur Linken blieben dunkel. Die Insel schien durchzogen zu sein von unsichtbaren Verbindungswegen, und mit beklommenem Herzen dachte Véronique, daß sie sich dem Teil der Insel näherte, den die Schwestern Archignat als Gebiet des Feindes bezeichnet hatten.

Okay, der sich von Zeit zu Zeit umwandte, trottete vor ihr her.

Leise sagte sie zu ihm:

»Ja, ja, mein gutes Tier. Ich komme schon, und ich habe ganz bestimmt keine Angst. Du führst mich ja zu einem Freund, zu einem, der dort einen Schlupfwinkel gefunden hat... Aber warum versteckt er sich dort? Warum hast du nicht ihm als Führer gedient?«

Der Gang war überall gleich breit, in regelmäßigen Abständen von Lichtschächten durchbrochen und oben gewölbt. Der schöne Granitboden war trocken, denn durch die Öffnungen drang genügend frische Luft.

»Ist es hier?« fragte Véronique den Hund, der stehengeblieben war.

Der Gang war zu Ende. Er mündete in einen Raum, der durch eine schmale Öffnung schwach erhellt war.

Okay schien zu zögern. Mit gespitzten Ohren, die Pfoten gegen die äußerste Wand des Tunnels gestützt, lauschte er. Véronique bemerkte, daß an dieser Stelle die Wand nicht durchweg aus Granit bestand, sondern an einer Stelle von einem Haufen von ungleich großen, durch Zement verbundenen Steinen gebildet wurde. Diese vermauerte Stelle schien neueren Ursprungs zu sein. Man hatte, um den unterirdischen Gang zu schließen, eine Mauer gebaut, die sich auf der anderen Seite fortsetzen mußte.

Véronique hörte den erstickten Laut einer Stimme. Sie näherte sich der Mauer, und erschreckt fuhr sie zusammen. Die Stimme war lauter geworden. Sie hörte ein Kind singen und verstand die Worte:

Sprach die Mutter zu dem Kind:
Weine nicht und schlaf geschwind.
Wenn sie dich so weinen schaut,
Weinet auch die Himmelsbraut.

»Das Lied, das Lied«, flüsterte Véronique. Es war dasselbe, das Honorine in Beg-Meil gesungen hatte. Wer konnte dieses Lied hier singen? Ein auf der Insel zurückgebliebenes Kind?

Vielleicht ein Freund von François? Die Stimme fuhr fort:

Nur ein Kind, das singt und lacht,
der heil'gen Jungfrau Freude macht.
Nimm die Händchen, falte sie,
Bete lächelnd zu Marie.

Ein minutenlanges Schweigen folgte. Okay schien mit wachsender Aufmerksamkeit zu lauschen, als würde jeden Moment ein von ihm vorausgesehenes Ereignis eintreten.

In der Tat hörte man dort, wo er stand, ein leises Geräusch, als ob vorsichtig Steine entfernt würden. Aufgeregt wedelte der Hund mit dem Schwanz und bellte leise, sozusagen in sich hinein, wie ein gutes Tier, das weiß, wie gefährlich jeder Lärm sein kann. Plötzlich gab über seinem Kopf einer der Steine nach; er wurde nach innen geholt, und ein ziemlich großes Loch entstand.

Mit einem Satz sprang Okay in die Öffnung, kroch mühsam weiter und verschwand im Innern.

»Ach, da ist ja Monsieur Okay«, hörte man die Stimme des Kindes. »Wie geht es Monsieur Okay, und warum hat man gestern seinem Herrn keinen Besuch gemacht? Zuviel zu tun? Ein Ausflug mit Honorine? Ach, wenn du sprechen könntest, mein Alter, was hättest du nicht alles zu erzählen! Aber laß erst einmal sehen ...«

Zitternd war Véronique neben der Mauer auf die Knie gefallen. War das die Stimme ihres Sohnes, die zu ihr drang? Sollte sie annehmen, daß François zurück war und sich verborgenhielt? Vergebens versuchte sie, etwas zu sehen. Die Mauer war dick, und die Öffnung bildete einen Winkel. Aber jedes Wort, jede Veränderung im Tunnel gelangte deutlich an ihr Ohr.

»Nun laß einmal sehen«, wiederholte das Kind, »warum kommt Honorine nicht, um mich zu befreien? Warum bringst du sie nicht hierher? Du hast mich doch gefunden ...

Und der Großvater, wie muß er sich ängstigen, daß ich fort bin? Was für ein Abenteuer! Und du findest immer noch alles okay, nicht wahr, alter Freund?«

Véronique begriff nichts von all dem. Ihr Sohn – denn sie konnte nicht zweifeln, daß er es war – sprach, als hätte er von allem, was vorgefallen war, keine Ahnung. Hatte er denn vergessen?... Hatte sein Gedächtnis keinerlei Spur der im Wahnsinn vollbrachten Taten festgehalten? Ja, ein Wahnsinnsanfall, dachte Veronique. Ja, er muß verrückt gewesen sein. Honorine hatte recht... Er war verrückt... Jetzt hat er seinen Verstand wieder gewonnen, ach, mein François...

Gespannt und bewegt lauschte sie den Worten, die ihr unendliche Freude oder noch schlimmeren Schmerz bringen konnten. Sollte sich das Dunkel um sie her noch mehr verdichten? Oder sollte in diese Finsternis, in der sie seit fünfzehn Jahren lebte, endlich ein Licht fallen?

»Aber sicher«, fuhr das Kind fort, »wir sind ganz einig, alles okay. Nur, weißt du, wäre ich doch froh, wenn du mir Beweise bringen könntest, daß es so ist. Von Großvater und Honorine bekomme ich keine Nachricht. Soviel Botschaften ich dir auch für sie mitgegeben habe, auch von Stéphane kein Wort, und das beunruhigt mich am meisten. Wo ist er nur? Wo hat man ihn eingeschlossen? Muß er nicht Hunger leiden? Gib Antwort, Okay! Wo hast du vorgestern den Zwieback hingetragen?... Aber was hast du denn? Du siehst sorgenvoll aus? Was suchst du dort? Willst du wieder fort? Nein? Was denn?«

Das Kind hielt inne, leiser fuhr es fort:

»Hat dich jemand begleitet?... Ist jemand hinter der Mauer?«

Der Hund bellte leise.

Dann trat ein langes Schweigen ein. Auch François schien zu lauschen.

Véroniques Erregung war so groß, daß sie glaubte, François müsse ihr Herz schlagen hören.

»Bist du es, Honorine?« flüsterte er.

Wieder entstand eine Pause. Dann fuhr er fort:

»Ja, du bist es, ich höre dich atmen ... Warum antwortest du mir nicht?«

Eine Ahnung durchzuckte Véronique. Seitdem sie wußte, daß Stéphane gefangen war, schien sich ihr manches zu klären. Er war also wie François auch ein Opfer des Feindes geworden, und wirre Vermutungen tauchten in ihr auf.

Wie sollte sie dieser Stimme widerstehen? Ihr Sohn rief sie! Ihr Sohn ...

»François, François«, stammelte sie.

»Ach«, sagte er, »sie antwortet ... Ich dachte mir wohl ... daß du es bist, Honorine.«

»Nein, François«, sagte sie.

»Ja, wer denn?«

»Eine Freundin von Honorine.«

»Ich kenne Sie aber nicht.«

»Nein, aber ich bin auch deine Freundin.«

Er zögerte und schien mißtrauisch.

»Warum ist Honorine nicht mit Ihnen gekommen?«

Auf diese Frage war Véronique nicht gefaßt, aber sie begriff, daß, wenn ihre Vermutungen stimmten, das Kind die Wahrheit noch nicht ertragen konnte.

»Honorine ist von der Reise zurück und schon wieder abgefahren«, erklärte sie.

»Um mich zu suchen?«

»Ganz recht«, sagte sie lebhaft, »sie glaubt, daß ihr beide, du und dein Lehrer, entführt worden seid.«

»Und der Großvater?«

»Er ist auch fort, und nach ihm alle Bewohner der Insel.«

»Noch immer die Geschichte von den Särgen und den Kreuzen?«

»Ja, sie haben angenommen, daß dein Verschwinden andere grauenhafte Ereignisse nach sich ziehen würde, und die Angst hat sie vertrieben.«

»Und Sie?«

»Ich kenne Honorine schon lange. Ich bin von Paris mit ihr hierhergekommen, um mich hier in Sarek zu erholen. Ich habe keinen Grund, wegzufahren. Alle diese abergläubischen Geschichten erschrecken mich nicht.«

Das Kind schwieg. Es durchschaute wohl, wie unwahrscheinlich und unvollkommen ihre Antworten waren, und sein Mißtrauen wuchs. Freimütig sagte es:

»Hören Sie, ich möchte Ihnen etwas sagen. Seit zehn Tagen bin ich hier in diesem Verlies eingeschlossen. In den ersten Tagen habe ich niemanden gesehen oder gehört, aber seit vorgestern wird jeden Morgen ein kleines Fenster in meiner Tür geöffnet. Die Hand einer Frau kommt zum Vorschein und bringt mir frisches Wasser. Die Hand einer Frau ... so ist also ...«

»Du fragst dich, ob diese Hand meine Hand ist.«

»Ja, ich muß mich das doch fragen.«

»Würdest du die Hand dieser Frau wiedererkennen?«

»Sicherlich, sie ist dürr und mager, und ihre Haut ist gelb.«

»Hier ist meine Hand«, sagte Veronika. »Ich kann sie dir durch dieselbe Öffnung hinstrecken, durch die Okay zu dir gelangt.«

Sie strich ihren Ärmel zurück, und wirklich konnte sie, wenn sie ihn bog, ihren rechten Arm mühelos durch die Öffnung stecken.

»O nein«, rief François sofort, »das ist nicht die Hand, die ich gesehen habe.«

Plötzlich fühlte Véronique, daß er hastig nach ihrer Hand griff.

»O«, rief er aus, »ist es möglich!« Er hatte sie umgewandt und bog die Finger auseinander, damit er die Handfläche besser sehen konnte. »Die Narbe«, flüsterte er ... »Da ist sie ... die weiße Narbe ...«

Da überfiel Véronique eine große Erschütterung. Stéphanes Tagebuch fiel ihr ein und gewisse Einzelheiten, die

François wohl gelesen hatte. Darunter war auch diese Narbe, die von einer früheren, ziemlich schweren Verletzung zurückgeblieben war.

Sie fühlte, wie der Junge seine Lippen auf ihre Hand preßte. Erst sanft, dann mit leidenschaftlicher Inbrunst und unter strömenden Tränen; sie hörte ihn stammeln:

»Maman, liebe Mama...«

François und Stéphane

Lange Zeit knieten Mutter und Sohn bei der Mauer, die sie trennte, aber sie waren einander so nah, als ob sie sich mit ihren glückstrunkenen Augen hätten ansehen und unter Liebkosungen miteinander hätten weinen können.

Sie waren trunken vor Freude. Das Leben des einen floß in das Leben des anderen über. Keine Macht der Welt konnte sie jetzt voneinander trennen noch die Bande der Liebe und des Vertrauens zerreißen, die Mutter und Sohn verknüpften.

Sein Herz schlug, und es war wirklich das sanfte, liebevolle, reizende und reine Kind, wie sie es sich in ihrer mütterlichen Vorstellung erträumt hatte.

»Mein Sohn, mein Sohn«, wiederholte sie unaufhörlich, als könnte sie diese wunderbaren Worte nicht oft genug aussprechen. »Du bist es wirklich, mein Sohn! Ich glaubte, du seist tot, tausendmal tot, mehr als tot... und du lebst und bist bei mir, ich kann dich berühren! O, mein Gott, ist es möglich! Ich habe einen Sohn... Mein Sohn lebt...«

Mit derselben Leidenschaft klang es von drüben: »Mama, Mama... Wie lange habe ich auf dich gewartet! Für mich warst du nicht tot, aber es war so traurig, ein Kind zu sein und keine Mutter zu haben...«

Eine Stunde lang redeten sie einfach drauflos, bald von der Vergangenheit, bald von der Gegenwart, von tausend Dingen, die ihnen im Augenblick die wichtigsten auf der Welt zu sein schienen und die sie wieder fallenließen, um einander andere Fragen zu stellen, Näheres über ihr Leben zu erfahren.

»Hör zu, Mama, wir haben uns so viel zu sagen, aber das wird heute oder auch in den nächsten Tagen nicht möglich sein. Für den Augenblick besprechen wir nur das Notwendigste und mit wenigen Worten, denn wir haben wahrscheinlich wenig Zeit.«

»Wie meinst du das«, fragte Véronique schon beunruhigt. »Ich verlasse dich nicht!«

»Wenn wir uns nicht mehr verlassen sollen, müßten wir zuerst vereinigt sein. Es sind aber noch viele Hindernisse zu überwinden. Zunächst einmal diese Mauer, die uns trennt, und außerdem werde ich streng bewacht; es kann sein, daß ich dich schon im nächsten Augenblick fortschicken muß, wie ich es beim geringsten Geräusch mit Okay mache.«

»Wer bewacht dich denn?«

»Die, die sich an dem Tage, wo wir den Eingang zu diesen unterirdischen Höhlen unter der schwarzen Heide entdeckten, auf Stephane und mich gestürzt haben.«

»Hast du sie denn gesehen?«

»Nein, es war dunkel.«

»Und wer sind diese Wesen, wer sind eure Feinde?«

»Ich weiß es nicht. Meinst du ... O nein, die Druiden«, sagte er lachend, »die Wesen aus früherer Zeit, von denen die Legenden berichten, die sind es nicht, Geister auch nicht, es waren Menschen von heute. Menschen von Fleisch und Blut.«

»Und sie leben hier drinnen?«

»Wahrscheinlich.«

»Habt ihr sie denn überrascht?«

»Nein, im Gegenteil, sie schienen auf uns zu warten und uns aufzulauern. Wir waren eine steinerne Treppe heruntergeklettert und in einen langen Gang gekommen, an dem wohl achtzig Höhlen oder vielmehr Zellen lagen, deren hölzerne Türen offenstanden und die auf das Meer hinausgingen. Als wir zurückkamen und im Dunkel die Treppe wieder hinaufkletterten, wurden wir von der Seite gepackt, festgehalten, gefesselt und geknebelt, und die Augen wurden uns verbunden. Alles dauerte keine Minute. Ich merkte, daß man uns den langen Gang hindurch zurückschleppte. Als es mir gelungen war, die Fesseln und die Augenbinde abzustreifen, fand ich mich in einer der Zellen eingeschlossen, wahrscheinlich der letzten am Gang, wie es mir schien, und hier bin ich jetzt seit zehn Tagen!«

»Mein Liebling, was hast du leiden müssen!«

»Nein, Mutter, jedenfalls habe ich nicht Hunger gelitten. In einer Ecke hier sind eine Menge Vorräte, in einer anderen liegt Stroh für ein Lager. Ich wartete also in aller Ruhe.«

»Auf wen?«

»Wirst du auch nicht lachen, Mutter?«

»Worüber, mein Liebling?«

»Über das, was ich dir erzähle?«

»Wie kannst du das glauben?«

»Ich wartete auf jemand, der all die Geschichten von Sarek kennt und der Großvater versprochen hat, zu kommen.«

»Wer ist denn das, mein Liebling?«

Das Kind zögerte.

»Nein, wirklich, Mama, du wirst mich auslachen. Später erzähle ich dir das einmal. Übrigens ist er ja nicht gekommen... obwohl ich einen Augenblick wahrhaftig glaubte... Ja, stelle dir vor, es war mir gelungen, zwei Steine von dieser Mauer loszubrechen und diese Öffnung freizumachen, von der meine Feinde natürlich nichts wissen. Da hörte ich ein Geräusch, ein Kratzen... Monsieur Okay tauchte auf, er kam von der anderen Seite. Du kannst dir denken, wie ich ihn empfing. Nur wunderte es mich, daß niemand mitkam, weder Großvater noch Honorine. Ich hatte keinen Bleistift und kein Papier, um ihnen zu schreiben, aber schließlich brauchten sie ja nur Okay zu folgen.«

»Das war ja nicht möglich«, sagte Véronique, »da man glaubte, daß du von Sarek fortgeschleppt seiest.«

»Ja eben, warum hat Großvater das geglaubt? Er wußte doch aus einem kürzlich entdeckten Dokument, wo wir sein könnten, denn er selbst hatte uns ja von der Möglichkeit eines

Ganges in die unterirdische Höhle gesprochen. Hat er denn nichts davon gesagt?«

Veronique hatte überglücklich den Erzählungen ihres Sohnes gelauscht. Wenn er fortgeschleppt und gefangen war, konnte das abscheuliche Ungeheuer, das Monsieur d'Hergemont, Marie le Goff, Honorine, Corréjou und die anderen getötet hatte, nicht er sein. Die Wahrheit, die sie bisher nur dunkel geahnt hatte, nahm eine festere Form an. Noch war sie verhüllt, aber soviel stand bereits fest: François war unschuldig. Irgend jemand hatte seine Kleider angezogen und sich für ihn ausgegeben, ebenso wie ein anderer in verbrecherischer Absicht sich das Aussehen Stéphanes gegeben hatte. Ach, was kümmerte es sie, daß alles so unwahrscheinlich und widerspruchsvoll war? Was fragte sie nach Beweisen und nach völliger Gewißheit!

»Nein, ich habe deinen Großvater nicht gesehen. Honorine wollte ihn auf meinen Besuch vorbereiten, aber die Ereignisse haben sich überstürzt.«

»Arme Mama, und du bist allein auf der Insel geblieben? Du hofftest also, mich hier wiederzufinden?«

»Ja«, sagte sie nach einigem Zögern.

»Und du warst allein, und nur Okay war bei dir?«

»Ja, in den ersten Tagen habe ich kaum auf ihn geachtet, erst heute morgen bin ich auf die Idee gekommen, ihm zu folgen.«

»Und wie bist du zu diesem Gang gelangt?«

»Der Eingang zu diesem unterirdischen Gang liegt unter zwei Steinen verborgen, nicht weit von Maguennocs Garten.«

»Wie! Die beiden Inseln sind also miteinander verbunden?«

»Ja, durch den Felsen unter der Brücke.«

»Ist das sonderbar! Darauf sind weder Stéphane noch ich, noch sonst irgend jemand gekommen ... außer Okay, diesem Prachtkerl, der seinen Herrn suchen ging.«

Er unterbrach sich. »Hör mal«, flüsterte er dann, aber nach einer Weile fuhr er fort:

»Nein, jetzt noch nicht. Aber wir müssen uns beeilen.«

»Was soll ich tun?«

»Ganz einfach, Mutter. Als ich diese Öffnung freilegte, stellte sich heraus, daß man sie noch vergrößern könnte. Wenn es möglich wäre, noch die drei oder vier Steine rundherum loszubrechen! Aber die halten gut, und man müßte irgendein Werkzeug haben.«

»Ja, gut, ich will es holen...«

»Schön, Mama, du gehst zurück in die Abtei. Dort liegt links vom Haus, im Untergeschoß eine Art Werkstatt, wo Maguennoc seine Gartenwerkzeuge aufbewahrt hat. Dort findest du eine kleine Hacke mit ganz kurzem Stiel. Bring sie mir gegen Abend her. Heute nacht werde ich mich an die Arbeit machen, und morgen früh kann ich dich umarmen.«

»Ach, wenn du doch recht hättest!«

»Ich verspreche es dir, und dann brauchen wir nur noch Stéphane zu befreien.«

»Deinen Lehrer? Weißt du, wo er eingeschlossen ist?«

»Ungefähr. Nach den Angaben von Großvater sollen die unterirdischen Gänge aus zwei übereinanderliegenden Stockwerken bestehen. Ich sitze hier, Stéphane muß in dem anderen sein, unter mir. Was mir Sorgen macht...«

»Was macht dir denn Sorgen?«

»Ja, nämlich soviel Großvater immer erzählt hat, waren die beiden Zellen früher einmal Folterkammern... Todeskammern, wie Großvater sie genannt hat.«

»Was sagst du? Das ist ja schrecklich!«

»Warum erschrickst du, Mutter! Du siehst ja, daß man nicht daran denkt, mich zu foltern. Nur da ich nicht weiß, was aus Stéphane geworden ist, habe ich ihm auf alle Fälle durch Okay, der sicherlich einen Durchschlupf gefunden hat, etwas zu essen geschickt.«

»Nein«, sagte sie, »Okay hat dich nicht verstanden.«

»Woher weißt du das, Mama?«

»Er hat gemeint, du hättest ihn in das Zimmer von Stéphane Maroux geschickt, und dort hat er alles unters Bett gelegt.«

»Ach«, sagte der Junge voller Unruhe, »was mag nur aus Stéphane geworden sein?«

Und hastig fügte er hinzu:

»Du siehst, daß wir uns beeilen müssen, wenn wir Stéphane und uns selbst retten wollen, Mama.«

»Was fürchtest du?«

»Nichts, wenn wir schnell handeln.«

»Aber? ...«

»Nichts, ich versichere es dir. Ganz gewiß werden wir alle Hindernisse überwinden.«

»Und wenn noch neue dazukommen... neue Gefahren, die wir nicht voraussehen können? ...«

»Dann«, sagte François lachend, »wird dieser jemand, der kommen soll, nach Sarek kommen und uns beschützen.«

»Siehst du wohl, mein Kind, du selbst gibst zu, daß wir Hilfe nötig haben.«

»Aber nein, Mama, ich versuche nur dich zu beruhigen. Es wird ja nichts geschehen. Kannst du dir vorstellen, daß ein Sohn, der seine Mutter wiedergefunden hat, sie von neuem verliert? Ist das denkbar? Im wirklichen Leben vielleicht, aber wir sind hier nicht im wirklichen Leben, sondern mitten in einem Roman, und in den Romanen geht so etwas immer gut aus. Frag Okay. Nicht wahr, mein Guter, wir werden siegen und alle miteinander glücklich sein. Das ist doch deine Meinung, Okay? Na gut, dann lauf jetzt mit Mama. Ich mache das Loch wieder zu für den Fall, daß meine Zelle durchsucht wird.«

In kurzer Zeit war Véronique wieder zurück. Vierzig Minuten später hatte sie das Werkzeug gefunden. Sie brachte es François, und es gelang ihr, es in die Zelle hineinzuschieben.

»Bis jetzt ist noch niemand gekommen«, sagte François, »aber es kann nicht mehr lange dauern, und es ist besser, du bleibst nicht hier. Ich habe wahrscheinlich die ganze Nacht zu tun, da ich ja auch jedesmal, wenn die Wache kommt, aufhören muß. Ich erwarte dich also morgen früh um sieben Uhr. Ach, über Stéphanes Aufenthalt sind mir allerlei Vermutungen gekommen. Ein gewisses Geräusch unter mir bestätigt meine Annahme, daß er unter mir gefangengehalten wird. Die Öffnung, durch die das Licht in meine Zelle fällt, ist zu eng, als daß ich durchsteigen könnte. Gibt es drüben, wo du jetzt stehst, irgendein größeres Fenster?«

»Nein, aber man kann es vergrößern, wenn man die Steine darum herum entfernt.«

»Das ist gut, in Maguennocs Werkstatt wirst du eine Leiter finden aus Bambusrohr, an der oben Haken befestigt sind. Du wirst sie ohne Mühe morgen früh mitbringen können. Nimm auch einige Lebensmittel und ein paar Decken mit, die du in dem Dickicht am Eingang zu der Höhle niederlegen kannst.«

»Was willst du damit anfangen, Liebling?«

»Du wirst schon sehen. Leb wohl, Mama, ruh dich aus und sammle deine Kräfte, der Tag wird vielleicht anstrengend werden.«

Véronique befolgte den Rat ihres Sohnes.

Am folgenden Morgen eilte sie voller Hoffnung zu der Zelle. Okay, der wieder einmal seine eigenen Wege ging, begleitete sie nicht.

»Sei ganz still, Mama«, sagte François so leise, daß sie ihn kaum verstehen konnte. »Die Wache ist ganz nahe, ich glaube, man geht im Gang auf und ab. Übrigens bin ich mit meiner Arbeit fast fertig. Die Steine halten nicht mehr. In zwei Stunden ist alles soweit. Hast du die Leiter?«

»Ja.«

»Mach inzwischen die Steine um das Fenster los ... damit

es schneller geht... Ich habe wirklich Angst um Stéphane... Und vor allem, sei leise...«

Véronique ging.

Das Fenster war kaum mehr als einen Meter vom Boden entfernt, und die Steine hielten, wie sie schon vermutet hatte, nur durch ihr eigenes Gewicht und ihre geschickte Anordnung. Die so geschaffene Öffnung war sehr breit, und es war ihr ein leichtes, die Leiter, die sie mitgebracht hatte, durchzustecken und sie mit den Haken an dem unteren Sims zu befestigen.

Sie konnte jetzt dreißig oder vierzig Meter weit das Meer überblicken. Den unteren Teil der Felsen konnte sie jedoch nicht sehen, denn unter dem Fenster war ein hervorspringender steil abfallender Granitfelsen, auf dem die Leiter schräg ruhte.

»Das wird François helfen«, dachte sie. Das ganze Vorhaben schien ihr indes sehr gefährlich, und sie fragte sich, ob sie es nicht selbst statt ihres Sohnes wagen sollte.

Sie empfand in diesem Augenblick ein solches Bedürfnis, sich zu opfern, der Wunsch, ihre Liebe durch irgendeine Tat sofort zu beweisen, war in ihr so groß, daß sie, ohne viel nachzudenken, ihren Entschluß faßte, wie man auf Anhieb eine Aufgabe akzeptiert, die man unbedingt erfüllen muß. Nichts konnte sie mehr von ihrem Entschluß zurückhalten. Weder die schlecht befestigte Leiter, deren Haken zu klein waren und das Fenstersims nicht ganz umschlossen, noch der Abgrund, bei dessen Anblick ihr schwindelte. Es mußte gehandelt werden, und sie handelte.

Sie steckte ihren Rock hoch, dann kletterte sie auf das Sims, drehte sich um, stützte sich ab, tastete hinter sich den Raum ab und fand eine Sprosse. Sie zitterte am ganzen Leib. Ihr Herz schlug wie ein Hammer gegen die Brust. Trotzdem war sie tollkühn genug, die beiden Holmen der Leiter zu umfassen und hinunterzusteigen.

Es dauerte nicht lange. Die Leiter hatte zwanzig Sprossen,

das wußte sie. Sie zählte sie und auf der zwanzigsten blickte sie nach links und flüsterte mit einer unaussprechlichen Freude:

»Ach François, mein liebes Kind.«

In einer Entfernung von höchstens einem Meter hatte sie eine Vertiefung, eine Art Höhle entdeckt, die den Eingang zu einer direkt in den Felsen gehauenen Grotte zu bilden schien.

»Stéphane, Stéphane«, rief sie, aber mit so schwacher Stimme, daß Stéphane Maroux, wenn er da war, sie nicht hören konnte.

Ein paar Sekunden hielt sie zögernd inne. Ihre Knie wankten. Sie hatte weder die Kraft hinaufzusteigen, noch in dieser gefährlichen Stellung zu verharren. An einigen Unebenheiten in der Felswand konnte sie sich halten und so die Leiter verschieben, selbst auf die Gefahr hin, sie auszuhaken. Und wie durch ein Wunder gelang es ihr, einen Stein zu fassen, der aus der Felswand herausragte, und den Fuß in die Grotte zu setzen. Sie machte eine letzte, äußerste Anstrengung, und mit einem Satz, der ihr das Gleichgewicht wiedergab, gelangte sie in die Grotte.

Sie erkannte sofort eine Gestalt, die, mit Stricken gefesselt, auf einem Lager von Stroh lag.

Die Grotte war klein. Sie war mehr hoch als breit und mußte von weitem wie eine einfache Felsnische aussehen. Ihr Eingang lag offen da. Das Licht drang ungehindert ein.

Véronique trat näher. Der Mann rührte sich nicht. Er schlief. Sie neigte sich über ihn, und obwohl sie ihn nicht erkannte, war es ihr doch, als ob eine Erinnerung sich loslöste aus jener dunklen Vergangenheit, in die nach und nach alle Bilder unserer Kindheit versinken. Dieses Gesicht war ihr bestimmt nicht vertraut. Es war ein Gesicht mit sanften, regelmäßigen Zügen, mit blondem, zurückgestrichenem Haar, mit einer hohen und blassen Stirn; ein etwas weiches Gesicht, das Véronique an das schöne Gesicht einer Freundin aus dem Kloster erinnerte, die schon lange gestorben war.

Mit wenigen Handgriffen löste sie die Fesseln an seinen Handgelenken.

Noch immer erwachte der Gefangene nicht. Er streckte die Arme vor wie zu einer längst gewohnten und vertrauten Handlung, die ihn nicht unbedingt in seinem Schlaf störte. Man mußte ihn wohl von Zeit zu Zeit so freimachen, zum Essen vielleicht und in der Nacht, denn er murmelte:

»Schon ... Aber ich habe noch keinen Hunger. ... Und es ist Tag.« Über diesen Gedanken wunderte er sich selbst. Er öffnete halb die Augen, und plötzlich richtete er sich auf seinem Lager etwas auf, um die Gestalt, die zum ersten Male am hellen Tag vor ihm stand, zu betrachten.

Er war nicht sehr überrascht, wohl deswegen, weil er die Wirklichkeit noch nicht erfaßt hatte. Wahrscheinlich hielt er es für einen Traum oder eine Sinnestäuschung, und er sagte leise:

»Véronique ... Véronique ...«

Etwas verlegen durch Stéphanes Blick, löste sie vollständig seine Fesseln, und als er jetzt mit aller Deutlichkeit die Hände der jungen Frau auf seinen Händen und an seinen gefesselten Beinen fühlte, begriff er das große Wunder ihrer Gegenwart und sagte erregt:

»Sie! ... Sie! ... Ist das denn möglich? Ach, sagen Sie nur ein Wort ... Ein einziges Wort ... Sind Sie es denn wirklich? ...« Und wie zu sich selbst meinte er:

»Sie ist es ... Sie ist es wirklich ... Hier vor mir ...«

Angstvoll fuhr er fort:

»Sie sind es! ... Heute nacht ... die vergangenen Nächte ... Nicht Sie waren es, es war jemand anderes, die immer gekommen ist, nicht wahr? Eine Feindin? Ach, verzeihen Sie, daß ich so frage ... Aber ... ich kann nicht verstehen ... Von wo sind Sie hier hereingekommen?«

»Von dort«, sagte sie und zeigte auf das Meer.

»Oh«, sagte er, »was für ein Wunder!«

Er starrte sie an, geblendet wie von einer Himmelserscheinung. Die Umstände waren so seltsam, daß er nicht daran dachte, das Feuer seines Blicks zurückzuhalten. Ganz verwirrt wiederholte sie:

»Ja, von dort... François hat mir den Weg bezeichnet.«

»Ich habe nicht nach ihm gefragt«, sagte er. »Sie sind hier, und daher war ich sicher, daß er frei ist.«

»Noch nicht«, sagte sie, »aber in einer Stunde.«

Tiefe Stille trat ein, die sie, um ihre Erregung zu verbergen, mit den Worten unterbrach:

»Er wird frei sein... Sie werden es sehen... aber man darf ihn nicht erschrecken... Es gibt Dinge, die er noch nicht weiß.«

Sie merkte, daß er nicht ihren Worten, sondern nur ihrer Stimme lauschte, und daß diese Stimme ihn in eine Art Verzükkung zu versetzen schien, denn er lächelte und schwieg.

Nun lächelte sie auch und stellte Fragen, um ihn auf diese Weise zum Antworten zu zwingen.

»Sie haben gleich meinen Namen genannt. Sie kannten mich, nicht wahr? Mir scheint, daß auch ich Sie von früher... ja, Sie erinnern mich an eine Freundin, die gestorben ist... Madeleine... Ja, Madeleine Ferrand.«

»Vielleicht erinnere ich Sie auch an den Bruder dieser Freundin, einen schüchternen Schüler, der oft ins Sprechzimmer des Klosters kam und Sie von weitem betrachtete...«

»Ja, ja«, bestätigte sie, »wirklich, ich erinnere mich jetzt... Wir haben sogar mehrmals zusammen geplaudert« ... Sie wurde rot ... »ja, ja, jetzt weiß ich schon ... Sie hießen Stéphane... Aber dieser Name Maroux?«

»Madeleine und ich hatten nicht denselben Vater.«

»Ach so«, sagte sie, »deswegen bin ich nicht daraufgekommen.« Und sie streckte ihm die Hand hin.

»Also Stéphane, da wir alte Freunde sind und unsere Bekanntschaft jetzt erneuern, wollen wir von all dem später sprechen. Im Augenblick müssen wir so schnell wie möglich fort von hier. Haben Sie die Kraft dazu?«

»Die Kraft, ja, ich habe nicht sehr gelitten... aber wie sollen wir von hier fortkommen?«

»Auf demselben Wege, auf dem ich gekommen bin... Eine Leiter, die mit dem Gang da oben in Verbindung steht...«

Er war aufgestanden.

»Sie haben den Mut gehabt ... die Tollkühnheit? ...« sagte er, indem ihm endlich zum Bewußtsein kam, was sie gewagt hatte.

»Ach, es war nicht so schwer«, erklärte sie, »François war so in Sorge. Er sagte mir, daß Sie beide in ehemaligen Folterkammern gefangengehalten würden... in Todeskammern...«

Man hätte meinen können, diese Worte rissen ihn heftig aus einem Traum, und er bemerkte erst jetzt, wie töricht es sei, sich unter solchen Umständen in eine Unterhaltung einzulassen.

»Verlassen Sie mich, François hat recht. Ach, wenn Sie wüßten, was Sie wagen! Ich bitte Sie... Ich bitte Sie...«

Er war außer sich, wie von einer drohenden Gefahr geängstigt. Sie wollte ihn beruhigen, aber er flehte sie an:

»Noch einen Augenblick länger, und Sie sind vielleicht verloren. Bleiben Sie nicht hier... Ich bin zum Tod verurteilt, zu einem entsetzlichen Tod. Sehen Sie nur den Boden, auf dem Sie stehen... Er sieht aus wie ein Fußboden... Aber nein, das ist unnütz... O, ich flehe Sie an, gehen Sie...«

»Mit Ihnen«, sagte sie.

»Ja, mit mir, aber erst müssen Sie gerettet werden.«

Sie weigerte sich und sagte fest:

»Wenn Sie und ich gerettet werden sollen, Stéphane, müssen wir vor allem Ruhe bewahren. Was mir eben, als ich kam, gelungen ist, können wir nur wieder erreichen, wenn wir jeden Schritt genau berechnen und uns ganz in der Hand haben. Sind Sie bereit?«

»Ja«, sagte er, von ihrer schönen Sicherheit angesteckt.

»Mir nach.«

Sie ging bis an den Rand des Abgrundes und beugte sich vor.

»Halten Sie meine Hand, damit ich das Gleichgewicht nicht verliere.«

Sie drehte sich um, preßte sich an die Felswand und tastete mit ihrer freien Hand die Höhlung ab.

Als sie die Leiter nicht zu fassen bekam, beugte sie sich ein wenig hintenüber.

Die Leiter war nicht mehr an derselben Stelle. Wahrscheinlich war der eiserne Haken von dem rechten Holm, als Véronique mit etwas zu heftiger Bewegung in die Grotte gesprungen war, abgerutscht, so daß die nur noch an einem Haken hängende Leiter sich wie ein Pendel hin und her bewegt hatte.

Die unteren Sprossen waren jetzt außer Reichweite.

Todesangst

Wäre Véronique allein gewesen, so hätte sie trotz ihrer kräftigen Natur dem unerbittlichen Schicksal nicht standhalten können. Aber die Gegenwart Stéphanes, der, wie sie fühlte, schwächer war und durch seine Gefangenschaft erschöpft sein mußte, ließ sie ihre ganze Willenskraft aufbieten; daher sagte sie, als sei es etwas ganz Nebensächliches:

»Die Leiter hat sich verschoben ... Wir können sie nicht mehr erreichen.«

Voll Entsetzen sah Stéphane sie an.

»Dann, ja dann ... sind Sie verloren.«

»Weshalb sind wir verloren?« fragte sie lächelnd.

»Weil es keine Möglichkeit einer Flucht mehr gibt.«

»Warum nicht? Sie vergessen François.«

»François?«

»Aber ja. In spätestens einer Stunde ist es François gelungen, sich zu befreien. Wenn er die Leiter sieht und merkt, daß ich hinabgestiegen bin, wird er uns rufen. Wir werden ihn sicher hören. Wir müssen nur Geduld haben.«

»Geduld«, sagte er voll Schrecken ... »Eine Stunde sollen wir warten! In einer Stunde kommen *sie* ganz bestimmt. Ich werde ständig bewacht.«

»Dann verhalten wir uns still.«

Er zeigte auf die Tür, in der ein Schiebefenster angebracht war.

»Jedesmal wird dieses Fenster geöffnet, und durch das Gitter können *sie* uns sehen.«

»Schließen wir doch den Holzladen.«

»Dann kommen *sie* herein.«

»Nun, dann schließen wir ihn nicht und bewahren unsere Zuversicht, Stéphane.«

»Ich habe nur Angst um Sie.«

»Haben Sie keine Angst, weder um mich noch um sich selbst... Schlimmstenfalls sind wir imstande, uns zu verteidigen«, fügte sie hinzu und zog einen Revolver, den sie in der Waffensammlung ihres Vaters gefunden hatte und den sie immer bei sich trug.

»Ach«, sagte er, »ich fürchte, daß es gar nicht soweit kommt. *Sie* haben andere Mittel.«

»Welche denn?«

Er antwortete nicht. Auf einen schnellen Blick hin, den er auf den Boden geworfen hatte, prüfte jetzt auch Véronique die eigentümliche Beschaffenheit dieses Bodens.

Ringsherum der Wand entlang bestand er aus unebenen und rauhen Felsen, aber in der Mitte war ein ungeheures Viereck deutlich sichtbar eingebaut; die Balken, aus denen es bestand, waren abgenützt, zeigten tiefe Rillen und Einschnitte, waren aber doch stark und wuchtig. Die vierte Seite streifte beinahe an den Abgrund, von dem sie höchstens durch einen Zwischenraum von zwanzig Zentimetern getrennt war.

»Es ist eine Falltür«, sagte sie zitternd.

»Nein, dafür ist sie zu schwer«, sagte er.

»Was denn?«

»Ich weiß es nicht, wahrscheinlich ist es nur ein Überbleibsel aus früherer Zeit. Ein Ding, das nicht mehr in Gang gesetzt werden kann. Nur...«

»Was denn...«

»... heute nacht, vielmehr gegen Morgen, hörte ich unter mir ein Krachen ... als ob man Versuche anstellte, die übrigens sofort unterbrochen wurden, denn es ist wohl lange her!... Nein, das Ding funktioniert nicht mehr, und *sie* können es nicht mehr einsetzen.«

»Wer sind *sie*?«

Ohne seine Antwort abzuwarten, fuhr sie fort:

»Hören Sie, Stéphane, es bleiben uns nur wenige Augenblicke. Vielleicht weniger, als wir annehmen. Jeden Moment kann François frei sein und uns zu Hilfe kommen. Nutzen wir diese Zeit, um uns das zu sagen, was jeder von uns wissen muß. Wir wollen dabei ganz ruhig bleiben. Augenblicklich droht uns keine Gefahr. Wir vergeuden also nicht unsere Zeit.«

Véronique täuschte eine Sicherheit vor, die sie selbst nicht besaß. Daran, daß François sich befreien würde, konnte sie nicht zweifeln. Aber war es sicher, daß er ans Fenster treten und den abgerissenen Haken der Leiter bemerken würde? War es nicht wahrscheinlich so, daß er, wenn er seine Mutter nicht sah, den Gang entlang bis zur Abtei laufen würde?

Doch beherrschte sie sich, denn sie sah ein, wie notwendig eine Erklärung war. Sie setzte sich auf einen Felsvorsprung, und nun begann sie, Stéphane von den Ereignissen zu berichten, deren Zeugin sie gewesen war und in die sie von dem Augenblick an, wo sie in der verlassenen Hütte Maguennocs Leichnam entdeckt hatte, verwickelt war.

Stéphane hörte diesen grauenhaften Bericht an, ohne sie zu unterbrechen. Nur seine zornigen Bewegungen und der verzweifelte Ausdruck seines Gesichts zeigten sein Entsetzen.

Besonders Monsieur d'Hergemonts Tod und der Honorines schien ihn auf das tiefste zu erschüttern. An beiden hing er von ganzem Herzen.

»Ich bin zu Ende, Stéphane«, sagte sie, nachdem sie auch ihre eigenen Ängste beim Martertod der Schwestern Archignat erzählt hatte. »All dies mußte ich Ihnen sagen, François habe ich es verheimlicht. – Sie aber müssen es wissen, damit wir gegen unsere Feinde etwas unternehmen können.«

»Und wer sind diese Feinde?« sagte er kopfschüttelnd. »Trotz Ihrer Erklärung stelle ich dieselben Fragen wie Sie. Ich habe das Gefühl, wir sind in ein großes Drama verwickelt, das sich seit Jahrhunderten abspielt und worin wir erst jetzt zur Stunde der Katastrophe mitspielen, einer Katastrophe, die seit Generationen vorbereitet ist. Vielleicht täusche ich mich. Vielleicht handelt es sich nur um eine Reihe zusammenhangloser und unheilvoller Ereignisse, eine Kette von seltsamen Zufälligkeiten, von denen wir hin und her geworfen werden, ohne daß wir eine andere Erklärung finden könnten als die Launen des Zufalls. Ich weiß nicht mehr als Sie. Auch ich taste im Dunkeln. Derselbe Schmerz, dieselbe Trauer befällt mich, alles scheint mir nur Wahnsinn, krampfartiges, plötzliches Aufzucken unbekannter Kräfte zu sein.«

»Ja, die Zeit der Barbaren scheint wieder gekommen, und das gerade regt mich am meisten auf und bringt mich außer Fassung! Welcher Zusammenhang besteht zwischen der Vergangenheit und der Gegenwart, zwischen unseren jetzigen Verfolgern und jenen Menschen, die früher diese Hölle bewohnten und deren Wirken sich in so unfaßbarer Weise bis zu uns erstreckt? Worauf beziehen sich alle jene Sagen, die ich übrigens nur aus Honorines Fieberreden und der panischen Angst der Schwestern Archignat kenne?«

Sie sprachen leise und lauschten gespannt. Stéphane horchte auf die Geräusche, die vom Gang her kamen. Véronique aber blickte auf das Meer hinaus, in der Hoffnung, ein von François gegebenes Zeichen zu hören.

»Es sind verworrene Überlieferungen, in denen man nicht mehr unterscheiden kann, was Aberglaube und was Wahrheit ist. Höchstens ist es möglich, diesen Wust von wirren Geschichten in zwei Kategorien einzuteilen. Die erste bezieht sich auf die Weissagung von den dreißig Särgen, in der anderen ist die Rede von einem Schatz oder vielmehr einem wundertätigen Stein.«

»So hält man also«, sagte Véronique, »die paar Worte, die ich auf Maguennocs Zeichnung und dann später wieder auf dem Dolmen-aux-Fées entdeckte habe, für eine Prophezeiung?«

»Ja, eine Prophezeiung, die auf ferne Zeiten zurückgeht und die seit Jahrhunderten das ganze Leben und die Ereignisse auf Sarek bestimmt. Von jeher hat man geglaubt, der Tag werde kommen, an dem innerhalb eines Jahres die dreißig Klippen um die Insel, die man die dreißig Särge nennt, ihre Opfer forderten. Diese müßten eines gewaltsamen Todes sterben, und unter diesen dreißig befänden sich vier gekreuzigte Frauen. Diese feststehende Überlieferung, die sich vom Vater auf den Sohn vererbt, wird von niemandem angezweifelt. Sie wird in folgender Inschrift, die auf dem Feen-Dolmen zu lesen ist, festgehalten:

Für dreissig Särge werden dreissig Opfer...

und

Vier Frauen am Kreuz...«

»Nun ja, aber man hat doch alle die Jahre friedlich und ganz normal hier gelebt, warum ist denn in diesem Jahr plötzlich diese Angst ausgebrochen?«

»Daran ist hauptsächlich Maguennoc schuld. Maguennoc war ein seltsamer Mensch, eine Art geheimnisvoller Zauberer, der allerlei Kurpfuscherei trieb und auch wohl Leute heilte. Er kannte den Lauf der Gestirne, die heilsame Wirkung der Kräuter, und man befragte ihn gern über Dinge der fernsten Vergangenheit und der Zukunft. Seit kurzem verkündete Maguennoc, daß das Jahr 1917 das Schicksalsjahr sein werde.«

»Weshalb denn?«

»Es war vielleicht Intuition, eine Art Unterbewußtsein, eine Vorahnung oder wie sonst Sie es nennen wollen. Maguennoc selbst, der Zauberei keineswegs ablehnte, faselte etwas von Vogelflug oder Eingeweiden der Hühner. Immerhin stützte sich seine Voraussage auf etwas Ernsthaftes. Er behauptete auf Grund von Aussagen, die er in seiner Jugend bei den alten Leuten von Sarek gesammelt hat, daß zu Anfang des vorigen Jahrhunderts die letzte Zeile der Inschrift auf den Feen-Dolmen noch nicht völlig verwischt war, und daß man noch folgendes entziffern konnte:

Im Jahre vierzehn und drei ... der Insel Sarek ... Das Jahr vierzehn und drei aber ist das Jahr siebzehn, und Maguennoc und dessen Freunde sahen gerade in der Zweiteilung der Ziffer eine ungeheure Bestätigung der Weissagung wegen des Kriegsausbruchs im Jahre 1914. Von dem Moment an wuchs Maguennocs Einfluß. Seine Überzeugung wie seine Besorgnis wurden immer stärker, und so verkündete er sogar, daß sein Tod, gefolgt von dem Tod Monsieur d'Hergemonts, das Zeichen für den Beginn der Katastrophe sein werde. Es kam das Jahr 1917. Auf Sarek löste es eine wahre Panik aus. Die Ereignisse kamen immer näher ...«

»Aber das war ja alles völlig absurd«, bemerkte Véronique.

»Absurd allerdings, aber es nahm einen wirklich beunruhigenden Charakter an, als Maguennoc die Reste der auf dem Dolmen eingehauenen Inschrift mit der vollständigen Inschrift vergleichen konnte.«

»So fand er diese?«

»Ja, unter den Trümmern der Abtei fand er unter einem Steinhaufen, der es wie ein schützender Raum umgeben hatte, ein altes stockfleckiges und abgegriffenes Meßbuch, in dem noch einige Seiten lesbar waren. Eine besonders war noch gut erhalten, nämlich die, die Sie gesehen oder vielmehr deren Kopie Sie in der verlassenen Hütte gefunden haben.«

»Und hatte mein Vater diese Kopie gemacht?«

»Ja, Ihr Vater, ebenso wie er alle Zeichnungen in dem Wandschrank seines Arbeitszimmers gemacht hat. Sie erinnern sich vielleicht, daß Monsieur d'Hergemont gern zeichnete und Aquarelle malte. Er zeichnete die ganze Buchseite ab, gab jedoch von der in Versen geschriebenen Weissagung nur die auf dem Feen-Dolmen stehenden Worte wieder.«

»Und wie erklären Sie sich die Ähnlichkeit zwischen der gekreuzigten Frau und mir?«

»Das Original selbst, das Maguennoc an Ihren Vater weitergegeben hatte und das dieser eifersüchtig in seinem Zimmer aufbewahrte, habe ich nie in den Händen gehabt. Monsieur d'Hergemont behauptete jedoch, eine Ähnlichkeit bestehe. In jedem Fall hat er unbewußt auf seiner Zeichnung diese Ähnlichkeit verstärkt, er erinnerte sich an all das, was Sie gelitten hatten, und zwar durch seine Schuld, wie er sagte.«

»Vielleicht auch«, unterbrach ihn Véronique, »dachte er an jene andere Voraussage, die seinerzeit Vorski gemacht wurde: ›Du wirst durch die Hand eines Freundes zugrunde gehen, und deine Frau wird am Kreuz sterben.‹ Diese seltsame Übereinstimmung hat ihn wohl verblüfft, nicht wahr?... so sehr, daß er die Initialen meines Mädchennamens darüber schrieb: V. d'H...«

Und leiser fügte sie hinzu: »Und alles hat sich nach den Worten der Inschrift zugetragen.«

Beide schwiegen. Wenn das Schicksal bis jetzt für die Särge nur siebenundzwanzig Opfer dargebracht hatte, waren die letzten drei Opfer nicht auch da, um das große Menschenopfer vollzählig zu machen? Waren sie nicht alle drei gefangen und in der Hand derer, die dieses Opfer darbrachten? Und wenn bis jetzt auf dem Hügel in der Nähe der Großen Eiche nur drei Kreuze standen, würde nicht für ein viertes Opfer ein viertes Kreuz errichtet werden?

»Wie lange es dauert, bis François kommt«, sagte Véronique nach kurzem Schweigen.

Sie beugte sich über den Abgrund. Die Leiter war noch genauso unerreichbar und in derselben Stellung.

»Jetzt werden sie bald kommen«, sagte Stéphane. »Ich wundere mich sogar, daß sie nicht schon hier sind.«

Keiner von beiden wollte sich seine Angst anmerken lassen. Mit ruhiger Stimme fuhr Véronique fort:

»Und was wissen Sie von dem Schatz? Von dem Gottesstein?«

»Dieses Rätsel ist nicht weniger unerklärlich«, sagte Stéphane, »es ist auch in einer Zeile der Inschrift enthalten, der letzten nämlich: ›Der Gottesstein, der Tod oder Leben gibt.‹

Der Überlieferung nach ist dieser Gottesstein ein wundertätiger Stein, und dies war nach Monsieur d'Hergemonts Ansicht ein Glaube, der bis auf die frühesten Zeiten zurückgeht. Von jeher hat man auf Sarek an einen Stein geglaubt, der Wunder wirkt. Im Mittelalter brachte man gebrechliche und verkrüppelte Kinder hierher und legte sie nächtelang auf diesen Stein, und sie standen gesund und kräftig wieder auf. Unfruchtbare Frauen nahmen mit Erfolg zu demselben Mittel ihre Zuflucht. Ebenso machten es Greise, Gebrechliche und Verwundete. Der Ort der Wallfahrt wurde jedoch verlegt, denn der Stein soll an eine andere Stelle gekommen und nach Aussage einiger sogar verschwunden sein. Im achtzehnten Jahrhundert wurde der Feen-Dolmen als Wunderstein verehrt, und man brachte manchmal noch schwächliche Kinder mit Drüsenerkrankungen dorthin.«

»Der Stein hatte doch aber auch eine verhängnisvolle Wirkung, da er den Tod sowohl wie das Leben gab?«

»Ja, wenn man ihn ohne die Erlaubnis derer berührte, die beauftragt waren, ihn zu hüten und zu ehren. Aber hier wird die Überlieferung noch verwirrender, denn es ist auch die Rede von einem Edelstein, der Flammen ausstrahlt und jene, die ihn berühren, verbrennt und sie Höllenqualen erleiden läßt.«

»Nach dem, was Honorine erzählte, soll das Maguennoc passiert sein«, bemerkte Véronique.

»Ja«, sagte Stéphane, »und damit kommen wir zu den jetzigen Ereignissen, die mir kaum weniger dunkel erscheinen als die früheren. Was genau Maguennoc passiert ist, werden wir wahrscheinlich niemals erfahren. Schon seit acht Tagen hatte er sich zurückgezogen, mit finsterer Miene und ohne zu arbeiten; eines Morgens stürzte er in Monsieur d'Hergemonts Arbeitszimmer und schrie:

›Ich habe ihn angefaßt! ... Ich bin verloren ... Ich habe ihn angefaßt ... Ich habe ihn in die Hand genommen ... Er brannte wie Feuer, aber ich wollte ihn behalten ... Ach, schon seit Tagen brennt mich das Feuer bis auf die Knochen. Es ist die Hölle! Es ist die Hölle!‹

Dabei zeigte er uns seine Handfläche, die wie von einem Krebsschaden völlig zerfressen war. Man wollte ihn verbinden, er schien aber vollkommen wahnsinnig geworden und stammelte immer nur: ›Ich bin das erste Opfer ... Das Feuer wird bis an mein Herz dringen ... Und nach mir kommen die anderen an die Reihe!‹ An demselben Abend schlug er sich mit der Axt die Hand ab, und eine Woche später verließ er die Insel, nachdem er die ganze Bevölkerung in Panik versetzt hatte.«

»Wohin ging er denn?«

»Er machte eine Wallfahrt nach der Kapelle von La Facouët, in deren Nähe Sie ihn gefunden haben.«

»Und wer, glauben Sie, hat ihn getötet?«

»Sicher war es eines jener Wesen, die sich miteinander durch die Zeichen verständigen, die Sie auf Ihrem Weg gesehen haben. Eines jener Wesen, die in den Höhlen wohnen und die einen Zweck verfolgen, den ich nicht kenne.«

»Dieselben also, die Sie und François überfallen haben?«

»Ja, und die sich dann mit Hilfe unserer gestohlenen Kleider für François und mich ausgegeben haben.«

»Und zu welchem Zweck?«

»Um leichter in die Abtei hineinzukommen und um im Falle eines Mißerfolgs die Nachforschungen auf eine falsche Spur zu lenken.«

»Haben Sie sie denn, seitdem Sie hier eingesperrt sind, noch nicht gesehen?«

»Ich habe nur undeutlich eine Frau gesehen. Sie kommt in der Nacht, bringt mir zu essen und zu trinken, lockert die Stricke an meinen Händen und Füßen und kommt nach zwei Stunden wieder.«

»Hat sie mit Ihnen gesprochen?«

»Ein einziges Mal, in der ersten Nacht. Sie flüsterte mir zu, daß, wenn ich um Hilfe riefe, wenn ich schrie oder wenn ich versuchte zu entkommen, François für mich büßen müßte.«

»Haben Sie sie denn in dem Augenblick des Überfalls nicht erkennen können?«

»Ich weiß darüber genausowenig wie François.«

»Und nichts ließ diesen Überfall vermuten?«

»Gar nichts. Am Morgen jenes Tages hatte Monsieur d'Hergemont für die Untersuchung, die er über alle diese Dinge anstellte, zwei wichtige Schreiben erhalten. Einer der Briefe, der von einem alten Schloßbesitzer der Bretagne stammte, enthielt ein seltsames Dokument, das er in den Papieren seines Urgroßvaters gefunden hatte, nämlich den Plan der unterirdischen Gänge, in denen früher die ›Chonans‹, die Royalisten also, auf Sarek gehaust hatten. Dies waren offenbar dieselben Druidenbehausungen, von denen die Legenden erzählen. Auf dem Plan war der in der Schwarzen Heide befindliche Eingang verzeichnet. Außerdem enthielt er Angaben über zwei übereinanderliegende Gänge, an deren Ende je eine Folterkammer lag. Daraufhin machten François und ich uns auf, um den Gang zu erforschen; bei unserer Rückkehr wurden wir überfallen.«

»Und seitdem haben Sie nichts entdeckt?«

»Nichts.«

»Aber François hat mir etwas von einer Hilfe erzählt, die er erwartete ... Von jemandem, der ihm seinen Beistand zugesichert haben soll.«

»Ach, das ist eine Kinderei, eine Idee von François, die durch den zweiten Brief, den Monsieur d'Hergemont erhalten hat, entstanden ist.«

»Und wovon handelte der?«

Stéphane antwortete nicht sogleich. Etwas schien ihm zu sagen, daß man sie durch die Türöffnung beobachtete. Als er aber an das kleine Guckloch trat, sah er niemanden.

»Ach«, seufzte er, »wenn man uns helfen will, muß man sich beeilen! *Sie* können jeden Augenblick kommen.«

»Besteht denn wirklich Hoffnung auf Hilfe?«

»Wir dürfen dem keine allzu große Bedeutung beimessen, aber seltsam ist es schon. Sie wissen, daß schon mehrmals einige Offiziere und Beamte nach Sarek gekommen sind, um das Meer rings um die Insel nach Unterseebootsstationen abzusuchen. Der zu diesem Zweck aus Paris hergesandte Hauptmann Patrice Belval setzte sich mit Monsieur d'Hergemont in Verbindung, der ihm von den hier verbreiteten Legenden erzählte.

Es war an den Tagen, nachdem Maguennoc die Insel verlassen hatte. Der Hauptmann schien sich so lebhaft für alles zu interessieren, daß er davon sprach, es einem seiner Freunde in Paris zu erzählen; dieser, ein spanischer oder portugiesischer Adliger, Don Luis Perenna mit Namen, war, wie er sagte, ein außergewöhnlicher Mann, der auch die rätselhaftesten Dinge aufklären und die kühnsten Unternehmungen erfolgreich durchzuführen fähig war. Einige Tage nach der Abreise von Hauptmann Belval bekam Monsieur d'Hergemont von dem genannten Don Luis Perenna den Brief, von dem ich Ihnen sprach und von dem er uns leider nur den Anfang vorlas:

›Sehr geehrter Herr, der Fall Maguennoc scheint mir ziemlich ernst. Ich bitte Sie, bei der nächsten beunruhigenden Nachricht an Patrice Belval zu telegraphieren. Nach einigen Anzeichen zu urteilen, stehen Sie am Rande eines Abgrundes. Aber sollten Sie selbst schon in diesen Abgrund hineingezogen sein, so brauchen Sie doch nichts zu fürchten, wenn ich nur rechtzeitig benachrichtigt werde. Von dem Augenblick an bürge ich für Ihre Sicherheit, was auch eintreten mag, selbst dann noch, wenn Ihnen schon alles verloren scheint und selbst wenn alles verloren ist. Was nun die rätselhafte Angelegenheit des Gottessteines betrifft, so erscheint sie mir kindisch, und ich wundere mich wirklich, daß sie nach den Erklärungen, die Sie Patrice Belval gegeben haben, einen Augenblick für unerklärlich angesehen werden kann. Hier haben Sie in wenigen Worten, was so viele Generationen beschäftigt hat.‹«

»Nun?« fragte Véronique gespannt.

»Den Schluß des Briefes hat, wie ich Ihnen schon sagte, Monsieur d'Hergemont uns nicht vorgelesen. Als wir ihn befragten, antwortete er nur: ›Heute abend werde ich euch alles sagen, Kinder, wenn ihr von der Schwarzen Heide zurückkommt. Vorläufig sage ich euch nur, daß Don Luis Perenna, dieser wirklich außergewöhnliche Mann, mir das Geheimnis des Gottessteines ganz ohne Umstände und ohne genaue Ortskenntnis erklärt und mir Angaben gemacht hat über den Ort, wo er liegt, und alles ist so einleuchtend, daß jeder Zweifel ausgeschlossen ist!«

»Und am Abend?«

»Am Abend waren François und ich bereits entführt und Monsieur d'Hergemont ermordet.«

Véronique dachte nach. »Wer weiß«, sagte sie, »ob man ihm nicht diesen wichtigen Brief entreißen wollte? Denn es scheint mir, als ob nur die Absicht, den Stein zu stehlen, alle Anschläge erklären kann, deren Opfer wir sind.«

»Das glaube ich auch, aber auf Anraten von Don Luis Perenna hat Monsieur d'Hergemont in unserer Gegenwart den Brief zerrissen.«

»Und jener Don Luis Perenna ist also nicht benachrichtigt worden?«

»Nein.«

»Und François?«

»François weiß nichts von dem Tod seines Großvaters und glaubt folglich, daß Monsieur d'Hergemont, nachdem er seine und meine Gefangennahme erfahren hat, Perenna davon benachrichtigt hat, der in diesem Falle jeden Augenblick hier eintreffen muß. Außerdem hat François einen anderen Grund, auf ihn zu hoffen...«

»Einen ernsthaften Grund?«

»Nein, François ist noch sehr kindlich, er hat viele Abenteuerromane gelesen, und seine Phantasie arbeitet heftig. Nun hat Hauptmann Belval ihm von seinem Freund Perenna soviel phantastische Geschichten erzählt und hat ihm diesen Mann in einem so seltsamen Licht gezeigt, daß François davon überzeugt ist, Don Luis Perenna könne kein anderer als Arsène Lupin sein. Daher sein unbedingtes Vertrauen und die Gewißheit, daß im Falle einer Gefahr die wunderbare Rettung pünktlich auf die Minute eintreten wird.«

Véronique sagte lächelnd:

»Er ist wirklich noch ein Kind, aber Kinder haben unbewußte Ahnungen, die man doch ernst nehmen muß... Es macht ihm auch Mut und hält ihn bei Laune. Wie hätte er in seinem Alter ein solches Erlebnis ertragen können, wenn er nicht diese Hoffnung gehabt hätte!«

Wieder stieg die Angst in ihr hoch, und leise sagte sie:

»Es soll uns gleich sein, woher die Rettung kommt, wenn sie nur rechtzeitig kommt und mein Sohn nicht diesen entsetzlichen Menschen zum Opfer fällt.«

Beide schwiegen lange Zeit. Der Gedanke an den unsichtbaren und doch gegenwärtigen Feind lastete mit seiner ganzen Schwere auf ihnen. Er war überall, er war Herr der Insel, Herr der unterirdischen Wohnungen, Herr in Heide und Wald, Herr des Meeres, der Dolmen und der Särge.

Entmutigt sagte Véronique schließlich:

»Wenn François nur hier wäre! Wenn wir alle drei uns gemeinsam verteidigen könnten! Was ist nur los mit ihm? Was hält ihn zurück? Ein unvorhergesehenes Hindernis...?«

Nun mußte Stéphane sie aufmuntern: »Ein Hindernis? Wieso auch? Es dauert einfach lange, bis er fertig ist...«

»Ja, ja, Sie haben recht... es dauert lange, es ist eine schwierige Arbeit... Oh, er verliert bestimmt den Mut nicht!

Er ist so munter, so zuversichtlich! ›Kannst du dir vorstellen, daß ein Sohn, der seine Mutter wiedergefunden hat, sie von neuem verliert?‹ sagte er zu mir. ›Man kann uns verfolgen, aber uns trennen, nie.‹ Er hat recht, nicht wahr, Stéphane? Nicht wahr...?«

Stéphane sah sie an, verwundert, daß sie sich unterbrach. Sie horchte.

»Was ist?« fragte er.

»Geräusche...«

Nun horchte auch er.

»Ja wirklich...«

»Vielleicht ist es François, vielleicht kommt das Geräusch von oben?«

Sie wollte aufstehen, aber er hielt sie zurück.

»Nein, es sind Schritte im Gang.«

»Mein Gott, was wird geschehen«, sagte Véronique.

Sie sahen einander angstvoll und fragend an, denn sie wußten nicht, was sie tun sollten.

Das Geräusch kam näher. Der Feind schien nichts zu ahnen, denn es waren Schritte eines Menschen, der sein Nahen nicht verbirgt.

»Man darf nicht sehen, daß ich aufgestanden bin«, sagte Stéphane. »Ich will mich wieder hinlegen... binden Sie mir wieder Hände und Füße...«

Noch zögerte sie in der törichten Hoffnung, die Gefahr ginge von selbst wieder vorüber. Plötzlich aber erwachte Véronique aus ihrer Erstarrung und rief:

»Schnell, da kommen sie... legen Sie sich nieder.«

Er gehorchte. In wenigen Augenblicken hatte sie die Stricke wieder um seine Hände und seine Füße gelegt, ohne sich jedoch die Zeit zu nehmen, sie zu verknoten.

»Drehen Sie sich dem Felsen zu«, sagte sie, »und verbergen Sie Ihre Hände... sie würden Sie verraten.«

»Und Sie?«

»Fürchten Sie nichts.«

Sie bückte sich und legte sich quer vor die Tür, deren durch Eisenstangen vergitterte Fenster nach innen einen Vorsprung bildeten, so daß man sie nicht sehen konnte.

In demselben Augenblick hielten die Schritte draußen an. Trotz der Schwere der Tür konnte Véronique das Rascheln eines Frauenkleides hören.

Über ihr sah jemand durch das Gitter.

Was für eine Minute! Beim geringsten Verdacht waren sie verloren.

Warum bleibt sie nur stehen, dachte Véronique. Merkt sie, daß ich hier bin?... Sieht sie vielleicht meine Kleider?...

Plötzlich entstand draußen eine Bewegung, und jemand pfiff zweimal hintereinander.

Dann hörte man andere Schritte den Gang entlangkommen. Sie hallten in der großen Stille wider und machten wie die anderen vor der Tür halt. Man sprach miteinander und schien zu beraten.

Véronique war es gelungen, die Hand in die Tasche zu stecken. Sie zog ihren Revolver heraus und legte den Finger auf den Abzug. Wenn jemand hereinkam, würde sie aufspringen und ohne Zögern Schuß auf Schuß abfeuern.

Die Todeskammer

Diese Absicht Véroniques wäre ausführbar gewesen, wenn die Tür sich nach außen geöffnet hätte und die Feinde dadurch zunächst ohne Deckung gewesen wären. Véronique prüfte die Tür und stellte fest, daß erstaunlicherweise unten ein schwerer Riegel angebracht war. Sollte sie ihn schließen?

Es blieb ihr keine Zeit, über Vorteile oder Nachteile dieses Planes nachzudenken. Sie hörte etwas klirren, und fast gleichzeitig wurde ein Schlüssel in das Schloß gesteckt. Eine überdeutliche Vorstellung von dem, was geschehen würde, überfiel sie. Der Anblick der plötzlich eintretenden Feinde würde ihr die Geistesgegenwart rauben, in ihren Bewegungen gehemmt, würde sie schlecht zielen und danebenschießen, man würde die Tür wieder schließen und unverzüglich in François' Zelle eilen.

Dieser Gedanke raubte ihr jede Fassung, und so handelte sie mechanisch und wie unter einem Zwang. Mit rascher Bewegung schob sie den Riegel vor, dann richtete sie sich etwas auf und schob den eisernen Laden vor das Gitter. Ein Schloß schnappte ein. Niemand konnte mehr eintreten oder hineinsehen.

Sofort begriff sie das Unsinnige ihrer Tat, die den Feind in seinem Vorhaben nicht hindern konnte. Stéphane, der zu ihr geeilt war, sagte:

»Mein Gott, was haben Sie getan? Die haben wohl gesehen, daß ich mich nicht regte, und jetzt wissen sie, daß ich nicht allein bin.«

»Tut nichts«, verteidigte Véronique sich. »Jetzt werden sie sich daran machen, die Tür einzuschlagen, und so werden wir Zeit gewinnen.«

»Zeit, wozu?«

»Um zu fliehen.«

»Wie denn?«

»François wird uns rufen, François...«

Sie hielt inne. Man hörte deutlich die sich entfernenden Schritte. Kein Zweifel, der Feind, der sich bei der Gewißheit beruhigte, daß Stéphane nicht entfliehen könne, ging hinauf in das obere Verlies, wo François war. Vielleicht vermutete er auch, daß die beiden Freunde sich verständigt hätten und daß François in Stéphanes Zelle war und daß er es war, der den Riegel vorgeschoben hätte.

Véronique hatte also die Ereignisse gerade nach der Richtung der Gefahr hin vorangetrieben. In dem Augenblick, da François entfliehen wollte, würde er oben überrascht werden.

Sie verlor alle Fassung.

»Warum bin ich hier heruntergestiegen, es wäre so einfach gewesen, ihn oben zu erwarten! Vereint hätten wir Sie gewiß retten können.«

Hatte sie vielleicht Stéphanes Befreiung beschleunigen wollen, weil sie die Liebe dieses Mannes für sie kannte? Und hatte sie nicht unwürdige Neugier zu diesem Unternehmen getrieben? Doch sofort wies sie diesen schrecklichen Gedanken zurück.

»Nein, ich mußte kommen«, sagte sie. »Das Schicksal verfolgt uns.«

»Glauben Sie das nicht, alles wird ein gutes Ende nehmen.«

»Nein, es ist zu spät«, sagte sie und schüttelte den Kopf.

»Warum? Was beweist uns, daß François nicht schon aus der Zelle geflohen ist? Eben glaubten Sie selbst es noch!«

Sie antwortete nicht. Ihr bleiches Gesicht war verzerrt.

»Wir sind vom Tod umgeben«, sagte sie.

Er versuchte zu lächeln.

»Sie sprechen wie die Leute von Sarek, dieselbe Angst verfolgt sie.«

Sie stürzte auf die Tür zu, schob den Riegel zurück und versuchte die Tür zu öffnen. Aber was vermochte ihre Kraft gegen diese mächtigen mit Eisenplatten verstärkten Balken!

Stéphane ergriff ihren Arm.

»Hören Sie doch ... klingt das nicht wie ...?«

»Ja«, sagte sie, »jetzt wird oben geklopft, über uns in dem Verlies, in dem François ist.«

»Aber nein, nein, hören Sie doch nur...«

Ein neues Schweigen, dann ein Dröhnen im Fels. Das Geräusch kam von *unten*.

»Es sind dieselben Schläge, die ich heute früh gehört habe«, sagte Stéphane verstört... »derselbe Versuch, von dem ich Ihnen ja erzählt habe... Ach, jetzt verstehe ich! ...«

»Was meinen Sie?«

In regelmäßigen Abständen folgten die Schläge aufeinander, dann hörten sie auf, und nun vernahm man ein dumpfes, fortgesetztes Rollen und dazu ein scharfes Knirschen und ein lautes Knarren und Krachen. Es klang, als würde eine Maschine in Bewegung gesetzt, eine jener Schiffswinden, die im Hafen die Boote aus dem Wasser ziehen.

Noch immer stand Véronique horchend da, in angstvoller Erwartung dessen, was kommen würde. Sie versuchte, in Stéphanes Augen eine Erklärung zu finden. Dieser stand vor ihr und sah sie an, wie man im Augenblick höchster Gefahr eine Frau ansieht, die man liebt.

Plötzlich wankte sie und mußte sich an der Wand festhalten. Die ganze Höhle, der Fels schien sich im Raum zu drehen.

Wie eine Falltür, die sich in umgekehrter Richtung öffnet, wurde das aus ungeheuren Balken gebildete Quadrat, dessen Mittelachse auf beiden Seiten mit Scharnieren am Felsen befestigt war, hochgehoben. Diese Bewegung erinnerte an das langsame Öffnen eines Deckels und ließ ein vom Rand bis zum äußersten Ende der Höhle sich hinziehendes Sprungbrett entstehen, das zuerst nur schwach geneigt war und auf dem man noch stehen konnte, ohne das Gleichgewicht zu verlieren.

Im ersten Augenblick dachte Véronique, daß der Feind sie zwischen dem unbeweglichen Fußboden und der Felswand zermalmen wollte, aber gleich darauf begriff sie, daß diese schreckliche Maschine, die sich wie eine Art Zugbrücke hob, sie in den Abgrund stürzen sollte.

»Es ist entsetzlich... entsetzlich«, murmelte sie. Ihre Hände klammerten sich krampfhaft aneinander.

»Man kann nichts mehr tun«, stöhnte sie, »nicht wahr?«

»Nichts«, sagte er.

»Aber rings um dieses Quadrat ist doch noch Raum, und die Höhle ist rund, man könnte...«

»Nein«, sagte er. »Der Zwischenraum ist zu klein. Wenn man versuchen wollte, sich zwischen die Höhlenwand und diese Falltür zu zwängen, würde man zermalmt werden, das ist alles genau berechnet. Ich habe oft darüber nachgedacht.«

»Was nun?«

»Man muß warten.«

»Worauf? Auf wen?«

»Auf François.«

»Ach François«, sagte sie schluchzend, »vielleicht ist auch er zum Tode verurteilt... oder vielleicht sucht er uns und fällt in einen Hinterhalt. Ich werde ihn nie wiedersehen... Und er wird nie erfahren... Er wird nicht einmal seine Mutter gesehen haben, bevor er stirbt...«

Sie drückte Stéphane heftig die Hand und sagte:

»Stéphane, wenn einer von uns dem Tode entrinnt, und ich wünschte, daß Sie es sind...«

»Nein, Sie werden es sein«, sagte er bestimmt. »Ich wundere mich sogar, daß der Feind Ihnen meine Strafe mit auferlegt. Er weiß gewiß gar nicht, daß Sie hier sind.«

»Wohl möglich«, sagte Véronique, »mir ist ja ein anderer Tod vorbehalten... Aber mir ist alles gleich, da ich ja meinen

Sohn nicht mehr wiedersehen werde. Ihnen, Stéphane, vertraue ich ihn an, nicht wahr? Ich weiß, was Sie schon für ihn getan haben.«

Die Falle hob sich langsam, unterbrochen von plötzlichen Schwankungen und Erschütterungen.

»Wenn ich Sie überlebe«, sagte er, »so schwöre ich Ihnen, daß ich meine Aufgabe zu Ende führen werde. Ich schwöre es in Erinnerung ...«

»In Erinnerung an mich«, sagte sie fest, »an die Véronique, die Sie gekannt und geliebt haben.«

Leidenschaftlich blickte er sie an.

»Wissen Sie denn ...?«

»Ja, und ich spreche offen mit Ihnen. Ich habe Ihr Tagebuch gelesen ... Ich weiß von Ihrer Liebe ... Und ich nehme sie an ...«

Sie lächelte traurig.

»Eine arme Liebe. Sie galt der, die nicht bei Ihnen war, und gilt jetzt der, die sterben wird ...«

»Nein, nein«, unterbrach er sie heftig. »Das müssen Sie nicht denken ... Die Rettung ist vielleicht nahe ... Ich fühle es wohl, meine Liebe gehört nicht der Vergangenheit an, sondern der Zukunft.«

Er wollte ihr die Hände küssen.

»Küssen Sie mich«, sagte sie und hielt ihm die Stirn hin.

Beide hatten schon einen Fuß auf den schmalen Felsrand setzen müssen, der sich an der vierten Seite der Falltür hinzog.

Sie küßten einander ernst. »Halten Sie mich fest«, sagte Véronique. Dann beugte sie sich so weit wie möglich zurück und rief mit erstickter Stimme:

»François, François ...«

Aber in der Öffnung oben war nichts zu sehen. Immer noch hing dort die Leiter außer Reichweite.

Nun sah Véronique ins Meer hinunter. An der Stelle, wo sie stand, sprang der Fels weniger schroff vor, und zwischen den schaumgepeitschten Riffen sah sie eine kleine stillruhende Wasserfläche, die unermeßlich tief schien. Dort, dachte sie, ist der Tod freundlicher als auf den Klippen mit ihren scharfen Spitzen, und in dem plötzlichen Wunsch, allem ein Ende zu machen und einer langsamen Todesqual zu entgehen, sagte sie zu Stéphane:

»Worauf warten wir? Lieber sterben wir, als diese Qual...«

»Nein, nein«, rief er aus, denn alles empörte sich in ihm bei dem Gedanken, Véronique zu verlieren.

»Hoffen Sie denn immer noch?«

»Bis zum letzten Atemzug, denn ich hoffe für Sie.«

»Ich hoffe nicht mehr«, sagte sie.

Auch er hatte im Grunde keine Hoffnung mehr, aber sein Wunsch, ihren Schmerz zu lindern und die furchtbare Prüfung allein auf sich zu nehmen, war so groß, daß er zu hoffen vorgab.

Das Brett richtete sich immer steiler auf. Das dumpfe Dröhnen hatte aufgehört, und die schiefe Ebene reichte schon bis an die Türöffnung. Plötzlich gab es einen Stoß, und die ganze Türöffnung verschwand. Es war jetzt unmöglich, aufrecht stehen zu bleiben.

Beide legten sich auf das Brett und stützten die Füße auf den Felsrand.

Noch zweimal wurde das Brett heftig erschüttert, und jedesmal erhob sich der obere Teil ruckweise. Jetzt reichte es schon bis an die Decke und senkte sich langsam dem Meere zu. Schon konnte man deutlich erkennen, daß es die Öffnung vollkommen verschließen würde. Diese Öffnung im Felsen war so bemessen, daß die grauenhafte Folter ihren Opfern keinen Ausweg und auch dem Zufall keine Möglichkeit bot.

Beide sprachen kein Wort mehr. Sie hatten sich in ihr Schicksal ergeben, hielten sich krampfhaft an den Händen und nahmen ihren Tod als unabwendbares Schicksal hin. Seit undenkbaren Zeiten mochte diese Folter bestehen. Sie war wohl schon unzählige Male verbessert und vervollkommnet worden, und – von unsichtbaren Folterknechten in Bewegung gesetzt –, hatte sie sowohl Unschuldigen wie Verbrechern, Bretonen, Galliern, Franken und fremden Gefangenen den Tod gebracht. Kriegsgefangene, sündige Mönche, verfolgte Bauern, Royalisten und Revolutionäre hatte dieses Ungeheuer nacheinander in den Abgrund gestürzt.

Heute waren sie an der Reihe, und sie hatten nicht einmal die Möglichkeit, durch Haß oder Zorn ihren Gefühlen Luft zu machen. Wen sollten sie hassen? Sie starben im tiefsten Dunkel, ohne daß sich das Antlitz des Feindes aus der Finsternis erhob. Sie starben, damit irgendein Auftrag erfüllt wurde, um eine Zahl vollzumachen, als Opfer törichter Prophezeiungen und sinnloser Forderungen, wie barbarische Götter sie stellen und fanatische Priester sie aussprechen. Sie waren, und das war das Ungeheuerliche, ausersehen zu einem Bußopfer, das den Gottheiten einer blutdürstigen Religion dargebracht wurde.

Jetzt richtete sich hinter ihnen die Mauer beinahe senkrecht auf. Das Ende nahte.

Mehrmals schon hatte Stéphane Véronique festhalten müssen, die sich ins Meer stürzen wollte. Wachsendes Entsetzen nahm ihr jedes Denkvermögen.

»Ich flehe Sie an«, flüsterte sie. »Lassen Sie mich, ich leide zu sehr.«

Wäre nicht ihr Sohn gewesen, so hätte sie bis zum Schluß ihre Selbstbeherrschung nicht verloren, so aber quälte sie die Sorge um ihn. Auch er war in der Hand der Feinde, und er, wie seine Mutter, wurden jenen entsetzlichen Göttern geopfert.

»Nein, er wird kommen«, beruhigte sie Stéphane. »Sie werden gerettet. Ich will es. Ich weiß es bestimmt.«

»Er ist in ihrer Gewalt wie wir...« antwortete Véronique

verzweifelt. »Man quält ihn mit feurigen Werkzeugen und spitzen Pfeilen... Man reißt ihm das Fleisch von den Knochen, ach, mein armes Kind!...«

»Und ich sage Ihnen, daß er kommt, liebe Freundin... denn eine Mutter und ein Kind, die sich wiedergefunden haben, kann nichts mehr trennen... Er selbst hat es Ihnen gesagt.«

»Der Tod hat uns zusammengeführt, der Tod wird uns vereinen... Ich will nicht, daß er leidet...«

Ihr Schmerz war zu groß. Sie riß sich von Stéphanes Hand los und wollte sich ins Wasser stürzen. Doch im selben Augenblick lehnte sie sich zurück gegen die Falltür und stieß mit Stéphane einen Ruf der Überraschung aus.

Zu ihrer Linken war etwas vor ihren Augen aufgetaucht, das dann wieder verschwand.

»Die Leiter, die Leiter ... nicht wahr«, flüsterte Stéphane.

»Ja, es ist François ...« sagte Véronique, außer sich vor Freude und Hoffnung. »Er ist gerettet und kommt uns zu Hilfe...«

In diesem Augenblick stand das Folterbrett beinahe steil in der Luft. Es rührte sich nicht mehr. Die Höhle hinter ihnen war abgeschlossen. Nur der Abgrund blieb ihnen, und der schmale Felsrand allein konnte ihnen einen schwachen Halt geben.

Véronique beugte sich von neuem vor. Wieder sah sie die Leiter, die jetzt nicht mehr schwankte, sondern oben festgehakt schien.

Oben in der Felsöffnung tauchte das Gesicht eines Jungen auf, der ihr zulächelte und winkte:

»Mama, Mama... schnell«, rief er.

»Oh, du bist es... du bist es, mein Junge...« Véronique seufzte auf.

»Schnell, Mama, ich halte die Leiter... Schnell... es besteht keine Gefahr...«

»Ich komme, Liebling, ja!«

Sie hatte die Leiter ergriffen, und mit Hilfe von Stéphane gelangte sie ohne Schwierigkeit auf die erste Sprosse.

»Und Sie, Stéphane«, wandte sie sich an diesen. »Sie folgen mir doch?«

»Ich habe Zeit«, sagte er, »beeilen Sie sich.«

»Nein, erst versprechen Sie mir...«

»Ich schwöre es Ihnen, beeilen Sie sich...«

Sie kletterte vier Sprossen hinauf und hielt inne.

»Sie müssen kommen, Stéphane«, sagte sie.

Er hatte sich schon wieder dem Felsen zugewandt und mit der linken Hand an einem engen Spalt zwischen diesem und der Zugbrücke festgeklammert. Mit der rechten Hand griff er nach der Leiter und setzte den Fuß auf die unterste Sprosse. Auch er war gerettet.

Voller Freude stieg Véronique hinauf. Mochte sich auch unter ihr der Abgrund öffnen, oben erwartete sie ihr Sohn, den sie endlich ans Herz drücken würde.

»Ich komme, ich komme, mein Liebling«, wiederholte sie immer wieder.

Rasch schob sie ihren Kopf und die Schultern durch das Fenster. Der Junge zog sie hinein. Sie schwang sich aufs Fensterbrett, und nun stand sie neben ihrem Sohn. Sie fielen sich in die Arme.

»Oh! ... Mama!... ist es denn möglich, Mama!«

Kaum aber hatte sie ihn in die Arme geschlossen, so machte sie sich los. Eine unerklärliche Scheu hielt sie zurück.

»Komm, komm«, sagte sie und zog ihn ans Licht. »Komm, ich will dich anschauen.«

Der Junge ließ es geschehen. Sie prüfte einen Augenblick sein Gesicht, und plötzlich sprang sie entsetzt zurück und rief:

»Also bist du es doch? Du bist der Mörder?«

Welches Entsetzen! Sie fand in ihrem Sohn die Züge dessen wieder, der vor ihren Augen Monsieur d'Hergemont und Honorine getötet hatte.

»So, du erkennst mich also«, rief er höhnisch.

Bei dem Ton dieser Stimme begriff Véronique den Irrtum. Dieser Knabe hier war nicht François, sondern der andere, der in François' Kleidern die höllische Tat vollbracht hatte. Wiederum lachte er höhnisch.

»Jetzt begreifst du also, Madame? Du erkennst mich wieder?«

Das widerliche Gesicht verzerrte sich und nahm einen Ausdruck von Bosheit, von Grausamkeit und Gemeinheit an.

»Vorski, Vorski«, stammelte Véronique. »Das ist Vorskis Gesicht.«

Er lachte schallend.

»Warum auch nicht?! Glaubst du, ich verleugne meinen Vater so wie du?«

»Es ist Vorskis Sohn«, wiederholte Véronique.

»Ja, allerdings! Er hatte doch wohl das Recht, zwei Söhne zu haben, der gute Mann, erst mich und dann den sanften François!«

»Also Vorskis Sohn«, sagte Véronique noch einmal.

»Und ein Kerl, das kann ich dir sagen, der seinem Vater Ehre macht und in seinem Sinne erzogen ist. Das hast du schon gemerkt, wie? Aber das ist längst nicht alles. Wir sind erst am Anfang, warte nur, gleich wirst du einen neuen Beweis sehen. Sieh dir mal den albernen Lehrer da an ... Und paß mal auf, was daraus wird, wenn ich erst komme!«

Mit einem Satz war er am Fenster, wo eben Stéphanes Kopf auftauchte. Der Junge ergriff einen Stein und schlug damit aus Leibeskräften auf den Mann ein.

Véronique, die im ersten Augenblick zu bestürzt war, um zu handeln, sprang nach vorn und packte ihn beim Arm. Zu spät. Stéphanes Kopf war nicht mehr zu sehen. Die Haken der Leiter hatten sich gelöst, man hörte ein Geräusch, dann das Aufschlagen eines Körpers im Wasser.

Véronique stürzte ans Fenster. Die Leiter schwamm in der von Felsklippen umrahmten stillen See. Nichts verriet die

Stelle, wo Stéphane untergegangen war. Kein Wirbel, kein Wellenschlag.

»Stéphane, Stéphane«, schrie sie.

Keine Antwort. Nichts als das tiefe Schweigen in einem Raum, wo selbst die Winde schlafen und das Meer schlummert.

»Oh, du Scheusal, was hast du getan«, stieß Véronique hervor.

»Weine nicht, Gnädigste, der Herr Stéphane hat deinen Sohn wie ein Püppchen erzogen. Na los, nun lach schon! Willst du mir nicht einen Kuß geben, Vaters Liebchen? Aber was denn, was denn, du ziehst vielleicht ein Gesicht! So verachtest du mich also, was?«

Mit ausgebreiteten Armen ging er auf sie zu.

Blitzschnell zog sie ihren Revolver.

»Mach, daß du fortkommst, oder ich erschieße dich wie einen tollen Hund.«

Das Gesicht des Jungen nahm einen noch wilderen Ausdruck an. Schritt für Schritt wich er zurück und knirschte zwischen den Zähnen:

»Das wirst du mir bezahlen, meine Schöne. Ich will dich umarmen... Ich bin die Güte selbst dir gegenüber... Und du willst schießen? Das wirst du mir mit Blut zahlen, mit rotem Blut, mit Blut...«

Es klang, als ob er das Wort lustvoll aussprach. Er wiederholte es mehrmals, dann lachte er höhnisch auf und lief durch den Gang in der Richtung nach der Abtei davon.

»Mit dem Blut deines Sohnes«, schrie er. »Madame Véronique! Mit dem Blut deines Sohnes!!«

Die Flucht

Unschlüssig und am ganzen Körper zitternd lauschte Véronique, bis der letzte Schritt verklungen war. Was sollte sie tun? Stéphanes Tod hatte ihre Gedanken einen Augenblick von François' Schicksal abgelenkt. Jetzt aber befiel sie von neuem die Angst: Was war aus ihrem Sohn geworden? Sollte sie ihn in der Abtei suchen und gegen die Gefahren, die ihn dort umlauerten, schützen? Mut, sagte sie, ich verliere den Kopf ... Ich muß nachdenken ... Vor ein paar Stunden war François noch hinter diesen Mauern und hat mit mir gesprochen ... Denn es war bestimmt François, der meine Hand genommen und sie mit Küssen bedeckt hat ... Eine Mutter täuscht sich nicht. Mein ganzes Herz floß über vor Zärtlichkeit und Liebe ... Aber hat er seit heute morgen nicht vielleicht sein Gefängnis verlassen?

Nachdenklich hielt sie inne, dann überlegte sie weiter:

So ist es, so hat sich alles zugetragen ... Stéphane und ich wurden in der untern Höhle überrascht. Das löste im Nu Alarm aus. Dieses Ungeheuer, Vorskis zweiter Sohn, ist heraufgekommen, um François zu überwachen. Er hat das Verlies leer gefunden, und da er die Öffnung hier sah, ist er bis hierhin vorgedrungen.

So muß es gewesen sein. Auf welchem anderen Weg hätte er sonst hierher gelangen sollen? Als er das Fenster sah, kam ihm gleich der Gedanke, daß es sicher aufs Meer hinausginge und daß François es zu seiner Flucht benutzt habe. Er sah dann die Haken der Leiter, und als er hinunterblickte, entdeckte er mich. Er erkannte mich und rief mir zu ... Und jetzt ... jetzt läuft er zur Abtei, wo er unweigerlich auf François stoßen wird.

Einer inneren Stimme gehorchend, rührte sich Véronique nicht vom Fleck; sie hatte das Gefühl, daß nicht in der Abtei, sondern hier, in diesen Gängen, Gefahr lauere. Sie fragte sich, ob François wirklich hatte entkommen können und ob er nicht, ehe er fertig geworden war, von den Feinden überrascht und angegriffen worden sei.

Entsetzliche Zweifel quälten sie. Hastig duckte sie sich, und da sie merkte, daß die Öffnung vergrößert worden war, wollte sie hindurchsteigen. Aber der Ausgang, der höchstens für ein Kind genügte, war für sie zu eng. Ihre Schultern kamen nicht hindurch. Sie ließ nicht nach, und obgleich sie ihre Kleider zerriß und sich die Haut an dem rauhen Gestein aufschürfte, gelang es ihr endlich nach langer Geduld und vieler Mühe, sich hindurchzuzwängen.

Die Zelle war leer. Aber die Tür nach dem gegenüberliegenden Gang stand offen, und Véronique schien es, als ob durch diese geöffnete Tür irgend jemand hinausschliche. Das, was sie sah, genügte jedoch, um Véronique die Gewißheit zu geben, daß es eine Frau war, die sich im Gang verborgen hielt und die durch ihr unerwartetes Eindringen überrascht worden war.

»Sie gehört sicher zu ihm«, dachte Véronique. »Sie ist mit dem Jungen, der Stéphane getötet hat, heraufgekommen, und gewiß hat sie François fortgeschleppt. Vielleicht ist François sogar noch hier, ganz in meiner Nähe, und sie beobachtet mich.«

Die Augen Véroniques aber, die sich langsam an das Halbdunkel gewöhnt hatten, unterschieden jetzt deutlich am Türgriff die Hand einer Frau, die die Tür zuziehen wollte.

»Warum schließt sie die Tür nicht ganz«, fragte sich Véronique, »da sie doch offenbar ein Hindernis zwischen uns setzen möchte?«

Die Antwort konnte sich Véronique selbst geben. Sie hörte, daß die Tür an einen kleinen Stein stieß, der sich dazwischengeklemmt hatte. Sobald er entfernt war, würde die Tür zugehen. Mit plötzlichem Entschluß ergriff Véronique den eisernen Türgriff und zog die Tür zurück. Die Hand verschwand, aber von der anderen Seite mußte auch ein Türgriff sein, denn der Widerstand blieb bestehen.

Sie hörte einen Pfiff. Die Frau rief um Hilfe.

Und fast gleichzeitig im Gang draußen, nicht weit von der Frau entfernt, eine Stimme:

»Mama, Mama!«

Ach, welche Gefühle löste dieser Ruf in ihr aus. Ihr Sohn, ihr wirklicher Sohn, rief nach ihr. Er war gefangen, aber er lebte noch! Welch eine unfaßbare Freude!

»Hier bin ich, mein Kleiner.«

»Eile dich, Mama, sie haben mich gebunden. Der Pfiff war ihr Signal, gleich werden sie kommen.«

»Hier bin ich, ich helfe dir!«

Sie zweifelte nicht mehr an dem Ausgang. Es schien ihr, als habe sie grenzenlose Kräfte und als könnte nichts der verzweifelten Anspannung ihres Willens widerstehen. In der Tat wurde der Widerstand schwächer, und Véronique gewann an Boden.

Die Tür sprang auf, Véronique konnte hindurch. Die Frau draußen lief schon den Gang entlang. Sie zog das Kind an einem Strick hinter sich her, um es trotz seiner Fesseln zu zwingen, ihr zu folgen. Aber vergeblich. Sie gab den Versuch bald auf. Véronique stand vor ihr, mit dem Revolver in der Hand.

Die Frau ließ das Kind los. Hellbeleuchtet von dem durch die offene Zelle eindringenden Licht, stand sie da. Sie trug ein weißes Gewand mit einem Strick als Gürtel. Ihre Arme waren halbnackt. Das noch junge Gesicht war welk, mager und runzelig. In ihrem blonden Haar zeigten sich weiße Strähnen. Ihre Augen blickten zornig und haßerfüllt.

Schweigend sahen die beiden Frauen einander an, wie zwei Feinde, die ihre Kräfte gemessen haben und zum Schlag ausholen. Véronique lächelte fast triumphierend. Schließlich sagte sie:

»Wenn Sie meinem Sohn auch nur ein Haar krümmen, schieße ich. Gehen Sie.«

Die Frau schien keine Angst zu haben. Sie horchte auf, anscheinend in der Hoffnung auf Hilfe. Nichts rührte sich; dann blickte sie auf François herab und machte eine Bewegung, als wolle sie aufs neue ihre Beute fassen.

»Rühren Sie ihn nicht an!« wiederholte Véronique heftig. »Rühren Sie ihn nicht an, oder ich schieße.«

Die Frau zuckte nur mit den Schultern und sagte scharf:

»Laß die Drohungen. Wenn ich deinen Sohn hätte töten wollen, so wäre es längst geschehen. Seine Stunde ist noch nicht gekommen, und nicht von meiner Hand wird er sterben.«

Zitternd vor Angst unterbrach sie Véronique: »Und durch wen soll er sterben?«

»Von der Hand meines Sohnes, den du eben gesehen hast.«

»So ist also das Ungeheuer, der Mörder, dein Sohn?«

»Es ist der Sohn ...«

»Schweigen Sie, schweigen Sie«, befahl Véronique. Sie begriff, daß diese Frau Vorskis Geliebte gewesen war, und fürchtete, daß sie vor François etwas ausplaudern würde. »Schweigen Sie, ich will diesen Namen nicht hören.«

»Du wirst ihn hören, wenn es nötig ist«, sagte die Frau. »Wenn ich deinetwegen gelitten habe, Véronique, so bist jetzt du an der Reihe, und das hier ist erst der Anfang.«

»Geh«, schrie Véronique, die noch immer den Revolver auf die Frau gerichtet hielt.

»Keine Drohungen, sage ich dir.«

»Geh, oder ich schieße, das schwöre ich dir beim Leben meines Sohnes.«

Ängstlich wich die Frau zurück, dann wurde sie von neuer Wut ergriffen. Unfähig, sich zu wehren, erhob sie ihre beiden

Fäuste gegen Véronique, und mit rauher, abgerissener Stimme zischte sie:

»Ich werde mich rächen... du wirst es erleben... das Kreuz... weißt du, ist schon aufgerichtet... du bist die vierte... ach, welch eine Rache...«

Sie ballte ihre knochigen Fäuste.

»Oh, wie ich dich hasse«, fuhr sie fort. »Fünfzehn Jahre hasse ich dich schon, aber das Kreuz wird meine Rache sein. Ich selbst werde dich dort oben festbinden. Das Kreuz steht schon da, warte nur...«

Hoch aufgerichtet wich sie langsam vor dem drohend erhobenen Revolver zurück.

»Mama, du tötest sie nicht, nicht wahr?« flüsterte François, der ahnte, welch ein Kampf sich in der Seele seiner Mutter abspielte.

Véronique schien wie aus einem Traum zu erwachen und antwortete:

»Nein, du brauchst nichts zu fürchten. Und doch, vielleicht sollte man...«

»Oh, bitte, laß sie, Mama, wir wollen so schnell wie möglich hier weg.«

Noch bevor die Frau verschwunden war, hielt sie ihn schon in ihren Armen, drückte ihn an sich und trug ihn in die Zelle zurück, als wäre er leicht wie ein kleines Kind.

»Mama, Mama«, wiederholte er.

»Ja, mein Lieber, ich bin es, und jetzt wird dich mir niemand mehr entreißen, das schwöre ich dir.«

Ohne Rücksicht auf die rauhen Steine glitt sie dann schnell durch die von François vergrößerte Öffnung, zog das Kind nach sich, und erst jetzt nahm sie sich die Zeit, die Stricke zu durchschneiden.

»Hier sind wir außer Gefahr, wenigstens für den Augenblick, denn nur durch die Zelle hindurch kann man uns angreifen, und diesen Zugang werde ich schon zu verteidigen wissen.«

Innig hielten sie sich umschlungen.

»Mein Gott, wie hübsch du bist« sagte Véronique.

Nichts erinnerte sie an den Mörder, an das andere Kind, und sie wunderte sich, daß Honorine die beiden hatte verwechseln können. Sie wurde nicht müde, sein edles, offenes und sanftes Gesicht zu bewundern.

»Und du, Mama, glaubst du, ich hätte mir vorstellen können, daß du so schön bist? Selbst im Traume nicht, wenn du mir in der Gestalt einer Fee erschienst. Und doch hat Stéphane mir oft erzählt...«

»Beeilen wir uns, Liebling«, unterbrach sie ihn. »Wir müssen uns vor ihrer Verfolgung schützen. Wir müssen fort von hier.«

»Ja«, sagte er, »vor allen Dingen müssen wir Sarek verlassen. Ich habe einen Fluchtplan entworfen, der auf jeden Fall Erfolg haben muß. Aber sag mir vor allem, was aus Stéphane geworden ist.«

Ohne auf seine Frage zu antworten, zog sie ihn bei der Hand mit fort.

»Ich muß dir so viel erzählen, Liebling, traurige Dinge, die du doch wissen mußt, aber erst nachher... Jetzt im Augenblick müssen wir zunächst in die Abtei flüchten. Die Frau wird Hilfe holen und uns verfolgen.«

»Aber sie war nicht allein, als sie plötzlich in die Zelle trat und mich dabei überraschte, wie ich die Mauer durchbrach. Jemand war bei ihr...«

»Ein Kind, nicht wahr? Ein Junge in deinem Alter?«

»Ich konnte ihn kaum sehen. Sie haben sich auf mich gestürzt und haben mich gebunden und in den Gang geschleppt; dann hat die Frau uns einen Augenblick allein gelassen, und er ging wieder in die Zelle zurück. Er kennt also jetzt diesen Gang und den Ausgang, der zur Abtei führt.«

»Ja, allerdings, aber wir werden schon mit ihm fertig werden und diesen Ausgang versperren.«

»Aber dann bleibt doch noch die Brücke, die die beiden Inseln verbindet«, warf François ein.

»Die Brücke habe ich verbrannt«, sagte sie. »Die Abtei ist vollkommen abgeschnitten.«

Sie eilten schleunigst vorwärts.

»Ja«, meinte François, den die Worte seiner Mutter kaum beruhigten. »Sicher ist vieles geschehen, was ich nicht weiß und was du mir nicht sagst, um mich nicht zu erschrecken. Mama, die Brücke, die du in Brand gesteckt hast ... mit dem schon bereitliegenden Benzin, nicht wahr, genau so, wie es mit Maguennoc vereinbart war für den Fall, daß Gefahr drohen würde ... Man hat also auch dich bedroht ... Und der Kampf war zuerst gegen dich gerichtet, Mama? Und dann die Worte, die diese Frau mit solchem Haß hervorgestoßen hat! ... Und dann ... vor allem eins, sage mir, was ist aus Stéphane geworden? In meiner Zelle haben sie eben von ihm gesprochen, aber ganz leise ... All dies quält mich ... Ich sehe auch die Leiter nicht mehr, die du mitgebracht hattest ...«

»Ich flehe dich an, Liebling, verlieren wir keine Zeit. Die Frau hat inzwischen sicher jemanden gefunden. Man ist uns auf der Spur.«

Das Kind horchte plötzlich auf.

»Hörst du etwas?«

»Ich höre Schritte.«

»Bist du sicher?«

»Jemand kommt uns entgegen ...«

»Oh«, stöhnte sie dumpf, »es ist der Mörder, der aus der Abtei zurückkommt.«

Zum äußersten entschlossen, faßte sie nach ihrem Revolver. Plötzlich aber stieß sie François in einen dunkeln Winkel, der sich rechts von ihr auftat. »Hier, hierhin«, rief sie. »Hier wird er uns nicht sehen.«

Die Schritte kamen näher.

»Duck dich«, sagte sie. »Und rühr dich nicht.«

Das Kind aber sagte:

»Du hast ja deinen Revolver in der Hand, Mutter, du wirst doch nicht schießen?«

»Ich müßte es wohl tun...« sagte Véronique. »Es ist ein solches Ungeheuer... und ich hätte eigentlich... Wir werden es vielleicht später einmal bereuen.«

Und fast ohne es zu wollen, fügte sie hinzu:

»Er hat deinen Großvater erschossen.«

»Oh, Mama, Mama!« Sie mußte ihn halten, damit er nicht umsank. In der Stille ringsum hörte sie das Schluchzen des Kindes, das an ihrer Brust weinte und stammelte:

»Dennoch, töte ihn nicht.«

»Da ist er, mein Liebling, sei ruhig. Da ist er, sieh ihn dir an...«

Der andere ging vorüber. Langsam, etwas vorgebeugt, angestrengt horchend. Jetzt erschien er Véronique von gleicher Größe wie ihr Sohn. Als sie ihn dieses Mal genauer ansah, wunderte sie sich nicht mehr, daß Honorine und Monsieur d'Hergemont sich hatten täuschen lassen, denn es bestand tatsächlich eine gewisse Ähnlichkeit, die durch François' rote Mütze sicher noch betont worden war. Er entfernte sich.

»Kennst du ihn«, fragte Véronique.

»Nein, Mama.«

»Bist du sicher, daß du ihn früher nie gesehen hast?«

»Ganz sicher.«

»Und er war es, der sich in der Zelle zusammen mit der Frau auf dich geworfen hat?«

»Ich bin ganz sicher, er hat mich sogar mit einem wahren Haß, ohne jeden Grund, ins Gesicht geschlagen.«

»Ach«, sagte sie, »all das ist unbegreiflich. Wann endlich werden wir aus diesem Alptraum erwachen?«

»Schnell, Mama, der Weg ist frei, nützen wir die Gelegenheit.

Jetzt, bei dem einfallenden Licht, sah sie, daß er leichenblaß war, und seine Hand, die in der ihren lag, war eiskalt. Dennoch lächelte er glücklich. Sie eilten weiter, durchschritten den in den Fels gehauenen Verbindungsgang, stiegen die Treppe hinauf und gelangten rechts von Maguennocs Garten ins Freie.

Die Sonne war im Untergehen.

»Jetzt sind wir gerettet«, sagte Véronique.

»Ja«, sagte das Kind, »aber nur, wenn man uns nicht auf demselben Wege folgen kann. Wir müssen also den Ausgang versperren.«

»Wie das?«

»Warte auf mich, ich hole Werkzeug aus der Abtei.«

»Nein, wir wollen uns lieber nicht trennen, François.«

»Dann gehen wir zusammen hin, Mama.«

»Wenn aber inzwischen der Feind kommt?«

»Du hast recht, wir müssen ihn hier erwarten.«

»Hilf mir, Mama.«

Nach kurzer Prüfung stellten sie fest, daß der eine der beiden Steine, die sich über dem Eingang wölbten, nicht festhielt. Es war ihnen ein leichtes, ihn zu lockern und ihn dann hinabzustoßen. Der Stein rollte auf die Treppe, und Erde, Schutt und Mörtel fielen mit herunter, so daß die Öffnung, wenn nicht ganz unzugänglich, so doch schwer zu benutzen war.

»Das reicht«, meinte François, »bis wir meinen Plan ausführen können. Sei ganz ruhig, Mama, der Plan ist gut, und wir sind bald am Ziel.«

Nun erst merkten sie, daß sie sich beide ausruhen mußten. Sie waren erschöpft.

»Leg dich nieder, Mama, komm hierher. Hier unter dem vorspringenden Felsen, der eine Grotte bildet, ist der Boden mit weichem Moos bedeckt. Hier kannst du ruhen wie eine Königin.«

»Ach, mein Liebling, mein Liebling«, flüsterte Véronique überglücklich.

Jetzt schien die Stunde gekommen, ihm alles zu erklären, und Véronique zögerte nicht länger. Die Freude, seine Mutter wiedergefunden zu haben, würde ihn trösten über den Tod aller derer, die er gekannt und geliebt hatte. Sie erzählte ihm also rückhaltlos alles, während sie ihn an sich preßte und seine Tränen trocknete. Sie wußte wohl, daß ihre Liebe die Liebe und Freundschaft aller ersetzen konnte. Der Tod Stéphanes traf ihn besonders schwer.

»Bist du aber sicher, daß er tot ist«, fragte er. »Nichts beweist, daß er ertrunken ist. Stéphane schwimmt doch ausgezeichnet... und so... sicher, Mama, sicher, wir dürfen die Hoffnung nicht aufgeben. Siehst du, da kommt gerade ein Freund, der immer in den trübsten Stunden auftaucht, um daran zu erinnern, daß nicht alles verloren ist.«

Und wirklich lief Okay auf sie zu. Der Anblick seines Herrn schien ihn nicht zu überraschen. Okay war niemals sehr überrascht. Er ließ sich durch nichts in seinen Gewohnheiten oder in seinen Unternehmungen stören. Nur Tränen schienen ihm einer besonderen Aufmerksamkeit wert zu sein. Véronique aber und François weinten nicht.

»Siehst du, Mutter, Okay ist ganz meiner Ansicht. Noch ist nichts verloren... Aber du scheinst wahrhaftig etwas geahnt zu haben, alter Junge. Na, was hättest du wohl getan, wenn wir ohne dich die Insel verlassen hätten?«

Véronique sah ihren Sohn an.

»Die Insel verlassen?«

»Gewiß doch, und dies so schnell wie möglich. Das ist ja mein Plan, was sagst du dazu?«

»Aber wie können wir fort?«

»Mit dem Boot.«

»Ist denn hier in der Nähe ein Boot?«

»Ja, meines.«

»Wo denn?«

»Ganz nahe von hier, an der Spitze der Insel.«

»Und da kann man hinunter? Der Fels ist doch so steil.«

»Das Boot liegt gerade da, wo er am steilsten ist, an einer Stelle, die Poterne genannt wird. Gerade dieser Name gab Stéphane und mir zu denken. Eine Poterne kann nur einen Eingang oder einen Ausgang bezeichnen. Wir haben nun herausgefunden, daß im Mittelalter, als hier die Mönche noch lebten, das Gebiet der Abtei mit Wällen umgeben war. Es war also anzunehmen, daß dort eine Poterne war, die den Zugang zum Meere bildete, und wirklich entdeckten wir nach einigen Erkundigungsfahrten mit Maguennoc oben auf dem Felsplateau einen Spalt, eine Art Senkung, die mit Sand ausgefüllt war und die stellenweise von richtigen Mauern aus großen Quadern abgestützt wurde. Auf einer Treppe gelangte man zum Meer hinunter, sie führte zu einer kleinen Bucht, in die die Poterne mündete. Wir haben das Ganze wieder instand gesetzt. Mein Boot ist am Felsen hochgezogen.«

Véroniques Gesicht schien wie verwandelt. »So sind wir also gerettet?«

»Ganz sicher.«

»Und kann der Feind nicht dahin gelangen?«

»Wie meinst du das?«

»Er hat sich das Motorboot genommen.«

»Wenn er nicht dorthin gekommen ist, so, weil er weder die Bucht noch den Abstieg kennt, welche man vom Meer aus nicht sieht, da beide von tausend spitzigen Riffen umgeben sind.«

»Und was hindert uns, gleich aufzubrechen?«

»Die Dunkelheit, Mama. So gut ich auch rudern kann und so genau ich alle Durchfahrten kenne, auf denen man Sarek verlassen kann, so bin ich doch nicht ganz sicher, daß ich nicht an irgendeiner Klippe scheitere. Nein, wir müssen warten, bis es hell ist.«

»Das scheint mir endlos.«

»Nur ein paar Stunden Geduld, wir sind ja doch zusammen. Sobald es dämmert, steigen wir ins Boot und fahren um den Felsen herum bis zu der Stelle unter dem Verlies. Dort nehmen wir Stéphane mit, der uns gewiß auf irgendeinem Felsen erwartet, und dann verschwinden wir alle vier, nicht wahr, Okay? Gegen Mittag sind wir in Pont-l'Abbé; das ist mein Plan.«

Véronique war außer sich vor Freude und Bewunderung. Sie hätte nie geglaubt, daß ein Kind soviel Geistesgegenwart zeigen könne.

»Dein Plan ist ausgezeichnet, Liebling, und du hast in allem recht. Das Glück hat sich wirklich zu unseren Gunsten gewendet.«

Die Nacht verlief ruhig. Nur einmal fuhren sie auf. Unter dem Schutt und den Steinen, die den Ausgang versperrten, hörte man ein Geräusch, und ein durch den Spalt dringender Lichtstrahl zwang sie, bis zum Augenblick ihrer Abfahrt Wache zu halten. Aber ihre Zuversicht wurde dadurch nicht getrübt.

»Ich bin völlig ruhig«, sagte François. »In dem Augenblick, als ich dich wiederfand, fühlte ich, daß es für immer war. Und bleibt uns nicht noch eine letzte Hoffnung? Stéphane hat dir sicher davon erzählt, nicht wahr? Vielleicht lachst du darüber, daß ich in einen Retter, den ich nie gesehen habe, soviel Vertrauen setze. Du kannst mir glauben, Mama, daß, selbst wenn ich einen gezückten Dolch vor mir sähe, ich doch sicher wäre, völlig sicher, glaube mir, daß eine Hand den Stoß abwenden würde.«

»Ach«, seufzte sie, »diese rettende Hand hat doch alles Unglück nicht verhindert, das ich dir erzählt habe.«

»Was meine Mutter bedroht, wird sie verhindern.«

»Wie auch? Dieser unbekannte Freund ist nicht benachrichtigt worden.«

»Er wird trotzdem kommen, man braucht ihn nicht zu benachrichtigen. Er weiß doch, daß die Gefahr groß ist. Er wird kommen, darum mußt du mir versprechen, nie den Mut zu verlieren, was auch geschehen mag.«

»Ja, ich werde nicht aufgeben, ich verspreche es dir.«

»Das kannst du auch«, sagte er lachend, »denn jetzt nehme ich die Sache in die Hand, und gut werde ich es machen, nicht wahr, Mama? Schon gestern habe ich mir klargemacht, daß, um alles zum guten Ende zu führen und damit meine Mutter weder Hunger noch Kälte erleiden müsse, falls wir uns heute nachmittag hätten einschiffen können, Decken und Lebensmittel nötig wären. Das werden wir heute nacht gut brauchen können, denn da wir unseren Posten hier nicht verlassen dürfen, können wir auch nicht in der Abtei schlafen.«

Alle beide aßen jetzt vergnügt und mit gutem Appetit.

Dann wickelte François seine Mutter in die Decken, und glücklich, ohne jede Furcht und dicht aneinandergeschmiegt schliefen sie ein.

Als die kühle Morgenluft Véronique aufweckte, sah sie am Horizont einen rosafarbenen Lichtschein.

François schlief friedlich wie ein Kind, das sich beschützt und von keinem bösen Traum bedroht fühlt. Véronique betrachtete ihn lange und wurde nicht müde, ihn zu bewundern. Die Sonne stand schon hoch, als sie ihn immer noch ansah.

»Schnell ans Werk, Mama«, sagte er, sobald er die Augen aufgeschlagen und sie umarmt hatte. »Hat sich nichts vom Gang aus gezeigt?«

»Nein.«

»Dann können wir in Ruhe das Boot flottmachen.«

Sie nahmen die Decken und Lebensmittel mit, und mit fröhlichem Schritt wandten sie sich der zur Poterne führenden Treppe an der Spitze der Insel zu. Die dieser Spitze vorgelagerten Felsen bildeten ein ungeheures Chaos, und das Meer peitschte trotz der Windstille tosend dagegen.

»Hoffentlich ist dein Boot noch da!«

»Wenn du dich ein wenig vornüberbeugst, kannst du es sehen, Mama. Es hängt dort hinter dem Vorsprung. Wir brauchen es nur herunterzulassen und flottzumachen. Ja, alles ist gut überlegt, Mamachen. Wir brauchen nichts zu fürchten... Nur...«

François vollendete den Satz nicht. Er dachte nach.

»Was hast du?«

»Ach, nichts weiter, eine kleine Verzögerung...«

»Sag doch.«

Er lachte.

»Wahrhaftig, als Anführer dieses Unternehmens bin ich, offen gestanden, etwas unüberlegt gewesen. Stell dir vor, ich habe etwas vergessen: die Ruder. Sie sind in der Abtei.«

»Wie schrecklich!« rief Véronique.

»Warum denn, ich lauf schnell in die Abtei und bin in zehn Minuten zurück.«

Véroniques ganze Furcht war mit einem Mal wieder da.

»Und wenn sie inzwischen aus dem Tunnel kommen?«

»Na, na, Mama«, sagte er lachend, »du hast mir versprochen, den Mut nicht zu verlieren. Um den Gang freizumachen, brauchen sie mindestens eine Stunde, und man würde sie hören. Wir wollen keine Zeit verlieren, ich bin gleich wieder da.«

Er stürmte davon.

»François«, rief sie ihm nach.

Er antwortete nicht.

»Ach«, dachte sie, während neue Ängste sie quälten. »Ich hatte mir geschworen, ihn keinen Augenblick mehr zu verlassen.«

Langsam ging sie ihm nach, und auf einer kleinen Erhebung zwischen dem Feen-Dolmen und dem Kalvarienberg blieb sie stehen. Von dort konnte sie den Ausgang des Tunnels beobachten und auch ihren Sohn sehen, der gerade den Rasen hinabsprang. Zuerst ging er in das Untergeschoß, aber die Ruder schienen dort nicht zu sein, denn er kam fast sofort wieder heraus und ging nun auf den Haupteingang zu, in dem er verschwand.

»In einer Minute kann er reichlich wieder zurück sein. Die

Ruder sind sicher im Vorraum... Jedenfalls im unteren Stockwerk... Sagen wir höchstens zwei Minuten.«

Sie zählte die Sekunden, während sie gleichzeitig den Ausgang des Tunnels im Auge behielt.

Aber drei, vier Minuten vergingen, ohne daß die Türe sich von neuem geöffnet hätte. Véroniques Mut sank. Sie sah ein, daß es töricht gewesen war, sich dem Willen eines Kindes zu unterwerfen und ihren Sohn nicht zu begleiten. Ohne sich weiter um den Ausgang des Tunnels und die von dort drohenden Gefahren zu kümmern, ging sie auf die Abtei zu.

Aber sie hatte das schreckliche Gefühl, das man in bestimmten Träumen empfindet, wenn man selbst wie gelähmt ist und nicht vorankommt, während der Feind sich nähert und zum Angriff rüstet.

Als sie aber den Dolmen erreicht hatte, bemerkte sie etwas Seltsames, das sie sich nicht sofort erklären konnte. Um die den rechten Halbkreis umgebenden Eichen herum war der Boden mit abgeschnittenen Zweigen bedeckt. Offenbar waren diese frisch geschnitten, denn das Laub war noch grün.

Sie blickte nach oben und blieb bestürzt und voll Entsetzen stehen.

Eine einzige Eiche war ihrer Zweige beraubt worden, und auf dem ungeheuren Stamm, der bis zu einer Höhe von vier oder fünf Metern kahlgeschnitten war, war mit einem Pfeil ein Schild angeheftet mit der Inschrift: »V. d'H.«

»Es ist das vierte Kreuz, und es trägt meinen Namen!...«

Sie bedachte, daß, da ihr Vater tot war, und also diese Anfangsbuchstaben ihres Mädchennamens von einem ihrer Feinde, und wahrscheinlich dem Hauptanführer, geschrieben sein mußten, und zum ersten Male – in Gedanken an das kürzlich Erlebte, an die Frau und das Kind, die sie verfolgten – gab sie, fast unbewußt, diesem Feind bestimmte Züge.

Es war nur eine flüchtige, unwahrscheinliche Vermutung, über die sie sich nicht einmal Rechenschaft ablegte. Eine viel schrecklichere Vorstellung peinigte sie. Es war ihr plötzlich klar, daß all die Ungeheuer, die von der Heide und den unterirdischen Gängen kamen und die sie gemeinsam mit der Frau und dem Knaben verfolgten, hier waren, da hier das Kreuz errichtet war. Sicher hatten sie an Stelle der verbrannten Brücke einen Steg gebaut. Sie waren Herren der Abtei, und François war von neuem in ihrer Hand!

Diese Vorstellung gab ihr Kraft, und ohne innezuhalten, lief sie über die mit Trümmern bedeckte Rasenfläche vor dem Haus.

»François!... François!... François!...« schrie sie mit herzzerreißender Stimme. So gelangte sie bis in das Haus. Der eine Türflügel war halb geöffnet. Sie stieß ihn auf und stürzte sich mit dem Schrei: »François, François!« in die Vorhalle.

Der Ruf hallte im ganzen Haus wider, aber nichts antwortete.

»François, François!«...

Sie eilte die Treppen hinauf, riß bald diese, bald jene Tür auf, lief in das Zimmer ihres Sohnes, in das von Stéphane und Honorine. Niemand war zu sehen.

»François, François!... Hörst du mich nicht? Tun sie dir etwas?... Ach François, ich flehe dich an...«

Sie wandte sich wieder der Treppe zu. Ihr gegenüber lag das Arbeitszimmer ihres Vaters.

Sie sprang auf die Tür zu und wich sofort zurück, als stehe sie einer Erscheinung aus der Hölle gegenüber.

Vor ihr stand mit auf der Brust verschränkten Armen ein Mann, der auf sie zu warten schien. Es war der Mann, dessen sie sich plötzlich erinnert hatte, als sie an die Frau und den Jungen dachte. Es war das dritte Ungeheuer!

Sie sagte nur, aber mit unaussprechlichem Entsetzen:

»Vorski, Vorski!«...

Die Geißel Gottes

Vorski! Dieser rätselhafte Mensch, an den sie sich mit Entsetzen und Scham erinnerte, Vorski, dieses Ungeheuer war nicht tot! Die Ermordung des Spions durch einen seiner Kameraden, sein Begräbnis auf dem Friedhof von Fontainebleau – alles war Fabel! Vorski lebte!

Von allen Vorstellungen, die Véroniques Gehirn hätten beunruhigen können, kam keine dieser einen gleich: Vorski stand mit verschränkten Armen vor ihr, er lebte, er lebte!

Sie hätte alles in ihrer Tapferkeit ertragen, nur das nicht. Sie fühlte in sich die Kraft, jedem Feinde die Stirn zu bieten, nur diesem nicht. Vorski, das bedeutete Schmach, niemals befriedigte Boshaftigkeit, grenzenlose Brutalität, Methode und Wahnsinn im Verbrechen.

Und dieser Mann liebte sie!

Plötzlich wurde sie rot. Vorski sah mit gierigen Blicken auf das nackte Fleisch ihrer Schultern und Arme, das unter ihrer zerfetzten Bluse hervorschaute. Er betrachtete dieses Fleisch wie eine Beute, die man ihm nicht entreißen konnte. Véronique rührte sich nicht. Empört über die Schande, die er ihr mit seinem Begehren antat, versteifte sie sich und maß ihn mit einem Blick, unter dem er die Augen einen Moment lang abwandte.

Da rief sie aufgebracht:

»Mein Sohn! Wo ist François? Ich will ihn sehen.«

Er erwiderte:

»*Unser* Sohn ist mir heilig, Madame, er hat von seinem Vater nichts zu fürchten.«

»Ich will ihn sehen.«

Er hob die Hände wie zum Schwur:

»Sie sollen ihn sehen, ich schwöre es Ihnen.«

»Tot vielleicht?« fragte sie tonlos.

»Lebendig wie Sie und ich!«

Wiederum trat Stille ein. Offenbar suchte Vorski nach Worten und bereitete eine Rede vor, die den unerbittlichen Kampf einleiten sollte.

Er war ein Mann von athletischer Gestalt und mächtigem Körperbau, doch hatte er etwas krumme Beine, einen dicken, geschwollenen Hals und einen zu kleinen Kopf, über den sich zwei blonde Haarsträhnen zogen. Was an ihm früher wie brutale Kraft gewirkt hatte, die aber einer gewissen Vornehmheit nicht entbehrte, war mit dem Alter zur groben und gewöhnlichen Haltung eines berufsmäßigen Ringers geworden, der sich auf Jahrmärkten zur Schau stellt. Der heimliche Reiz, den er ehemals auf Frauen ausgeübt haben mochte, war verschwunden. Es war nur noch der scharfe grausame Gesichtsausdruck übriggeblieben, dessen Härte er durch ein kaltes Lächeln zu mildern suchte.

Er löste seine Arme aus der Verschränkung, rückte einen Sessel herbei und verbeugte sich vor Véronique.

»Unsere Unterhaltung, Madame, wird lang und etwas peinlich sein, wollen Sie nicht Platz nehmen?«

Da er keine Antwort erhielt, fuhr er unbeirrt fort:

»Da auf dem Tisch ist übrigens alles vorhanden, womit Sie sich ein wenig erfrischen können, etwas Zwieback, ein Tropfen Wein, ein Glas Champagner werden Ihnen nicht unangenehm sein.«

Er bemühte sich, eine übertriebene Höflichkeit an den Tag zu legen.

Sie zuckte die Achseln und verharrte in Stillschweigen.

»Wie Sie wünschen«, sagte er, »aber Sie werden mir dann gestatten, gleichfalls stehenzubleiben. Ich bin ein Gentleman, der sich zu benehmen weiß. Übrigens werden Sie wohl so freundlich sein, mich zu entschuldigen, wenn ich vor Ihnen in dieser etwas nachlässigen Kleidung erscheine. Weder die

Internierungslager noch die Höhlen von Sarek eignen sich für die Erneuerung meiner schon recht defekten Garderobe.«

Er hatte in der Tat eine alte geflickte Hose und eine rote zerrissene Wollweste an. Darüber aber trug er einen weißen Kittel, der durch eine Art Strick zusammengehalten war. Das war ein recht gesuchter, bizarrer Aufzug, den er noch durch seine theatralische Haltung und eine betont nachlässige Miene zu unterstreichen schien.

Zufrieden mit seiner Einleitung, begann er, die Hände auf dem Rücken, auf und ab zu gehen wie jemand, der keine Eile hat und der sich auch in den schwerwiegendsten Lagen die Zeit zum Nachdenken nimmt. Dann blieb er stehen und sagte langsam:

»Ich denke, Madame, wir gewinnen Zeit, wenn wir die wenigen Minuten opfern, die für eine Zusammenfassung dessen, was unser gemeinsames Leben war, notwendig sind. Sind Sie nicht auch der Meinung?«

Véronique antwortete nicht. Er fuhr in seinem posierenden Ton fort:

»Als Sie mich noch liebten...«

»Ich verbiete Ihnen...« sagte sie angeekelt.

Er lächelte verbindlich.

»Seien Sie mir nicht böse, Madame. Wie ich auch unser früheres Verhältnis bezeichnen mag – Sie sind meiner Achtung in jedem Falle sicher. Also, als Sie mich noch liebten, war ich, das muß ich leider zugeben, ein Wüstling ohne Herz, der aber trotzdem über eine gewisse Lebensart verfügte, dem jedoch die für eine Ehe notwendigen Eigenschaften fehlten. Diese Eigenschaften würde ich unter Ihrem Einfluß mir leicht angeeignet haben, da ich Sie bis zum Wahnsinn liebte. Es war in Ihnen eine Reinheit, die mich entzückte, ein Reiz und eine Unverdorbenheit, wie ich sie noch bei keiner anderen Frau gefunden hatte. Es wäre nur ein bißchen Geduld notwendig gewesen, etwas Nachsicht, um mich vollständig zu ändern. Unglücklicherweise herrschte von der ersten Minute unserer

Verlobung an eine unüberwindliche Mißstimmung zwischen uns. Sie hatten mit Widerwillen in die Verlobung eingewilligt, Sie hegten für Ihren Mann nur Haß und Abscheu. Das sind Dinge, die ein Mann wie Vorski nicht verzeiht. Genug Frauen, und zwar sehr stolze, hatten sich von meinem Zartgefühl überzeugt, so daß ich mir in dieser Hinsicht nichts vorzuwerfen brauchte. Wenn die kleine Bürgerstochter, die Sie waren, sich mir feindlich zeigte, nun, um so schlimmer für sie. Vorski gehört zu denen, die aus Instinkt und Neigung handeln. Wenn diese Instinkte und Neigungen Ihnen nicht gefielen, nun, so war das Ihre Schuld, Madame. Ich war frei, ich nahm mein Leben wieder auf. Aber ...«

Er unterbrach sich kurz und fuhr dann fort:

»Aber wie gesagt, ich liebte Sie, und als ein Jahr später die Ereignisse sich überstürzten, als der Verlust Ihres Sohnes Sie ins Kloster getrieben hatte, blieb ich mit dieser unerwiderten, brennenden, quälenden Liebe allein zurück. Was nun aus mir wurde, können Sie sich leicht vorstellen. Ich führte ein ausschweifendes, abenteuerliches Leben. Vergebens suchte ich Sie wenigstens so lange zu vergessen, bis mir irgend jemand eine Spur von Ihnen geben würde. Als ich diese Spur gefunden zu haben glaubte, verfolgte ich sie voller Hoffnung, um nachher nur noch mehr in Mutlosigkeit und Einsamkeit zu versinken. So fand ich Ihren Vater und Ihren Sohn wieder. So entdeckte ich hier ihren Aufenthalt. Ich überwachte sie, belauschte sie entweder persönlich oder durch Mittelspersonen, die mir ergeben waren. Ich hoffte, auch eines Tages bis zu Ihnen zu gelangen, dem einzigen Ziel meiner Bemühungen und meiner Wünsche. Da brach der Krieg aus. Man brachte mich in ein Lager ...«

Er hielt inne. Seine Gesichtszüge wurden noch härter. Dann fuhr er fort:

»Ach, was für ein Höllenleben habe ich dort geführt!

Vorski, Vorski, der Sohn eines Königs unter Kaffeehauskellnern und allem möglichen Gesindel aus Deutschland.

Vorski gefangen, von allen verachtet und verspottet. Vorski verdreckt und verlaust! Gott, was habe ich gelitten! Aber lassen wir das. Was ich tun konnte, um dem Tode zu entgehen, habe ich getan. Wenn ein anderer den mir zugedachten Dolchstich erhielt, wenn ein anderer unter meinem Namen in irgendeinem Winkel Frankreichs verscharrt wurde, so bereue ich das nicht. Er oder ich – ich hatte die Wahl. Ich habe gewählt. Ich habe nicht etwa nur aus Liebe zum Leben so gehandelt, sondern weil etwas ganz Neues, eine unbekannte Morgenröte sich am Horizont erhob und mich mit ihrem Glanze blendete. Doch das ist mein Geheimnis. Davon, wenn Sie wollen, werden wir später sprechen. Im Augenblick...«

Alle diese Worte, die mit dem Überschwang eines auf seine Beredsamkeit stolzen Schauspielers vorgebracht wurden, hatten Véronique nicht aus ihrer kühlen Ruhe bringen können. Keine seiner lügnerischen Erklärungen vermochte sie zu rühren. Sie schien wie abwesend.

Er näherte sich ihr, um sie zur Aufmerksamkeit zu zwingen, und sagte in aggressivem Tone:

»Sie scheinen nicht zu begreifen, Madame, daß meine Worte durchaus ernst gemeint sind. Ich rechne nicht auf Ihre Versöhnlichkeit, denn es gibt ja keine Versöhnung zwischen uns, aber auf Ihre Vernunft, auf Ihren Sinn für die Wirklichkeit. Sie können ja Ihre gegenwärtige Lage nicht verkennen und ebensowenig die Ihres Sohnes...«

Sie hörte nicht zu. Davon war er überzeugt. Ganz in Gedanken an ihren Sohn versunken, hörte sie nur Worte, die für sie nicht die geringste Bedeutung hatten. Nur schwer vermochte er seinen Zorn zu verbergen.

»Mein Vorschlag ist einfach, und ich will hoffen, daß Sie ihn nicht zurückweisen. Im Interesse Ihres Sohnes François und weil ich menschlich fühle und Mitleid mit Ihnen habe, bitte ich Sie, diese Vergangenheit, von der ich Ihnen gesprochen habe, mit der Gegenwart zu versöhnen. Von der

Öffentlichkeit aus ist ja das Band, das uns vereinte, niemals zerrissen worden. Sie sind dem Namen nach und vor dem Gesetz noch immer ...«

Er schwieg, beobachtete Véronique einen Moment, dann legte er ihr heftig die Hand auf die Schulter und schrie:

»Höre zu, du Luder! Vorski spricht!«

Véronique verlor das Gleichgewicht. Sie hielt sich an der Lehne eines Sessels fest. Dann verschränkte sie die Arme über der Brust und sah ihren Gegner mit einem Ausdruck unsäglicher Verachtung an.

Noch einmal versuchte Vorski sich zu beherrschen. In falschem, herrischem Ton sagte er:

»Ich wiederhole, die Vergangenheit besteht immer noch. Ob Sie wollen oder nicht, Madame, Sie sind Vorskis Frau, und auf Grund dieser unleugbaren Tatsache habe ich Sie soeben gefragt, ob Sie sich als solche heute noch betrachten wollen. Verstehen Sie mich wohl. Wenn ich auch nicht Ihre Liebe und Ihre Achtung zu erlangen erwarte, so werde ich doch nicht dulden, daß Sie sich mir so feindlich gegenüberstellen wie einst. Ich will nicht mehr die hochmütige und fremde Frau von damals. Ich will ... will eine Frau ... eine Frau, die sich unterwirft, die meine ergebene, aufmerksame, treue Gefährtin ist ...«

»Ihre Sklavin«, flüsterte Véronique.

»Jawohl«, rief er, »Sklavin. Das ist der richtige Ausdruck. Ich schrecke ebensowenig vor Worten wie vor Taten zurück. Und warum auch keine Sklavin, wenn die Sklavin ihre Pflicht zu blindem Gehorsam begreift? Sind Sie mit dieser Rolle einverstanden? Wollen Sie mir mit Leib und Seele angehören? Auf Ihre Seele übrigens pfeife ich. Was ich will ... durchaus will ... Sie wissen es ja wohl, nicht wahr, was ich will ... das, was ich nie gehabt habe ... Ihr Mann? Haha, bin ich jemals Ihr Mann gewesen? Wenn ich zurückdenke, finde ich nicht eine einzige Erinnerung, die in mir etwas anderes als den erbarmungslosen Kampf zweier Feinde wachruft. Ich sehe

Sie an und erblicke eine Fremde, jetzt wie damals! Da aber das Glück sich gewendet hat und da ich Sie in meiner Gewalt habe, soll es in Zukunft nicht so bleiben. Schon morgen nicht mehr, schon diese Nacht nicht mehr.«

Er wartete nicht auf Ihre Antwort und fuhr mit erhobener Stimme fort:

»Sind Sie bereit? Keine Ausflüchte, keine lügnerischen Versprechungen. Wenn ja, so knien Sie nieder und sprechen Sie es laut und deutlich aus.«

Sie zuckte die Achseln und antwortete nicht. Vorski fuhr in die Höhe. Die Adern auf seiner Stirn schwollen an, aber noch hatte er sich in der Gewalt.

»Gut, darauf war ich gefaßt. Aber die Folgen Ihrer Weigerung werden so erschreckend für Sie sein, daß ich noch einen letzten Versuch machen will. Vielleicht gilt diese Weigerung dem Flüchtling, der ich bin, dem armen Teufel, der ich scheine. Und vielleicht wird die Wahrheit an Ihrem Entschluß etwas ändern. Sie ist hell und wunderbar, diese Wahrheit. Wie ich Ihnen bereits sagte: ein ungeahntes Morgenrot steigt aus der Dunkelheit empor, und Vorski, der Sohn des Königs, ist von einem Strahlenglanze umhellt...«

Er hatte die Manie, von sich in der dritten Person zu sprechen. Véronique kannte das zur Genüge. Es war ein Zeichen seiner unerträglichen Eitelkeit. Sie bemerkte in seinen Augen wieder das eigentümliche Leuchten, das ihm in Augenblicken der Exaltation eigentümlich war und das offenbar mit seinem unmäßigen Trinken zusammenhing, das jedoch auch wohl ein Zeichen noch anderer Störungen sein mochte. War er nicht tatsächlich ein Irrsinniger, und hatte dieser Irrsinn sich mit den Jahren nicht noch erhöht?

Er fuhr fort: »Ich hatte also, als der Krieg ausbrach, hier jemanden zurückgelassen, der Ihren Vater nach mir weiter überwachen sollte. Wir hatten zufällig von dem Vorhandensein von Höhlen unter der Heide und von einem Eingang zu diesen Höhlen erfahren. Dahin zog ich mich nach meiner letzten Flucht zurück, und dort erfuhr ich auch durch abgefangene Briefe von den Nachforschungen Ihres Vaters bezüglich des Geheimnisses von Sarek und von seinen anderen Entdeckungen. Sie können sich denken, daß ich meine Überwachung intensivierte. Denn je weiter diese ganze Geschichte fortschritt, eine desto merkwürdigere Übereinstimmung fand ich darin mit gewissen Ereignissen in meinem eigenen Leben. Ja, es war kein Zweifel mehr möglich. Das Schicksal hatte mich für eine Aufgabe ausersehen, die ich allein erfüllen konnte und an der mitzuwirken ich allein berechtigt war. Verstehen Sie das? Seit Jahrhunderten war Vorski der Auserwählte des Schicksals. Der Name Vorski stand im Buche der Zeit geschrieben. Ich war bereit und machte mich sogleich ans Werk, indem ich unerbittlich den Befehlen des Schicksals gehorchte. So verfolgte ich also den mir vorgeschriebenen Weg. Heute braucht Vorski nur noch den Lohn dieser Bemühungen zu ernten. Vorski braucht nur die Hand auszustrecken. Ich strecke sie aus, und mein sind Reichtum, Glück, unermeßliche Macht. In wenigen Stunden wird Vorski, der Sohn eines Königs, auch der König der Welt sein. Dieses Königreich legt er Ihnen zu Füßen.«

So deklamierte er weiter wie ein von seinen eigenen Phrasen berauschter Schauspieler. Er beugte sich zu Véronique hinüber:

»Wollen Sie Königin, Kaiserin werden und sich hoch über alle anderen Frauen erheben, wie sich auch Vorski über alle anderen Männer erheben wird? Königin durch Gold und Macht, wie Sie es durch Schönheit sind. Wollen Sie? Sklavin Vorskis, aber Herrin über alle die, denen Vorski befehlen wird; wollen Sie? Verstehen Sie wohl: Sie haben zwischen zwei Entschlüssen zu wählen. Entweder das Königtum, das ich Ihnen biete, oder ...«

Er machte eine Pause, dann vollendete er mit heiserer Stimme:

»Oder das Kreuz.«

Véronique schauderte. Wieder dieses schreckliche Wort. Jetzt wußte sie den Namen des unbekannten Henkers!

»Das Kreuz«, wiederholte er mit einem furchtbaren Lächeln der Genugtuung. »Sie haben zu wählen. Auf der einen Seite alle Freuden und Ehren des Lebens, auf der anderen den fürchterlichsten Martertod. Und beachten Sie wohl, ich sage das nicht aus zweckloser Grausamkeit oder um mir dadurch ein besonderes Ansehen zu geben; nein, ich bin nur das Werkzeug. Der Befehl kommt von viel höherer Stelle, nämlich vom Schicksal. *Damit der göttliche Wille geschehe, muß Véronique d'Hergemont sterben. Am Kreuze sterben.* Das ist unabänderlich. Man vermag nichts gegen das Schicksal. Man kann nicht dagegen an, wenn man nicht Vorski ist und nicht über seine Kühnheit und seine List verfügt. Wenn Vorski im Walde von Fontainebleau an Stelle des echten Vorski einen falschen setzen konnte und so dem Schicksal zu entgehen vermochte, das ihn seit seiner Kindheit bereits zum Tode durch das Messer eines Freundes verdammte, so wird er wohl auch Mittel und Wege finden, damit der göttliche Wille geschehe und dennoch die, die er liebt, am Leben bleibt. Aber sie muß sich unterwerfen. Ich biete meiner Braut die Rettung, meiner Feindin den Tod. Was sind Sie? Meine Braut oder meine Feindin? Was wählen Sie? Das Leben an meiner Seite mit allen Freuden und Ehren ... oder den Tod?«

»Den Tod«, antwortete Véronique schlicht.

Er machte eine drohende Bewegung.

»Es ist mehr als der Tod, es ist die Folter. Was wählen Sie?«

»Die Folter.«

»Aber Sie sind nicht allein! Bedenken Sie, es ist noch Ihr Sohn da. Verschwinden Sie, so bleibt er. Wenn Sie sterben, hinterlassen Sie ein Waisenkind. Noch schlimmer: wenn Sie sterben, so hinterlassen Sie ihn mir. Ich bin der Vater, ich habe alle Rechte. Was wählen Sie?«

»Den Tod«, sagte sie wiederum.

Er wurde wütend.

»Den Tod für Sie, gut. Aber wenn es nun auch der Tod für ihn ist? Wenn ich ihn nun hier vor Sie hinstelle, Ihren François, wenn ich ihm das Messer an die Kehle setze und Sie zum letzten Male frage, was werden Sie antworten?«

Véronique schloß die Augen. Noch nie hatte sie so gelitten. Vorski hatte ihre empfindlichste Stelle getroffen.

»Ich will sterben.«

Nun bekam Vorski einen neuen Wutanfall. Er überhäufte sie mit Schmähungen: »Ah! wie muß mich doch diese Närrin hassen! Alles, alles will sie über sich ergehen lassen, sogar den Tod ihres heißgeliebten Sohnes, ehe sie nachgibt! Eine Mutter tötet ihren Sohn! Jawohl, Ihren Sohn töten Sie, um mir nicht anzugehören. Aber nein, das ist ja nicht möglich, an einen solchen Haß kann ich nicht glauben! Nein, dahinter muß noch etwas anderes stecken. Die Liebe etwa? Doch nein, Véronique liebt nicht. Ja, worauf hoffen Sie denn noch? Vielleicht auf mein Mitleid, meine Schwäche? Ah, Sie kennen mich schlecht. Vorski kennt kein Mitleid, Vorski wird nicht schwach! Sie haben mich ja am Werke gesehen. Habe ich gewankt, als ich meine schreckliche Mission erfüllte? Ist Sarek nicht verwüstet worden, so wie die Vorsehung es verlangt hatte? Sind die Boote nicht untergegangen und die Leute versunken? Wurden die Schwestern Archignat nicht an den Stamm der alten Eichen genagelt? Ich wanken? Als ich noch ein Kind war, habe ich mit diesen beiden Händen hier Hunde und Vögel erwürgt, lebendigen Ziegen das Fell vom Leibe gezogen und Hühner im Hofe lebendig gerupft. Mitleid? Wissen Sie, wie meine Mutter mich nannte? ›Vorski, die Geißel Gottes‹, weissagte diese große Seherin, du wirst sein das Werkzeug der Vorsehung. Du wirst sein die Schneide des Schwertes, die Spitze des Dolches, die Kugel der Flinte, die Schlinge des Stricks. Geißel Gottes! Eingeschrieben ist dein Name in das Buch der Zeit. Er flammt unter den Sternen, die über deiner Geburt strahlten. Geißel Gottes! Geißel Gottes!‹

Und Sie hoffen, daß meine Augen sich mit Tränen füllen? Lächerlich! Weint denn etwa ein Henker? Nur die Schwachen weinen, jene, die Angst vor der Strafe haben und glauben, daß ihre Verbrechen gegen sie Zeugnis ablegen werden. Aber ich?! Was habe ich zu fürchten? Ich bin Gottes Mitschuldiger. Gott selber hat mich auserwählt, der alte Gott Germaniens, er, der weder Gutes noch Böses kennt, wenn es sich um die Größe seiner Söhne handelt. In mir ist der Geist des Bösen; ich liebe das Böse, ich will es! Du wirst sterben, Véronique, und ich werde lachen, wenn ich dich am Kreuz hängen sehe.«

Und er lachte wirklich. Mit großen Schritten ging er geräuschvoll auf und ab. Er hob die Arme in die Höhe, und Véronique sah, zitternd vor Angst, wie aus seinen blutunterlaufenen Augen der Wahnsinn blickte.

Er machte wieder einige Schritte, ging dann auf sie zu und rief:

»Auf die Knie, Véronique! Bitten Sie um meine Liebe! Sie allein kann Sie retten. Vorski kennt weder Mitleid noch Furcht. Aber er liebt Sie, und seine Liebe schreckt vor nichts zurück. Das machen Sie sich zunutze, Véronique! Appellieren Sie an die Vergangenheit. Werden Sie wieder das Mädchen von einst, dann sinke ich selbst vielleicht Ihnen zu Füßen. Véronique, weisen Sie mich nicht zurück. Man verschmäht keinen Mann wie mich... Man fordert nicht den heraus, der liebt! ...Oh, wie ich dich liebe, Véronique! wie ich dich liebe!«

Sie unterdrückte einen Aufschrei. Sie fühlte auf ihren entblößten Armen seine widerlichen Hände. Sie wollte sich losmachen, doch er, stärker als sie, gab sie nicht frei, sondern fuhr mit keuchender Stimme fort:

»Stoß mich nicht von dir... das wäre unvernünftig... verrückt wäre das... du weißt, ich bin zu allem fähig... Nun?... Das Kreuz ist schon schrecklich genug... Willst du auch noch, daß dein Sohn vor deinen Augen stirbt?... Oh, wie du mich haßt!... Gut, ich lasse mir deinen Haß gefallen... Ich liebe deinen Haß, deinen verächtlich zuckenden Mund... er ist mir lieber, als wenn er mich küßte...«

Er schwieg. Vergebens sträubte sich Véronique gegen seine Umarmung, die immer stürmischer wurde. Sie wurde schwach; ihre Knie wankten. Ihr Gesicht war ganz nahe an dem seinen, die Augen dieses Mannes schienen ihr blutig, und sie spürte den Atem des Ungeheuers.

Da, in ihrer Todesangst biß sie ihn und, seine Verwirrung benutzend, wand sie sich los, wich bis an die Hinterwand des Zimmers zurück, zog einen Revoler hervor und schoß mehrere Male auf ihn.

Die beiden Kugeln pfiffen an Vorskis Ohren vorbei. Kalksplitter spritzten hinter ihm von den Wänden. Sie hatte zu schnell aufs Geratewohl gefeuert.

»Du Luder!«

Schon hatte er sie mitten um den Leib gepackt und warf sie mit unwiderstehlicher Gewalt auf ein Sofa. Dann zog er einen Strick aus der Tasche und fesselte sie. Darauf trat einen Augenblick Stille ein. Vorski wischte sich den Schweiß von der Stirn und schenkte sich dann ein Glas Wein ein, das er in einem Zug austrank.

»So ist es besser«, sagte er und setzte seinen Fuß auf das Opfer. »Jeder von uns ist jetzt an seinem Platz. Du, die Schöne, bist gefesselt wie ein erbeutetes Wild. Ich stehe vor dir und setze meinen Fuß auf deinen Leib. Das ist kein Scherz, nicht wahr? Man beginnt zu begreifen, daß es jetzt ernst wird? Oh, fürchte nichts, du Luder! Vorski vergewaltigt Frauen nicht. Eins nur vermag ihm Vergessen und Frieden zu geben: dein Tod. Und da wir darüber einig sind, ist ja alles in Ordnung, denn du wolltest doch sterben, nicht wahr?«

»Ja!« erwiderte sie mit Festigkeit.

»Und du willst auch, daß dein Sohn stirbt?«

»Ja«, sagte sie.

Er rieb sich die Hände.

»Ausgezeichnet, wir sind also einig, und die Zeit des dummen Geschwätzes ist vorüber. Das eigentliche Drama beginnt, deine schönen Augen haben geweint, aber jetzt, meine Liebe, sollen sie blutige Tränen vergießen. Tausendmal sollst du sterben, bevor du wirklich stirbst. Dein armes Herz soll bluten, wie nie das Herz einer Frau und Mutter geblutet hat. Bist du bereit, Véronique? Noch grausamere Worte wirst du vernehmen als die, die du bereits gehört hast. Oh, dir bleibt nichts erspart, meine Schöne...«

Gierig stürzte er ein zweites Glas Wein herunter, dann lehnte er sich an sie und flüsterte ihr ins Ohr:

»Höre, Geliebte, ich habe dir eine Kleinigkeit zu beichten. Als das Leben uns zusammenführte, war ich schon verheiratet... oh, sei nur nicht böse! Es gibt für eine Frau größere Katastrophen und für einen Mann größere Verbrechen als das... Von dieser ersten Frau habe ich einen Sohn, einen Sohn, den du, glaub ich, kennst, denn du hast bereits in der unterirdischen Zelle einige liebenswürdige Worte mit ihm gewechselt... Unter uns: ein richtiger Schläger, dieser vortreffliche Raynold. Ein Taugenichts von der schlimmsten Sorte, in dem ich zu meiner Genugtuung einige meiner besten Instinkte und Eigenschaften zur höchsten Vollendung entfaltet finde. Er ist mein zweites Ich, übertrifft mich noch und macht mir manchmal sogar angst. Donnerwetter, was für ein Dämon! In seinem Alter – mit fünfzehn Jahren, war ich ein Engel im Vergleich zu ihm. Jetzt soll dieser Junge mit unserem Sohne, mit unserem lieben François, einen Kampf bestehen. Jawohl, so will es die Laune des Schicksals, dessen hellsichtiger und kluger Deuter ich bin. Wohlgemerkt, es handelt sich nicht um einen langen und fortwährenden Kampf. Im Gegenteil... um etwas Kurzes, Heftiges, Endgültiges, sagen wir um ein Duell, ein richtiges Duell... Nicht um so eine Balgerei, bei der es mit ein paar Schrammen abgeht... nein, um einen Kampf auf Leben und Tod, denn einer der beiden Gegner muß auf der Strecke bleiben, einen Sieger und einen Besiegten muß es geben, kurzum einen Lebenden und einen Toten.«

Véronique hatte ein wenig den Kopf zur Seite gedreht und sah, daß er lächelte. Niemals war ihr der Wahnsinn dieses Mannes deutlicher zum Bewußtsein gekommen, der bei dem Gedanken an einen Kampf um Tod und Leben zwischen zwei Kindern, seinen Kindern, lachte. All das war so anormal, daß Véronique nicht darunter litt. Es lag gewissermaßen außerhalb der Grenzen des Leidens.

»Es kommt noch besser, Véronique«, sagte er, indem er mit Freude jede Silbe betonte, »noch besser... Ja, das Schicksal hat sich etwas Raffiniertes ausgedacht, das mir eigentlich widerstrebt, das ich aber als sein getreuer Diener ausführen muß. Du sollst nämlich diesem Zweikampf beiwohnen... Du, seine Mutter, sollst ihn kämpfen sehen, deinen François. Und ich frage mich, ob unter dieser scheinbaren Bosheit des Schicksals für dich nicht auch eine Gnade liegt. Denn, wenn Raynold auch der stärkere und geübtere von beiden ist und François also logischerweise unterliegen muß, so wird doch seine Kühnheit und Kraft angespornt werden, wenn er weiß, daß seine Mutter zusieht.«

Er beugte sich über sie und schrie wütend:

»Nun, gibst du endlich nach?«

»Nein, nein!« stöhnte sie.

»Wirst du niemals nachgeben?«

»Niemals... niemals!... niemals!«

»Du haßt mich mehr als alles?«

»Ich hasse dich noch mehr, als ich meinen Sohn liebe!«

»Du lügst! Du lügst!« knirschte er... »Nichts geht dir über die Liebe zu deinem Sohn!«

»Mein Haß gegen dich!«

Véroniques ganze Empörung, der ganze bisher unterdrückte Abscheu entlud sich jetzt. Und sie schleuderte ihm ins Gesicht: »Ich hasse, hasse dich! Und wenn mein Sohn unter meinen Augen sterben sollte, lieber bin ich Zeugin seines Todeskampfes, als daß ich deine verruchte Gegenwart länger ertrage. Du hast meinen Vater getötet... Du bist ein gemeiner Mörder... ein wahnsinniger Verbrecher bist du... ich hasse dich!«

Er hob sie mit einem Schwung auf, trug sie zum Fenster hin und warf sie dort zu Boden:

»Auf die Knie! Auf die Knie! Die Züchtigung beginnt! Das Luder macht sich wohl über mich lustig! Gut, du wirst schon sehen!«

Er drückte sie auf die Knie nieder, stieß sie gegen die Wand, öffnete das Fenster und band sie mit Hals und Armen an dem eisernen Geländer des Balkons fest. Dann steckte er ihr noch als Knebel ein Taschentuch in den Mund.

»Und jetzt gib acht!« rief er. »Der Vorhang wird gleich aufgehen, und du wirst den kleinen François bei der Arbeit sehen... Haha, du haßt mich, du ziehst die Hölle einem Kusse Vorskis vor. Schön, Liebste, du sollst sie zu kosten bekommen, die Hölle. Einen kleinen Vorgeschmack sollst du haben von meiner gar nicht alltäglichen Erfindung. Erst das Duell, dann das Kreuz; bete, Véronique, und rufe den Himmel an. Schrei nur um Hilfe. Dein Junge wartet ja auf einen Retter, auf den Theatercoup irgendeines Don Quichotte. Er soll nur kommen. Vorski wird ihn nach Verdienst empfangen. Es handelt sich nicht mehr um Sarek und um den Schatz, nicht mehr um das große Geheimnis und alle möglichen Wundertaten des Gottessteins. Es handelt sich um mich. Du hast Vorski bespuckt, und Vorski rächt sich! Welche herrliche Stunde für mich! Eine Wollust! Böses zu tun, mit vollen Händen, so wie andere Gutes tun!... Ah, welche Lust, Vorski zu sein!«

Der Weg nach Golgatha

Zwanzig bis dreißig Sekunden vergingen. Véronique war allein. Die Stricke schnitten sie ins Fleisch. Das Eisengeländer des Balkons preßte sich in ihre Stirn. Der Knebel ließ sie fast ersticken. Das ganze Gewicht ihres Körpers lastete auf ihren Knien, denn die Unterschenkel waren am Rücken festgebunden. Eine unerträgliche Stellung, ein furchtbares Martyrium. Sie litt, hatte aber doch kein deutliches Empfinden dieses Leidens. Ihre physische Qual kam ihr nicht zum Bewußtsein nach all der seelischen Folter, die sie durchgemacht hatte.

Sie konnte keinen Gedanken mehr fassen. Hin und wieder sagte sie sich: »Ich werde bald tot sein«, und genoß bereits im voraus die Ruhe des Nichts, wie man bei einer stürmischen Seefahrt im voraus die Ruhe des Hafens genießt. Das Schicksal ihres Sohnes beschäftigte sie kaum. Ihre Gedanken zerrannen sofort wieder. Insgeheim jedoch, und ohne daß es ihr bewußt war, hoffte sie auf ein Wunder.

Alle Geräusche im Hause: das Sprechen von Leuten, Schritte, Bewegungen schienen ihr nicht die angekündigten Maßregeln, sondern vielmehr Handlungen anzudeuten, die darauf abzielten, die Pläne Vorskis zunichte zu machen. Hatte ihr geliebter François nicht gesagt, daß nichts sie beide mehr trennen könnte und daß sie sogar dann noch nicht die Hoffnung aufgeben sollten, wenn alles bereits verloren schien?

»François, mein François«, wiederholte sie immer wieder, »du wirst nicht sterben... wir werden uns wiedersehen... du hast es mir versprochen.«

Draußen breitete sich ein blauer Himmel, an dem drohend

einige Wolken hingen, über die großen Eichen aus. Vor ihr, unterhalb desselben Fensters, an dem ihr Vater ihr erschienen war, mitten auf dem Rasen, über den sie mit Honorine gegangen war, damals, als sie ankam, hatte man jetzt einen Platz geebnet und mit Sand bestreut, der aussah wie eine Arena. Sollte dort etwa ihr Sohn sich schlagen? Ihr Herz krampfte sich bei diesem Gedanken zusammen.

In diesem Augenblick wurde im Erdgeschoß eine Türe geöffnet. Stimmen drangen zu ihr herauf. Sie erkannte Vorskis Stimme.

»Also«, sagte er, »verstanden? Wir kommen von verschiedenen Seiten, ihr beiden links und ich rechts. Ihr nehmt den einen Jungen und ich den anderen. Mitten auf dem Platz treffen wir uns wieder. Ihr seid sozusagen die Sekundanten des einen, ich des anderen, so daß alle Regeln genau beachtet werden.«

Véronique schloß die Augen, denn sie wollte nicht mitansehen, wie ihr Sohn mißhandelt und wie ein Sklave zum Kampfplatz geschleppt wurde. Sie hörte das Knirschen der Schritte auf den beiden kreisförmigen Wegen. Dann machten die Schritte kehrt und kamen zurück.

Der entsetzliche Vorski lachte und rief:

»Bis hierher und nicht weiter. Die beiden Gegner sollen sich jetzt aufstellen. Stillgestanden, ihr beiden da! Kein Wort mehr! Wer von euch beiden spricht, den schlage ich nieder. Seid ihr bereit? Los! –«

So begann also das Entsetzliche. Vor den Augen der Mutter sollte der Sohn sich schlagen! Sie mußte hinsehen, ob sie wollte oder nicht.

Da sah sie, wie beide schon aufeinander losgingen. Aber was da geschah, war ihr nicht sofort verständlich. Sie gewahrte wohl die beiden Kinder. Doch welcher von ihnen war François und welcher Raynold?

Sie waren beide gleich gekleidet, trugen dieselben kurzen Samthosen, dieselben weißen Flanellhemden, dieselben

Ledergürtel. Beide hatten über den Kopf eine Maske aus roter Seide gestülpt, in die wie bei Mönchskappen zwei Löcher in Augenhöhe geschnitten waren.

Welcher war François? Welcher Raynold?

Da erinnerte sie sich der unerklärlichen Drohung Vorskis. Das also nannte er die genaue Vorführung seines Programms! Das also war das eigens von ihm erfundene Vergnügen! Nicht nur, daß der Sohn unter den Augen der Mutter kämpfen mußte – nein, sie sollte nicht einmal wissen, wer von beiden ihr Sohn war!

Höllisch ausgedacht! Vorski hatte es selbst gesagt: Kein Schmerz sollte dem von Véronique gleichkommen.

Nichts wußte sie. Kein Anzeichen konnte ihr Gewißheit geben. Der eine von beiden war größer, schlanker und wendiger. War das François? Der andere gedrungener, stämmiger, schwerfälliger. War das Raynold? Sie konnte es nicht sagen. Wenn sie nur ein Stückchen vom Gesicht und einen flüchtigen Zug gesehen hätte! Doch wie sollte sie die undurchdringliche Maske durchdringen?

»Bravo!« schrie Vorski und klatschte bei einem Angriff lebhaft Beifall.

Er schien das Duell wie ein Amateur zu verfolgen und tat so, als ob er völlig unparteiisch wäre und nur dem Tüchtigeren den Sieg wünschte. Und doch war es einer seiner Söhne, den er zum Tode verurteilt hatte.

Hüben und drüben standen Vorskis Komplicen. Es waren Kerle mit brutalen Gesichtern und spitzen Schädeln, beide mager, aber der eine mit einem dicken Hängebauch. Sie klatschten nicht Beifall. Sie standen dem Schauspiel gleichgültig gegenüber, vielleicht sogar feindlich.

»Sehr gut«, nickte Vorski. »Fein pariert! Ein Paar tüchtige Jungen! Ich frage mich, wem die Palme gebührt.«

Er sprang um die Gegner herum und stachelte sie mit seiner heiseren Stimme an, die Véronique an manche Szenen aus der Vergangenheit erinnerte, wenn er getrunken hatte. Dennoch überwand die Unglückliche ihren Abscheu, streckte die Hände nach ihm aus und stöhnte unter dem Knebel, der ihr im Munde steckte.

»Gnade! Gnade, ich kann nicht mehr. Haben Sie Mitleid.«

Unmöglich konnte die Marter noch länger dauern. Ihr Herz schlug so heftig, daß sie am ganzen Körper zitterte, und sie war nahe daran, in Ohnmacht zu fallen, als plötzlich etwas geschah, was ihr wieder ein wenig Mut machte. Einer der beiden hatte nach einem ziemlich heftigen Angriff plötzlich einen Sprung nach rückwärts gemacht, und nun verband er sein rechtes Handgelenk, das leicht blutete. Es kam Véronique vor, als ob sie in den Händen des anderen das kleine blau getupfte Taschentuch ihres Sohnes gesehen hätte.

»Das ist François«, murmelte sie ... »ja, ja, er ist es ... Du bist es, nicht wahr, mein Liebling? Ich erkenne dich wieder ... der andere ist gemein und schwerfällig ... Du bist es, Liebling ... Ach, mein François, mein geliebter François.«

Wenn beide auch mit gleicher Verbissenheit kämpften, so war jener doch in seinen Angriffen weniger stürmisch und nicht so voll blinder Wut. Man konnte meinen, es käme ihm weniger darauf an zu töten als zu verwunden und daß seine Angriffe mehr darauf abzielten, sich selbst vor dem Tod zu schützen, der auf ihn lauerte. Véronique beunruhigte das, und sie stammelte, wie wenn der Knabe es hätte hören können: »Schone ihn nicht, Liebling! Auch er ist ein Ungeheuer wie sein Vater. Ach, mein Gott, wenn du großmütig bist, bist du verloren! François, François, sieh dich vor.«

Eben hatte der Dolch über dem Haupte dessen geblitzt, den sie ihren Sohn nannte. Trotz des Knebels in ihrem Munde hatte sie ihn warnen wollen. Da nun François dem Hieb auswich, war sie der Überzeugung, daß er den Schrei gehört hatte, und sie warnte und mahnte weiter:

»Ruh dich aus ... schöpf Atem ... laß ihn ja nicht aus dem Auge ... er hat etwas vor ... jetzt wird er auf dich losstürzen! Ach, mein Liebling, beinahe hätte er dich am Hals verletzt.

Sieh dich vor, er ist ein Verräter... Jedes Mittel ist ihm recht.«

Aber bald merkte die unglückliche Mutter, obwohl sie es sich selbst nicht einzugestehen wagte, daß er schwach zu werden begann. Gewisse Anzeichen ließen eine Abnahme der Widerstandsfähigkeit erkennen, während der andere im Gegenteil immer eifriger und überlegener wurde. François wich zurück. Er war bereits an die Grenze des Kampfplatzes gelangt.

»Na, Bengel«, höhnte Vorski. »Du willst doch nicht etwa das Hasenpanier ergreifen! Nerven, zum Teufel!... Denk an die Bedingungen.«

Das Kind macht einen neuen Angriff, und jetzt mußte der andere zurückweichen. Vorski klatschte in die Hände, während Véronique stöhnte:

»Für mich wagt er sein Leben. Das Ungeheuer wird ihm gesagt haben: Das Schicksal deiner Mutter hängt von dir ab. Bleibst du Sieger, so ist sie gerettet, und er hat geschworen, daß er siegen werde. Er weiß, daß ich zusehe. Er ahnt meine Gegenwart. Er hört mich. Mein geliebter Sohn, sei gesegnet.«

Es war die letzte Phase des Zweikampfes. Véronique zitterte erschöpft von der Anspannung und dem Hin- und Hergerissensein zwischen Hoffnung und Angst. Noch einmal verlor ihr Sohn an Terrain, noch einmal kam er wieder nach vorn. Nun aber verlor er das Gleichgewicht und stürzte so unglücklich, daß er auf seinen rechten Arm fiel.

Sofort warf sich der Feind auf ihn, preßte ihm das Knie auf die Brust und hob den Arm. Der Dolch blitzte.

»Hilfe! Hilfe!« stöhnte Véronique, trotz des Knebels, der sie zu ersticken drohte.

Sie richtete sich trotz der quälenden Fesseln an der Wand hoch. Sie hatte ihre Stirn an den Gitterstäben aufgeschlagen. Sie fühlte, daß sie durch den Tod ihres Sohnes selbst zugrunde gehen würde. Vorski hatte sich genähert. Er rührte sich nicht, verzog keine Miene.

Zwanzig Sekunden, dreißig Sekunden. Mit ausgestreckter Linken wehrte sich François gegen den Feind, aber der Arm des Siegers lastete mehr und mehr auf ihm, die Klinge fuhr hernieder, die Spitze des Dolches war nur noch wenige Zentimeter von seinem Halse entfernt.

Vorski bückte sich. In diesem Augenblick stand er hinter Raynold, so daß er weder von diesem noch von François gesehen werden konnte. Er sah dem Kampf mit einer Anspannung zu, als ob er beabsichtigte, im gegebenen Augenblick einzugreifen. Aber zu wessen Gunsten? Hatte er etwa die Absicht, François zu retten? Véronique atmete nicht mehr.

Die Spitze des Dolches berührte den Hals und mußte jeden Augenblick in das Fleisch eindringen, doch wurde sie immer noch von François' Gegengriff zurückgehalten.

Vorski bückte sich immer tiefer zu ihm herab, ließ die mörderische Spitze nicht aus den Augen. Plötzlich zog er ein Federmesser aus der Tasche, öffnete es und wartete. Es vergingen noch einige Sekunden, der Dolch senkte sich immer tiefer. Da ritzte Vorski plötzlich mit der Klinge des Federmessers Raynolds Schulter.

Das Kind stieß einen Schrei aus, sofort ließ es von dem Gegner ab, und François, der nunmehr befreit war und den rechten Arm freibekam, ging von neuem zum Angriff über. Er hatte Vorski nicht bemerkt und begriff nicht, welchem Umstande er seine Rettung verdankte. Mit der ganzen instinktiven Kraft eines Wesens, das dem Tode entronnen ist, stieß er Raynold jetzt seinerseits den Dolch mitten ins Gesicht. Raynold fiel wie eine leblose Masse zu Boden.

Alles das hatte keine zehn Sekunden gedauert. Aber der Schlag war so unvorhergesehen und verwirrte Véronique so sehr, daß die Unglückliche, die nichts mehr verstand, nicht wußte, ob sie sich freuen sollte oder ob sie sich etwa getäuscht hatte und ob nicht vielmehr ihr François von Vorski ermordet worden war. Sie sank bewußtlos zu Boden.

Die Zeit verstrich. Allmählich kam Véronique wieder zu sich. Sie hörte die Wanduhr viermal schlagen und sagte:

»Nun ist François schon zwei Stunden tot, denn sicher war er es, der starb.« Sie zweifelte nicht, daß das Duell diesen Ausgang genommen hatte. Vorski würde niemals zugegeben haben, daß François der Sieger und sein anderer Sohn der Unterlegene wäre. Also hatte sie gegen ihr eigenes Kind Partei ergriffen und für das andere gebetet.

»François ist tot«, wiederholte sie. »Vorski hat ihn getötet.«

In diesem Augenblick wurde die Tür aufgestoßen und Vorskis Stimme ertönte.

Schwankend trat er ein.

»Bitte tausendmal um Entschuldigung, Madame, aber ich glaube, Vorski hat geschlafen. Schuld Ihres Herrn Vaters, Véronique, er hatte in seinem Keller einen verdammten Wein aus Saumur, den Conrad und Otto entdeckten und von dem ich ein wenig betrunken bin. Aber weinen Sie nicht, man wird die versäumte Zeit schon wieder aufholen ... Übrigens muß um Mitternacht alles erledigt sein. Also ...«

Er hatte sich ihr genähert und rief:

»Was, der Schuft, dieser Vorski hat Sie in Fesseln gelassen? Was für ein Untier, dieser Vorski! Es muß Ihnen ja ziemlich unbehaglich sein! Herrje, wie blaß Sie sind. Na, sagen Sie mal, Sie sind doch nicht tot? Diesen Scherz werden Sie sich doch wohl nicht erlauben!«

Er ergriff Véronique bei der Hand, die sie ihm heftig zu entziehen suchte.

»Na so was! Man verabscheut also noch immer seinen lieben Vorski! Na gut, der wird sich schon zu helfen wissen.«

Er horchte auf.

»Was? Wer ruft mich denn? Bist du es, Otto? Was gibt es Neues? Ich habe nämlich geschlafen, mußt du wissen. Der verfluchte Wein ...«

Otto, der eine der beiden Komplicen, kam hereingelaufen. Es war der mit dem Hängebauch.

»Was es Neues gibt?« rief er. »Folgendes: Ich habe jemanden auf der Insel gesehen.«

Vorski begann zu lachen.

»Bist du besoffen, Otto? Der verdammte Wein...«

»Ich bin nicht besoffen... ich habe gesehen... und Conrad hat auch gesehen...«

»So, so«, sagte Vorski jetzt ernster, »wenn Conrad bei dir war, dann ist das etwas... ja, was habt ihr denn gesehen?«

»Eine Gestalt, die verschwand, als wir näher kamen.«

»Wo war das?«

»Zwischen dem Dorf und der Heide in einem kleinen Kastanienwäldchen.«

»Also auf der anderen Seite der Insel? Gut, wir werden Vorsichtsmaßregeln ergreifen.«

»Ja, wie aber? Es sind vielleicht mehrere.«

»Und wenn es zehn sind, das ändert nichts an der Sache. Wo ist Conrad?«

»In der Nähe der Notbrücke, die wir an Stelle der abgebrannten gebaut haben. Dort hält er Wache.«

»Conrad ist schlau. Der Brand der Brücke hat uns auf der anderen Seite zurückgehalten. Wenn die Notbrücke brennt, haben wir dasselbe Hindernis. Véronique, ich glaube, man kommt dir zu Hilfe... das Wunder, das du erwartest... Zu spät, liebe Schöne.«

Er löste die Fesseln, mit denen sie an den Balkon gebunden war, trug sie zum Sofa und lockerte ein wenig den Knebel. »Schlaf, meine Tochter, erhole dich, so gut du kannst, du bist erst auf dem halben Wege nach Golgatha, und das letzte Ende des Aufstiegs wird hart sein.«

Mit diesen Worten entfernte er sich. Véronique hörte noch einige Sätze der beiden Männer, die ihr bewiesen, daß Otto und Conrad nur Statisten waren, die von der ganzen Geschichte nichts wußten.

»Wer ist denn eigentlich die Unglückliche, die Sie verfolgten?« fragte Otto.

»Geht dich gar nichts an.«

»Ja, aber Conrad und ich, wir möchten gern etwas mehr wissen.«

»Warum denn, zum Teufel?«

»Ja, wir möchten eben gern.«

»Conrad und du, ihr seid zwei Idioten«, antwortete Vorski. »Als ich euch in meine Dienste nahm und euch mitnahm, als ich abhaute, habe ich euch von meinen Plänen alles gesagt, was ich euch darüber sagen konnte. Ihr habt meine Bedingungen angenommen. Um so schlimmer für euch. Ihr habt A gesagt, folglich müßt ihr auch B sagen.«

»Und wenn wir das nicht tun?«

»Dann sollt ihr die Folgen spüren. Ich mag keine Feiglinge!«

Weitere Stunden verflossen.

Véronique schien es, als könne sie jetzt nichts mehr vor dem Ausgang bewahren, den sie herbeisehnte. Eine Wendung, wie sie Otto angedeutet hatte, wünschte sie nicht mehr. Sie kam ihr nicht einmal in den Sinn. Ihr Sohn war tot; sie hatte keinen anderen Wunsch, als ihm zu folgen, und müßte sie auch die schrecklichsten Martern erdulden. Was kümmerten sie auch diese Martern! Sie war an der Grenze der Leiden angelangt, lange konnte es ja nicht mehr dauern.

Sie fing an zu beten ... Dann schlief sie ein. So tief schlief sie, daß sie bei Vorskis Rückkehr nicht erwachte. Er mußte sie aus dem Schlafe rütteln.

»Die Stunde ist nah, meine Kleine. Sprich dein Gebet.«

Er sagte ihr das leise ins Ohr, damit seine Gefährten ihn nicht hören konnten.

Dann rief er laut:

»Es ist noch zu hell. Otto, sieh doch mal nach, ob du was zu essen findest. Ich habe Hunger.«

Sie setzten sich zu Tisch, aber Vorski sprang gleich wieder auf.

»Sieh mich nicht so an, Kleine. Deine Augen stören mich. Was willst du? Man hat ja gerade kein kitzliches Gewissen, solange man allein ist, aber sofort beginnt es sich zu regen, wenn einem ein schöner Blick wie der deine bis ins Innerste dringt. Schlag die Augen nieder, meine Schöne.«

Er band ein Taschentuch um Véroniques Augen, das er hinten am Kopf zusammenknüpfte. Aber das genügte ihm nicht. Er wickelte den ganzen Kopf in eine Tüllgardine, die er vom Fenster riß und dann am Halse zusammenband. Darauf setzte er sich nieder, um zu essen und zu trinken.

Alle drei redeten kaum ein Wort über das, was sie auf der Insel vorhatten, und ebensowenig erwähnten sie den Zweikampf vom Nachmittag. Solche Gespräche würden auch Véronique, selbst wenn sie darauf geachtet hätte, nicht mehr sonderlich aufgeregt haben. Alles wurde ihr fremd. Die Worte drangen zwar noch an ihr Ohr, hatten aber keinen Sinn für sie. Sie dachte nur noch an den Tod.

Als die Nacht gekommen war, gab Vorski das Zeichen zum Aufbruch.

»Sind Sie also immer noch entschlossen?« fragte Otto mit einer Stimme, die etwas gereizt klang.

»Fester denn je! Wozu die Frage?«

»Na ja... aber...«

»Aber?«

»Na, ehrlich gesagt, dieses Geschäft gefällt uns nicht sonderlich.«

»Nicht möglich! Und das fällt dir erst jetzt ein, mein Lieber, nachdem du mit Vergnügen die Schwestern Archignat aufgehängt hast?«

»An dem Tage war ich besoffen. Sie hatten uns so viel zu trinken gegeben.«

»Na, so besauf dich eben wieder! Da hast du die Kognakflasche. Gieß dir den Hals voll und laß mich in Frieden... Conrad, hast du die Bahre zurechtgemacht?«

Er wandte sich seinem Opfer zu.

»Eine besondere Aufmerksamkeit für dich, meine Liebe... Zwei alte Stelzen deines Jungen, die wir mit Gurten zusammengebunden haben... Bequem und praktisch...«

Gegen halb neun setzte sich der unheimliche Zug in Bewegung. Vorski übernahm die Führung und hielt eine Laterne in der Hand. Die Genossen trugen die Bahre. Die Wolken, die schon den ganzen Nachmittag drohend am Horizont hingen, verdichteten sich jetzt schwer und schwarz über der Insel. Schnell senkte sich die Finsternis herab. Ein Gewittersturm zog auf, der die Kerze in der Laterne flackern ließ.

»Brr«, murmelte Vorski, »ist das aber düster... ein richtiger Golgatha-Abend.« Plötzlich wich er ein bißchen beiseite und brummte etwas, da er ein kleines schwarzes Etwas bemerkte, das neben ihm herumhüpfte.

»Was ist denn das? Sieh doch... Sieht fast wie ein Hund aus...«

»Das ist der Hund des Jungen«, sagte Otto.

»Aha, der berühmte Okay?... kommt gerade zurecht, hahaha, es ist ja wirklich alles okay! Na, warte, dreckiges Vieh.«

Er stieß mit dem Fuß nach ihm. Okay wich aus und begleitete jetzt außer Reichweite, aber laut bellend, den Zug.

Der Aufstieg war schwierig. Jeden Augenblick kam einer von den drei Männern von dem nicht sichtbaren Weg, der am Rasen vor dem Haus vorbei zu dem runden Platz des Feen-Dolmens führte, ab. Dabei blieben sie in Brombeersträuchern und Efeuranken hängen.

»Halt!« kommandierte Vorski. »Ruht euch ein wenig aus, ihr zwei. Otto, reich mir mal die Flasche. Mein Herz will nicht so ganz.«

Er trank in gierigen Zügen.

»Jetzt bist du dran, Otto ... Was, du willst nicht? Was hast du denn?«

»Mir ist, als wären Leute auf der Insel. Sicher suchen uns die ...«

»Sie sollen uns nur suchen!«

»Und wenn sie im Boot kommen und den Pfad am Abhang heraufsteigen, über den die Frau und das Kind heute morgen fliehen wollten?«

»Wir haben einen Angriff vom Land aus und nicht vom Meer her zu fürchten. Und die Notbrücke ist ja verbrannt; es gibt keine Verbindung mehr.«

»Falls sie nicht den Zugang zu den Zellen entdecken und durch den Tunnel bis hierher kommen.«

»Haben sie denn diesen Zugang entdeckt?«

»Ich weiß es nicht.«

»Na, angenommen, sie finden ihn. Wir haben doch inzwischen den Zugang von dieser Seite verrammelt, die Treppe zerstört und alles in Unordnung gebracht. Um sich da einen Weg zu bahnen, brauchten sie gut einen halben Tag. Um Mitternacht aber ist alles vorbei, und bei Tagesanbruch sind wir schon weit fort von Sarek.«

»Alles vorbei ... alles vorbei ... Das heißt also, wir haben dann noch ein Verbrechen mehr auf dem Gewissen! Aber ...«

»Was aber?«

»Der Schatz?«

»Ach so, der Schatz! Da hast du ein großes Wort gelassen ausgesprochen. Der also liegt dir auf dem Magen, du Schuft? Na, beruhige dich nur, es ist so gut, als hättest du dein Teil bereits in der Tasche.«

»Sind Sie sicher?«

»Ganz sicher. Glaubst du denn, ich bleibe zum Vergnügen hier bei dem schmutzigen Geschäft?«

Sie gingen wieder weiter. Nach Verlauf einer Viertelstunde

fielen einige Regentropfen. Ein Donnerschlag folgte. Das Gewitter schien aber noch weit zu sein.

Mit Mühe vollendeten sie den schwierigen Aufstieg, und Vorski mußte seinen Genossen dabei behilflich sein.

»Endlich sind wir oben! Otto, die Flasche... Hm... Danke...«

Sie hatten ihr Opfer am Fuße der Eiche, deren untere Äste abgehauen waren, zu Boden gesetzt. Ein Lichtstrahl beleuchtete die Inschrift: V. d'H. Vorski hob einen schon bereit liegenden Strick auf und lehnte eine Leiter an den Baum.

»Wir wollen es machen wie bei den Schwestern Archignat«, sagte er. »Ich werde den Strick um den Hauptast des Baumes legen. Der kann uns als Aufzug dienen.«

Auf einmal sprang er beiseite. Etwas Unerwartetes war geschehen. Er flüsterte:

»Was? Was ist das? Habt ihr dieses Pfeifen gehört?«

»Ja«, sagte Conrad, »es sauste mir dicht am Ohr vorbei, ein Geschoß oder so etwas.«

»Du bist ja verrückt.«

»Ich habe es auch gehört«, sagte Otto, »und ich meine, es hat den Baum getroffen.«

»Welchen Baum?«

»Na, die Eiche, zum Teufel! Grade als ob man auf uns geschossen hätte!«

»Es war doch gar kein Schuß zu hören.«

»Dann muß es ein Stein gewesen sein, der die Eiche getroffen hat.«

»Können wir gleich feststellen«, sagte Vorski.

Er drehte seine Laterne ein wenig. Gleich darauf stieß er einen Fluch aus.

»Verdammt noch mal! Seht euch das an! Gerade unter der Inschrift...«

Sie schauten hin.

An der Stelle, auf die er zeigte, steckte ein Pfeil, dessen Federn noch zitterten.

»Ein Pfeil«, stammelte Conrad.

»Ja, ein Pfeil, ist's möglich?« Otto stöhnte.

»Wir sind verloren! Das hat uns gegolten!«

»Der auf uns gezielt hat, kann nicht weit sein«, bemerkte Vorski. »Macht eure Augen auf... Wir wollen ihn suchen.« Er leuchtete mit der Laterne die finstere Umgebung ab.

»Halt!« rief Conrad aufgeregt,... »ein wenig mehr rechts... sehen Sie?...«

»Ja... ja... ich sehe.«

Etwa vierzig Schritte von ihnen, jenseits der vom Blitz verstümmelten Eiche bemerkte man etwas Weißes, die Umrisse einer Gestalt, die sich, wie es schien, hinter einem Gebüsch zu verbergen suchte.

»Kein Wort! Keine Bewegung!« befahl Vorski. »Nichts, woran er erkennen könnte, daß wir ihn entdeckt haben. Conrad, du begleitest mich. Du, Otto, bleibst hier mit dem Revolver in der Hand und gibst acht. Wenn einer näher kommt und die Frau etwa befreien will, so feuerst du zweimal und wir sind sofort bei dir. Verstanden?«

»Verstanden!«

Er bückte sich über Véronique und zog den Schleier ein wenig beiseite. Augen und Mund blieben immer noch verdeckt. Sie atmete schwer. Der Puls war langsam und schwach.

»Wir haben Zeit«, flüsterte er, »dennoch heißt es eilen, wenn wir wollen, daß sie so stirbt, wie es beschlossen ist. Jedenfalls scheint sie nicht zu leiden. Sie hat das Bewußtsein verloren.«

Vorski setzte seine Laterne zur Erde. Dann schlich er sich mit seinem Genossen nach der Richtung hin, wo er die weiße Gestalt bemerkt hatte.

Bald aber sollte er gewahr werden, daß diese Gestalt, die anfangs unbeweglich schien, sich ebenso fortbewegte wie er, so daß der Zwischenraum zwischen ihnen immer derselbe blieb. Sie war überdies noch von einer anderen, kleinen schwarzen Gestalt begleitet, die an ihrer Seite herumsprang.

»Das ist das verdammte Vieh«, brummte Vorski. Er beschleunigte seine Schritte. Die Entfernung wurde nicht kleiner. Die Gestalt lief ebenfalls, und was das seltsamste war: man hörte kein Geräusch, weder von raschelndem Laub noch von den Schritten dieser geheimnisvollen Person.

»Teufel«, fluchte Vorski, »der macht sich lustig über uns! Was meinst du, Conrad, wenn man auf ihn schießen würde?«

»Zu weit; die Kugeln würden ihn nicht treffen.«

»Ja, wie denn! Wir gehen doch nicht etwa...«

Der Unbekannte führte sie nach der Spitze der Insel. Dann stieg er bis zum Ausgang des Tunnels hinab, kam an der Abtei vorbei, ging den westlichen Abhang entlang und erreichte so die Notbrücke, von der noch einige rauchende Balken übriggeblieben waren. Dann bog er seitwärts ein, ging wieder an der anderen Seite des Hauses vorbei und kam den Rasenplatz herauf.

Von Zeit zu Zeit stieß der Hund ein freudiges Gebell aus. Vorski ließ nicht locker. Aber was für Anstrengungen er auch machte, er gewann nicht einen Zollbreit an Terrain, und die Verfolgung dauerte bereits eine Viertelstunde. Da fing er an, auf den Feind zu schimpfen.

»So bleib doch stehen, wenn du kein Feigling bist! Was willst du denn? Uns etwa in eine Falle locken? Wozu?... Willst du die Frau retten? In dem Zustand, in dem sie sich befindet, ist das nicht mehr der Mühe wert. Ha, du Lump, wenn ich dich kriege.«

Plötzlich zupfte Conrad Vorski am Rock.

»Was hast du, Conrad?«

»Sehen Sie doch, es sieht aus, als rührte er sich nicht mehr.«

Zum ersten Male konnte man die weiße Gestalt in der Dunkelheit deutlich erkennen und sehen, wie sie auf einmal zwischen dem Laubwerk mit weit geöffneten Armen, gekrümmtem Rücken und kreuzweise übereinandergeschlagenen Beinen auf der Erde saß.

»Er ist wohl hingefallen«, meinte Conrad.

Vorski, der vorausgeeilt war, schrie:

»Soll ich schießen, du Lump? Du bist mir sicher! Hände hoch, oder ich schieße!«

Keine Bewegung.

»Dann eben nicht! Wenn du Geschichten machst, sollst du sehen... ich zähle bis drei, dann schieße ich.«

Er näherte sich der Gestalt auf zwanzig Schritte und zählte mit ausgestrecktem Arm:

»Eins... zwei... Bist du bereit, Conrad? Wir wollen beide zugleich schießen.«

Sie feuerten los.

Weiter unten ertönte ein Angstschrei. Die Gestalt schien niederzufallen. Die beiden Männer stürzten auf sie los.

»Haben wir dich endlich, du Lump! Jetzt sollst du Vorski kennenlernen! Mich so weit laufen zu lassen. Aber deine Rechnung geht nicht auf!«

Er verlangsamte seine Schritte aus Furcht vor einem Hinterhalt. Der Unbekannte rührte sich nicht, und als Vorski ganz nahe war, sah es aus, als ob er einen toten Menschen vor sich habe. Vorski rief lächelnd: »Weidmanns Heil, Conrad. Heben wir das Wild auf.« Aber er war sehr erstaunt, als er, im Begriff, die Beute aufzuheben, in seinen Händen nur einen Kittel hielt, der an den Dornen eines Gestrüpps hängengeblieben war und worin kein Mensch mehr steckte. Auch der Hund war verschwunden. Er ließ seine Wut in der gewohnten stupiden Weise aus, indem er auf dem Kleidungsstück mit den Füßen herumtrampelte. Da kam ihm plötzlich ein Gedanke.

»Wozu das alles? Ich dachte es mir ja gleich! Eine Falle, ein Trick ist es gewesen, um uns von der Frau zu entfernen, während wahrscheinlich jetzt Freunde von ihm auf Otto losgehen. Ach, was bin ich doch für ein Idiot gewesen.« Sofort lief er eilends zurück, und sobald er die Umrisse des Dolmens gewahrte, rief er: »Otto, Otto!«

»Halt! Wer da?« antwortete Otto erschrocken.
»Ich, zum Teufel! schieß nicht...«
»Wer ist da? Sie?«
»Ja, ja, ich Schafskopf! Ich!«
»Aber die zwei Schüsse?«
»Ein Versehen... du wirst es schon noch erfahren...«
Er war zu der Eiche gelangt, ergriff die Laterne und beleuchtete sein Opfer. Dieses rührte sich nicht und lag noch so wie vorher am Fuße des Baumes, den Kopf vom Schleier verhüllt.
»Ah«, rief er, »ich atme wieder auf! Teufel noch mal, habe ich Angst gehabt.«
»Angst? Wovor?«
»Daß man sie uns entführt hätte.«
»Na, war ich denn nicht da?«
»Du, du bist auch nicht tapferer als irgendein anderer. Und wenn man dich angegriffen hätte?!«
»So hätte ich geschossen, und Sie hätten den Schuß gehört.«
»Wer weiß! Ist sonst ewas passiert? Hat die Frau sich nicht sehr aufgeregt?«
»Anfangs ja, sie stöhnte derart, daß ich fast die Geduld verlor...«
»Na und?«
»Na, lange hat es nicht gedauert. Ich habe ihr einen tüchtigen Faustschlag versetzt.«
»Oh, du Vieh!« schrie Vorski. »Wenn du sie getötet hast, ist es mit dir vorbei!« Er beugte sich hastig über sie und legte sein Ohr an die Brust der Unglücklichen.
»Nein«, sagte er. »Das Herz schlägt noch, aber lange wird es vielleicht nicht mehr dauern. Ans Werk, Kameraden, in zehn Minuten muß alles aus sein!«

Eli, eli, lama sabachthani!

Die Vorbereitungen dauerten nicht lange. Vorski selbst half eifrig mit. Er lehnte die Leiter gegen den Baum, warf ein Ende des Strickes um sein Opfer, das andere um einen der oberen Äste des Baumes. Darauf kroch er auf die oberste Stufe der Leiter und schärfte seinen Genossen ein:

»Ihr braucht also bloß noch zu ziehen. Stellt sie erst mal auf die Füße; dann haltet sie im Gleichgewicht.«

Er wartete einen Augenblick. Da Otto und Conrad sich leise unterhielten, rief er:

»Na, ihr könntet euch auch ein bißchen beeilen ... um so mehr, als ich ja die reinste Zielscheibe abgebe, falls man wieder eine Kugel oder einen Pfeil für mich parat hat. Seid ihr endlich soweit?«

Die beiden antworteten nicht.

»Na, das ist doch toll! Was gibt es denn noch? Otto ... Conrad ...«

Er sprang zu Boden und fuhr sie an:

»Ihr beide treibt es aber arg. Auf diese Weise stehen wir noch morgen früh hier, und alles ist verpatzt. So antworte doch, Otto.«

Er leuchtete ihm mit der Laterne ins Gesicht.

»Na, willst du etwa nicht? Brauchst es bloß zu sagen. Und du, Conrad? Wollt ihr etwa streiken?«

Otto schüttelte verneinend den Kopf.

»Streiken ... das gerade nicht. Aber Conrad und ich, wir möchten gerne einige Erklärungen.«

»Was für Erklärungen? Worüber? Über die Frau, die hingerichtet werden soll, oder über einen von den beiden Jungen? Na, gebt euch nur keine Mühe, Kameraden. Ich habe euch ja von Anfang an gesagt: Folgt mir mit geschlossenen Augen! Wir haben eine harte Arbeit vor uns, viel Blut zu vergießen. Dafür bekommt ihr aber auch am Schluß einen Haufen Geld.‹«

»Ja, eben darum handelt es sich«, sagte Otto.

»Sag uns genau ...«

»Das ist eure Sache... Wir haben ja alles genau abgemacht.«

»Welches sind unsere Bedingungen?«

»Du kennst sie ja besser als ich.«

»Ganz recht, aber ich möchte sie mir noch einmal ins Gedächtnis zurückrufen.«

»Ich hab ein gutes Gedächtnis: Den Schatz für mich – und auf den Schatz eine Anzahlung von zweihunderttausend Francs für euch beide.«

»So ist es, und so ist es wiederum auch nicht. Doch wir kommen noch darauf zurück. Sprechen wir zunächst einmal von dem berühmten Schatz. Wochenlang rackert man sich ab, watet in einem Meer von Blut, begeht ein Verbrechen nach dem anderen ... nichts wird am Horizont sichtbar.«

Vorski zuckte mit den Schultern:

»Du wirst immer dümmer, mein guter Otto. Du weißt, daß erst eine Anzahl Dinge getan werden mußten. Sie sind getan bis auf eins. In wenigen Minuten wird auch das soweit sein, und der Schatz gehört uns.«

»Was wissen wir davon?«

»Glaubst du denn, ich hätte das alles getan, wenn ich meiner Sache nicht ganz sicher gewesen wäre? Alles ist genau so geschehen, wie es im voraus beschlossen war. So wird es auch mit dem Letzten sein, und zur bestimmten Stunde wird sich die Tür auftun.«

»Die Tür zur Hölle«, höhnte Otto. »So wenigstens nannte sie Maguennoc.«

»Man mag sie so oder so nennen, sie führt zu dem Schatz, den ich heben werde.«

»Mag sein«, sagte Otto, auf den die Sicherheit Vorskis Eindruck machte. »Ich will glauben, daß Sie recht haben. Aber wer bürgt uns dafür, daß wir unser Teil bekommen werden?«

»Ihr werdet euer Teil einfach deshalb bekommen, weil der Besitz des Schatzes mir so phantastische Reichtümer bringt, daß ich mir wegen lumpiger zweihunderttausend Francs keine Feinde machen werde.«

»Wir haben also Ihr Wort?«

»Ja, natürlich!«

»Ihr Wort, daß alle Klauseln unseres Vertrages erfüllt werden?«

»Natürlich! Was willst du damit sagen?«

»Ich will damit sagen, daß Sie uns ja schon einmal gehörig reingelegt und eine Klausel des Vertrages nicht erfüllt haben.«

»Was redest du da? Weißt du, mit wem du sprichst?«

»Mit dir, Vorski.«

Vorski packte seinen Komplicen.

»Was heißt das? Du wagst es, mich zu beleidigen? Mich zu duzen... mich, mich?«

»Warum nicht, da du es gewagt hast, mich zu bestehlen.«

Vorski versuchte, sich zu beherrschen, und rief mit bebender Stimme:

»Nimm dich in acht, mein Lieber, denn du spielst ein gewagtes Spiel. Rede!«

»Schön!« erklärte Otto. »Außer dem Schatz und außer den zweihunderttausend Francs war unter uns vereinbart... du hattest dabei noch die Hand zum Schwur erhoben..., daß alles bare Geld, das einer von uns im Verlauf des Unternehmens finden würde, in zwei Teile geteilt werden sollte. Die eine Hälfte für dich, die andere für Conrad und mich. Stimmt das?«

»Das stimmt!«

»Also her damit«, sagte Otto und streckte die Hand aus.

»Was denn? Ich habe ja nichts gefunden.«

»Du lügst! Als man die Schwestern Archignat ins Jenseits beförderte, hast du bei einer von ihnen, und zwar in ihrer Bluse, das Geld entdeckt, das wir im Haus nicht finden konnten.«

»Was sind das für Märchen?« sagte Vorski in ziemlich verlegenem Tone.

»Das ist die reine Wahrheit.«

»Beweisen!«

»Nimm einmal das kleine zusammengebundene Päckchen heraus, das du da unter deinem Hemd festgesteckt hast.« Dabei berührte Otto mit dem Finger die Brust Vorskis und sagte noch:

»Nimm es nur raus, das kleine Päckchen, und leg die fünfzig Tausender auf den Tisch!«

Vorski antwortete nicht.

Er war verblüfft und suchte vergebens zu erraten, wie der Gegner sich diese Waffe gegen ihn hatte verschaffen können.

»Du gibst es also zu?« fragte Otto.

»Warum nicht«, erwiderte er. »Ich hatte die Absicht, später die Sache in Bausch und Bogen zu regeln.«

»Regle lieber gleich, das ist besser.«

»Und wenn ich mich nun weigere?«

»Das wirst du hübsch bleibenlassen.«

»Und wenn ich es doch tue?«

»Dann, Vorski, nimm dich in acht!«

»Pah, was habe ich zu fürchten? Ihr seid ja bloß zu zweit!«

»Wir sind zum mindesten drei.«

»Wer ist der dritte?«

»Jemand, der nach dem, was Conrad mir sagt, nicht der erste beste ist... nämlich der, der dich eben hereingelegt hat, der Mann mit dem Pfeil und dem weißen Kittel.«

Vorski merkte, daß die Partie für ihn schlecht stand. Die beiden Gefährten verstellten ihm den Weg und setzten ihm hart zu. Er mußte nachgeben.

»Da, Räuber! Bandit!« rief er und zog das kleine Paket hervor, dessen Banknoten er aufzählte.

»Nicht nötig zu zählen!« sagte Otto, der ihm das ganze Bündel entriß.

»So ist es ... die eine Hälfte für Conrad, die andere für mich.«

»Oh, du Schuft, du Erzgauner, das sollst du mir bezahlen. Ich pfeife auf das Geld, aber mich wie ein Strauchdieb zu überfallen! Ha, ich möchte nicht in deiner Haut stecken, mein Lieber.«

Er schimpfte weiter drauflos, dann fing er plötzlich an zu lachen. Es war ein bösartiges Lachen, das erzwungen klang.

»Immerhin, du hast deine Sache gar nicht so übel gemacht! Aber woher und wieso hast du das wissen können? Das mußt du mir noch erzählen. Ja? Jetzt haben wir allerdings keine Minute länger zu verlieren. Wir sind also in allen Punkten einig, nicht wahr, und ihr macht weiter mit?«

»Ohne zu murren, da Sie die Sache so gut aufnehmen«, sagte Otto, und der andere Gefährte fügte respektvoll hinzu:

»Sie haben trotz allem Haltung, Vorski ... Ein großer Herr sind Sie!«

»Und du bist einer, den man mietet. Du hast dein Geld; also mach schnell! Die Sache eilt.«

Diese Sache, wie der schreckliche Mensch sich auszudrücken beliebte, wurde nun wirklich rasch zu Ende geführt. Vorski stieg wieder auf die Leiter und wiederholte seine Befehle, denen Conrad und Otto sich gehorsam fügten. Sie stellten das Opfer auf die Füße, brachten es ins Gleichgewicht und zogen dann an dem Strick. Vorski nahm sie ihnen ab. Er zwang sie brutal, die Beine, die immer wieder nachgaben, zu strecken.

So wurde sie auf das Kreuz gelegt, ihr Kleid war um die Beine herum zusammengeschnürt, die Arme hingen rechts und links vom Körper herunter, und so wurde sie um die Taille und unter den Armen festgebunden.

Sie schien aus ihrer Betäubung nicht erwacht zu sein und gab keinen Klagelaut von sich. Vorski wollte ihr einige Worte sagen, aber er brachte sie nicht heraus. Dann versuchte er, ihren Kopf gerade zu richten. Aber auch das unterließ er, da er nicht den Mut fand, die anzurühren, die nun sterben mußte. Ihr Kopf fiel tief auf die Brust herab.

Nun kam Vorski vom Baum herunter und lallte:

»Branntwein, Otto... du hast ja die Flasche. Ah, verdammt noch mal, so eine eklige Geschichte.«

»Noch ist es Zeit«, wandte Conrad ein.

Vorski nahm ein paar Schluck und rief: »Noch Zeit... Zeit, wozu? Etwa sie zu befreien? Hör einmal zu, Conrad! Ehe ich sie freigebe, wäre ich lieber selber an ihrer Stelle. Mein Werk im Stich lassen? Ha, du weißt ja nicht, was das für ein Werk ist und welche Absicht ich dabei habe.« Er trank von neuem.

»Ausgezeichneter Branntwein, aber um mir das Herz so richtig aufzupulvern, wäre Rum mir lieber. Hast du keinen, Conrad?«

«Nur noch ein kleines bißchen.«

»Her damit.«

Sie hatten die Laterne verhängt, damit sie nicht gesehen werden konnten. Nun setzten sie sich unter den Baum und schwiegen eine Zeitlang. Aber der Alkohol war ihnen zu Kopf gestiegen, Vorski war sehr aufgeregt und schrie laut:

»Erklärungen? Ihr braucht keine. Ihr braucht den Namen jener nicht zu kennen, die hier stirbt. Es muß euch genügen, zu wissen, daß sie die vierte der Frauen ist, die am Kreuz sterben sollen, und daß das Schicksal sie ganz besonders ausgewählt hat. Die letzten Herzschläge des Opfers, das man den Göttern darbringt, bedeuten erhabene Augenblicke. Hört auf diese Herzschläge, ihr beiden da!«

Er kletterte wieder auf die Leiter und versuchte, die Herzschläge des erschöpften Opfers wahrzunehmen. Aber Véroniques Kopf, der sich zur Seite geneigt hatte, hinderte ihn daran, sein Ohr an ihre Brust zu legen, und er wagte es nicht, sie anzufassen. Ein ungleichmäßiges heiseres Stöhnen unterbrach allein die Stille.

Er sagte ganz leise:

»Véronique, hörst du mich?... Véronique... Véronique...« Dann, nach kurzer Unterbrechung, fuhr er fort:

»Du mußt nämlich wissen... ja, was ich da tue, darüber bin ich selber entsetzt, aber das geschieht, weil es... du erinnerst dich an die Prophezeiung ›Deine Frau wird am Kreuze sterben!‹ Dein eigener Name, Véronique, deutet ja darauf hin. Erinnere dich doch, daß die heilige Veronika Christi Antlitz mit einem Leinentuch abwischte und daß auf diesem Leinentuch das heilige Antlitz des Erlösers zurückblieb... Véronique, du verstehst mich doch, Véronique?«

Eiligst kam er die Leiter herab, riß Conrad die Rumflasche aus den Händen und leerte sie in einem Zuge.

Nun geriet er in eine Art Delirium, und einige Augenblicke drückte er sich in einer Sprache aus, die seine Gefährten nicht verstanden. Darauf begann er den unsichtbaren Feind herauszufordern, Schmähungen und Gotteslästerungen auszustoßen:

»Vorski ist der Stärkste. Vorski beherrscht das Schicksal. Die Elemente und die geheimen Kräfte sind ihm untertan. Vorski wird wie ein Prophet mit begeisterten Freudenrufen empfangen werden. Einer, den ich nicht kenne, wird ihm mit Palmen und Segnungen entgegenkommen. Er halte sich nur ja bereit! Er tauche auf aus der Dunkelheit und steige aus der Hölle zutage! Hier ist Vorski. Bei Glockenklang und Hallelujagesang soll sich angesichts des Himmels die Weissagung erfüllen, während die Erde sich öffnet und Flammensäulen hervorstößt!«

Darauf schwieg er einen Augenblick wie in Erwartung der Zeichen, die er vorhersagte.

Vom Baum herab klang das Röcheln der Sterbenden. In der Ferne grollte das Gewitter, schwarze Wolken wurden von

Blitzen zerrissen. Man hätte meinen können, die Natur wollte auf den Ruf des Banditen antworten.

Seine großsprecherischen Reden, die schauspielerischen Gesten machten Eindruck auf die Gefährten. Otto murmelte:

»Er macht mir angst.«

»Es ist der Rum«, meinte Conrad. »Aber trotzdem, er kündigt schreckliche Dinge an.«

»Und ich sage euch beiden, ihr werdet Zeugen außerordentlicher Dinge sein. Otto und Conrad, bereitet euch vor: Die Erde wird erbeben, und an der Stelle, wo Vorski den Gottesstein erlangen wird, wird eine Feuersäule sich zum Himmel erheben.«

»Er weiß nicht mehr, was er redet«, meinte Conrad.

»Da ist er schon wieder oben auf der Leiter«, flüsterte Otto. »Er wird schon noch einen Pfeil abkriegen.«

Die Erregung Vorskis kannte keine Grenzen mehr. Das Ende nahte. Von den Leiden erschöpft, lag das Opfer im Todeskampf.

Erst ganz leise, damit nur sie ihn hören konnte, dann mit lauterer Stimme sagte Vorski: »Véronique, du vollendest deine Sendung... Ruhm sei dir. Ein Teil meines Triumphes kommt dir zu. Ruhm sei dir! Vernimmst du nicht bereits das Grollen des nahenden Donners? Meine Feinde sind besiegt, du hast keine Hilfe mehr zu erwarten. Es ist der letzte Schlag deines Herzens, deine letzte Klage. Es ist dein Eli, eli, lama sabachthani; mein Gott, mein Gott, warum hast du mich verlassen?«

Er lachte wie ein Wahnsinniger. Darauf trat Schweigen ein, das Grollen des Donners ließ nach. Vorski beugte sich plötzlich vor, und plötzlich rief er von seiner Leiter herunter:

»Eli, eli, lama sabachthani. Der Tod hat sein Werk getan. Die letzte der vier Frauen ist gestorben. Véronique ist tot.«

Er schwieg von neuem, dann heulte er laut: »Véronique ist tot! Véronique ist tot!«

Und abermals trat Schweigen ein, das längere Zeit anhielt.

Da erbebte mit einem Male die Erde, und zwar nicht durch einen Donnerschlag, sondern von Zuckungen, die aus den Eingeweiden der Erde selbst kamen, und lauthin erscholl das Echo über Wälder und Hügel.

Und fast gleichzeitig stieg an der anderen Seite des von den Eichen gebildeten Halbkreises ein Feuerstrahl empor zum Himmel mit einem Wirbel von Rauch, aus dem rote, gelbe und bläuliche Flammen zischten.

Vorski sprach kein Wort. Seine Gefährten waren erstarrt. Endlich stammelte einer von ihnen:

»Es ist die alte verfaulte Eiche, die der Blitz schon einmal verbrannt hat.«

Obwohl der Brand fast ebenso schnell erlosch, hatten doch alle drei den Eindruck, als ob die alte Eiche ganz und gar verglüht wäre und Flammen sowie vielfarbige Dämpfe ausströme.

»Hier ist der Eingang, der zum Gottesstein führt«, sagte Vorski ernst. »Das Schicksal hat gesprochen, wie ich es euch verkündet habe. Und zwar hat es auf meinen Befehl hin gesprochen, der ich sein Diener war und jetzt sein Herr bin.«

Mit der Laterne in der Hand stürzte er nach vorn. Zu ihrer Überraschung sahen sie aber, daß keine Spur von Brand an dem Baum zu sehen war und daß die vielen trockenen Blätter nicht angekohlt waren.

»Wiederum ein Wunder«, sagte Vorski, »alles hier ist ein unbegreifliches Wunder.«

»Was sollen wir tun?« fragte Conrad.

»In den Gang eindringen, der uns gewiesen wurde. Bring die Leiter, Conrad, und durchsuch mit der Hand den Blätterhaufen. Der Baum ist hohl, und wir werden ja sehen, ob ...«

»Ein Baum mag noch so hohl sein«, erwiderte Otto, »er hat doch immerhin Wurzeln, und ich kann mir nicht denken, daß durch die Wurzeln hindurch ein Gang führt.«

»Schaff die Blätter beiseite, Conrad.«

»Nein!« antwortete Conrad.

»Wieso nein?... Was soll das heißen?«

»Erinnern Sie sich an Maguennoc? Erinnern Sie sich, daß er ebenfalls den Gottesstein berühren wollte und daß er sich dann die Hand abhacken mußte?«

»Aber das ist ja gar nicht der Gottesstein« rief Vorski.

»Was wissen wir davon? Maguennoc sprach immer vom Tor zur Hölle.«

Vorski zuckte mit den Schultern: »Und du, Otto, hast du auch Angst?«

Otto antwortete nicht, und Vorski hatte ebenfalls keine Eile, die Probe aufs Exempel zu machen, denn er sagte:

»Na, es eilt ja nicht. Warten wir bis zum Morgengrauen, da werden wir den Baum fällen und am besten sehen, was wir zu tun haben und wie wir vorgehen müssen.«

Und bei diesem Entschluß blieben sie. Da aber das Zeichen auch noch von anderen gehört worden sein konnte und man sich nicht überraschen lassen durfte, so beschlossen sie, sich gegenüber dem Baum niederzulassen, unter dem Schutz, den ihnen die ungeheure Platte des Feen-Dolmens bot.

»Otto!« befahl Vorski, »du holst jetzt aus der Abtei etwas zu trinken und bringst ein Beil sowie Stricke und alles sonst noch Notwendige mit.«

Es fing an, heftig zu regnen. Sie ließen sich nun unter dem Dolmen nieder, und jeder übernahm abwechselnd die Wache, während die beiden anderen schliefen. In dieser Nacht ereignete sich weiter nichts Besonderes. Der Sturm war von großer Heftigkeit. Man hörte das Tosen der Wellen. Dann wurde allmählich alles ruhig. Bei Tagesanbruch fällten sie die Eiche, die bald, von Stricken gezogen, zu Boden stürzte.

Da bemerkten sie, daß im Innern des Baumes zwischen den verfaulten Holzteilen eine Art Kanal angebracht war, der bis zur Mitte eines aus Sand und Stein entstandenen Blockes rings um die Wurzeln lief.

Mit Hilfe einer Hacke legten sie das Terrain frei. Bald

kamen Stufen zum Vorschein, und sie sahen, daß längs einer Mauer senkrecht eine Treppe hinab in die Dunkelheit führte. Dahin leuchteten sie mit der Laterne. Eine Grotte öffnete sich unter ihnen.

Vorski wagte sich als erster hinein. Die anderen folgten ihm vorsichtig.

Die Treppe bestand anfangs aus Erdstufen, die von Kieselsteinen gehalten waren, dann aber war sie in den Felsen selbst eingehauen. Die Grotte, zu der sie auf diese Weise kamen, hatte nichts Merkwürdiges und schien eher ein Vorraum zu sein. Sie stand tatsächlich mit einer Art gewölbten Krypta in Verbindung, deren Mauerwerk aus roh behauenen Steinen bestand. Rings herum standen wie unförmige Standbilder zwölf kleine Menhire, von denen ein jeder das Skelett eines Pferdekopfes trug. Vorski berührte einen dieser Köpfe. Er zerfiel sofort zu Staub.

»Seit zwanzig Jahrhunderten ist keiner in diese Gruft gedrungen«, sagte er. »Wir sind die ersten Menschen, die diesen Boden betreten, die ersten, die die Spuren der Vergangenheit schauen.« Mit wachsender Begeisterung fuhr er fort:

»Das war die Totenkammer eines großen Häuptlings. Mit ihm begrub man hier seine Lieblingspferde und seine Waffen... Seht! Da sind auch Beile und ein Messer aus Stein... wir finden auch Spuren alter Bestattungsbräuche vor, wie aus diesem Kohlenhaufen und diesen versteinerten Knochen hervorgeht... Ich bin der erste, der hier eindringt. Man hat mich erwartet. Eine schlummernde Welt erwacht bei meinem Nahen.«

Conrad unterbrach ihn.

»Es gibt noch einen anderen Zugang, eine andere Verbindung; man sieht das an dem hellen Schein da hinten.«

Ein schmaler Gang führte sie tatsächlich in einen weiteren Raum, von dem aus sie in einen dritten gelangten.

Die drei Krypten unterschieden sich in nichts. Mauerwerk, Steine und Pferdegerippe waren überall die gleichen.

»Drei Gräber großer Männer«, sagte Vorski. »Es ist klar, daß sie vor dem Grabe eines Königs liegen und daß diese Toten die Wächter dieses Königs waren, nachdem sie im Leben seine Gefährten gewesen waren. Das wird uns gleich die nächste Krypta zeigen. Ich werde es sofort erfahren. Vorski ist seinem Ziel nahe, und er braucht nur noch die Hand auszustrecken, um für alle Mühe königlich belohnt zu werden. Der Gottesstein ist da. Während vieler Jahrhunderte hat man das Geheimnis der Insel lösen wollen, und niemandem ist das geglückt. Nun kommt Vorski, und der Gottesstein gehört ihm. Er zeige sich mir und gebe mir die verheißene Macht! Zwischen diesem Stein und Vorski liegt nichts als mein Wille. Und ich will! Der Prophet ist aus der Finsternis erstanden. Hier ist er! Wenn in diesem Königreiche der Toten ein Geist den Auftrag hat, mich zum göttlichen Stein zu führen und mir die goldene Krone aufs Haupt zu setzen, so trete er hervor! Hier steht Vorski!«

Er ging in die Gruft.

Dieser vierte Saal war viel größer und bildete eine Art Dom mit einer etwas eingedrückten Kuppel. Mitten in dieser Wölbung war ein kreisförmiges Loch, das nicht viel breiter war, als um einem kleinen Rohr Raum zu geben. Durch dieses fiel gedämpftes Licht, das am Boden einen genauen Kreis beschrieb. Inmitten dieses Kreises stand ein Block aus aneinandergelegten Steinen. Aus diesem Block heraus ragte ein Metallstab.

Sonst unterschied sich die Krypta nicht von den ersten Krypten. Wie diese war sie ausgestattet mit Menhiren und Pferdeköpfen, und ebenso zeigte sie Spuren von Opferungen.

Vorski ließ den Metallstab nicht aus den Augen. Seltsam: dieses Metall glitzerte, kein Staub schien es zu bedecken. Vorski streckte die Hand aus.

»Nein, nein«, rief Conrad schnell.

»Warum?«

»Das hat Maguennoc vielleicht auch angefaßt, und das hat ihm die Hand verbrannt.«

»Du bist ja verrückt.«

»Ja, aber...«

»Ich, ich fürchte mich vor nichts«, sagte Vorski und griff nach dem Stab. Es war ein ziemlich grob gearbeitetes Zepter aus Blei, das aber immerhin ein gewisses künstlerisches Bemühen verriet. An seinem oberen Ende ringelte sich eine Schlange, die teils in das Blei eingegraben war, teils reliefartig daraus hervorragte.

Der riesige Kopf dieser Schlange bildete den Griff, und dieser Griff war ganz und gar mit Silbernägeln und kleinen durchsichtigen, grünen Steinen verziert, die wie Smaragde glänzten.

»Ist das der Gottesstein?« murmelte Vorski.

Er nahm den Gegenstand in die Hand und betrachtete ihn mit respektvoller Furcht von allen Seiten.

Da bemerkte er, daß der Griff unmerklich wackelte. Er fingerte daran herum, drehte ihn nach rechts, nach links, und schließlich gab der Griff nach:

Der Kopf der Schlange ließ sich abschrauben. In seinem Innern lag ein Stein... ein kleiner Stein von rötlicher Farbe mit gelben Adern, die Goldadern zu sein schienen.

»Das ist er! Das ist er!« rief Vorski außer sich.

»Fassen Sie ihn nicht an«, warnte von neuem Conrad.

»Was einen Maguennoc verbrannt hat, wird einen Vorski nicht verbrennen.«

Und aus Übermut behielt er den geheimnisvollen Stein in der Hand, die er mit aller Kraft zudrückte.

»Er soll mich nur verbrennen, ich bin es zufrieden. In mein Fleisch soll er dringen, ich werde glücklich darüber sein.«

Conrad machte ihm Zeichen und legte den Finger an den Mund.

»Was ist denn?« fragte er. »Hörst du etwas?«

»Ja«, sagte der andere.

»Ich auch«, bestätigte Otto.

Tatsächlich vernahm man ein rhythmisches, gleichmäßiges Geräusch, wie eine absonderliche Musik.

»Das ist ganz hier in der Nähe«, meinte Vorski. »Man könnte fast meinen, es sei hier in diesem Saal.«

Es kam tatsächlich aus dem Saal. Es war ein Geräusch, das große Ähnlichkeit mit einem Schnarchen hatte.

Conrad, der zuerst diese Vermutung ausgesprochen hatte, war auch der erste, der darüber lachte. Aber Vorski sagte zu ihm:

»Wahrhaftig, ich glaube, du hast recht, wie Schnarchen klingt es. Ist denn noch jemand hier?«

»Es kommt von dort«, sagte Otto, »aus der dunklen Ecke dort.«

Das Licht reichte nicht weiter als bis zu den Menhiren. Hinter denselben befanden sich lauter kleine Kapellen. Vorski ließ in eine dieser Kapellen die Laterne hineinleuchten und stieß im selben Augenblick einen verblüfften Schrei aus.

»Jemand ... ja, es ist jemand da ... seht doch.«

Seine beiden Begleiter wagten sich weiter vor. Auf einem Haufen Bausteine schlief in der Ecke ein Mann, ein Greis mit weißem Bart und langen weißen Haaren. Die Haut seines Gesichts und seiner Hände war von tausend Runzeln zerfurcht. Dunkelblaue Ringe lagen um seine geschlossenen Augenlider. Mindestens ein Jahrhundert mochte über ihn dahingegangen sein. Ein geflickter Kittel fiel ihm bis auf die Füße herab. Um seinen Hals hing bis tief auf die Brust ein Rosenkranz aus den heiligen Kugeln, die die Gallier Schlangeneier nannten und die in Wahrheit kleine Seeigel sind. In Reichweite seiner Hand lag ein schönes Beil aus Jade, das allerlei unleserliche Schriftzeichen aufwies.

Auf der Erde lagen in Reih und Glied messerartig geschärfte Kiesel, große platte Ringe, zwei Ohrgehänge aus grünem Jaspis und zwei Halsketten aus blauer Emaille.

Der Greis schnarchte noch immer.

Vorski murmelte: »Das Wunder dauert fort... Es ist ein Priester, ein Priester von ehemals aus der Zeit der Druiden.«

»Und? Und?« fragte Otto.

»Nun – er erwartet mich.«

Conrad gab einen brutalen Rat:

»Ich schlage vor, wir hauen ihm mit seinem Beil den Schädel entzwei.«

Doch Vorski wurde wütend.

»Wenn du ihm auch nur ein Haar krümmst, so bist du selbst des Todes!«

»Wenn es aber vielleicht ein Feind ist... einer von denen vielleicht, die uns gestern abend verfolgt haben. Erinnern Sie sich doch an die Gestalt im weißen Kittel.«

»Du bist und bleibst ein Idiot. Glaubst du, daß er bei seinem Alter uns derart hat Beine machen können?«

Er bückte sich und faßte den Greis sanft beim Arm.

»Wachen Sie auf, wachen Sie auf... ich bin es.«

Keine Antwort, der Mann erwachte nicht.

Vorski ließ nicht locker.

Der Mann auf seinem Bett aus Kieselsteinen bewegte sich ein wenig, murmelte einige unverständliche Worte und schlief dann weiter.

Ein wenig ungeduldig erneuerte Vorski seinen Versuch, doch jetzt etwas energischer und mit lauter Stimme:

»He, wir können uns hier doch nicht länger aufhalten; aufgewacht!«

Er versetzte dem Greis einen tüchtigen Stoß. Der alte Mann wehrte gereizt ab, stieß den Störenfried zurück und klammerte sich noch eine kleine Weile an den Schlaf. Schließlich drehte er sich erschöpft um und knurrte wütend:

»Ach, Mist!«

Der alte Druide

Die drei Eindringlinge, die alle Feinheiten der französischen Sprache sowie alle Argotausdrücke bestens kannten, täuschten sich nicht einen Augenblick lang über den wahren Sinn dieses unvorhergesehenen Ausrufs. Sie waren verblüfft.

Vorski sah Conrad und Otto fragend an.

»Wie? Was sagt er?«

»Ja, ja, Sie haben ganz recht gehört... genau das...« erwiderte Otto.

Endlich schüttelte Vorski den Unbekannten erneut an der Schulter. Dieser drehte sich auf seinem Lager um, reckte sich, gähnte, schien wieder einzuschlafen und richtete sich dann doch schließlich halb auf.

»Na, was denn! Kann man denn in diesem Loch nicht mal mehr vor sich hindösen, wie man will?« brummte er verärgert.

Ein Lichtstrahl blendete ihn, und erschreckt fuhr er fort: »Was ist das? Was soll denn das bedeuten?«

Vorski stellte die Laterne auf einen Mauervorsprung, und das Gesicht des Greises war jetzt voll beleuchtet.

Der Greis machte seinem Ärger in unzusammenhängenden Reden Luft, sah dann sein Gegenüber an und beruhigte sich allmählich. Ein Ausdruck des Lächelns zeigte sich sogar auf seinem Gesicht; er streckte die Hand aus und rief: »Ah, du bist es, Vorski? Wie geht es dir denn, alter Halunke?«

Durch Vorskis Körper ging es wie ein Ruck. Daß der Greis ihn kannte und beim Namen nannte, wunderte ihn nicht übermäßig, denn er war überzeugt, daß er wie ein Prophet erwartet wurde. Doch für einen Propheten, für einen erleuchteten, mit Ruhm übergossenen Sendboten, der vor einem Unbekannten steht, welchem das Alter und der priesterliche Rang zweifache Würde verleihen, war es peinlich, als »alter Halunke« begrüßt zu werden.

Zögernd und unsicher, da er nicht wußte, mit wem er es zu tun hatte, fragte er:

»Wer sind Sie? Was wollen Sie hier und wie sind Sie hierhergekommen?«

Und da der andere ihn voll Erstaunen musterte, wiederholte er heftiger:

»So antworten Sie doch, wer sind Sie?«

»Wer ich bin?« versetzte der Greis mit heiserer, meckernder Stimme, »wer ich bin? – Bei Teutates, dem Gott der Gallier, eine solche Frage richtest du an mich? Also du erkennst mich nicht? Na hör mal, denk doch mal nach... der gute Ségenax... na, erinnerst du dich?... der Vater der Velléda?... Sénegax, der verehrte Magistrat bei den Rhédons, von dem Chateaubriand im ersten Band seiner *Martyrs* berichtet? Offenbar ist dein Gedächtnis nicht mehr das beste, wie?«

»Was phantasieren Sie denn da?« rief Vorski.

»Ich phantasiere nicht! Ich erkläre meine Anwesenheit hier und die traurigen Umstände, die mich seinerzeit hierhergeführt haben. Angewidert von Vellédas skandalösem Verhalten, bin ich, wie man heutzutage sagen würde, bei den Trappisten eingetreten. Ich habe also mein Druidenexamen brillant bestanden, dann aber habe ich infolge einiger dummer Streiche... oh, es war weiter nichts... ich bin nur drei- oder viermal nach der Hauptstadt durchgebrannt, wo Mabille und dann das Moulin Rouge mich lockten... dann mußte ich hier diese kleine Stellung annehmen, einen Ruheposten, wie du siehst, als Wächter des Gottessteines... etwas für Drükkeberger.«

Vorskis Staunen und Unbehagen nahmen bei jedem Wort zu. Er beriet sich mit seinen Genossen.

»Schlagen Sie ihm den Schädel ein«, wiederholte Conrad, »das ist mein Vorschlag, und ich bleibe dabei.«

»Und du, Otto?«

»Ich sage, man soll ihm nicht trauen.«

Aber der alte Druide hatte das wohl gehört. Er stützte sich auf seinen Stock, stand auf und rief:

»Was soll denn das heißen? Mir nicht trauen! Das ist doch stark. Mich wie einen Flausenmacher behandeln? Hast du denn nicht mein Beil gesehen und auf dem Stiel des Beiles das Zeichen des Kreuzes mit dem griechischen Gamma? He? Das Gammenkreuz, das kabbalistische Solarzeichen par excellence! Und das da? Was ist das? (Er zeigte auf seinen Rosenkranz aus Seeigeln.) He? Was ist das? Etwa Hasendreck? Ihr seid mir Dreckskerle! Schlangeneier Hasendreck zu nennen. Das sind die Eier, die die Schlangen aus dem Speichel und aus dem Schleim bilden, wenn ihre Körper sich ineinander verschlingen, und den sie dann zischend in die Luft spritzen. Hat Plinius selbst gesagt. Du wirst doch nicht etwa Plinius einen Flausenmacher nennen, hoffe ich? Du bist mir der rechte Kunde. Mir nicht trauen, wo ich alle meine Diplome als alter Druide bei mir habe, alle meine Patente, Zertifikate und Zeugnisse, von Plinius selbst und von Chateaubriand unterzeichnet...! So ein Dreckskerl. Solltest dir mal noch so einen alten authentischen Druiden suchen, wie ich einer bin, mit der alten Patina und dem hundertjährigen Bart. Ich ein Flausenmacher! Ich, der ich alle Überlieferungen besitze und mit den Sitten vergangener Zeiten nur so jonglieren kann! Soll ich dir einmal den alten Druidentanz vortanzen, wie ich es einstmals vor Julius Cäsar getan habe? Na?«

Und ohne eine Antwort abzuwarten, warf der Greis seinen Stock weg und fing an, phantastische Sprünge mit einer Behendigkeit auszuführen, die erstaunlich war. Besonders drollig war es, mit anzuschauen, wie er sprang und sich mit gekrümmtem Rücken und schlenkernden Armen in seiner Tunika herumdrehte und dabei bald das rechte, bald das linke Bein nach der Seite streckte, während sein Bart alle Bewegungen des Körpers mitmachte und seine meckernde Stimme die Namen der einzelnen Tänze verkündete:

»Der alte Druidentanz oder die Wonnen des Julius Cäsar. Hoppla... der Tanz der heiligen Mistel, gemeinhin genannt St. Veitstanz... der Schlangeneiertanz mit Musik von Plinius. Hoppla, hoppla; die Vorska oder der Tango der dreißig Särge... der Hymnus des roten Propheten. Halleluja! Halleluja! Ruhm dem Propheten.«

Einige Sekunden lang setzte er noch seine verteufelten Sprünge fort. Dann stand er plötzlich vor Vorski still und sagte ernst: »Genug geschwätzt! Sprechen wir ernsthaft!... Ich habe den Auftrag, dir den Gottesstein auszuhändigen... bist du jetzt, da ich dich hoffentlich überzeugt habe, bereit, die Ware in Empfang zu nehmen?«

Die drei standen völlig verdutzt da. Vorski wußte nicht, was er tun sollte, und konnte nicht begreifen, wer dieser verrückte Mensch war.

»Lassen Sie mich in Ruhe!« rief er wütend. »Was wollen Sie eigentlich? Was ist Ihre Absicht?«

»Meine Absicht? Aber ich habe es dir ja eben gesagt, ich will dir den Gottesstein aushändigen.«

»Mit welchem Recht? In welcher Eigenschaft?«

Der alte Druide schüttelte den Kopf.

»Ah, ich begreife... das geht wohl nicht so wie du glaubst. Du kommst ganz aufgeregt und überglücklich hier an, stolz über das vollendete Werk. Man bedenke: Futter für dreißig Särge, vier Frauen am Kreuz, Schiffbrüche, die Hände voll Blut, die Taschen voll Verbrechen. Das alles ist keine Kleinigkeit, und du hattest einen imposanten Empfang erwartet mit offizieller Zeremonie, mit feierlichem Pomp, alten Chören, Bardengesängen, Monstranzen, Menschenopfern, kurz und gut, ein gallisches Spiel mit allen Schikanen!... Und statt dessen findest du einen armen Teufel von Druiden vor, der in einer Kellerecke schnarcht und dir nüchtern seine Ware anbietet. Oh, welch ein Reinfall, die Herren! Was willst du, Vorski? Man tut, was man kann, und jeder handelt, wie es ihm gegeben ist. Ich schwimme nicht im Gold und habe bereits außer für Wäsche und weiße Umhänge eintausenddreihundertundvierzig Francs für bengalisches Feuerwerk, Raketen und nächtliches Erdbeben ausgelegt.«

Vorski fuhr auf, außer sich, denn plötzlich hatte er begriffen. »Was sagen Sie da? Wie? Das waren ...«

»Natürlich, das war ich. Wer sollte es denn sonst gewesen sein, etwa der heilige Augustin? Oder hast du an eine göttliche Intervention gedacht und geglaubt, daß gestern abend die Götter dir auf der Insel einen Erzengel mit weißem Kittel entgegengeschickt haben, um dich zur hohlen Eiche zu geleiten ...? Also wirklich, du übertreibst ...«

Vorski ballte die Fäuste. Das war also der weißgekleidete Mann, den er am Abend zuvor verfolgt hatte, dieser Betrüger?

»Oh«, brummte er, »ich habe es nicht gern, wenn man mich auf den Arm nimmt.«

»Dich auf den Arm nehmen!« rief der Greis. »Na, du bist gut, mein Junge. Wer hat mich denn wie ein wildes Tier vor sich hergetrieben, so daß mir die Luft ausging? Wer hat mir denn in meinen besten Kittel zwei Kugeln gejagt? Na, so ein Kunde! Und will mir noch weismachen, ich nähm ihn auf den Arm!«

»Genug, genug«, stieß Vorski gereizt hervor. »Genug, zum letzten Mal: Was wollen Sie von mir?«

»Ich bemühe mich ja in einem fort, es dir zu sagen. Ich habe den Auftrag, dir den Gottesstein auszuhändigen.«

»Den Auftrag von wem?«

»Ja, das weiß ich verdammt noch mal selber nicht! Ich habe immer die Vorstellung gehabt, daß eines Tages auf Sarek ein gewisser Vorski, ein Königssohn, erscheinen würde, der seine dreißig Opfer abschlachten würde und dem ich auf Verabredung ein Zeichen geben müßte, wenn sein dreißigstes Opfer den letzten Seufzer ausstieß. Als Sklave dieser Weisung habe ich mein Ränzlein geschnürt und bei einem Kleinwarenhändler in Brest zwei bengalische Feuerwerke für drei Francs fünfundsiebzig das Stück, sowie einige Knallfrösche gekauft, habe mich dann mit einer Lunte in der Hand auf meinen Beobachtungsposten begeben und abgewartet. Als du nun vom Baum herab dein Geheul ausstießest ›Sie ist tot, sie ist tot‹, habe ich geglaubt, das wäre wohl der richtige Augenblick, habe mein bengalisches Feuer angezündet und mit meinen Krachern die Eingeweide der Erde erbeben lassen.«

Mit erhobenen Fäusten stürzte Vorski auf ihn los. Dieser Wortschwall, dieses unerschütterliche Phlegma, diese spöttische und ruhige Stimme, das alles brachte ihn zum Kochen.

»Ein Wort noch, und ich bringe dich um«, schrie er. »Ich habe genug.«

»Heißt du Vorski?«

»Ja, und...?«

»Bist du ein germanischer Königssohn?«

»Ja, ja, und...?«

»Hast du dreißig Opfer geschlachtet?«

»Ja, ja, ja!«

»Na also, dann bist du mein Mann. Ich habe dir einen Gottesstein auszuhändigen und werde ihn dir aushändigen, koste es was es wolle. So bin ich eben. Du kannst ihn von mir aus fressen, deinen Wunderstein!«

»Ach was, ich pfeife auf den Wunderstein!« heulte Vorski los und stampfte mit dem Fuß auf. »Und ich pfeife auch auf dich. Ich brauche niemanden. Den Gottesstein, den habe ich bereits. Er gehört mir, ich besitze ihn.«

»Laß sehen.«

»Was ist das hier?« rief Vorski und zog das kleine Kügelchen aus der Tasche, das er im Griff des Zepters gefunden hatte.

»Das?« fragte der Greis überrascht. »Wo hast du denn das aufgegabelt?«

»Im Griff des Zepters, das ich klugerweise aufgeschraubt habe.«

»Und was soll das sein?«

»Ein Stück von dem Gottesstein.«

»Du bist ja verrückt.«

»Na, was ist es denn sonst deiner Meinung nach?«

»Das, ha, das ist ein Hosenknopf.«

»Was? Ein Hosenknopf? Der Beweis?«

»Ein Hosenknopf, wie ihn die Neger in der Sahara gebrauchen. Davon habe ich eine ganze Garnitur.«

»Den Beweis, verdammt!«

»Ich selbst habe ihn reingelegt.«

»Zu welchem Zweck?«

»Um den kostbaren Stein zu ersetzen, den Maguennoc geklaut hatte und an dem er sich verbrannt hatte, so daß er sich die Hand abhacken mußte.«

Vorski schwieg. Ihm war ganz wirr im Kopf. Er wußte nicht mehr, was er tun und wie er sich diesem seltsamen Gegner gegenüber verhalten sollte.

Der alte Druide näherte sich ihm und sagte sanft und in väterlichem Ton:

»Mein lieber Junge, du wirst ohne mich nicht mehr hier rauskommen. Ich allein habe den Schlüssel zum Schloß. Ich allein kenne das Wort zum Safe. Warum zögerst du?«

»Ich kenne Sie nicht.«

»Kindskopf! Wenn ich dir etwas Heikles vorschlagen würde, etwas, das sich mit deiner Ehre nicht vertrüge, so könnte ich deine Bedenken verstehen. Aber mein Angebot kann auch das zarteste Gewissen nicht verletzen. Glaubst du mir das nicht? Bei Teutates, was für Beweise verlangst du denn noch, du ungläubiger Vorski? Vielleicht ein Wunder? Ja, mein Gott, warum hast du denn das nicht gleich gesagt! Wunder – die fabrizier ich am laufenden Band. Jeden Morgen, wenn ich meinen Milchkaffee trinke, vollende ich mein kleines Wunder. Bedenke doch, ein Druide! Wunder? Davon habe ich ja die ganze Bude voll. Ich weiß schon nicht mehr, wo ich mich hinsetzen soll vor lauter Wundern. Was hast du am liebsten? Abteilung: Auferstehung? Abteilung: Haarwuchs? Abteilung: Blick in die Zukunft? Du brauchst nur zu wählen. Warte einmal: Um wieviel Uhr hat dein dreißigstes Opfer seinen letzten Atemzug getan?«

»Weiß ich nicht!«

»Elf Uhr zweiundfünfzig Minuten. Deine Erregung darüber war so stark, daß deine Uhr davon stehengeblieben ist. Sieh nach, bitte.«

Widerstrebend zog Vorski seine Uhr heraus. Sie zeigte elf Uhr zweiundfünfzig Minuten. Er versuchte sie aufzuziehen, die Feder war zerbrochen.

Ohne ihn zu Atem kommen zu lassen, fuhr der alte Druide fort: »Das bringt dich ganz aus dem Häuschen, was?... Nichts einfacher als das; und für einen Druiden, der nur halbwegs auf der Höhe ist, eine kinderleichte Sache. Ein Druide sieht das Unsichtbare. Vorski, willst du etwas sehen, was nicht existiert? Wie ist dein Name? Ich meine jetzt nicht den Namen Vorski, sondern deinen wahren Namen, den Namen deines Herrn Papa.«

»Schweig davon«, befahl Vorski. »Das ist ein Geheimnis, das ich niemandem verraten habe.«

»Warum schreibst du es dann auf?«

»Ich habe es niemals aufgeschrieben.«

»Vorski, der Name deines Vaters ist mit rotem Bleistift auf Seite vierzehn des kleinen Notizbuches geschrieben, das du bei dir trägst. Sieh nach.«

Mechanisch wie ein Automat, dessen Bewegungen von einem fremden Willen gesteuert werden, zog Vorski aus der Innentasche seiner Weste eine Brieftasche hervor, in der ein Block Papier lag. Er blätterte darin bis zur vierzehnten Seite. Dann rief er mit unbeschreiblichem Schrecken: »Unglaublich! Wer hat das geschrieben? Und Sie wissen wirklich, was da steht...?«

»Soll ich es dir beweisen?«

»Schweigen Sie doch! Ich verbiete Ihnen...«

»Wie du willst, mein Lieber. Ich habe es wirklich nur zu deiner Erbauung gemacht. Und es ist für mich ein Kinderspiel. Wenn ich einmal mit den Wundern angefangen habe, so kann ich gar nicht mehr aufhören. Noch eins, etwas zum Lachen. Du trägst um deinen Hals unter dem Hemd ein Medaillon an einem silbernen Kettchen?«

»Ja«, erwiderte Vorski, dessen Augen fiebrig glänzten.

»Dieses Medaillon bildet eine Art Rahmen, der jetzt leer ist und in dem einstmals eine Photographie steckte?«

»Ja, ja ... ein Bild, das ...«

»Deine Mutter darstellte, ich weiß, du hast es verloren.«

»Ich habe es im vergangenen Jahr verloren.«

»Sag lieber, du glaubst, das Bild verloren zu haben.«

»Na, wenn das Medaillon doch leer ist.«

»Du glaubst, es sei leer. Es ist es nicht, sieh nach.«

Mechanisch wie vorhin und mit weit aufgerissenen Augen knöpfte Vorski sein Hemd auf und zog das Kettchen heraus. Das Medaillon kam zum Vorschein. In einem Goldreifen befand sich das Porträt einer Frau.

»Das ist sie, das ist sie!« murmelte er bestürzt.

»Kein Irrtum?«

»Nein.«

»Na, was sagst du dazu? Versteht der alte Druide seine Sache? Und wirst du ihm nun folgen?«

»Ja.«

Vorski war besiegt.

Dieser Mann machte ihn gefügig. Seine abergläubischen Instinkte ... sein atavistischer Glaube an geheimnisvolle Mächte, seine unruhige, unstete Natur, alles zwang ihn zur Unterwerfung. Er war zwar immer noch mißtrauisch. Das hinderte ihn aber nicht zu gehorchen. Er fragte:

»Ist es weit?«

»Hier dicht nebenan in dem großen Saal.«

Otto und Conrad waren erstaunte Zeugen dieses Dialoges gewesen. Conrad versuchte zu protestieren, aber Vorski fuhr ihm über den Mund. »Wenn du Angst hast, dann geh. Übrigens« – (und diese letzten Worte sprach er mit einem gewissen Nachdruck) –, »Übrigens gehen wir nur mit dem Revolver in der Hand. Bei der geringsten Kleinigkeit gibt es Feuer.«

»Feuer auf mich?« spottete der alte Druide.

»Auf jedweden Feind.«

»Na gut, geh du voraus, Vorski.«

Er hatte sie bis ans Ende der Krypta, zu einer dunklen Stelle geführt, wo die Laterne ihnen einen Spalt am Fuße der Mauer zeigte, der in die Tiefe führte.

Nach einigem Zögern zwängte sich Vorski hindurch. Er mußte auf Händen und Füßen durch einen engen, gewundenen Gang kriechen, durch den er wenige Minuten später an die Schwelle eines großen Saales gelangte. Die anderen folgten ihm. Der alte Druide erklärte feierlich:

»Der Saal des Gottessteins.«

Es war ein tiefer, mächtiger Raum, ähnlich dem Vorraum, unter welchem er sich befand. Dieselbe Anzahl von Steinblöcken, die den Säulen eines alten Tempels glichen. Sie standen an derselben Stelle und waren genau so gestellt wie die Menhire des Raumes über ihnen, roh gemeißelte Steine, die ohne künstlerische Absicht und Sinn für Symmetrie bearbeitet waren. Der Fußboden bestand aus riesigen, unregelmäßigen Steinplatten, die von Rinnen durchzogen waren und auf die von oben her in gewissen Zwischenräumen helle Lichtkreise fielen.

In der Mitte unter dem Garten Maguennocs erhob sich aus Bruchsteinen eine Richtstätte von vier bis fünf Metern Höhe. Darüber trug ein Dolmen, der auf zwei robusten Füßen stand, eine Granittafel in Form eines länglichen Ovals.

»Das ist *er*«, rief Vorski mit versagender Stimme.

Ohne darauf zu antworten, meinte der alte Druide:

»Was sagst du dazu? Unsere Vorfahren verstanden sich aufs Bauen! Und wie gut durchdacht! Wie sie sich gegen indiskrete Blicke und gegen alle profane Neugierde zu schützen wußten. Weißt du, woher das Licht kommt? Wir sind doch mitten unter der Insel? Hier gibt es keine Fenster. Das Licht kommt von den Menhiren da oben, die der Länge nach durchbohrt sind, wobei die Öffnung nach unten zu breiter wird und so einen Lichtkegel eindringen läßt. Um die Mittagszeit, wenn die Sonne hoch steht, ist das geradezu märchenhaft. Du als Künstler wärst entzückt davon.«

»Also es ist der Stein«, wiederholte Vorski.

»Auf alle Fälle ist es ein geheiligter Stein«, versicherte der alte Druide, »denn er beherrscht das ganze Gebiet der unterirdischen Opferstätte, die die wichtigste von allen ist. Darunter gibt es allerdings noch einen anderen Stein, den der Dolmen beschützt und den du von hier aus nicht sehen kannst. Auf ihm brachte man die auserwählten Opfer dar. Das Blut floß vom Schafott hinab und lief durch alle diese Rinnen bis zu den Felsklippen und von da bis zum Meer.«

Vorski erkundigte sich immer aufgeregter. »Also ist es der? Gehen wir weiter!«

»Du kannst ruhig hier bleiben«, sagte der Alte mit unerschütterlicher Ruhe. »Der ist es noch nicht, es gibt einen dritten Stein, und du brauchst nur ein wenig den Kopf zu heben, um ihn zu sehen.«

»Wo? Sind Sie sicher, daß er es ist?«

»Na, so schau doch... dort über der oberen Platte in der Wölbung, welche die Decke bildet und die aussieht wie ein Mosaik von großen Platten... du siehst doch von hier aus eine einzelne Platte, nicht?... die genau so angebracht ist wie die untere Tafel und ebenso behauen ist... man möchte sie zwei Schwestern nennen. Aber nur eine von ihnen ist echt....«

Vorski war enttäuscht. Er hatte sich auf eine komplizierter Erklärung gefaßt gemacht, auf ein geheimnisvolleres Versteck.

»Das soll der Gottesstein sein? Aber der hat ja gar nichts Besonderes an sich«, sagte er.

»Von weitem nein, aber in der Nähe; na, du wirst schon

sehen ... er hat farbige Adern und eine rotgelbe Maserung. Er ist von ganz besonderer Art ... kurz und gut, es ist der Gottesstein. Übrigens ist sein materieller Wert nicht so groß wie seine wunderbaren Eigenschaften.«

»Um was für Wunder handelt es sich?« fragte Vorski.

»Er gibt Tod oder Leben, wie du willst, und bewirkt noch eine ganze Menge anderer Dinge.«

»Was für Dinge?«

»Ja, weißt du, du fragst mich wirklich zu viel!«

»Wie? Sie wissen es selber nicht?«

Der alte Druide bückte sich zu ihm herab und sagte vertraulich:

»Hör mal zu, lieber Vorski, ich muß dir gestehen, daß ich ein bißchen übertrieben habe und daß meine Rolle, obgleich sie von ungeheurer Wichtigkeit ist – Hüter des Gottessteins zu sein, das ist ein erstklassiger Posten –, begrenzt wird durch eine Macht, die weiter reicht als meine.«

»Was für eine Macht?«

»Die Macht Vellédas.«

Vorski sah ihn von neuem unruhig an: »Velléda?«

»So nenne ich sie wenigstens. Es ist die letzte Druidin; ihren wahren Namen kenne ich nicht.«

»Wo ist sie?«

»Hier!«

»Hier?«

»Ja, auf dem Opferstein. Sie schläft.«

»Wie, sie schläft?«

»Sie schläft seit Jahrhunderten, seit ewigen Zeiten. Ich habe sie überhaupt immer nur schlafend gesehen, einen keuschen, friedlichen Schlaf. Wie das Dornröschen, so erwartet Velléda den, den die Götter senden werden, um sie zu erwecken und zu befreien. Und dieser Befreier ...«

»Dieser Befreier ...?«

»Bist du, Vorski.«

Vorski zog die Augenbrauen hoch. Was war das doch für

eine unwahrscheinliche Geschichte, und worauf wollte eigentlich der rätselhafte Mensch hinaus?

Der alte Druide fuhr fort: »Du glaubst es nicht so recht? Meinst du etwa, weil deine Hände rot von Blut sind, weil du dreißig Särge auf dem Gewissen hast, deshalb könntest du dieser Märchenprinz nicht sein? Du bist zu bescheiden, mein Junge. Soll ich dir etwas sagen? Velléda ist wunderschön, aber von überirdischer Schönheit. Ah, mein Junge, du fängst schon Feuer? Nein? Noch nicht?«

Vorski zögerte. Er fühlte, wie die Gefahr um ihn immer größer wurde, daß sie wie eine Woge anstieg und ihn schließlich verschlingen würde. Aber der Greis ließ nicht locker:

»Noch ein Wort, Vorski. Ich spreche leise, damit deine Gefährten mich nicht verstehen. Als deine Mutter starb, hast du gemäß ihrem Letzten Willen an ihrem Zeigefinger einen Ring stecken lassen, den sie nie zuvor abgelegt hatte, einen magischen Ring, der aus einem großen Türkis bestand, umgeben von kleinen goldgefaßten Türkisen. Irre ich mich?«

»Nein«, flüsterte Vorski verstört, »nein, aber ich war allein, und kein Mensch kennt dieses Geheimnis ...«

»Vorski, wenn nun dieser Ring sich an dem Zeigefinger Vellédas befindet, wirst du dann Vertrauen zu mir haben, und wirst du dann glauben, daß deine Mutter Velléda aus dem Grabe entsandt hatte, um dich zu empfangen und um dir selbst den Wunderstein auszuhändigen?«

Schon ging Vorski auf den Grabhügel zu. Schnell stieg er die ersten Stufen empor. Sein Kopf ragte bereits über die Plattform hinaus.

»Ach«, rief er verwirrt, »der Ring ... der Ring ist an ihrem Finger!«

Zwischen den beiden Pfeilern des Dolmens lag auf dem Opferstein ausgestreckt und bis zu den Füßen mit einem sauberen Gewand bekleidet die Druidin.

Ihr Gesicht war der anderen Seite zugekehrt, und ein

Schleier über der Stirn verbarg ihr Haar. Ihr schöner, fast nackter Arm hing von der Tafel herab, am Zeigefinger trug sie einen mit Türkisen besetzten Ring.

»Das ist doch der Ring deiner Mutter?« fragte der alte Druide.

»Ja, das ist er.«

Vorski stürzte hastig zum Dolmen hin und betrachtete gebückt, fast kniend, die Steine.

»Die Zahl stimmt, und einer ist gespalten ... ein anderer ist zur Hälfte unter einem Goldblatt verborgen.«

»Du brauchst nicht so leise zu sprechen«, sagte der Greis, »sie hört dich nicht, und deine Stimme kann sie nicht erwecken. Erhebe dich, und fahre ihr mit der Hand leicht über die Stirn. Dieses Streicheln wird sie aus ihrer Betäubung erwecken.«

Vorski erhob sich. Doch zögerte er, diese Frau zu berühren. Sie flößte ihm Furcht und zugleich höchste Ehrfurcht ein.

»Kommt nicht näher, ihr beiden!« sagte der alte Druide zu Otto und Conrad. »Die Augen Vellédas, wenn sie sich öffnen, dürfen nur auf Vorski fallen und nichts anderes erblicken ... Nun, Vorski, hast du Angst?«

»Ich habe keine Angst.«

»Nur ist dir nicht ganz wohl bei der Sache? Es ist leichter zu morden als vom Tod zu erwecken, was? Los, los, ein bißchen Mut! Schieb den Schleier beiseite und berühre ihre Stirn. Der Stein Gottes ist in Reichweite. Handle, und du bist Herr der Welt.«

Vorski handelte. Gegen den Opferaltar gelehnt, sah er auf die Druidin hinab. Er bückte sich über sie. Das weiße Kleid hob und senkte sich noch im regelmäßigen Rhythmus ihres Atems. Mit unsicherer Hand schob er den Schleier beiseite. Dann bückte er sich noch tiefer, damit seine andere Hand die freie Stirn berühren konnte. Aber mitten in dieser Bewegung hielt er inne.

»Na, was denn, Dicker«, rief der Druide, »du stehst ja plötzlich wie versteinert! Wieder was nicht in Ordnung? Stimmt etwas nicht? Soll ich dir helfen?«

Vorski antwortete nicht. Er stand da mit einem Ausdruck der Verblüffung und des Schreckens, der allmählich in eine tolle Furcht überging. Schweißtropfen rannen von seinem Schädel. Seine verstörten Augen schienen die schrecklichste aller Erscheinungen zu erblicken. Der Greis lachte laut auf.

»Jesus Maria, wie häßlich du bist! Wenn nur die letzte Druidin ihre göttlichen Augenlider nicht aufschlägt und deine schreckliche Fratze sieht. Schlafen Sie, schlafen Sie, Velléda! Schlafen Sie ihren traumlosen Schlaf.«

Vorski stammelte unzusammenhängende Worte. Blitzartig kam es wie eine Erleuchtung über ihn. Ein Wort lag ihm auf der Zunge, das er jedoch nicht aussprach, als fürchte er, sonst einem Wesen Leben zu verleihen, das nicht mehr war, denn diese Frau war doch tot, obwohl sie atmete, und sie mußte doch auch tot sein, da er sie getötet hatte. Schließlich aber stieß er doch zwei Worte hervor, und jede Silbe kostete ihn unendliche Mühe:

»Véronique... Véronique!...«

»Du findest also, daß sie ihr ähnlich sieht«, spottete der alte Druide. »Ja, vielleicht hast du recht. Eine Familienähnlichkeit. Wie? Hättest du die andere nicht mit eigenen Händen ans Kreuz gebunden und nicht selbst ihren letzten Seufzer gehört, dann möchtest du wohl schwören, daß beide Frauen ein und dieselbe Person sind, daß Véronique d'Hergemont lebt und nicht einmal verletzt ist. Ja, nicht einmal eine Schramme ist zu sehen, nicht einmal Striemen von dem Strick an ihren Handgelenken. Aber, sieh doch, Vorski, dieses friedliche Gesicht! Welche tröstende Heiterkeit. Im Ernst, ich glaube allmählich, du hast dich getäuscht und eine ganz andere Frau ans Kreuz geschlagen. Überleg doch einmal... Nun, nun, nun? Was willst du denn von mir? Zu Hilfe, Teutates; der Prophet will mich kurz und klein schlagen.«

Vorski hatte sich wieder aufgerichtet und stand jetzt dem alten Druiden von Angesicht zu Angesicht gegenüber. Sein Gesicht, das ohnehin für den Haß geschaffen schien, war jetzt von Haß und Wut geradezu entstellt. Der alte Druide hatte ihn seit einer Stunde nicht nur zum Narren gehalten, sondern Vorski erkannte in ihm den unversöhnlichsten und gefährlichsten Feind. Einen solchen Menschen mußte man auf der Stelle loswerden, wenn sich die Gelegenheit dazu bot.

»Herrgott, schau mich nur nicht an, als ob du mich fressen wolltest. Mit welcher Sauce willst du mich verspeisen? Herrje, was für ein Menschenfresser!... Hilfe... Mörder, willst du mich mit deinen eisernen Nägeln erwürgen, oder ziehst du den Dolch oder den Strick vor? Ah, mit dem Revolver?... Das ist mir auch lieber, es ist sauberer. Los, Alexis! Von sieben Kugeln haben ja bereits zwei meinen besten Kittel durchlöchert... bleiben also noch fünf, also los!«

Jedes seiner Worte machte Vorski nur noch wütender. Er wollte schnell machen und kommandierte:

»Otto... Conrad... seid ihr bereit?«

Er hob den Arm. Die beiden Gefährten richteten gleichfalls ihre Waffen auf ihn. Vier Schritte von ihnen entfernt, flehte der Greis lachend um Gnade.

»Ich bitte Sie, meine guten Herren, haben Sie doch Mitleid mit einem armen Teufel... Ich will es ja auch nicht wieder tun... Ich werde ganz artig sein, liebe, gute Herren.«

Vorski wiederholte:

»Otto, Conrad, aufgepaßt! Ich zähle eins... zwei... drei... Feuer!«

Drei Schüsse knallten auf einmal.

Der Druide machte eine Drehung und fiel zu Boden, erhob sich wieder und rief mit theatralischer Stimme:

»Getroffen! Durch und durch. Ein für allemal tot... der alte Druide ist kaputt... Welch trister Ausgang! Schade um den alten Druiden, der so gern schwatzte.«

»Feuer!« brüllte Vorski. »Ja, so schieß doch, Dummkopf! Feuer!«

»Feuer, Feuer!« wiederholte der Druide! »Puff! Paff! Piff! Mitten ins Herz... zweimal ins Herz... dreimal ins Herz. Du bist dran, Conrad. Piff! Paff! Du bist dran, Otto, Piff! Paff!«

Die Schüsse krachten und hallten in dem großen Saal wider. Die Komplicen sprangen vor ihrer Zielscheibe wie wahnsinnig hin und her, während der unverwundbare Greis bald zusammmengekauert, bald in die Höhe springend, mit erstaunlicher Beweglichkeit tanzte und hopste.

»Herrje. Was es doch hier in dieser Hölle nicht alles zu lachen gibt, und wie dämlich du bist, Vorski! Geh, verdammter Prophet, geh! Nein, wie hast du das alles nur geschluckt: das bengalische Feuerwerk, die Kanonenschläge, den Hosenknopf, den Ring deiner alten Mutter! Du Kamel!«

Vorski hörte auf zu schießen. Es war ihm klar, daß die drei Revolver heimlich entladen worden waren. Doch wie? Durch welch unerhörtes Wunder? Und was hatte das ganze phantastische Abenteuer zu bedeuten? Wer war der Dämon, der da vor ihm stand?

Er warf die nutzlos gewordene Waffe beiseite und betrachtete den Greis.

Sollte er ihn mit seinen Armen erdrosseln, erwürgen? Er betrachtete auch die Frau und wollte sich auf sie stürzen, aber er hatte offenbar nicht den Mut, länger diesen beiden seltsamen Wesen Trotz zu bieten, die außerhalb der Welt und der Wirklichkeit zu sein schienen.

Er machte plötzlich kehrt, rief seine Gehilfen und ging, von dem Gespött des Druiden verfolgt, durch die Krypten zurück.

»Also du machst dich davon! Ja, was soll ich denn mit dem Gottesstein machen? Haha, läuft, als ob er Feuer im Hintern hätte! Hallo, hallo, leb wohl, Prophet!«

Der unterirdische Opfersaal

Vorski hatte niemals in seinem Leben Angst gehabt. Wenn er diesmal die Flucht ergriff, so war es vielleicht ebenfalls nicht aus Angst; im Grunde wußte er nicht mehr, was er tat. In seinem wirren Hirn wirbelten die widersprechendsten Gedanken, worin die Vorstellung von einer nicht wiedergutzumachenden Niederlage vorherrschte, die er durch übersinnliche Mächte erlitten hatte.

Er, der an Hexerei und Wunder glaubte und sich für den Erwählten des Schicksals gehalten hatte, meinte jetzt seiner Sendung enthoben und durch einen Neuerwählten des Schicksals ersetzt worden zu sein. Die Auferstehung Véroniques, die Erscheinung des alten Druiden, seine witzigen Bemerkungen, seine verrückten Handlungen, die Unverwundbarkeit dieses wunderlichen Mannes, alles das schien ihm ins Reich der Magie und der Fabel zu gehören und schuf in diesen Höhlen aus barbarischen Zeiten eine Atmosphäre, die ihn zu ersticken drohte.

Darum hatte er es sehr eilig, wieder an die Erdoberfläche zurückzukehren. Er wollte wieder Atem schöpfen und das Tageslicht sehen. Vor allen Dingen aber wollte er den kahlen Baum sehen, an den er Véronique gebunden hatte und an dem sie ihr Leben ausgehaucht hatte.

»Selbstverständlich ist sie tot«, sagte er sich, als er jetzt durch den hohlen, schmalen Raum kroch, der zur dritten und größten der Krypten führte. »Sie ist tot ... Ich weiß, was der Tod ist ... ich habe ihn zu oft in meinen Händen gehalten, den Tod, und täusche mich nicht. Wie also hat dieser Dämon sie wieder zum Leben erwecken können?«

Er machte bei dem kleinen Steinhaufen abrupt halt, wo er das Zepter gefunden hatte.

»Es sei denn ...« sagte er.

Conrad, der ihm folgte, rief:

»Beeilen Sie sich lieber, anstatt zu schwatzen!«

Vorski ließ sich fortziehen, hörte aber nicht auf zu reden: »Soll ich dir sagen, was ich davon denke, Conrad? Die schlafende Frau, die man uns gezeigt hat, lebte überhaupt nicht. Oh, der alte Hexenmeister ist zu allem fähig. Er hat irgendeine Figur zusammengebastelt ... eine Wachspuppe, der er dann das Aussehen von *ihr* gegeben hat.«

»Sie sind ja verrückt! So gehen Sie doch schon!«

»Ich bin nicht verrückt! Diese Frau lebte nicht. Die andere, die tot am Baum hängt, ist und bleibt tot, und du wirst sie auch oben noch finden, das garantiere ich dir. An Wunder glaube ich schon ... aber an solche Wunder ... nein!«

Da sie ihre Laterne nicht mehr hatten, stießen die drei sich an Mauern und Steinen. Ihre Schritte hallten von Gewölbe zu Gewölbe wider. Conrad hörte nicht auf zu murren:

»Ich hatte es Ihnen ja gesagt ... man hätte ihm den Schädel einhauen sollen.«

Otto, der vom Laufen erschöpft war, schwieg.

So gelangten sie tastend zu dem Vorraum, der vor der Eingangsgruft lag. Sie waren sehr erstaunt, daß dieser erste Saal dunkel war, obwohl der Zugang, den sie oben unter den Wurzeln der toten Eiche gegraben hatten, genügend Helligkeit hätte verbreiten müssen.

»Das ist merkwürdig«, sagte Konrad.

»Ach was!« versetzte Otto. »Wir brauchen nur die Treppe an der Mauer wiederzufinden. Halt, da ist schon eine Stufe ... und hier die zweite ...«

Er stieg die Stufen hinauf, blieb aber fast sofort wieder stehen.

»Man kommt nicht vorwärts ... es ist, als ob ein Erdrutsch stattgefunden hätte.«

»Unmöglich«, warf Vorski ein. »Übrigens, warte mal... Ich vergaß, ich habe ja mein Feuerzeug bei mir.«

Er zündete das Feuerzeug an. Da stießen alle drei fast gleichzeitig einen Schrei aus: Die ganze obere Treppe und die Hälfte des Saales lagen unter einem Haufen von Steinen und Sand, in den der Stamm der toten Eiche hineingerutscht war. Sie hatten keine Hoffnung, da hinauszukommen.

Vorski brach in einem Anfall von Schwäche auf den Stufen zusammen: »Wir sind verloren... das hat sich dieser verdammte Greis ausgedacht... er ist nicht allein...«

So redete und jammerte er und fand nicht die Kraft, einen so ungleichen Kampf fortzusetzen. Doch Conrad ärgerte sich:

»Ich erkenne Sie wirklich nicht wieder, Vorski.«

»Man kann gegen diesen Menschen nichts machen!«

»Ich habe Ihnen ja hundertmal gesagt, man hätte ihm den Kragen umdrehen sollen! Ha, wenn man mich doch nicht davon abgehalten hätte!«

»Du hättest ihn nicht einmal berührt. Haben ihm denn die Kugeln etwas anhaben können?«

»Unsere Kugeln... unsere Kugeln«, brummte Conrad, »das alles war ja Schwindel. Geben Sie mir mal das Feuerzeug. Ich habe noch einen Revolver, der aus der Abtei stammt und den ich selbst gestern morgen geladen habe. Ich will doch einmal sehen...«

Er besah sich die Waffe genauer und erkannte sofort, daß die sieben Patronen durch sieben Platzpatronen ersetzt worden waren, mit denen man natürlich nichts ausrichten konnte.

»Da habt ihr die Erklärung«, sagte er. »Dieser alte Druide hat nichts von einem Zauberer an sich. Wären unsere Revolver richtig geladen gewesen, so hätte man ihn wie einen tollen Hund erschossen.«

Doch über diese Bemerkung wurde Vorskis Entsetzen nur noch größer:

»Wie soll er sie denn entladen haben? In welchem Augenblick konnte er die Waffen aus unserer Tasche nehmen, sie unschädlich machen und dann wieder hineinstecken? Ich habe meinen Revolver nicht einen Augenblick aus der Hand gelegt.«

»Ich auch nicht«, gestand Conrad.

»Und ich möchte sehen, wer meinen Revolver anrühren kann, ohne daß ich es merke ... Beweist das also nicht, daß dieser Dämon über besondere Kräfte verfügt? Man muß doch den Dingen ins Gesicht sehen. Dieser Mensch verfügt über Mittel ... über Mittel ...«

Conrad zuckte die Schultern.

»Vorski, diese Geschichte hat Sie kleingekriegt ... Sie waren schon so nahe am Ziel, und jetzt lassen Sie beim ersten Hindernis den Mut sinken! Sie sind nichts weiter mehr als ein Waschlappen. Ich, ich lasse nicht den Kopf hängen. Warum sollen wir verloren sein? Wenn er uns verfolgt, so sind wir doch zu dritt.«

»Er wird nicht kommen. Er wird uns hier lassen und in diesen Dachsbau einschließen.«

»Na, wenn er nicht kommt, so werde ich zu ihm gehen, ich habe mein Messer, das genügt.«

»Du hast unrecht, Conrad.«

»Wieso habe ich unrecht? Ich bin doch wohl noch soviel wert wie jeder andere Mann, und besonders wie dieser Alte, der ja nur eine schlafende Frau zur Gehilfin hat.«

»Conrad, das ist kein Mann. Und sie ist keine Frau! Sei auf der Hut.«

»Ich bin auf der Hut, aber ich gehe!«

»Du gehst ... Du gehst; aber was ist dein Plan?«

»Ich habe keinen anderen Plan, als den Kerl zu erledigen ...«

»Sieh dich nur vor, greife ihn nicht von vorn an, sondern versuche ihn von ...«

»Donnerwetter«, sagte Conrad, indem er sich aufmachte.

»Ich bin doch nicht so dumm, ihm einfach meinen Kopf hinzuhalten. Seien Sie ganz ruhig. Ich fasse ihn schon, den Halunken.«

Conrads Kühnheit machte auch Vorski wieder Mut.

»Ja«, sagte er, als Conrad fort war, »der alte Druide muß wohl andere Pläne im Kopf haben, daß er uns bis jetzt noch nicht verfolgt hat. Er ist offenbar nicht darauf gefaßt, daß wir wieder zum Angriff übergehen, und Conrad wird ihn leicht überrumpeln. Was meinst du, Otto?«

»Man muß abwarten«, meinte Otto zustimmend.

Eine Viertelstunde verging. Vorskis Zuversicht kehrte allmählich zurück. Die alte Kampflust packte ihn wieder, und er wollte seinem Gegner den Garaus machen.

»Wer weiß«, sagte er, »ob ihn Conrad nicht schon kampfunfähig gemacht hat.«

Er war jetzt wieder voller Vertrauen. »Gehen wir, Otto, es ist das Ende unserer Reise. Ein alter Mann ist noch zu erledigen und dann fertig. Hast du deinen Dolch? Ist übrigens überflüssig. Meine beiden Hände genügen.«

»Und wenn er Helfer hat, der Druide?«

»Laß nur, wir werden schon sehen.«

Er nahm den Weg durch die Krypten zurück, kroch aber sehr vorsichtig voran und gab vor allen Dingen bei den Gängen acht, die die Krypten miteinander verbanden. Kein Geräusch drang zu ihnen. Das Licht aus der dritten Gruft zeigte ihnen den Weg.

»Conrad scheint Glück gehabt zu haben«, bemerkte Vorski, »sonst wäre er schon wieder bei uns.«

»Ja«, meinte Otto. »Es ist ein gutes Zeichen, daß er noch nicht da ist, der alte Druide wird eine böse Viertelstunde verbracht haben. Conrad ist doch ein verdammter Kerl!«

Sie kamen in die dritte Krypta. Alle Gegenstände befanden sich noch an demselben Platz. Das Zepter lag auf dem Steinhaufen, und in einiger Entfernung davon der Griff, den

Vorski abgeschraubt hatte. Doch als er die Augen nach der schattigen Ecke richtete, wo der alte Druide bei ihrer Ankunft schlafend gelegen hatte, war er erstaunt, den Mann nicht mehr an derselben Stelle wiederzufinden, sondern zwischen der schattigen Ecke und den Ausgängen.

»Verdammt noch mal! Was macht er?« stammelte Vorski. »Man könnte meinen, er schläft wieder!«

Tatsächlich schien der alte Druide zu schlafen. Aber zum Teufel, schlief man denn in solch einer Stellung, platt auf dem Bauch liegend, die Arme seitwärts gebreitet und die Nase auf dem Erdboden?

Setzt sich ein Mann, der auf einen Angriff gefaßt ist, so den Schlägen eines Feindes aus? Und warum war sein weißer Kittel mit Flecken bespritzt, die rot zu sein schienen? Kein Zweifel konnte länger bestehen. Otto sagte leise:

»Der liegt aber seltsam da.«

»Ja, wie eine Leiche!«

Doch nach einer Weile wich Vorski einen Schritt zurück:

»Ist das möglich!« rief er.

»Was?« fragte der andere.

»Zwischen seinen beiden Schultern ... sieh doch.«

»Was denn?«

»Das Messer ...«

»Was für ein Messer? Das von Conrad?«

»Conrads Messer«, bestätigte Vorski. »Es ist der Dolch von Conrad, ich erkenne ihn wieder, mitten zwischen den Schultern steckt er ihm.«

Und schaudernd fügte er hinzu: »Davon kommen auch die roten Flecken her; es ist Blut, das aus der Wunde fließt ...«

»Er ist wohl tot?« meinte Otto. »Er ist tot, ja, der alte Druide ist tot. Conrad wird ihn überrumpelt und getötet haben. Hurra, der alte Druide ist tot!«

Vorski stand eine Weile unentschlossen, ob er auf den regungslos daliegenden Körper losstürzen und ihm noch einige Stiche versetzen sollte. Aber ob tot oder lebend: er wagte ihn nicht mehr zu berühren. Dennoch zog er die Waffe aus der Wunde.

»Bandit!« schrie er. »Da hast du, was du verdienst! Conrad, das werde ich dir nie vergessen... Conrad!... Wo kann Conrad nur sein?«

»Wahrscheinlich im Saal mit dem Gottesstein.«

»Ach, Otto, ich muß gleich die Frau wiederfinden, die der alte Druide dort hingelegt hatte, um auch mit ihr abzurechnen.«

»So glauben Sie also doch, daß es eine lebendige Frau ist«, spottete Otto.

Zum dritten Mal durchquerten sie den engen Verbindungsgang. Erhobenen Hauptes und siegreichen Blickes schritt Vorski in den großen Saal. Es gab kein Hindernis mehr, keinen Feind. Ob das wohl der Gottesstein war, was man da zwischen den Platten des Gewölbes hängen sah, oder ob der Gottesstein sich woanders befand? Denn finden würde man ihn schon. Die Hauptsache war jetzt das geheimnisvolle Weib, das wie Véronique aussah, das aber Véronique nicht sein konnte und dem er bald die Maske vom Gesicht reißen würde.

Er stieg einige Stufen in die Höhe. Die Frau war noch da. Sie lag auf der unteren Platte des Dolmens wie vorher, von Schleiern eingehüllt. Der Arm hing nicht mehr auf den Erdboden herab. Nur die Hand sah unter den Schleiern noch hervor. An ihrem Finger befand sich der Türkisring. Otto sagte:

»Sie hat sich nicht gerührt, sie schläft immer noch.«

»Vielleicht schläft sie wirklich«, sagte Vorski, »laß mich nur machen, ich werde schon sehen.«

Er näherte sich. Er hatte immer noch Conrads Messer in der Hand. Und vielleicht war ihm deshalb die Idee gekommen, sie zu töten, denn erst als sein Blick auf die Waffe fiel, schien ihm klarzuwerden, daß er sie bei sich hatte und sich ihrer bedienen könnte.

Er war kaum mehr als drei Schritte von der Frau entfernt, als er bemerkte, daß das eine Handgelenk, das bloß dalag, ganz zerschunden und wie mit schwarzen Flecken bedeckt war, die offenbar von den Stricken herrührten. Nun hatte aber doch der alte Druide eine Stunde zuvor ihn darauf aufmerksam gemacht, daß die Handgelenke keine Spur von Striemen zeigten.

Dieses Detail verwirrte ihn aufs neue. Seine zitternde Hand umklammerte den Dolch. Er hob den Arm, er suchte sich die Stelle aus. Sein Gesicht bekam einen wilden Ausdruck und leuchtete vor Verbrecherfreude. Und plötzlich stürzte er auf sie zu und stieß zu, stieß zu wie ein Wahnsinniger, aufs Geratewohl, zehnmal, zwanzigmal, mit frenetischer Wut.

Erschöpft hielt er inne, um Atem zu schöpfen, und während seine starren Augen das schreckliche Schauspiel des zerstümmelten Leibes betrachteten, hatte er das seltsame Gefühl, als ob sich ein Schatten zwischen ihn und das Licht der Sonne schob, das durch die obere Öffnung fiel.

»Weißt du, woran du mich erinnerst?« ließ sich eine Stimme vernehmen.

Er war sprachlos. Das war nicht Ottos Stimme. Während er gesenkten Hauptes dastand und seinen Dolch stumpfsinnig im Körper der Toten hielt, fuhr diese Stimme fort:

»Weißt du, woran du mich erinnerst, Vorski? Du erinnerst mich an die Stiere meines Landes (du mußt nämlich wissen, ich bin Spanier und ein großer Liebhaber von Stierkämpfen). Wenn diese Stiere irgendeinen alten ausrangierten Klepper aufgespießt haben, dann kehren sie noch ein paarmal zu dem Kadavar zurück, drehen ihn um und um, spießen ihn von neuem auf und töten ihn immer wieder. Du bist genau wie diese Stiere, Vorski. Dir wird es rot vor den Augen. Um dich gegen den lebenden Feind zu verteidigen, stürzt du dich auf den Feind, der nicht mehr lebt, und so tötest du nur den Tod. Du führst dich auf wie ein Vieh!«

Vorski hob den Kopf.

Ein Mann stand vor ihm, gegen einen der Pfeiler des Dolmen gelehnt. Dieser Mann war von mittlerem Wuchs, ziemlich schlank, wohl gebaut und schien trotz seiner an den Schläfen schon grauen Haare noch jung zu sein. Er trug eine blaue Matrosenjoppe mit goldenen Knöpfen und eine Seemannsmütze mit schwarzem Schirm.

»Nicht nötig, in deinem Gedächtnis zu kramen; du kennst mich doch nicht. Don Luis Perenna, spanischer Grande, Herr über viele Länder und Fürst von Sarek. Ja, wundere dich nur nicht: Fürst von Sarek ist ein Titel, den ich mir soeben verliehen und auf den ich gewissermaßen ein Recht habe.«

Vorski sah ihn verständnislos an. Der Mann fuhr fort: »Du scheinst nicht sehr vertraut mit dem spanischen Adel... Erinnere dich doch nur... ich bin der Herr, der der Familie d'Hergemont und den Bewohnern von Sarek zu Hilfe kommen sollte... der, den dein Sohn François so vertrauensselig erwartete. Na, bist du jetzt im Bilde?... Schau an, dein Gefährte, der getreue Otto, scheint sich zu erinnern... Doch vielleicht sagt dir mein anderer Name etwas, er hat keinen schlechten Ruf... Lupin?... Arsène Lupin?«

Vorski betrachtete den neuen Gegner mit einer Angst, die bei jedem seiner Worte und bei jeder seiner Bewegungen zunahm... Ja, war es denn möglich?

»Alles ist möglich, selbst das, woran du eben denkst«, meinte Don Luis Perenna. »Aber was bist du doch für ein Vieh! Du posierst den großen Banditen, den überlegenen Abenteurer und findest dich nicht mal in deinen eigenen Verbrechen zurecht. Solange du aufs Geratewohl getötet hast, ging noch alles ganz gut. Aber bei jedem Stein, der dir in den Weg kommt, verlierst du den Kopf. Vorski tötet, aber wen hat er getötet? Das weiß er nicht! Lebt Véronique d'Hergemont, oder ist sie tot? Hast du sie an die Eiche gekreuzigt oder liegt sie hier auf dem Opfertisch? Bevor du drauflos stachst, kamst du nicht mal auf die Idee, nachzusehen, wen du vor dir hattest. Für dich war die Hauptsache, ordentlich zuzuschlagen, dich am Anblick und am Geruch des Blutes zu berauschen und aus lebendigem Fleisch einen schauerlichen Brei zu machen. So schau doch, du Idiot! Wenn man schon tötet, so soll man keine Angst haben und das Gesicht seines Opfers nicht verhüllen.«

Er beugte sich über die Leiche und zog den Schleier von ihrem Gesicht fort.

Vorski hatte immer noch die Augen geschlossen. Unbeweglich, mit gesenkten Lidern, den Oberkörper über ihre Beine gebeugt, kniete er bei der Toten.

»Dämmert dir was?« spottete Don Luis. »Wenn du nicht hinzusehen wagst, so kommt das wohl daher, daß du es erraten hast oder erraten wirst, du erbärmlicher Kerl. Es gab auf der Insel Sarek zwei Frauen, und zwar nur zwei Frauen: Véronique und die andere... die andere nannte sich Elfride? Ich täusche mich doch nicht?... Elfride und Véronique... Deine beiden Gemahlinnen... die eine die Mutter von Raynold, die andere die von François. Wenn es nun nicht François' Mutter ist, die du ans Kreuz geschlagen und auf die du soeben noch einmal eingeschlagen hast, so muß es Raynolds Mutter sein... Wenn nicht Véronique die Frau ist, die mit blaugefleckten Handgelenken daliegt, so ist es eben Elfride. Kein Irrtum möglich... Elfride, deine Frau und Komplicin, die du zu Tode gefoltert hast. Du Memme!«

Vorski hielt sich den Arm vor die Augen. Er weinte nicht, Vorski konnte nicht weinen. Aber seine Schultern zuckten, und in seiner ganzen Haltung lag der Ausdruck wildester Verzweiflung.

Das dauerte so eine ganze Weile. Dann hörte das Zucken der Schultern auf. Aber er rührte sich immer noch nicht.

»Tust mir wirklich leid, du Armer«, fuhr Don Luis fort. »Du hieltest wohl viel von deiner Elfride? Eine Frage der Gewohnheit, was? Aber wie kann man nur so dumm sein. Man muß doch wissen, was man tut. Man erkundigt sich vorher! Man überlegt, zum Teufel! Du aber, du schwimmst im Verbrechen wie ein neugeborenes Kind, das man ins Wasser wirft. Da ist es weiter nicht verwunderlich, wenn du untergehst und ersäufst. Und der alte Druide, ist der nun tot oder lebt er noch? Conrad hat ihm ja seinen Dolch in den Rücken gestoßen. Oder spiele ich jetzt vielleicht die Rolle dieses teuflischen Individuums? Kurz und gut, gibt es einen alten Druiden und einen spanischen Granden, oder sind etwa beide Personen nur ein und derselbe? Das alles sind für dich böhmische Dörfer, aber man muß doch nach einer Erklärung suchen. Soll ich dir helfen?«

Wenn Vorski bis jetzt ohne zu denken gehandelt hatte, so konnte man nunmehr sehen, daß er inzwischen wohl nachgedacht hatte und daß er wußte, zu welchem Akt der Verzweiflung die Umstände ihn zwangen. Ja, er war bereit, sich die Sache zu erklären, wie ihn Don Luis aufgefordert hatte, aber mit dem Dolch in der Hand und mit dem festen Willen, davon Gebrauch zu machen. Langsam, den Blick auf Don Luis gerichtet und ohne seine Absichten zu verbergen, hatte er die Waffe gezückt und richtete sich auf.

»Sieh dich vor«, sagte Don Luis, »mit deinem Messer ist ebensowenig los wie mit deinem Revolver, es ist mit Silberpapier beklebte Pappe.«

Ein überflüssiger Scherz. Nichts konnte den wohlüberlegten Anlauf beschleunigen oder bremsen, der Vorski zum letzten Gefecht trieb. Er ging um den Opfertisch herum und stand nun Don Luis gegenüber.

»Du also durchkreuzt seit einigen Tagen alle meine Pläne?«

»Erst seit vierundzwanzig Stunden, nicht länger. Vor vierundzwanzig Stunden erst bin ich nach Sarek gekommen.«

»Und du bist entschlossen, bis ans Ende zu gehen?«

»Womöglich noch weiter.«

»Wozu? In welcher Absicht?«

»Als Amateur und weil du mich anwiderst.«

»Könnte man sich vielleicht verständigen?«

»Nein!«

»Du würdest also nicht mit mir zusammengehen wollen?«

»Was redest du da?«

»Wir könnten halbe-halbe machen?«

»Ich gehe lieber aufs Ganze.«

»Du willst also den Gottesstein?«

»Der Gottesstein gehört mir.«

Alle weiteren Worte waren vergeblich. Ein Gegner von diesem Kaliber mußte beseitigt werden oder man erlag ihm selber. Zwischen diesen Alternativen mußte man wählen, einen dritten Weg gab es nicht.

Don Luis stand immer noch unbeweglich an den Pfeiler gelehnt. Vorski überragte ihn, und er überlegte, daß er in jeder Beziehung, an Kraft wie an Muskulatur und an Körpergewicht ihm mindestens gewachsen wäre. Was sollte er unter diesen Umständen noch zögern? Don Luis könnte höchstens versuchen, sich zu verteidigen oder dem Schlag auszuweichen. Vorski stieß also darauf los. Aber drei oder vier Minuten später lag Vorski entwaffnet, besiegt am Boden, beide Beine von einem Stockschlag wie zerbrochen. Der rechte Arm hing schmerzend und schlaff herab, so daß er hätte aufschreien mögen.

Don Luis nahm sich nicht einmal die Mühe, ihn zu fesseln. Er setzte einen Fuß auf den großen, bewußtlosen Mann und sagte über ihn gebeugt:

»Jetzt keine langen Reden. Ich heb dir eine für später auf, und sie wird dir beweisen, daß ich das Abenteuer von A bis Z kenne, nämlich viel besser als du selbst. Nur eins ist mir unklar, und darüber wirst du mich gleich aufklären. Wo ist dein Sohn François d'Hergemont?«

Da er keine Antwort bekam, wiederholte er:

»Wo ist François d'Hergemont?«

Vorski glaubte offenbar, daß ihm der Zufall unversehens einen Trumpf in die Hände gespielt hatte und daß seine Partie noch nicht verloren war, denn er schwieg beharrlich.

»Du weigerst dich zu antworten?« fragte Don Luis. »Eins... zwei... drei... du weigerst dich? Gut!«

Er stieß einen Pfiff aus.

Vier Mann tauchten aus einem Winkel des Saales auf, vier Menschen mit dunkler Gesichtsfarbe, die wie marokkanische Araber aussahen. Wie Don Luis trugen auch sie Matrosenjacken und Mützen mit Schirm.

Bald kam auch noch ein fünfter Mann hinzu, ein kriegsversehrter Offizier, der an seinem rechten Bein eine Prothese trug.

»Ah, Sie sind es, Patrice«, sagte Don Luis.

Er stellte mit aller Förmlichkeit vor: »Hauptmann Patrice Belval, mein bester Freund... Herr Vorski, ein Schweinehund.«

Dann fuhr er fort:

»Nichts Neues, Hauptmann? Haben Sie François nicht gefunden?«

»Nein!«

»In einer Stunde werden wir ihn gefunden haben und abreisen. Sind unsere Leute alle im Boot?«

»Ja!«

»Und alles in Ordnung?«

»In bester Ordnung.«

Er befahl den vier Leuten:

»Nehmt den Schweinehund und bringt ihn bis zum Dolmen hinauf; man braucht ihn nicht zu fesseln, er kann sich sowieso nicht rühren. Ah, einen Augenblick...«

Er bückte sich zu Vorskis Ohr.

»Bevor wir aufbrechen, sieh dir genau den Gottesstein zwischen den Deckentafeln an. Der alte Druide hat dich nicht belogen. Es ist der Wunderstein, den man seit Jahrhunderten sucht... und den ich in reichlicher Entfernung entdeckt habe. Nimm Abschied von ihm, Vorski. Du wirst ihn nie wiedersehen, wenn du überhaupt in diesem Leben je noch etwas wiedersehen wirst.«

Er gab ein Zeichen.

Die vier Marokkaner ergriffen Vorski und trugen ihn nach hinten zu der dem Verbindungsgang gegenüberliegenden Seite des Saals.

Don Luis wandte sich zu Otto, der unbeweglich der Szene beigewohnt hatte.

»Ich sehe, du bist ein vernünftiger Kerl, Otto, und du überschaust die Lage. Wirst du dich nicht einmischen?«

»Nein!«

»Dann wird man dich in Frieden lassen, du kannst uns ohne Furcht folgen.«

Er hängte sich beim Hauptmann ein, und sie gingen plaudernd fort.

Man verließ den Saal des Gottessteins auf dem Wege durch drei andere Krypten, deren jede höher lag als die vorhergehende und deren letzte zu einem Ausgang führte.

Dort stand eine Leiter an eine Wand gelehnt, in der man unlängst eine Öffnung angebracht hatte, man hatte das schwache Mauerwerk aus Sand und Kalk durchstoßen.

Dort hindurch gelangten sie über einen steilen Weg, in den Stufen eingehauen waren und der wie eine Wendeltreppe durch den Felsen nach oben führte, ins Freie. So kamen sie zu dem Abhang, wohin François tags zuvor Véronique geführt hatte. Dies war der Aufstieg zur Poterne. Von dort aus bemerkte man die an zwei eisernen Stangen hängende Barke, auf der Véronique und ihr Sohn hatten entfliehen wollen. Nicht weit davon, in einer kleinen Bucht, sah man die scharfen Umrisse eines Unterseebootes.

Don Luis und Patrice Belval wandten dem Meer den Rücken und gingen zu den Eichen. Nahe dem Feen-Dolmen machten sie halt. Dort erwarteten sie bereits die Marokkaner. Sie hatten Vorski am Fuße des Baumes niedergelegt, wo sein letztes Opfer gestorben war. An diesem Baum erinnerte nur noch die Inschrift V. d'H. an die scheußliche Mordtat.

»Nicht zu müde, Vorski?« fragte Don Luis. »Wie geht's mit den Beinen?«

Vorski zuckte verächtlich die Schultern.

»Ich weiß ja«, sagte Don Luis, »du hoffst noch auf eine letzte Karte, die du ausspielen willst. Aber du solltest wissen, daß ich auch noch einige Trümpfe in der Hand habe und daß ich nicht eben schlecht spiele. Der Baum da hinter dir sollte dir das zur Genüge beweisen. Willst du noch einen weiteren Beweis? Während dir der Kopf ganz wirr ist von deinen Verbrechen und du die Zahl deiner Toten nicht mehr kennst, erwecke ich sie wieder zum Leben. Sieh mal, wer da von der Abtei herkommt. Er trägt wie ich eine Matrosenjacke mit goldenen Knöpfen. Ist das nicht eins deiner Opfer? Du hattest ihn in einer deiner Marterzellen eingeschlossen, und dein Cherub Raynold hatte ihn vor Véroniques Augen ins Meer gestürzt. Erinnerst du dich? Stéphane Maroux! Er ist doch tot, nicht wahr? Na, so ganz nicht, wie es scheint. Ich berühre ihn mit meiner Zauberrute, und er lebt wieder. Hier ist er. Ich reiche ihm die Hand. Ich spreche mit ihm ...«

Er hatte sich zu dem eben Angekommenen gewandt, seine Hand ergriffen und sagte nun zu ihm: »Sie sehen, Stéphane, ich hatte Ihnen gesagt, daß Punkt zwölf Uhr alles erledigt wäre und man sich am Dolmen treffen würde. Es ist Schlag zwölf Uhr!«

Stéphane schien bei ausgezeichneter Gesundheit. Nicht die Spur einer Verletzung. Vorski betrachtete ihn erschreckt und stammelte:

»Der Lehrer ... Stéphane Maroux.«

»Er selbst«, meinte Don Luis. »Was willst du? Auch hier hast du wie ein Kretin gehandelt. Dein Früchtchen Raynold und du, ihr werft einen Menschen ins Meer und kommt nicht auf die Idee, euch über die Klippe zu beugen und nachzusehen, was aus ihm geworden ist. Ich fischte ihn auf ... Na, was ist denn? Was regst du dich auf? ... Das war ja erst der Anfang. Ich habe noch eine ganze Anzahl solcher Nummern in meinem Zaubersack. Du mußt bedenken, ich bin der Schüler des alten Druiden!... Na, Stéphane, wie weit sind Sie mit Ihren Nachforschungen?«

»Vergebens!«

»François?«

»Unmöglich, ihn zu finden.«

»Sie haben doch aber Okay auf seine Spur angesetzt?«

»Ja, aber er hat mich nur durch die Poterne zu François' Boot geführt.«

»Gibt es auf dieser Seite kein Versteck?«

»Keines!«

Don Luis schwieg und ging eine Weile vor dem Dolmen auf und ab. Er schien noch eine Weile zu zögern, ehe er weitere Entschlüsse faßte. Dann wandte er sich an Vorski und sagte: »Ich habe keine Zeit zu verlieren. In zwei Stunden muß ich die Insel verlassen haben. Wie teuer verkaufst du mir François' sofortige Freilassung?«

Vorski erwiderte:

»François hat sich mit Raynold duelliert und ist unterlegen.«

»Du lügst, François hat gesiegt.«

»Was weißt denn du? Hast du sie vielleicht kämpfen sehen?«

»Nein, dann wäre ich ja zu Hilfe gekommen, aber ich weiß, wer der Sieger war.«

»Niemand außer mir weiß es, sie waren maskiert.«

»Wenn François tot ist, dann bist du verloren.«

Vorski dachte einen Augenblick nach, dann sagte er:

»Was bietest du mir?«

»Die Freiheit!«

»Und außerdem?«

»Nichts!«

»Den Gottesstein!«

»Niemals!«

Dieses »Niemals« aus Don Luis' Munde klang heftig und

war von einer entschiedenen Geste begleitet. »Niemals«, wiederholte er. »Allerhöchstens die Freiheit, denn du bist ja ohne alle Hilfsquellen, und so, wie ich dich kenne, wirst du dich dann woanders hängen lassen. Aber der Gottesstein würde die Rettung, den Reichtum, die Macht bedeuten.«

»Gerade deswegen will ich ihn haben. Und da du mir seinen hohen Wert bestätigst, stelle ich wegen François Forderungen.«

»Ich werde François schon finden. Das ist nur eine Frage der Geduld, und sollte ich auch noch zwei oder drei Tage hierbleiben müssen. «

»Du wirst ihn nicht finden, und wenn du ihn findest, so wird es zu spät sein.«

»Wieso?«

»François hat seit gestern nicht gegessen.«

Er sagte es kalt und bösartig. Nach einigem Schweigen meinte Don Luis: »So sprich, wenn du nicht willst, daß er stirbt.«

»Was macht mir das schon aus? Alles ist mir recht, wenn ich nur nicht auf halbem Wege stehenbleibe. Ich gehe aufs Ganze. Pech für die, die sich zwischen mich und mein Ziel stellen.«

»Du lügst, du wirst das Kind, das auch das deine ist, nicht sterben lassen.«

»Ich habe ja auch das andere sterben lassen.«

Patrice und Stéphane wehrten voll Abscheu ab, während Don Luis laut auflachte. »Donnerwetter, bei dir gibt es keine Heuchelei, und deine Erklärungen sind kurz und bündig. Zum letzten Mal: Sagst du mir, wo François ist?«

»Nein!«

»Gut!«

In aller Seelenruhe wandte er sich an die vier Marokkaner: »Los, Kinder!«

Es war im Handumdrehen erledigt. Mit einer Schnelligkeit, mit einer Präzision, wie wenn sie alles vorher systematisch aufgeteilt und einstudiert hätten, nahmen sie Vorski, banden ihn an den Strick, der vom Baume herabhing, zogen ihn, ohne sich um sein Geschrei, seine Drohungen und sein Geheul zu kümmern, in die Höhe und banden den Strick dann fest, genau so, wie es Vorski vorher mit seinem Opfer gemacht hatte.

»Heul nur, mein Junge. Heul, so lange du willst«, sagte Don Luis gemütlich. »Heul, wenn dir das Spaß macht. Mein Gott, wie häßlich du bist, was für Grimassen du schneidest!«

Er trat einige Schritte zurück, um das Schauspiel besser übersehen zu können.

»Herrlich! Du machst dich wirklich gut dort, alles stimmt haargenau... Sogar bis zu der Inschrift V.d'H. – Vorski de Hohenzollern! Denn ich nehme doch an, daß der Königssohn mit diesem edlen Haus verwandt ist? Und nun, Vorski, leih mir ein geneigtes Ohr, ich werde dir die versprochene Rede auftischen.«

Vorski wand sich an dem Baum und versuchte seine Fesseln zu sprengen. Da aber jede Bemühung seine Schmerzen nur vergrößerte, hielt er endlich still und fing an, um seiner Wut Luft zu machen, zu fluchen und zu lästern und Don Luis mit Schimpfworten zu überhäufen.

»Dieb! Mörder! Du bist der Mörder! Du bist es, der François umbringt. François wurde von seinem Bruder verwundet; seine Verwundung ist bösartig und kann sich leicht entzünden.«

Stéphane und Patrice versuchten bei Don Luis zu intervenieren. Stéphane hatte Angst.

»Wer weiß?« sagte er. »Bei diesem Ungeheuer ist alles möglich. Wenn nun der Junge wirklich krank ist?«

»Alles Geschwätz, Erpressungsversuche«, sagte Don Luis. »Dem Kind geht es gut.«

»Sind Sie sicher?«

»Jedenfalls so sicher, daß ich noch eine Stunde warten

kann. In einer Stunde wird er gesprochen haben. Länger kann er es nicht aushalten, das Hängen löst die Zunge.«

»Und wenn er inzwischen zugrunde geht, was dann? Eine zu große Anstrengung, ein Herzschlag oder ein Blutsturz? Sein Tod würde uns alle Hoffnung nehmen, etwas über François' Versteck zu erfahren.«

Aber Don Luis war unerbittlich.

»Er wird nicht sterben«, rief er. »Ein Kerl wie Vorski stirbt nicht an einem bißchen Blutverlust. Nein, nein; er wird schon reden. In einer Stunde wird er reden. Inzwischen halte ich meine Ansprache.«

Patrice Belval mußte unwillkürlich lachen.

»Wie? Sie wollen eine Rede halten?«

»Und was für eine!« rief Don Luis. »Das ganze Abenteuer des Gottessteins will ich behandeln! Eine geschichtliche Abhandlung, eine Gesamtübersicht, von den prähistorischen Zeiten an bis zu den dreißig Verbrechen dieses Mannes. Herrje, man hat ja nicht alle Tage Gelegenheit, eine solche Rede zu halten. Also auf die Kanzel und los! Nehmt Platz, Freunde, denn es wird ein wenig lang werden, aber um wirklich gut zu sprechen, brauche ich Zuhörer, Zuhörer, die zugleich Richter sein sollen.«

»Wir sind ja nur zwei«, sagte Patrice.

»Ihr seid drei.« –

»Wo ist der dritte?«

»Hier ist er!«

Es war Okay. Er kam angetrottet, ohne sich mehr als sonst zu beeilen, er begrüßte Stéphane und wedelte vor Don Luis mit dem Schwanze, als wollte er sagen: »Ich kenne dich, wir sind Freunde.« Dann setzte er sich auf sein Hinterteil, wie jemand, der niemanden stören will.

»Ausgezeichnet, Okay«, rief Don Luis. »Du willst dich auch über das Abenteuer unterrichten lassen? Diese Wißbegierde ehrt dich, und du sollst zufrieden mit mir sein.«

Don Luis schien entzückt. Er hatte ein Auditorium, ein

Tribunal. Vorski wand und krümmte sich am Baum. Don Luis kostete den Augenblick voll aus.

Er machte einige Tanzbewegungen, wie um Vorski an die Sprünge des alten Druiden zu erinnern, richtete sich dann in die Höhe, grüßte leicht, machte die Handbewegung eines Conférenciers, der ein Glas Wasser an die Lippen führt, dann stützte er sich mit beiden Händen auf einen nicht vorhandenen Tisch und begann mit gewichtiger Stimme: »Meine Damen! Meine Herren! Am 25. Juli 732 vor Christi Geburt...«

Der Grabstein der Könige von Böhmen

Don Luis hatte sich nach diesen Eingangsworten unterbrochen und sah mit Behagen, was für eine Wirkung sie hervorgebracht hatten. Hauptmann Belval, der seinen Freund kannte, lachte herzhaft. Stéphane blieb ernst. Okay hatte sich nicht gerührt.

Don Luis Perenna fuhr fort: »Zunächst, meine Damen und Herren, muß ich Ihnen gestehen, daß, wenn ich so genaue Daten angegeben habe, dies nur geschah, um Sie ein wenig zu verblüffen. Im Grunde wüßte ich Ihnen nicht genau aufs Jahrhundert den Zeitpunkt anzugeben, in dem sich die Begebenheit zutrug, die ich die Ehre haben werde, Ihnen zu erzählen. Was ich aber versichern kann, daß sie in dem Lande Europas vor sich ging, das man heute Böhmen nennt, und zwar an dem Orte, wo gegenwärtig die kleine Industriestadt Joachimsthal steht. Ich hoffe, das genügt wohl. Am Morgen jenes Tages also herrschte großes Leben in einem jener Keltenstämme, die seit ein oder zwei Jahrhunderten zwischen den Ufern der Donau und den Quellen der Elbe in den herzynischen Wäldern wohnten. Mit Hilfe ihrer Frauen waren die Krieger eben dabei, ihre Zelte zusammenzulegen, die heiligen Äxte, ihre Bogen, Pfeile sowie alle Werkzeuge aus Bronze und Zinn auf Pferde und Ochsen zu packen.

Die Häuptlinge kamen herbei und beaufsichtigten das Werk. Es herrschte weder Lärm noch Unordnung. Man brach frühzeitig nach einem Nebenfluß der Elbe, der Eger, auf, wo man am Abend desselben Tages anlangte. Dort warteten bereits einige hundert Krieger mit ihren Booten. Eines dieser Boote fiel durch seine Größe und die Pracht der Ausstattung auf. Ein langes, ockerfarbiges Segel war von einem Ende bis zum anderen aufgespannt. Auf die hinterste Bank stieg der oberste Häuptling, oder wenn Sie wollen der König, und hielt eine Ansprache, die ich ausführlich wiederzugeben mir ersparen werde, weil ich meine eigene Rede nicht verkürzen will. Der Inhalt war in kurzen Worten etwa folgender: Der Stamm wanderte aus, um der Begehrlichkeit der benachbarten Völker zu entgehen. Es ist immer eine traurige Sache, die Stätten zu verlassen, wo man gelebt hat. Aber was lag den Stammesangehörigen daran, da sie ja ihr kostbarstes Gut mit sich führten, das heilige Erbe ihrer Ahnen, die Gottheit, die sie schützte und die aus ihnen furchtbare Krieger machte, mit einem Wort den Stein, der das Grab ihres Königs verschloß.

Und der Häupling zog mit feierlicher Geste das ockerfarbige Segel beiseite und legte einen Granitblock in Form einer Platte von ungefähr zwei Metern Länge und einem Meter Breite frei. Die Farbe dieser Platte war düster, und einige Goldkörner leuchteten aus ihrer Masse hervor.

Ein Schrei erhob sich aus der Menge der Männer und Weiber. Alle fielen mit ausgestreckten Armen zu Boden, ihre Stirn berührte den Staub.

Der Häuptling der Häuptlinge ergriff ein metallenes Zepter mit kostbarem Griff, das auf dem Granitblock lag, schwenkte es in der Luft und sprach: ›Den allmächtigen Stab werde ich nicht aus der Hand legen, ehe der Wunderstein nicht in Sicherheit ist. Der allmächtige Stab ist aus dem Wunderstein entstanden, er enthält auch das Feuer des Himmels, das Leben oder Tod gibt. Wenn der Wunderstein das Grab meiner Väter verschloß, so wurde der allmächtige Stab nicht mehr aus ihren Händen gelegt bis zu dem Tage des Unglücks oder des Sieges. Das Feuer des Himmels führe uns. Der Gott der Sonne erleuchte uns!‹

Sprach's, und der ganze Stamm zog ab.«

Don Luis machte eine Pause und wiederholte dann mit Selbstzufriedenheit:

»Sprach's, und der ganze Stamm zog ab.«

Patrice Belval amüsierte sich sehr, und auch Stéphane fing die Geschichte an Spaß zu machen. Aber Don Luis unterbrach sie:

»Da ist nichts zu lachen, alles das ist sehr ernst. Es ist keine Geschichte für kleine Kinder, die an Märchen und Zaubereien glauben, sondern eine wirkliche Geschichte, deren Einzelheiten, wie Sie gleich sehen werden, Anlaß zu genauen, natürlichen und gewissermaßen sogar auch wissenschaftlichen Erklärungen geben werden. Jawohl, wissenschaftlichen Erklärungen. Ich scheue das Wort nicht, meine Damen und Herren ... wir befinden uns hier auf wissenschaftlichem Boden, und Vorski selbst wird sein Zutrauen wie seine Skepsis noch zu bereuen haben.«

Don Luis tat so, als wenn er ein zweites Glas Wasser nähme, dann fuhr er fort:

»Wochen- und monatelang folgte der Stamm dem Lauf der Elbe, und eines Abends Punkt halb zehn Uhr kam er zur Küste des Meeres, in dem Land, das später das Land der Friesen heißen sollte. Daselbst blieb er Wochen und Monate, ohne die nötige Sicherheit zu finden, worauf er sich entschloß, weiterzuziehen.

Dieses Mal war es eine Reise zur See. Dreißig Boote gingen in See. Beachten Sie wohl die Zahl dreißig, die der Zahl der Familien entsprach, aus denen der Stamm bestand. Wochen und Monate irrten sie von Küste zu Küste, ließen sich erst in Skandinavien, dann bei den Angelsachsen nieder, wurden vertrieben und segelten weiter. Und ich sage Ihnen, es war wirklich ein seltsames, rührendes und grandioses Schauspiel, wie dieser Stamm umherirrte und den Grabstein seiner Könige mit sich führte, für den er einen sicheren, unzugänglichen und endgültigen Zufluchtsort suchte, wo er sein Idol verbergen und vor feindlichen Angriffen schützen konnte und so, mit seiner Hilfe, die eigene Macht sichern konnte.

Die letzte Etappe war Irland. Nachdem sie daselbst das

grüne Erin ein halbes Jahrhundert oder vielleicht sogar ein Jahrhundert lang bewohnt und ihre Sitten bei der Berührung mit weniger wilden Völkerschaften bereits ein wenig gemildert hatten, empfing der Enkel oder Urenkel des großen Häuptlings, der nun selbst ein großer Häuptling geworden war, einen der Sendboten, die er in die benachbarten Länder geschickt hatte. Dieser kam vom Kontinent. Er hatte einen wunderbaren Zufluchtsort entdeckt. Es war dies eine fast unzugängliche Insel, der dreißig Felsen vorgelagert waren und auf der dreißig granitene Denkmäler standen.

Dreißig! Eine bedeutsame Zahl! Wie sollte man darin nicht das Walten geheimnisvoller Gottheiten erkennen? Die dreißig Boote wurden wieder flottgemacht, und die Expedition begann.

Sie hatte Erfolg. Man nahm die Insel im Sturm. Man rottete die Eingeborenen aus. Der Stamm ließ sich dort nieder, und der Grabstein des Königs von Böhmen wurde an seinen Platz gestellt, nämlich an die Stelle, wo er noch heute liegt und die ich dem Kameraden Vorski gezeigt habe. An dieser Stelle seien mir eine kleine Parenthese und einige historische Bemerkungen von höchster Wichtigkeit erlaubt. Ich werde mich kurz fassen.

Die Insel Sarek war wie ganz Frankreich und der westliche Teil Europas seit Tausenden von Jahren von den Ligurern, unmittelbaren Nachkommen der Höhlenmenschen, bewohnt, deren Sitten und Bräuche sie beibehalten hatten. Sie waren jedoch tüchtige Bauleute, die in der Bronzezeit und vermutlich unter dem Einfluß der großen Zivilisationen des Ostens ihre mächtigen Granitblöcke aufgerichtet und daraus gewaltige Grabstätten erbaut hatten.

Das fand unser Stamm also dort vor und benutzte so gut es ging ein System von Höhlen und natürlichen Grotten, die noch von geduldiger Menschenhand ausgebaut waren. Die Gruppe der riesigen Denkmäler gab dem Aberglauben der Kelten phantastische Anregung.

So beginnt nach der ersten Phase der Wanderschaft für den Gottesstein eine Zeit der Ruhe und der Verehrung, die wir die Druidenzeit nennen wollen. Sie dauerte etwa tausend bis fünfzehnhundert Jahre. Der Stamm verschmilzt mit den Nachbarstämmen und lebt wahrscheinlich unter dem Schutz irgendeines bretonischen Königs. Nach und nach aber war die Macht der Häuptlinge an die Priester übergegangen, und diese Priester, das heißt also die Druiden, gewannen ein Ansehen, das im Laufe der folgenden Generationen noch zunahm.

Ich behaupte, daß der Wunderstein ihnen zu dieser Vorherrschaft verhalf. Sie waren ja die Priester einer allgemeinen anerkannten Religion und die Erzieher der gallischen Jugend. Sie befolgten die Bräuche der Zeit, sie leiteten die Menschenopfer, überwachten die Ernte der Mistel, des Eisenkrauts und aller anderen magischen Pflanzen. Vor allem aber waren sie auf der Insel Sarek Wächter und Herren des Steins, der Leben und Tod gibt. Über dem unterirdischen Opfersaale stehend, war er damals ohne Zweifel im Freien sichtbar, und ich habe allen Anlaß zu glauben, daß zu dieser Zeit der Feen-Dolmen, den wir hier sehen, an der Stelle stand, die man den blühenden Kalvarienberg nannte und der den Gottesstein beschattet. Dort knieten die Kranken, die Schwachen und die gebrechlichen Kinder nieder und erlangten ihre Gesundheit wieder. Auf der heiligen Steinplatte wurden unfruchtbare Frauen fruchtbar, auf der heiligen Platte fühlten Greise ihre Kräfte zurückkehren.

Nach meiner Meinung spielt dieser heilige Stein in der ganzen legendären und fabelreichen Vergangenheit der Bretagne eine Rolle.

Hier ist das Zentrum, von dem aller Aberglaube, aller Glaube, alle Angst und alle Hoffnung ausgeht. Aus den Eigenschaften des magischen Zepters, das der Erzdruide schwang und das nach seinem Willen das Fleisch verbrannte oder die Wunden heilte, entstehen unwillkürlich die schönen

Geschichten, die Geschichten der Ritter der Tafelrunde und von Merlin, dem Zauberer. Er ist auf dem Grund allen Nebels zu finden, im Herzen aller Symbole. Er ist das Mysterium und die Klarheit, das große Rätsel und die große Lösung.«

Don Luis hatte diese letzten Worte mit einer gewissen Begeisterung ausgesprochen; er lächelte:

»Reg dich nur nicht auf, Vorski, wir wollen uns unsere Begeisterung für die Erzählung deiner Verbrechen aufheben. Vorläufig sind wir noch auf dem Höhepunkt der druidischen Epoche, jener Epoche, die noch lange Jahrhunderte fortdauerte und nach der der Wunderstein von Zauberern und Sehern ausgebeutet wurde. So kommen wir also zur dritten Periode, zur religiösen, das heißt wahrscheinlich zum fortschreitenden Verfall alles dessen, was den Reichtum Sareks ausmachte, wo Pilgerzüge und Gedenkfeste und dergleichen stattfanden.

Die Kirche konnte sich tatsächlich mit diesem Götzendienst nicht einverstanden erklären. Sobald sie mächtig genug war, mußte sie gegen den Granitblock ankämpfen, der so viel Gläubige anlockte und eine verabscheuungswürdige Religion fortleben ließ. Der Kampf war ungleich, die Vergangenheit unterlag. Der Dolmen wurde dahin geschafft, wo wir jetzt sind. Der Stein des Königs von Böhmen wurde in eine Erdschicht eingegraben, und so erhob sich ein Kalvarienberg an der Stelle der ketzerischen Wundertaten.

Und nun breitete sich darüber das Vergessen.

Verstehen wir uns recht, der Brauch geriet in Vergessenheit, aber nicht der Gottesstein. Man wußte nicht mehr, wo er war. Sogar nicht, was das war. Doch man hörte nicht auf, von ihm zu sprechen und an das Vorhandensein einer Sache zu glauben, die man den Gottesstein nannte. Von Mund zu Mund, von Generation zu Generation erzählte man sich die wunderbaren und schrecklichen Geschichten, die sich mehr und mehr von der Wirklichkeit entfernten und immer vager, aber auch immer grausamer wurden.

Da nun die Idee in der Erinnerung fortbestand, so war es nur logisch, daß von Zeit zu Zeit irgendein Neugieriger die Wahrheit zu erkunden suchte. Zu diesen Neugierigen gehörten vor allem Frater Thomas vom Benediktinerorden um die Mitte des 15. Jahrhunderts und in unseren Tagen ein gewisser Maguennoc. Frater Thomas war ein Dichter und Kolorist, von dem wir nichts Genaueres wissen. Zugleich auch war er ein naiver, nicht talentloser Zeichner, der uns eine Art Meßbuch hinterlassen hat, worin er seinen Aufenthalt in der Abtei Sarek beschrieben und die dreißig Dolmen der Insel gezeichnet hat. Das Ganze begleitete er mit religiösen Zitaten und Erbauungssprüchen und mit Weissagungen in der Art des Nostradamus. Dieses Meßbuch entdeckte Maguennoc. Es enthielt die berühmte Seite, die sich auf die Frauen am Kreuz und auf die Prophezeiung bezog. Ich selbst habe dieses Meßbuch heute nacht in Maguennocs Kammer gefunden und durchgesehen.

Ein seltsamer Mensch, dieser Maguennoc, so eine Art verspäteter Nachfahre einstiger Hexenmeister. Ich habe den Verdacht, daß er mehr als einmal in der Rolle von Gespenstern aufgetreten ist. Sie können überzeugt sein, daß der Druide im weißen Kittel, den man am sechsten Tag nach Vollmond Misteln erntend gesehen haben wollte, kein anderer als Maguennoc war. Er kannte auch all die guten Mittel, die heilenden Pflanzen, und wußte, wie man das Erdreich bearbeiten mußte, um die riesengroßen Blumen hervorzubringen. Es ist kein Zweifel, daß er die Totengrüfte und den Opfersaal durchforscht hat, daß er den magischen Stein entwendet hat, der im Griff des Zepters eingeschlossen war, und daß er durch dieselbe Öffnung wie wir in die Krypten eindrang, durch die Öffnung also, die sich auf dem Weg zur Poterne befindet und die er jedesmal wieder mit Sand und Kieselsteinen verschließen mußte. Er war es auch, der Monsieur d'Hergemont die Seite des Meßbuches zeigte. Ob er ihm auch das Resultat seiner letzten Erkundungen mitgeteilt hat und was Monsieur d'Hergemont überhaupt darüber wußte, ist nicht weiter von Bedeutung. Noch eine andere Person taucht auf, die sich fortan mit der Angelegenheit beschäftigt und die größte Aufmerksamkeit verdient. Es ist dies ein Sendbote, vom Schicksal dazu berufen, das jahrhundertealte Rätsel zu lösen und die Befehle geheimnisvoller Mächte auszuführen, um sich dann den Gottesstein in die Tasche zu stecken... Ich meine Vorski.«

Don Luis goß ein drittes Glas Wasser herunter.

»Otto«, sagte er, »gib ihm auch zu trinken, wenn er Durst hat. Hast du Durst, Vorski?«

Vorski am Baum schien am Ende seiner Kräfte angelangt. Stéphane und Patrice verwendeten sich von neuem für ihn, da sie einen raschen Tod befürchteten.

»Aber nein, aber nein«, rief Don Luis, »er ist noch in ganz guter Verfassung und wird schon aushalten, bis ich mit meiner Erzählung zu Ende bin, schon aus Neugierde... nicht wahr, Vorski, das macht dir Spaß?«

»Räuber, Mörder«, stieß der Elende heraus.

»Also, du weigerst dich immer noch, das Versteck von François anzugeben?«

»Mörder, Bandit!«

»Laß nur gut sein, mein Junge... Wie es dir beliebt! So ein bißchen Leiden fördert die Gesundheit. Und außerdem warst du bei den anderen auch nicht zimperlich, alte Kanaille!«

Dann fuhr Don Luis in seiner Erzählung fort:

»Vor ungefähr fünfunddreißig Jahren gelangte eine Frau von großer Schönheit, die aus Böhmen kam, aber ungarischen Ursprungs war, zu hohem Ansehen als Wahrsagerin, Kartenlegerin und Medium. Sie erregte die Aufmerksamkeit König Ludwigs II., des Freundes von Wagner und Erbauers von Bayreuth, ein Narr mit Königskrone, der wegen seiner extravaganten Einfälle berühmt war. Die Liaison des Narren mit der Seherin dauerte ein paar Jahre; eine bewegte, leidenschaftliche Liaison, die von den Extravaganzen des Königs unterbrochen wurde und an jenem mysteriösen Abend, als Ludwig II. von Bayern sich in den Starnberger See stürzte, tragisch endete. War es tatsächlich ein Anfall von Wahnsinn oder Selbstmord – wie die offizielle Version des Unfalls lautete –, oder lag, wie andere munkelten, ein Verbrechen zugrunde? Und warum dieser Selbstmord? Oder warum dieses Verbrechen? Fragen, auf die es keine Antwort geben wird. Doch die Tatsache bleibt: der König war von der Wahrsagerin begleitet worden, und anderntags brachte man sie, ausgestoßen, des Schmucks und aller Wertsachen beraubt, zur Grenze.

Aus diesem Abenteuer war ein junges Ungeheuer entstanden namens Alexis Vorski, das mit seiner Mutter nicht weit von dem Dorfe Joachimsthal in Böhmen wohnte und später von ihr in der Kunst der Suggestion, der Hellseherei und des Taschendiebstahls unterrichtet wurde. Ein Mensch von unerhörter Gewalttätigkeit, aber schwachem Geist, von allen möglichen Halluzinationen und nervösen Zuständen geplagt, der an Hexerei, Weissagungen, Träume und okkulte Mächte glaubte. Er nahm Legenden für Geschichte und Lügen für Wirklichkeit. Eine der zahlreichen Sagen in diesen Bergen hatte es ihm besonders angetan. Diese erinnerte an die märchenhafte Macht eines Steines, der in grauer Vorzeit von bösen Mächten geraubt worden war und der eines Tages von dem Sohne eines Königs wieder zurückgebracht werden sollte. Die Bauern zeigen noch heutzutage den leeren Raum, den dieser Stein am Abhang eines Hügels zurückgelassen hat.

›Der Sohn eines Königs, das bist du‹, sagte ihm seine Mutter, ›und wenn du den geraubten Stein wiederfindest, so entgehst du dem Tod durch das Messer und wirst selber König werden.‹

Außer dieser albernen Prophezeiung verkündete die Zigeunerin noch eine andere. Danach sollte die Gattin ihres Sohnes am Kreuze sterben und er selbst von der Hand eines

Freundes fallen. Diese Weissagungen hatten auf Vorski, als die Schicksalsstunde nahte, den größten Einfluß.

Es beginnt so. Vorski sitzt in einem Internierungslager nicht weit von Pontivy im Herzen der Bretagne. Er nennt sich nicht mehr Vorski, sondern Lauterbach. Fünfzehn Monate zuvor war er nach einer ersten Flucht, als ihn das Kriegsgericht wegen Spionage zum Tode verurteilen wollte, geflohen, hatte im Wald von Fontainebleau gelebt, einen seiner früheren Diener wiedergetroffen, einen Mann namens Lauterbach, Deutscher wie er und wie er Flüchtling, hatte ihn getötet, ihm seine eigenen Kleider angezogen und ihn so geschminkt, daß er wie er selbst aussah. Das Militärgericht wurde getäuscht und ließ den falschen Vorski in Fontainebleau begraben. Der echte Vorski hatte jedoch das Pech, noch einmal unter seinem neuen Namen Lauterbach verhaftet und im Lager von Pontivy interniert zu werden.

Soweit über Vorski. Elfride, seine erste Frau, die Komplicin aller seiner Verbrechen, auch sie Deutsche (ich kenne über sie und ihre gemeinsame Vergangenheit einige Einzelheiten, die jedoch nicht wichtig sind und nicht erwähnt zu werden brauchen), hat sich mit ihrem Sohn Raynold in den Gewölben von Sarek versteckt. Er hat sie dort mit dem Auftrag zurückgelassen, Monsieur d'Hergemont zu beobachten und durch ihn zu Véronique d'Hergemont zu gelangen.

Ich weiß nicht, aus welchem Grund die Elende so handelte. Blinde Ergebenheit, Angst vor Vorski, der Hang zum Bösen und auch der Haß gegen die Rivalin, unwichtig! Ihre Strafe war schrecklich genug. Reden wir nur von der Rolle, die sie gespielt hat, ohne uns weiter damit zu beschäftigen, wie sie drei lange Jahre unter der Erde mit ihrem Sohn hat leben können, wobei sie nur nachts ihr Versteck verließ, um Nahrung zu stehlen, und geduldig auf den Tag wartete, da sie mit ihrem Herrn und Meister wieder zusammentreffen würde.

Es ist mir unbekannt, wie Vorski und Elfride miteinander

in Verbindung bleiben konnten, aber ich weiß mit Bestimmtheit, daß Vorskis Flucht lange und sorgfältig von seiner ersten Frau vorbereitet wurde. Er brach am 14. September vergangenen Jahres aus und mit ihm zwei Helfershelfer, mit denen er sich in der Gefangenschaft angefreundet und die er sozusagen angeworben hatte, nämlich Otto und Conrad.

Die Reise war nicht allzu schwer. An jeder Wegkreuzung war ein Pfeil nebst einer Nummer und den Initialen V. d'H. angebracht, die ihnen den Weg zeigten. Von Zeit zu Zeit fand er in einer Hütte oder unter einem Stein oder unter einem Heuschober Lebensmittel, so kam er durch Guémené, Faouët, Rosporden und schließlich zum Strand von Beg-Meil.

Dort holten Elfride und Raynold in Honorines Motorboot eines Nachts die Flüchtlinge ab und brachten sie in die Druidenzellen unter der Schwarzen Heide.

Seltsamerweise hatte Vorski bei seinem ersten Aufenthalt auf Sarek vor dem Krieg nichts von dem Geheimnis der Insel gehört. Erst Elfride erzählte ihm das Geheimnis des Gottessteins. Sie können sich vorstellen, welchen Eindruck auf einen Mann wie Vorski eine solche Mitteilung machte. War der Gottesstein nicht jener Wunderstein, der auf dem Boden seines Landes geraubt worden war und der, durch den Sohn eines Königs wieder aufgefunden, ihm Macht und Königswürde verleihen sollte? Alles, was er später darüber erfuhr, bestärkte ihn in dieser Überzeugung. Aber das größte Ereignis während seines unterirdischen Aufenthaltes in Sarek war im letzten Monat die Entdeckung der Prophezeiung des Bruders Thomas. Von dieser Prophezeiung waren ihm hier und da schon Einzelheiten durch Gespräche bekannt geworden, die die Bauern des Abends unter den Fenstern der Hütten miteinander führten. Seit Menschengedenken hat man in Sarek immer schreckliche Ereignisse gefürchtet, die mit der Entdeckung und dem Verschwinden des unsichtbaren Steines in Zusammenhang stehen sollten. Immer war auch von Schiffbrüchen und gekreuzigten Frauen die Rede gewesen. Vorski kannte ja auch die Inschrift auf dem Feen-Dolmen, worin von dreißig Opfern für dreißig Särge, von der Marterung der vier Frauen, von dem Gottesstein, der Tod und Leben geben sollte, die Rede war. Was für verwirrende Zusammenhänge für einen so schwachen Geist wie den seinen!

Doch das Wesentliche war und blieb die in dem Meßbuch von Maguennoc aufgefundene Prophezeiung. Erinnern wir uns daran, daß Maguennoc die berüchtigte Seite herausgerissen hatte und daß Monsieur d'Hergemont, der gern zeichnete, sie mehrmals kopiert hatte, wobei er unwillkürlich der Hauptperson unter den Frauen die Gesichtszüge seiner Tochter Véronique gab. Aus dem Original und aus einer der Kopien bekam Vorski davon Kenntnis, als er eines Nachts Maguennoc beim Lampenschein damit beschäftigt sah. Nun konnte er heimlich die Prophezeiungen, die auf dieser Seite standen, abschreiben, nun wußte er auf einmal die ganze Wahrheit. Alle hier und da verstreuten Elemente der Weissagung vereinigten sich ihm jetzt zu einer Gesamtheit. Es war kein Zweifel mehr möglich. Die Prophezeiung betraf ihn, und er hatte die Mission, sie wahr zu machen. Es war für ihn ein unumstößlicher Befehl, eine Gesetzestafel, die Bibel. Und dabei, welche Dummheit, welch eine unermeßliche Ironie in diesen Versen, die nur dem Zufall des Reimwortes gehorchten. Silben waren es, Reime, nichts weiter! Aber doch genug, um den stumpfsinnigen Vorski zu erleuchten und ihn in neophytischer Begeisterung entbrennen zu lassen!

Und nun paßt auf, Stéphane und Patrice. Hört die Prophezeiung von Frater Thomas! Auf zehn verschiedenen Seiten seines Notizbuches hat Vorski sie aufgeschrieben, um sie sich sozusagen tief ins Herz zu graben.

Also ich lese:

Im Jahre vierzehn und drei werden der Insel Sareks Auen
Schiffbruch, Trauer und Verbrechen erleben,

werden Pfeile, Giftmord, Seufzer und Schrecken schauen,
dazu Totenkammern und am Kreuz vier Frauen,
und für dreißig Särge werden dreißig Opfer erbeben.

Im Angesicht der Mutter wird Abel den Kain erschlagen,
der Vater dann, der aus Alemannien gekommen,
wird in einer Juninacht und ohne zu klagen,
seine Frau mit tausend Qualen zu Tode jagen,
ein grausamer Prinz, der des Schicksals Ruf vernommen.

Feuer und Beben werden die Insel überziehen,
doch wird einer zu dem geheimen Ort vordringen
und mit dem Stein Gottes von hinnen fliehen,
der einst den Barbaren des Nordens Macht verliehen
und mit dem er Tod und Leben kann erzwingen.

Jetzt begreifen Sie wohl, wie die Dinge zusammenhängen? Sie selbst, Stéphane, waren ja eines der Opfer, und Sie kennen die anderen. Im fünfzehnten Jahrhundert macht ein von höllischen Visionen geplagter Mönch seiner krankhaften Phantasie in diesen Prophezeiungen Luft, die wir als närrisch bezeichnen können und die, was die Wirklichkeit betrifft, nicht mehr Wert haben, als wenn der Dichter die Worte auf gut Glück aus seinem Geldbeutel gezogen hätte. Weder die Geschichte des Gottessteins noch die Überlieferungen und Legenden geben ihm den geringsten Hinweis auf eine Weissagung. Er erfindet sie einfach, der gute Mann, ohne an etwas Böses zu denken, als er an den Rand seiner infernalischen Zeichnungen irgendeinen Text setzt. Und er ist von seinem Werk so beeindruckt, daß er noch einige solcher Zeilen mit einem spitzen Instrument auf einen der Felsblöcke des Feen-Dolmens meißelt.

Vier Jahrhunderte später fällt nun dieses prophetische Blatt in die Hände eines eitlen und von Wahnvorstellungen besessenen Verbrechers: Was sieht der Verbrecher darin? Etwa eine amüsante und zugleich kindische Phantasie? Nein, ein heiliges Dokument von höchster Wichtigkeit. Es ist für ihn das Alte und das Neue Testament, das Heilige Buch, das ihm Sareks Gebot erklärt und erläutert und das zugleich ihn, Vorski, als den Messias verkündet, der die Beschlüsse der Vorsehung zur Ausführung bringen soll.

Außerdem macht dem Vorski die Sache auch Vergnügen. Denn es handelt sich ja darum, Geld und Macht zu stehlen. Und doch kommt diese Frage erst an zweiter Stelle. Er war von Bruder Thomas deutlich als Mann des Schicksals ernannt worden. Kommt er nicht aus dem Land, wo der Gottesstein den ›*Barbaren des Nordens*‹ gestohlen wurde? Ist er nicht der Sohn eines Königs?

Hat er nicht eine Frau, die durch den Spruch der Weissagung zum Tod verurteilt ist? Hat er nicht zwei Söhne, der eine sanft und anmutig wie Abel, der andere hart, bösartig und wild wie Kain?

Diese Beweise genügen ihm. Die Götter haben ihm genau den Weg gewiesen, den er zu gehen hat. Zwar gibt es auf diesem Weg ein paar Menschen. Aber wenn schon! Das gehört zum Programm. Wenn sie erst nach Bruder Thomas' Methode beseitigt sind, wird das Werk vollendet, der Gottesstein befreit und Vorski, der Auserwählte des Schicksals, zum König gekrönt werden. Also, frisch die Ärmel hochgekrempelt, das Schlächtermesser in die Hand genommen und ans Werk! Vorski wird die Angstträume des Bruders Thomas zur Wahrheit machen!«

»Grausamer Fürst, gehorsam dem Geschick«

Don Luis wandte sich wieder an Vorski:

»Wir sind uns doch einig, Freundchen, ja? Was ich sage, ist doch die lautere Wahrheit?«

Vorski hatte die Augen geschlossen. Sein Kopf hing herab, die Adern seiner Stirn waren geschwollen. Um einem abermaligen Einspruch Stéphanes zuvorzukommen, rief Don Luis: »Jetzt, mein Junge, wirst du wohl reden. Dein Zustand fängt an bedenklich zu werden... Ah, du willst nicht?... Du bist noch nicht reif? Um so schlimmer für dich!... Und Sie, Stéphane, fürchten Sie nichts für François. Ich übernehme die Verantwortung für alles. Nur kein Mitleid mit diesem Ungeheuer, ich bitte Sie.«

Don Luis entfaltete das Blatt des Notizbuches, worauf Vorski die Prophezeiung abgeschrieben hatte:

»Alles Weitere ist nicht mehr so wichtig. Aber ich sollte doch noch auf ein paar Einzelheiten eingehen, den Ablauf von Vorskis Plan schildern und schließlich zur Rolle kommen, die unser sympathischer alter Druide gespielt hat...

Also, wir sind im Monat Juni. Es ist dies der für die Ausführung der dreißig Verbrechen vorgesehene Zeitpunkt. Man braucht also dreißig Opfer. Man wird sie haben, vorausgesetzt, daß die neunundzwanzig Einwohner von Sarek – wir werden nämlich gleich sehen, daß Vorski eben sein dreißigstes Opfer bei der Hand hat – vorausgesetzt, daß sie auf der Insel bleiben und die Hinschlachtung abwarten. In diesem Augenblick erfährt plötzlich Vorski von der Abreise Honorines und Maguennocs. Honorine wird schon zur rechten Zeit zurückkehren. Aber Maguennoc? Vorski zaudert nicht. Er hetzt Elfride und Conrad auf ihn mit dem Befehl, ihn zu töten und das Weitere abzuwarten. Er hat es um so eiliger, als er aus dem, was er so gehört hat, schließt, Maguennoc habe den kostbaren Stein entwendet. Elfride und Conrad machen sich nun auf. Eines Morgens in einem Gasthof tut Elfride Gift in den Kaffee, den Maguennoc trinkt. (Die Weissagung spielt ja auf Tod durch Vergiftung an.) Maguennoc setzt bald darauf seine Reise fort. Einige Stunden später bricht er an einer Hecke zusammen. Elfride und Conrad eilen herbei, durchwühlen und leeren seine Taschen, kein Kleinod, kein Stein zu finden! Vorskis Hoffnungen haben sich nicht verwirklicht. Aber die Leiche liegt nun einmal da. Was tun damit? Man wirft sie vorläufig in eine halbzerfallene Hütte, in der einige Monate zuvor bereits Vorski und seine Genossen übernachtet haben. Dort findet Véronique d'Hergemont den Toten, um ihn eine Stunde später schon nicht mehr dort zu sehen, weil Elfride und Conrad ihn inzwischen in den Keller eines verlassenen Schlosses geschleppt haben.

Auf Sarek hat Vorski mittlerweile François und Stéphane Maroux entführt. Er zieht die Kleider Stéphanes an, während Raynold in die von François schlüpft. In der Abtei wird nun die Aufgabe leichter. Nur der greise Monsieur d'Hergemont und die Köchin Marie le Goff sind noch im Hause. Sobald diese beseitigt sind, wird man die ganze Wohnung und besonders das Zimmer Maguennocs durchsuchen. Wer weiß, sagt sich Vorski, der ja noch nichts von Maguennocs Ermordung erfahren hat, wer weiß, ob nicht das wundertätige Kleinod in der Abtei verborgen ist?

Sein erstes Opfer ist also die Köchin Marie le Goff, die Vorski bei der Kehle packt und durch einen Messerstich erledigt. Doch der Bandit hat sich bei der Tat über und über mit Blut besudelt. Er flieht voll Angst, und infolge seiner Feigheit, die ihn hin und wieder überkommt, überläßt er den alten Herrn seinem Raynold.

Zwischen dem Greis und dem Jungen findet ein langer Kampf statt. Raynold verfolgt ihn durch das ganze Haus, und ein tragischer Zufall will es, daß Monsieur d'Hergemont vor den Augen Véroniques gerade in dem Augenblick getötet wird, wo die Tochter den Vater nach vielen Jahren der Trennung wiedersieht. In diesem Moment kommt Honorine hinzu. Sie fällt. Das ist das vierte Opfer.

Von jetzt an überstürzen sich die Ereignisse. Im Laufe der Nacht greift Panik um sich. Als die Einwohner von Sarek sehen, daß Maguennocs Weissagungen sich erfüllen und daß die seit langem angekündigte Stunde der Vernichtung geschlagen hat, beschließen sie, die Insel zu verlassen. Das ist es, worauf Vorski und sein Sohn warten. In dem gestohlenen Motorboot verfolgen sie die Flüchtlinge, und die fürchterliche, von Frater Thomas prophezeite Jagd beginnt:

›Im Jahre vierzehn und drei werden der Insel Sareks Auen Schiffbruch, Trauer und Verbrechen erleben.‹

Honorine wohnt dem Schauspiel bei, wird wahnsinnig und stürzt sich von der Klippe ins Meer.

Darauf einige Tage der Ruhe. Véronique durchsucht ungestört die Abtei der Insel Sarek. Nach ihrer erfolgreichen Jagd lassen Vater und Sohn Otto allein in der Zelle, der sich derweil ordentlich betrinkt. Sie selbst holen Elfride und Conrad im Boot ab, ferner die Leiche Maguennocs, die sie zwischen den dreißig Klippen von Sarek ins Meer werfen.

Als Vorski nach Sarek zurückkehrt, ist er bereits beim vierundzwanzigsten Opfer angelangt. Stéphane und François werden gefangengehalten und von Otto bewacht. Bleiben noch die vier Frauen zu erledigen, von denen zunächst die drei Schwestern Archignat an die Reihe kommen. Véronique d'Hergemont versucht wohl, sie zu befreien: zu spät. Die Bande lauert ihnen auf, und Raynold, der ein geschickter Bogenschütze ist, schießt seine Pfeile auf sie ab. (Die Pfeile – wie es prophezeit war.) So in die Hände des Feindes gefallen, werden die drei Schwestern Archignat noch am selben Abend ans Kreuz geschlagen, nachdem ihnen Vorski zuvor die fünfzig Tausendfrancsnoten abgenommen hat, die sie bei sich getragen haben. Resultat: Neunundzwanzig Opfer. Wer wird das dreißigste sein? Wer die vierte Frau am Kreuz?«

Hier machte Don Luis eine Pause und fuhr dann fort:

»Auf diese Frage gibt die Prophezeiung an zwei Stellen klare Auskunft:

›*Im Angesicht der Mutter wird Abel den Kain erschlagen*‹, und dann:

›*... seine Frau mit tausend Qualen zu Tode jagen.*‹

Vorski hatte die beiden Stellen auf seine Art gedeutet. Da er zu dieser Zeit Véronique, die er vergebens überall gesucht hatte, nicht in seiner Gewalt hat, so dreht er sich die Befehle des Schicksals folgendermaßen zurecht: Die vierte zu marternde Frau soll seine Gattin sein, und zwar seine erste Gattin Elfride. Das widerspricht ja auch nicht der Weissagung, da ja die Frage, ob es die Mutter Kains oder Abels sein soll, offengelassen ist.

Also die treue, demütige Helferin soll zugrunde gehen. Das kommt Vorski zwar hart an, aber der Gott Moloch verlangt Gehorsam. Und wenn er sich, um seine Mission zu erfüllen, entschlossen hat, seinen Sohn Raynold zu opfern, so wäre es unentschuldbar, wenn Vorski nicht auch seine Frau Elfride preisgäbe. Und so wird sich alles regeln lassen.

Da – ein Blitz aus heiterem Himmel! Bei der Verfolgung der Schwestern Archignat sieht und erkennt Vorski Véronique d'Hergemont.

Wie hätte nun in dieser Begegnung ein Mann von Vorskis Schlag nicht noch eine Fügung des Schicksals erblicken sollen? Die Frau, die er nie vergessen hat, wird ihm in dem Augenblick gesandt, da sie ihre große Rolle in seinem Drama zu spielen hat. Er kann sie – eine herrliche Beute – erobern. Was für eine Aussicht! Über ein so ungeahntes Eingreifen der überirdischen Mächte verliert Vorski den Kopf. Mehr und mehr hält er sich für den Messias, den Sendboten, den

Auserwählten des Schicksals. Er sieht sich in einer Reihe mit den großen Priestern, den Hütern des Gottessteins. Er ist ein Druide, der Erzdruide, und als solcher wird er in der Nacht – der sechsten nach dem Vollmond –, in welcher Véronique die Brücke angezündet hat, mit der goldenen Sichel die heilige Mistel schneiden!

Was nun weiter geschieht, wissen Sie ja, Stéphane. Véronique d'Hergemont hat Ihnen alles erzählt. Wir kennen all ihre Leiden und wissen auch, welche Rolle der köstliche Okay gespielt hat. Wir haben erfahren, wie sie die unterirdischen Zellen mit seiner Hilfe entdeckte, wie sie um François und Sie kämpfte, der Sie von Vorski in den Folterzellen gefangengehalten wurden. (Den Totenkammern der Prophezeiung.) Dort werden Sie mit Véronique überrascht. Das junge Scheusal, dieser Raynold, wirft Sie ins Meer. François und seine Mutter entkommen. Unglücklicherweise gelingt es Vorski, trotz aller Hindernisse mit seiner Bande bis zur Abtei vorzudringen. François wird festgenommen. Seine Mutter folgt ihm... Und nun folgen die tragischen Szenen zwischen Vorski und Véronique und das Duell zwischen Kain und Abel unter den Augen der Mutter, wie es die Weissagung fordert – wir wollen sie nicht noch einmal ausmalen.

Die Leiden Véroniques übersteigen – auch dies der Prophezeiung gemäß – alle Grenzen. Vorski, *›der grausame Prinz‹*, treibt die Grausamkeit bis zum Äußersten. Den Kämpfenden werden Masken vor die Gesichter gebunden. Und als Abel nahe daran ist, zu unterliegen, verwundet Vorski den Kain, damit Kain getötet werde.

Das Scheusal ist verrückt geworden. Und außerdem betrunken. Das Drama geht dem Ende zu.

›Der Vater dann, der aus Alemannien gekommen,
wird in einer Juninacht und ohne zu klagen,
seine Frau mit tausend Qualen zu Tode jagen.‹

Die Stunde ist gekommen. Soupér, Trauerzug, Vorbereitungen aller Art, die Leiter wird aufgestellt, die Stricke werden festgemacht, und dann... na ja, dann kommt da der alte Druide daher!«

Hier brach Don Luis in schallendes Gelächter aus:

»Hahaha, jetzt wird es köstlich. Das Drama wird zur Komödie, und die Burleske vermischt sich mit dem Totentanz. Was ist doch der alte Druide für ein drolliger Kauz! Für Sie, Stéphane, und für Sie, Patrice, die Sie beide hinter den Kulissen standen, bietet ja die Geschichte keinerlei Überraschungen mehr. Aber für Vorski...! Hör mal, Otto, stell doch die Leiter gegen den Baum, damit dein Herr ein bißchen die Füße auf die oberste Sprosse stellen kann! Na, geht's so besser, Vorski? Du sollst es bequem haben, wenn du die Geschichte von dem alten Druiden mit anhörst.

Mit dem alten Druiden kommt erst Sinn und Ordnung in das ganze Abenteuer. Was unzusammenhängend und lose war, wird jetzt verknüpft. Die Zusammenhanglosigkeit im Verbrechen wird jetzt zur Logik in der Strafe. An Stelle des blindlings waltenden und blindlings wütenden Gehorsams tritt die strenge Methode eines Mannes, der weiß, was er will, und der keine Zeit zu verlieren hat.

Der alte Druide – gleichviel, ob wir ihn nun Don Luis Perenna oder Arsène Lupin nennen – wußte nicht das mindeste von der ganzen Geschichte, als das Periskop seines Unterseebootes, der Kristallstöpsel, gestern gegen Mittag vor Sareks Küste auftauchte. Aber er hatte das Glück, gleich bei der Landung auf Freund Stéphane zu stoßen, der seinerseits das Glück gehabt hatte, in eine Wasserlache zu fallen und so dem Los zu entgehen, das dein Sohn und du, Vorski, ihm zugedacht hattet. Rettung. Man macht sich miteinander bekannt. Eine halbe Stunde später ist der alte Druide in alles eingeweiht. Und nun beginnen seine Nachforschungen. Er entdeckt die Zellen und findet in der deinigen, lieber Vorski, einen weißen Kittel, den er sehr gut brauchen kann. Daneben, auf einem Stück Papier von deiner Hand eine Abschrift der Prophezeiungen des Bruders Thomas.

Wunderbar. Somit kennt der alte Druide den ganzen Plan des Feindes.

Er geht zunächst den Tunnel entlang, durch den François und seine Mutter geflüchtet sind, kann aber wegen des Einsturzes nicht weiter. Er kehrt um und kommt zu der Schwarzen Heide. Erforschung der Insel. Treffen mit Otto und Conrad. Der Feind steckt den Steg in Brand. Es ist sechs Uhr abends. Wie soll er zur Abtei gelangen? ›Durch die Poterne‹, sagte Stéphane. Der alte Druide kehrt auf den ›Kristallstöpsel‹ zurück. Die Insel wird unter Stéphanes Leitung umkreist, er kennt alle Fahrwasser – und außerdem ist der ›Kristallstöpsel‹, mein lieber Vorski, ein gelehriges Unterseeboot, das überall hindurchkommt und das der alte Druide nach seinen eigenen Plänen hat bauen lassen –, und schließlich legt man an der Stelle an, wo François' Boot festgemacht ist. Dort Begegnung mit Okay, der unter dem Boot schläft. Vorstellung des alten Druiden. Augenblickliche Sympathie. Man macht sich auf den Weg. Aber auf halbem Weg verschwindet Okay. Die Klippenwand ist an dieser Stelle durch aufeinandergeschichtete Bausteine wie ausgebessert. In der Mitte dieser Bausteine ein Loch, das Maguennoc hineingeschlagen hat – darauf ist der alte Druide inzwischen gekommen –, um in die unterirdischen Opferkammern und Totengrüfte zu gelangen. So befindet sich der alte Druide im Herzen der ganzen Intrige, er ist Herr der Ober- und Unterwelt. Nur ist es bereits acht Uhr abends.

Wegen François keine unmittelbare Besorgnis. Die Weissagung besagt: ›*Abel wird Kain töten*‹. Aber ist Véronique d'Hergemont, die in ›*einer Juninacht*‹ sterben soll, der scheußlichen Marter erlegen? Würde man zu spät kommen, um ihr zu helfen?«

Don Luis wandte sich an Stéphane:

»Sie erinnern sich, lieber Stéphane, welche Angst wir beide anfangs um Véronique ausgestanden haben. Dann die Freude, als wir den Baum mit der Inschrift V. d'H. fanden, an dem noch kein Opfer hing. Véronique konnte noch gerettet werden ... Tatsächlich hören wir bald darauf Stimmen aus der Richtung der Abtei. Es ist der unheimliche Transport. Im immer dichter werdenden Dunkel steigt er langsam herauf. Eine Laterne wird geschwenkt. Man macht halt. Vorski hält großspurige Reden, verkündet das nahe Ende Véroniques.

Die Lösung ist nicht mehr fern. Der Überfall und Véroniques Befreiung stehen unmittelbar bevor.

Nun passiert etwas, was dich amüsieren wird, Vorski. Meine Freunde und ich machen eine Entdeckung. Sie entdekken eine Frau, welche um den Dolmen herumschleicht. Bei unserem Näherkommen verbirgt sie sich ... Man bemächtigt sich ihrer ... Beim Schein einer Taschenlampe erkennt Stéphane die Frau. Weißt du, wer es ist, Vorski? Es ist deine Komplicin Elfride, die du ursprünglich ans Kreuz hast schlagen wollen: Völlig überreizt, halb wahnsinnig erzählt sie uns, daß sie unter der Bedingung in den Zweikampf der beiden Kinder gewilligt habe, daß ihr Sohn Sieger und der Sohn Véroniques Besiegter sein würde ... Aber du hattest sie den ganzen Tag über eingesperrt, und am Abend, als es ihr schließlich gelungen ist, auszubrechen, findet sie den Leichnam ihres Sohnes Raynold. Nun will sie der Hinrichtung der verhaßten Rivalin beiwohnen, um sich darauf an dir, mein Junge, zu rächen.

Sehr gut! Der alte Druide ist einverstanden, und während du dich dem Dolmen näherst und Stéphane dich beobachtet, fragt er Elfride weiter aus. Aber kaum daß die Gans deine Stimme hört, so ändert sie plötzlich ihre Absicht. Ganz im Banne ihres Herrn und Meisters, will sie dich sehen, dich retten, will dir zu Hilfe kommen. Mit gezücktem Dolch stürzt sie sich plötzlich auf den alten Druiden. Der schlägt sie in der Notwehr halbtot. Als sie nun in den letzten Zügen vor ihm liegt, erkennt dieser sofort, welchen Vorteil er aus dem Geschehen ziehen kann. Der alte Druide gibt Stéphane den weißen Kittel und die nötigen Weisungen dazu, schießt einen

Pfeil nach dir, und während du nun den weißen Kittel verfolgst, wird Elfride mit Véronique, wird deine erste Gattin mit der zweiten vertauscht.«

Don Luis schöpfte Atem. Nach seinem vertraulichen Ton zu urteilen, hätte man meinen können, er habe Vorski soeben eine amüsante Geschichte, irgendeinen Spaß erzählt, der diesen zum Lachen bringen müßte.

»Aber das ist noch nicht alles«, fuhr er fort. »Patrice Belval und einige meiner Marokkaner – ich habe deren achtzehn an Bord – hatten inzwischen in den unterirdischen Sälen gute Arbeit getan. Was besagte doch die Prophezeiung? Sobald die Gattin den letzten Seufzer ausgehaucht hat, werden *›Feuer und Beben die Insel überziehen‹*.

Wohlgemerkt. Weder der Bruder Thomas noch sonst irgendwer auf der Welt hatten gewußt, wo der große Schatz lag. Aber der alte Druide hat es erraten, und er will, daß Vorski sein Zeichen bekommt und ihm zufliegt wie die gebratene Taube ins Maul. Dafür braucht er einen Ausgang, der in der Nähe des Feen-Dolmen endet. Hauptmann Belval sucht und findet ihn, denn Maguennoc hatte hier schon Vorarbeit geleistet. Man legt also eine alte verschüttete Treppe frei, höhlt einen alten abgestorbenen Baum aus. Man legt Dynamitpatronen und Raketen an Ort und Stelle, und als nun Vorski oben von seiner Hühnerstange aus mit Heroldstimme verkündet: ›Sie ist tot! Sie ist tot! Die vierte Frau ist am Kreuz gestorben!‹ geht es daneben los: ›Bum, bum, bum!‹ Donner, Flammen, Getöse, Erdbeben ... Nun ist es soweit. Nun kann der Liebling der Götter, das Schoßkind des Glücks in den Kamin hineinkriechen und den Gottesstein in Empfang nehmen. Nachdem du also am nächsten Tage deinen Branntwein- und deinen Rumrausch ausgeschlafen hast, tauchst du mit einem großen Maul wieder auf. Du hast nach dem Ritus des Bruders Thomas die dreißig Opfer getötet, hast alle Hindernisse überwunden. Die Prophezeiung hat sich erfüllt.

›Doch wird einer zu dem geheimen Ort vordringen
und mit dem Stein Gottes von hinnen fliehen,
der einst den Barbaren des Nordens Macht verliehen
und mit dem er Leben und Tod kann erzwingen.‹«

Don Luis führte behend einige der Sprünge und Hopser auf, für die er so große Vorliebe zu haben schien. Dann sagte er:

»Mein Lieber, ich habe jetzt das Gefühl, daß du genug von meiner Rede hast und uns jetzt lieber das Versteck des François mitteilen als länger zuhören möchtest. Aber es tut mir leid. Du sollst erst noch erfahren, was es denn mit dem Dornröschen und Véronique d'Hergemonts merkwürdigem Erscheinen auf sich hatte. Zwei Minuten werden genügen. Ich bitte so lange um Entschuldigung.

Ja, warum brachte ich Véronique an jenen Ort, nachdem ich sie deinen Klauen entrissen habe? Die Antwort ist sehr einfach. Wohin sollte ich sie sonst bringen? Etwa ins Unterseeboot? Das Meer war viel zu stürmisch letzte Nacht, und Véronique brauchte Ruhe. Oder in die Abtei? Um alles in der Welt nicht! Das wäre zu weit entfernt vom Schauplatz gewesen, und ich hätte keine ruhige Minute gehabt. Nur an einem einzigen Ort war sie vor dem Sturm und vor deinen weiteren Anschlägen sicher. Hier im Opfersaal. Darum brachte ich sie her und ließ sie mit Hilfe eines Beruhigungsmittels schlafen. Die freundliche Absicht, dir dieses Schauspiel zu verschaffen, paßte außerdem so recht in meinen Plan. Die Fratze, die du bei dieser Vision geschnitten hast, war wirklich zu köstlich. Véronique wieder auferstanden! Eine lebendige Tote! Der Anblick war für dich so furchtbar, daß du sofort die Beine unter den Arm genommen hast, und weg warst du. Aber du findest den Ausgang verrammelt, besinnst dich eines Besseren, und Conrad kehrt zum Angriff zurück, fällt heimtückisch über mich her, während ich Véronique in mein Schiff zu schaffen versuche. Conrad erhält von einem meiner Marokkaner einen tödlichen Schlag. Nun folgt ein zweites komisches Intermezzo. Conrad wird in den Kittel des alten Druiden gesteckt und in einer der Krypten der Länge nach hingelegt. Das erste, was du tust, ist natürlich, daß du wütend auf ihn losstürzt. Und als du nun die Leiche Elfridens, die an Véroniques Stelle auf der heiligen Tafel liegt, bemerkst... gehst du auch auf diese los und zerhackst die bereits Gekreuzigte kurz und klein. Du hast aber auch immer Pech! Die weitere Entwicklung des Dramas ist ebenfalls sehr komisch. Du wirst an den Marterpfahl gehängt, während ich dir eine schöne Rede halte, aus der hervorgeht, daß, wenn du kraft deiner dreißig Verbrechen den Gottesstein erobert hast, ich aus eigener Kraft davon Besitz ergreife. Da hast du das ganze Abenteuer, mein lieber Vorski. Du hast es an deinem Baum lange genug bequem gehabt und konntest in aller Ruhe über dein Schicksal nachdenken, und so erwarte ich in vollem Vertrauen deine Antwort bezüglich François.«

Don Luis war einige Sprossen der Leiter hinaufgestiegen. Stéphane und Patrice hatten sich genähert und horchten ängstlich. Vorski wollte offensichtlich sprechen. Er hatte die Augen geöffnet und blickte Don Luis voll Haß und zugleich voll Furcht an. Er war am Ende seiner Kräfte, und seine Qualen wurden ihm unerträglich. Er sprach mit kaum verständlicher Stimme.

»Etwas lauter bitte«, sagte Don Luis, »ich kann nicht verstehen. Wo ist François d'Hergemont?«

Vorski stammelte:

»Werde ich freigelassen?«

»Ehrenwort. Wir gehen alle fort, außer Otto, der dich losbinden wird.«

»Sofort?«

»Sofort!«

»François lebt!«

»Bravo, ich zweifle nicht daran. Aber wo ist er?«

»Im Boot angebunden. «

»Das Boot, das am Fuß der Klippe hängt?«

»Ja!«

Don Luis schlug sich vor die Stirn. »So ein Idiot! . . . Damit meine ich nicht dich, nein, das gilt mir selbst. Das hätte ich mir denken können. Okay schlief ja ruhig unter dem Boot, wie ein guter Hund neben seinem Herrn schläft. Und er hat ja auch, als man ihn François' Spur aufnehmen ließ, Stéphane dorthin geführt! Wahrhaftig, selbst die gescheitesten Menschen handeln manchmal wie die Esel. Ja, wußtest du denn, Vorski, daß sich da ein Abstieg und ein Boot befanden?«

»Seit gestern.«

»Und mit diesem Boot wolltest du entkommen?«

»Ja!«

»Schön, Vorski, das sollst du tun. Ich überlasse es dir und Otto . . . Stéphane!«

Doch Stéphane Maroux rannte bereits mit Okay zur Klippe.

»Befreien Sie François, lieber Stéphane!« schrie ihm Don Luis nach, und zu den Marokkanern gewendet, fuhr er fort: »Ihr helft ihm, macht auch mein Schiff klar, in zehn Minuten stechen wir in See.«

Er kehrte sich wieder nach Vorski um.

»Leb wohl, lieber Freund. Doch halt, ein Wort noch. In jedem richtigen Abenteuer kommt eine Liebesgeschichte vor. Die scheint in unserem Abenteuer zu fehlen, denn ich würde es nicht wagen, deine Empfindungen für das arglose Geschöpf so zu bezeichnen, das einmal deinen Namen trug. Ich kann dich aber auf eine andere sehr reine und sehr edle Liebe hinweisen. Du hast wohl gesehen, mit welchem Eifer Stéphane losgerannt ist, um François zu befreien. Offenbar hat er seinen jungen Schüler sehr gern. Aber die Mutter hat er noch lieber. Weil nun alles, was Véronique d'Hergemont angenehm ist, auch dir nur Vergnügen machen kann, so will ich dir gestehen, daß Stéphane ihr nicht gleichgültig ist, daß seine hingebungsvolle Liebe ihr Frauenherz gerührt hat, daß sie heute morgen Stéphane mit außerordentlicher Freude wiedergefunden hat und daß die ganze Geschichte mit einer Hochzeit enden wird ... sobald sie Witwe ist, wohl verstanden! Du verstehst mich doch, nicht wahr? Das einzige Hindernis für ihr Glück bist du. Als vollkommener Gentleman wirst du nun doch nicht wollen, daß ... Na, das übrige kann ich mir ja wohl ersparen. Ich rechne mit deiner Haltung und hoffe, daß du so schnell als möglich sterben wirst. Adieu, mein Lieber, ich gebe dir nicht die Hand, aber mein Herz ist dennoch bei der Sache. Otto, wenn kein Gegenbefehl kommt, so kannst du in zehn Minuten deinen Chef losbinden. Ihr werdet das Boot unten an der Klippe finden. Viel Glück, Freunde!«

Damit war es zu Ende. Der Ausgang des Kampfes zwischen Don Luis und Vorski war ja nicht einen Augenblick zweifelhaft gewesen. Von Anfang an hatte sich der eine der beiden Gegner dem anderen derart überlegen gezeigt, daß dieser andere trotz seiner Kühnheit und seines verbrecherischen Elans nur noch ein Hampelmann in den Händen des Gegners gewesen war.

Ohne sich weiter mit seinem Opfer zu beschäftigen, zog Don Luis Patrice Belval mit sich fort, der nicht umhin konnte, ihm zu sagen: »Wirklich. Sie gehen mit diesem Pack viel zu anständig um!«

»Ach was, die werden sich bald woanders schnappen lassen«, spottete Don Luis. »Was sollen sie schon machen?«

»Na, zunächst werden sie sich den Gottesstein holen.«

»Unmöglich, dazu sind zwanzig Mann nötig und ein hohes Gerüst. Ich selbst verzichte für den Moment darauf. Ich werde nach dem Krieg hierher zurückkommen.«

»Sagen Sie mir nur, Don Luis, was hat es eigentlich für eine Bewandtnis mit diesem wundertätigen Stein?«

»Gott, was sind Sie neugierig«, sagte ausweichend Don Luis.

Sie machten sich auf den Weg, und Don Luis meinte händereibend:

»Ich habe gute Arbeit geleistet. Vor kaum mehr als vierundzwanzig Stunden gingen wir auf Sarek an Land. Und vierundzwanzig Jahrhunderte hat das Rätsel angedauert. Eine Stunde pro Jahrhundert. Nicht schlecht, Lupin.«

Als sie an den Strand kamen, war das Boot mit François schon herabgelassen. Es stand leer. Weiter hinten rechts schwamm friedlich Arsène Lupins ›Kristallstöpsel‹.

François kam ihnen entgegengelaufen, blieb einige Schritte von Don Luis entfernt stehen und betrachtete ihn mit großen Augen:

»Ach«, rief er, »sind Sie es?... Habe ich Sie nicht erwartet?«

»Ich weiß nicht«, sagte Don Luis lächelnd, »ob du mich erwartet hast, aber eines weiß ich sicher, daß ich es bin.«

»Sie... Sie sind Don Luis Perenna...?«

»Pst, keine weiteren Namen. Perenna genügt mir, und wir wollen überhaupt nicht mehr von mir sprechen, nicht wahr? Ich bin sozusagen der Zufall gewesen, der Herr, der gerade vorüberkommt und sich zur rechten Zeit einstellt... Du aber, sapperlott, mein Kleiner, du hast deine Sache ausgezeichnet gemacht! So hast du also die Nacht in diesem Boot verbracht?«

»Ja, am Boden angebunden und mit einem Knebel im Munde.«

»Angst gehabt?«

»Überhaupt nicht. Ich war noch keine Viertelstunde da, als Okay auftauchte. Folglich...«

»Aber der Mensch, dieser Bandit, was wollte er eigentlich mit dir machen?«

»Nach dem Duell, während alle sich um meinen Gegner kümmerten, hat er mich hierhergebracht, angeblich um mich zu Mama zu führen und uns beide zu Schiff wegzuschaffen. Als wir dann zu dem Boot kamen, hat er mich ohne ein weiteres Wort gepackt und gefesselt.«

»Kennst du den Mann? Weißt du seinen Namen?«

»Ich weiß nichts von ihm. Ich weiß nur, daß er Mama und mich mit seinem Haß verfolgt hat.«

»Die Gründe werde ich dir später sagen, mein kleiner François. In jedem Falle hast du nichts mehr von ihm zu befürchten.«

»Oh, haben Sie ihn denn getötet?«

»Nein, aber ich habe ihn unschädlich gemacht. Alles das werde ich dir schon erklären. Für den Moment können wir wohl nichts Besseres tun, als zu deiner Mutter gehen.«

»Stéphane hat mir erzählt, daß sie sich in Ihrem Schiff ausruht und daß sie ebenfalls von Ihnen gerettet wurde. Sie wartet doch auf mich?«

»Jawohl, heute nacht haben wir miteinander gesprochen, und ich habe ihr fest versprochen, dich wiederzufinden. Ich spürte sofort, daß sie Vertrauen zu mir hatte. Stéphane, gehen Sie doch vielleicht schon voraus und bereiten Sie die Dame vor...«

Rechts, hinter einer Reihe Felsen, die ihm natürlichen Schutz boten, schwamm der ›Kristallstöpsel‹ auf dem ruhigen Wasser. Etwa zehn Marokkaner liefen geschäftig an Bord hin und her. Zwei von ihnen schoben jetzt eine Schiffbrücke heran, über die Don Luis und François an Bord gelangten.

In einer der Kabinen lag Véronique auf einer Chaiselongue. Ihr blasses Gesicht zeigte Spuren der ungeheuren Leiden, die sie durchgemacht hatte. Sie schien sehr schwach, sehr müde. Aber ihre tränenfeuchten Augen strahlten vor Freude.

François umarmte sie. Sie brach wortlos in Schluchzen aus.

Vor ihnen saß Okay und betrachtete mit zur Seite geneigtem Kopf die beiden, während er Männchen machte.

»Mama«, sagte François, »Don Luis ist da.«

Sie ergriff Don Luis' Hand und küßte sie lange, während François leise sagte:

»Sie haben auch Mama gerettet, Sie haben uns alle gerettet.«

Don Luis unterbrach ihn:

»Willst du mir einen Gefallen tun, François? Nun, dann bedank dich nicht bei mir. Wenn du das Bedürfnis hast, dich bei jemanden zu bedanken, so bedank dich bei deinem Freunde Okay! Man sieht ihm nicht an, was für eine wichtige Rolle er in diesem Drama gespielt hat. Er war im Gegensatz zu diesem verfluchten Menschen der gute Schutzgeist, klug, bescheiden und verschwiegen.«

»Ja, aber Sie auch.«

»Ich bin weder bescheiden noch verschwiegen. Und gerade wegen dieser Tugenden bewundere ich Okay. Los, Okay, komm mit und hör endlich auf, Männchen zu machen. Du scheinst es ja die ganze Nacht vorzuhaben. Lassen wir die beiden da allein.«

Der Gottesstein

Der ›Kristallstöpsel‹ schwamm dahin. Stéphane, Patrice und Okay umringten Don Luis und unterhielten sich mit ihm.

»Was ist doch dieser Vorski für eine Kanaille«, sagte er. »Ich habe doch gewiß so manches Scheusal kennengelernt, aber niemals eines von diesem Kaliber.«

»Ja, aber warum haben Sie dann ...« warf Patrice Belval ein.

»Haben Sie dann ...?« wiederholte Don Luis.

»Ja, wie ich Ihnen bereits sagte, Sie haben das Scheusal in Händen und lassen es frei? Ganz abgesehen davon, daß ich das unmoralisch finde ... bedenken Sie doch, was er jetzt noch alles anstiften kann und notwendigerweise auch anstiften wird. Laden Sie damit nicht eine große Verantwortung auf sich?«

»Ist das auch Ihre Meinung, Stéphane?« fragte Don Luis.

»Ich weiß eigentlich nicht, was meine Meinung ist«, erwiderte Stéphane, »denn um François zu retten, war ich zu allen Zugeständnissen bereit, aber dennoch ...«

»Aber dennoch hätten Sie eine andere Lösung gewünscht?«

»Offen gestanden ja. Solange dieser Mensch lebt und frei ist, werden Madame d'Hergemont und ihr Sohn alles von ihm zu befürchten haben.«

»Ja, was war denn für eine andere Lösung möglich? Für François' Rettung habe ich ihm die Freiheit versprochen, hätte ich ihm nur das Leben versprechen und ihn dann der Justiz ausliefern sollen?«

»Vielleicht«, meinte der Kapitän Belval.

»Schön, aber in diesem Falle würde die Justiz eine Untersuchung eingeleitet, die Identität des Individuums festgestellt und den totgesagten Mann von Véronique d'Hergemont und den Vater von François wieder ins Leben zurückgerufen haben. Wäre das Ihr Wunsch?«

»Nein, nein«, rief lebhaft Stéphane.

»Nein, in der Tat nicht«, gestand auch ziemlich verlegen Patrice Belval ein. »Nein, das wäre keine bessere Lösung gewesen, aber was mich wundert, Don Luis, ist, daß Sie nicht die Lösung gefunden haben, die uns alle zufriedengestellt hätte.«

»Es gab nur eine«, meinte Don Luis Perenna.

»Nämlich welche?«

»Den Tod.«

Es trat eine Stille ein.

Dann fuhr Don Luis fort. »Liebe Freunde, nicht um zu spielen, habe ich Sie hier zu dieser Gerichtsverhandlung versammelt. Ihre wichtige Rolle ist mit Erledigung der Debatte noch nicht zu Ende. Ich bitte Sie, offen zu antworten: Sind Sie der Ansicht, daß Vorski den Tod verdient hat?«

»Ja«, sagte Patrice, und Stéphane pflichtete bei. »Darüber kann gar kein Zweifel sein.«

»Liebe Freunde«, meinte Don Luis. »Ihre Antwort ist nicht sehr feierlich. Ich bitte Sie, diese Antwort nach bestem Wissen und Gewissen auszusprechen, wie wenn der Schuldige vor Ihnen stände. Ich wiederhole also: Welche Strafe verdient Vorski?«

Sie hoben nacheinander die Hände und sprachen:

»Den Tod.«

Don Luis pfiff. Einer der Araber kam herbei.

»Zwei Feldstecher, Hadgi.«

Als die Instrumente herbeigeschafft waren, gab Don Luis sie Stéphane und Patrice:

»Wir sind erst eine Meile von Sarek entfernt. Schauen Sie nach der Spitze der Insel hin. Das Boot muß unterwegs sein.«

»Jawohl«, sagte Patrice bald darauf.

»Ja, aber...«

»Aber... es ist nur einer darauf.«

»Tatsächlich nur einer«, erklärte Patrice.

Sie legten die Ferngläser weg, und einer von ihnen sagte:

»Einer ist geflohen, Vorski offenbar. Er wird seinen Kollegen Otto getötet haben.«

»Falls der Kollege Otto nicht ihn getötet hat«, meinte Don Luis.

»Warum glauben Sie das?«

»Erinnern Sie sich doch an die Prophezeiung, die Vorski gegeben wurde, als er noch jung war: Deine Frau wird am Kreuze sterben, und du wirst von einem Freunde getötet werden...«

»Ja aber, man sollte meinen, eine solche Weissagung genügte doch nicht, um...«

»Ich habe noch andere Beweise.«

»Welche?«

»Liebe Freunde, das gehört mit zu den Rätseln, die wir gemeinsam zu lösen haben werden. Wie glauben Sie zum Beispiel, habe ich Elfride Vorski mit Madame d'Hergemont vertauscht?«

Stéphane schüttelte den Kopf:

»Ich gestehe, daß ich das noch nicht begriffen habe.«

»Und dennoch ist es so einfach! Wenn in einem Salon ein beliebiger Herr Kunststücke macht oder Ihre Gedanken errät, sagen Sie dann nicht, daß irgendein Trick dahinterstecken muß oder eines andern Mithilfe?«

»Wie, Sie hatten einen Gehilfen?«

»Ja freilich!«

»Wen denn?«

»Otto.«

»Otto!? Aber Sie sind ja nicht einen Augenblick von unserer Seite gewichen, Sie haben ja kaum mit ihm gesprochen.«

»Wie hätte ich es ohne seine Mitwirkung machen sollen? In

Wirklichkeit habe ich bei der Sache zwei Gehilfen gehabt, Elfride und Otto, die beide, sei es aus Rache, sei es aus Furcht oder aus Habsucht, Vorski verraten haben. Während Sie, lieber Stéphane, Vorski vom Feen-Dolmen fortlockten, machte ich mich an Otto. Wir wurden bald handelseinig, indem ich ihm einige Banknoten und das Versprechen gab, daß er mit heiler Haut davonkommen würde. Außerdem teilte ich ihm noch mit, daß Vorski die fünfzigtausend Francs der Schwestern Archignat gestohlen hatte.«

»Woher wußten Sie das?« fragte Stéphane.

»Von meinem Helfershelfer Numero eins, von Elfride, die ich leise ausgefragt hatte, während Sie auf Vorski lauerten. Sie teilte mir mit hastigen Worten mit, was sie von der Vergangenheit Vorskis wußte.«

»Sie haben doch aber Otto nur ein einziges Mal gesehen.«

»Zwei Stunden nach Elfrides Tod und nach dem Feuerwerk an der hohlen Eiche fand eine zweite Zusammenkunft unter dem Feen-Dolmen statt. Vorski, vom Alkohol berauscht, schlief, und Otto hielt Wache. Sie können sich denken, daß ich die Gelegenheit benutzte, um meine Erkundungen über Vorski zu vervollständigen. Also, Otto entlud Vorskis und Conrads Revolver, oder vielmehr er nahm die Kugeln aus den Patronen. Darauf übergab er mir die Uhr und das Notizbuch Vorskis sowie ein leeres Medaillon und eine Photographie von Vorskis Mutter, die Otto ihm einige Monate vorher entwendet hatte. Das alles kam mir am folgenden Tage sehr zustatten, wo ich vor besagtem Vorski in der Gruft den Hexenmeister spielte. So haben Otto und ich zusammengearbeitet.«

»Aber Sie haben trotzdem nicht von ihm verlangt, daß er Vorski töten sollte.«

»Ganz gewiß nicht. Glauben Sie denn, daß Vorski schließlich nichts von dieser Zusammenarbeit gemerkt hat, die ja zu seiner Niederlage führen mußte? Und sind Sie nicht auch der Meinung, daß der gute Otto diese Eventualität vorausgesehen hat? Darüber können Sie ganz beruhigt sein. Wenn Vorski einmal vom Baume losgemacht wurde, hätte er seinen Komplicen beseitigt, erstens um sich an ihm zu rächen, und sodann auch, um die fünfzigtausend der Schwestern Archignat wiederzubekommen. Otto ist ihm eben zuvorgekommen. Er wird Vorski vielleicht jetzt nicht getötet, sondern einfach am Baume hängengelassen haben, damit er seine Strafe erhalte. Sind Sie jetzt zufrieden, meine Freunde? Und ist Ihrem Bedürfnis nach Gerechtigkeit endlich Genüge geschehen?«

Die Küste von Sarek verschwand immer mehr am Horizont.

Sie verschwand im Nebel, der Meer und Himmel nahtlos miteinander verband.

Die drei Männer schwiegen. Sie dachten wohl an die tote, von der Raserei eines Mannes verwüstete Insel, wo bald irgendein Besucher die unerklärlichen Spuren des Dramas, die unterirdischen Gänge, die Zellen mit den Totenkammern, den Saal mit dem Gottesstein, die Totengrüfte, Conrads Leichnam, Elfridens Leiche, die Skelette der Schwestern Archignat und schließlich nahe dem Feen-Dolmen, wo die Prophezeiung bezüglich der dreißig Särge und der vier Kreuze eingeschrieben war, auch den von Raben und Nachtvögeln zerfleischten Körper Vorskis vorfinden würde.

Epilog

Eine Villa bei Arcachon, in dem hübschen Ort Moulleaux, wo fast unmittelbar bis an die Küste die Kiefern wuchsen.

Véronique saß im Garten. Acht Tage Ruhe und Freude haben ihrem schönen Gesicht die alte Frische wiedergegeben und die bösen Erinnerungen verscheucht. Lächelnd betrachtete sie ihren Sohn, der ein wenig entfernt von ihr stand, Don Luis Perenna ausfragte und ihm zuhörte. Sie schaute auch Stéphane an, und beider Augen begegneten sich liebevoll.

An diesem Tag war Don Luis unvermutet von Paris mit Patrice Belval zum Essen herübergekommen. Nun saßen sie alle seit einer Stunde im Garten in ihren Schaukelstühlen. Der Junge stellte mit vor Erregung ganz rotem Gesicht fortwährend Fragen an seinen Retter.

»Ja, wie haben Sie das nur gemacht?... Wer hat Sie bloß auf die richtige Fährte gebracht?...«

»Mein Liebling«, tadelte Véronique. »Du wirst Don Luis auf die Nerven gehen.«

»Nein, Madame«, antwortete Don Luis, indem er sich erhob, sich Véronique näherte und so leise zu ihr sprach, daß der Junge es nicht hört, »nein, François belästigt mich durchaus nicht, und ich lege Wert darauf, auf seine Fragen zu antworten. Aber er bringt mich ein wenig in Verlegenheit, und ich werde schließlich noch eine Ungeschicklichkeit begehen. Überlegen wir doch einmal: was weiß er denn eigentlich von diesem ganzen Drama.«

»Was ich selbst davon weiß, außer natürlich Vorskis Namen.«

»Kennt er denn Vorskis Rolle?«

»Ja, aber nicht im ganzen Umfang. Vorski ist ein entwichener Gefangener, der die Sagen über Sarek gesammelt und, um in den Besitz des Gottessteins zu kommen, die Prophezeiung verwirklicht hat; von der Weissagung habe ich ihm auch ein paar Zeilen vorenthalten.«

»Und Elfridens Rolle? Ihr Haß gegen Sie? Die Drohungen, welche sie gegen Sie ausgestoßen hat?«

»Worte einer Wahnsinnigen, deren Sinn, wie ich François sagte, ich selbst nicht recht begriffen habe.«

Don Luis lächelte:

»Die Erklärung ist ein wenig summarisch«, meinte er, »und ich denke mir, daß François sehr wohl begreift, daß einige Teile des Dramas unaufgeklärt bleiben müssen. Das Wichtigste ist natürlich, daß er nicht erfährt, daß Vorski sein Vater war.«

»Er weiß es nicht und wird es nie erfahren.«

»Darauf wollte ich eben zu sprechen kommen. Welchen Namen soll nun François führen?«

»Wie meinen Sie das?«

»Für wessen Sohn soll er sich halten? Vor den Gesetzen liegen doch die Dinge folgendermaßen: François Vorski, ebenso wie sein Großvater, kam vor vierzehn Jahren bei einem Schiffbruch um. Der Vater, Vorski, wurde vor einem Jahr von einem Kameraden ermordet. Vor den Gesetzen existiert weder der eine noch der andere.«

Véronique schüttelte lächelnd den Kopf.

»Ja, dann weiß ich wirklich nicht; die Angelegenheit scheint mir tatsächlich sehr verwirrt. Aber das wird sich ja alles ordnen.«

»Wieso das?«

»Weil Sie da sind.«

Er lächelte seinerseits:

»Ich habe nicht einmal mehr das Verdienst meiner Handlungen und Eingriffe. Alles regelt sich a priori, wie es scheint. Wozu sich da noch Mühe machen!«

»Habe ich etwa nicht recht?«

»Ja«, meinte er ernst.

»Eine Frau, die so viel gelitten hat, darf nicht weiter beunruhigt werden. Ich schlage Ihnen daher folgendes vor: Sie haben seinerzeit gegen den Willen Ihres Vaters einen entfernten Vetter geheiratet; dieser Vetter starb und hinterließ Ihnen einen Sohn François. Diesen Sohn hat Ihr Vater, um sich zu rächen, nach Sarek entführt. Mit dem Tode Ihres Vaters erlosch der Name d'Hergemont, und nichts erinnert mehr an die Begebenheiten Ihrer Ehe.«

»Ja, aber mein Name bleibt doch. Vor dem Gesetze und auf dem Standesamt bin ich als Véronique d'Hergemont registriert.«

»Ihr Mädchenname verschwindet hinter Ihrem Frauennamen.«

»Also hinter dem Namen von Vorski?«

»Nein, Sie haben ja nicht Herrn Vorski geheiratet, sondern einen Vetter namens ...«

»Namens? ...«

»Jean Maroux. Hier haben Sie die Abschrift Ihrer Heiratsurkunde mit Jean Maroux.«

Véronique sah Don Luis erstaunt an.

»Ja, wozu denn? ... Wozu dieser Name?«

»Damit Ihr Sohn nicht mehr d'Hergemont heißt, was ihn an die Geschehnisse von einst erinnern würde. Auch Vorski soll er nicht heißen, was die Erinnerung an einen Verräter wachrufen würde. Hier ist seine Geburtsurkunde: François Maroux.«

Sie wurde über und über rot und stammelte:

»Ja, warum haben Sie gerade diesen Namen gewählt?«

»Es schien mir ganz bequem zu sein für François, es ist der Familienname Stéphanes, mit dem François noch einige Zeit weiterleben wird. Man wird einfach sagen, Stéphane war ein Verwandter Ihres Mannes, und so wird Ihre Freundschaft nur erklärlich sein. Das ist mein Plan. Er bietet keinerlei Schwierigkeiten. Wenn man sich in einer so unlöslichen und schmerzlichen Lage befindet wie Sie, so muß man besondere Mittel anwenden, auch wenn sie nicht eben legal sind. Ich hatte keine Skrupel dabei, zumal ich über ausgezeichnete Verbindungen verfüge, die nicht jedermann zu Gebote stehen. Billigen Sie das?«

Véronique neigte den Kopf. »Ja, ja«, meinte sie.

»Übrigens, falls sich einige Unannehmlichkeiten ergeben sollten, so wird man sie in Zukunft leicht beheben. Es würde zum Beispiel genügen (es ist wohl nicht indiskret, wenn ich hier auf die Gefühle anspiele, die Stéphane der Mutter von François entgegenbringt), wenn eines Tages aus Vernunftsgründen, aus Dankbarkeit oder sonst welchen Motiven heraus, François' Mutter die Huldigungen Stéphanes freundlichst entgegennehmen würde. Und da wäre es doch sehr einfach, wenn François bereits den Namen Maroux führte. Es wollte mir scheinen, als wenn diese Gründe von einigem Belang wären, und ich freue mich, daß Sie meine Meinung teilen.«

Don Luis grüßte Véronique, und ohne weiter in sie zu drängen, ohne auch nur ihre Verwirrung scheinbar zu bemerken, wandte er sich an François:

»Und jetzt zu dir, mein Junge.«

»Da du durchaus nichts unaufgeklärt lassen willst, so wollen wir auf den Gottesstein zurückkommen und auf den Banditen, der ihn begehrte. Jawohl, auf den Banditen«, wiederholte Don Luis, der keinerlei Rücksicht mehr nehmen und ganz offen sprechen wollte, »auf den schlimmsten Banditen, dem ich je begegnet bin und der...«

»Was ich ganz und gar nicht verstehe«, entgegnete François, »ist, daß Sie die ganze Nacht gewartet haben, um ihn gefangenzunehmen, damals als seine Komplicen und er unter dem Feen-Dolmen schliefen.«

»Sehr gut, mein Kleiner, du hast den wundesten Punkt berührt. Hätte ich so gehandelt, so wär das Drama zwölf oder fünfzehn Stunden früher zu Ende gewesen. Aber sieh mal, wärst du dann befreit gewesen? Hätte der Bandit gesprochen und dein Versteck bekanntgegeben? Ich glaube nicht. Um ihm die Zunge zu lösen, mußten wir ihn erst mal schmoren lassen. Er mußte vor Angst fast verrückt werden, und seine unabwendbare Niederlage tausendfach einsehen, sonst wäre er stumm geblieben, und wir hätten dich vielleicht nicht wiedergefunden. Und dann war auch in jenem Augenblick mein Plan noch nicht ganz klar. Ich wußte noch nicht recht, was daraus werden sollte. Erst viel später fiel es mir ein, Vorski an den Baum zu binden, an dem er deine Mutter hat sterben lassen wollen. Im übrigen habe ich auch (das gestehe ich ganz offen) die kindische Absicht gehabt, zu sehen, wie sich dieser Sendbote des Schicksals dem alten Druiden gegenüber benehmen würde. Na, kurz und gut, ich wollte auch meinen Spaß haben. Was willst du? Das Abenteuer war so finster, daß mir ein wenig Heiterkeit angebracht schien, und da habe ich dann auch tüchtig lachen müssen. Aber es war meine Schwäche, und ich entschuldige mich dafür.«

Das Kind lachte. Don Luis hatte es zwischen seinen Beinen eingeklemmt. Er küßte es und fragte:

»Entschuldigst du mich?«

»Ja, aber nur unter der Bedingung, daß Sie noch weiter antworten.«

»Sprich!«

»Erstens der Ring: Woher kam der Ring, den Sie erst Mama und dann Elfride an den Finger gesteckt haben?«

»Den habe ich mir in ein paar Minuten nachts selber aus einem alten, mit farbigen Steinen besetzten Ring gemacht.«

»Ja, aber der Bandit hat ihn doch als den seiner Mutter erkannt?«

»Er glaubte, ihn zu erkennen, weil der Ring sehr ähnlich war.«

»Ja, aber woher wußten Sie die Geschichte von dem Ring?«

»Mein Gott, als er unter dem Feen-Dolmen seinen Rausch ausschlief, da hat er so manches ausgeplaudert. Und außerdem erfuhr ich ja auch vielerlei von Elfride. Du siehst also, die Sache war ziemlich einfach, und schließlich kam mir auch das Glück zu Hilfe.«

»Aber das Rätsel um den Gottesstein ist nicht einfach!« rief François, »und Sie haben es gelöst! Man sucht seit Jahrhunderten, und Sie haben nur einige Stunden gebraucht!«

»Nein, einige Minuten, François. Ich brauchte nur den Brief zu lesen, den dein Großvater hierüber an Hauptmann Belval geschrieben hat. Ich informierte daraufhin sofort deinen Großvater über die Lage und die wunderbaren Kräfte des Gottessteins.«

»Also, Don Luis«, rief das Kind, »gerade das möchte ich von Ihnen hören. Das ist meine letzte Frage, das verspreche ich Ihnen. Woher kommt es, daß man an die Macht des Gottessteins geglaubt hat? Und worin bestand sie denn nun, diese angebliche Macht?«

Stéphane und Patrice zogen ihre Sessel heran. Véronique richtete sich gespannt auf. Es war klar, daß Don Luis gewartet hatte, bis sie alle beisammen waren, um den Schleier des Geheimnisses zu lüften. Er begann zu lachen.

»Erwartet bloß nichts Sensationelles. Ein Geheimnis hat nur so lange Wert, wie das Dunkel dauert, in das es gehüllt ist. Da wir nun aber das Dunkel zerstreut haben, brauche ich nur noch die nackte Tatsache zu erklären. Sie ist allerdings interessant und merkwürdig genug.«

Don Luis pflückte eine herrliche Rose von einem Strauch, dessen Zweige bis zu ihm hinreichten, und fragte François: »Ist es möglich, daß ich diese Rose, die schon an sich größer ist, als sonst Rosen zu sein pflegen, in eine zweimal so große Blume verwandle und den Busch selbst in einen doppelt so hohen?«

»Nein, natürlich nicht«, meinte François.

»Warum dann hast du und warum habt ihr alle geglaubt, daß Maguennoc ein solches Resultat erzielen könnte, indem er einfach an bestimmten Stellen der Insel und zu bestimmter

Stunde Erde aushob. Das ist doch ein Wunder, und ihr habt es unwillkürlich, ohne weiter nachzudenken, hingenommen.«

»Wir haben es hingenommen«, meinte Stéphane, »weil wir selber Zeugen dieses Wunders waren.«

»Schön, aber ihr habt es doch als ein Wunder betrachtet, als ein Phänomen, das Maguennoc durch bestimmte übernatürliche Mittel hervorrief. Ich dagegen kam, als ich Monsieur d'Hergemonts Brief las, zu der Überzeugung, daß Maguennoc kein Hexenmeister war. Er hatte einfach um den Kalvarienberg ein unkultiviertes Stück Land freigelegt und brauchte dort nur eine Schicht Humus hinzuschaffen, um das Wachsen anormaler Blumen zu erzielen. Unter dieser Schicht nämlich lag ja der Gottesstein, der schon im Mittelalter ungewöhnliche Pflanzen hervorsprießen ließ und zur Zeit der Druiden Kranke heilte und Kinder wieder gesund machte.«

»Und eben deshalb«, warf Patrice ein, »haben wir es hier mit einem Wunder zu tun.«

»Mit einem Wunder, wenn man eine übernatürliche Erklärung dafür annimmt. Sobald man aber an einen natürlichen Vorgang denkt und biologische Ursachen sucht und findet, ist's mit dem Wunder aus.«

»Dann also«, meinte Patrice ironisch, »gibt es einen Stein, der auf natürliche Weise Kranke heilen kann, und dieser Stein heißt der Gottesstein?«

»Es handelt sich nicht um einen einzigen besonderen Stein, sondern es gibt Steine, ganze Blöcke von Steinen, Felsen, Hügel, Berge, welche Erzlagerungen enthalten, Oxydate von Uran, Silber, Blei, Kupfer, Nickel, Kobalt usw. Unter diesen Metallen haben einige eine besondere Ausstrahlung und eigentümliche Eigenschaften, die man Radioaktivität nennt. Es sind Lagerungen von Pechblende, die man außer in Nordböhmen nirgends sonst in Europa findet und die in der Nähe der kleinen Stadt Joachimsthal gewonnen werden.

Solche radioaktiven Stoffe sind das Uran, das Thorium und in unserem besonderen Falle ...«

»Das Radium«, unterbrach François schnell.

»Richtig, mein Junge, das Radium. Radioaktivitätserscheinungen gibt es eigentlich überall, und man kann sagen, sie zeigen sich in der gesamten Natur wie zum Beispiel in der heilsamen Wirkung der Thermalquellen. Aber die eigentlichen radioaktiven Elemente wie das Radium besitzen noch spezifischere Eigenschaften. Es steht zum Beispiel außer Zweifel, daß die Radiumstrahlen eine ähnliche Wirkung ausüben wie elektrischer Strom. In beiden Fällen wird durch die Reizung des Nährbodens die Pflanze zum Wachstum angeregt.

Ebenso sind die Radiumstrahlen imstande, eine physiologische Wirkung auf das Zellengewebe auszuüben und dort mehr oder weniger große Veränderungen hervorzurufen, indem sie gewisse Zellen zerstören und andere Zellen wieder zur Entfaltung bringen. Die Radiotherapie verzeichnet Heilung oder Besserung in zahlreichen Fällen von Gicht, nervösen Störungen, Geschwüren, Ekzemen, Tumoren usw. Kurz und gut, das Radium ist ein Heilmittel von enormer Wirksamkeit.«

»So halten Sie also den Gottesstein«, meinte Stéphane, »für ...«

»Ich halte den Gottesstein für einen Block aus Pechblende, der aus den Lagerungen von Joachimsthal herrührt. Ich kannte seit langem schon die böhmische Sage, die von einem wundertätigen Stein erzählt, der einst aus einem Hügel herausgebrochen wurde. Gelegentlich einer Reise habe ich sogar die Höhlung gesehen, die dieser Stein hinterlassen hat. Sie entspricht in ihren Dimensionen genau dem Gottesstein.«

»Aber«, warf Stéphane wiederum ein. »Das Radium ist doch in dem Felsen nur in unendlich kleinen Quantitäten vorhanden. Bedenken Sie doch, daß eine Masse von 1400 Tonnen schließlich nur ein einziges Gramm Radium ergibt.

Sie wollen nun eine so merkwürdige Wirkung einem Stein zuschreiben, der höchstens zwei Tonnen wiegt.«

»Er enthält immerhin eine ganz beträchtliche Menge Radium. Die Natur hat nicht die Verpflichtung übernommen, mit dem Radium zu geizen. Sie hat ja in diesem Gottesstein soviel Kraft anhäufen können, um die offensichtlich außerordentlichen Phänomene hervorzubringen, die wir kennen ... dabei brauchen wir gar nicht an die Übertreibungen zu denken, die erst im Volksmunde entstanden sind.«

Stéphane schien mehr und mehr überzeugt und sagte:

»Noch ein Letztes. Außer dem Gottesstein gibt es noch den kleinen Steinsplitter, den Maguennoc in dem bleiernen Zepter fand und bei dessen Berührung er sich die Hand verbrannte. Nach Ihrer Meinung hatten wir es also hier mit einem Körnchen Radium zu tun?«

»Unbestreitbar, und gerade hierdurch wird offenbar, daß das Radium bei diesem Abenteuer eine große Rolle gespielt haben muß. Als der große Physiker Henry Becquerel in seiner Westentasche eine Tube mit radiumhaltigem Salz hatte stecken lassen, entstand auf seiner Haut innerhalb weniger Tage eine Schwellung. Madame Curie wiederholte das Experiment mit demselben Resultat. Maguennocs Fall muß viel schwerer gewesen sein, da er ja das Radiumkörnchen in seiner Hand behalten hatte. Es bildete sich bei ihm eine krebsartige Wunde. Darüber war er um so mehr entsetzt, als er ja schon soviel von dem Wunderstein gehört hatte, der wie das Feuer der Hölle brennen und Leben oder Tod geben sollte. In seiner Angst hackte er sich die Hand ab.«

»Mag sein«, meinte Stéphane, »woher aber kommt das Körnchen reinen Radiums? Es kann doch nicht ein Splitter von dem Gottesstein sein, denn so reich ein Mineral auch sein mag, es enthält doch nicht Radium in einzelnen Körnern, sondern in löslicher Form, und man kann es nur durch eine Reihe umständlicher Operationen gewinnen. All das erfordert ein ungeheures Material, Werkstätten, Laboratorien,

Forscher, kurzum einen Stand der Zivilisation, der sich nun doch ein wenig von dem Zustande der Barbarei unterscheidet, in dem sich unsere Vorfahren, die Kelten, befanden.«

Don Luis lächelte und klopfte dem jungen Mann auf die Schulter:

»Sehr gut, Stéphane. Es freut mich zu sehen, daß der Lehrer und Freund unseres François ein heller und logisch denkender Kopf ist. Der Einwand ist absolut richtig. Ich hatte anfangs dieselben Bedenken. Ich könnte es nun mit Hilfe einer recht plausiblen Hypothese wiederlegen. Ich könnte z. B. annehmen, daß Radium sich auf natürlichem Wege auslöst. Durch einen Granitspalt mit radiumhaltigem Erz könnte langsam Flußwasser geronnen sein, das unendlich kleine Radiumteile mit sich fortführte. Diese vereinigten sich dann später in einem engen Rinnsal und bildeten während Jahrhunderten in langsam verdampfenden Tropfen einen radiumhaltigen Stalaktiten, von dem dann irgendein keltischer Krieger ein Stück abgeschlagen haben mag... Aber ist es denn nötig, so weit zu gehen und überhaupt zu einer Hypothese seine Zuflucht zu nehmen? Kann man sich nicht einfach auf den Geist der Natur und auf ihre unerschöpflichen Quellen verlassen? Ist es für sie wunderbarer, aus eigenen Mitteln Radiumkörner auszustreuen als eine Kirsche reifen oder diese Rose hier erblühen zu lassen... oder endlich einem so kostbaren Wesen wie unserem Okay das Leben zu geben? Was sagst du dazu, mein kleiner François? Sind wir uns einig?«

»Wir sind uns immer einig«, antwortete der Junge.

»Also, es tut dir nicht sehr leid, daß du um das Wunder des Gottessteins gekommen bist?«

»Aber das Wunder ist doch immer noch vorhanden.«

»Du hast recht, François, es ist noch vorhanden, und es ist jetzt hundertmal so schön wie früher. Die Wissenschaft tötet die Wunder nicht, die Wissenschaft reinigt und veredelt sie. Was war zum Beispiel jene unbegreifliche Macht, die sich an die Spitze einer Wünschelrute heftet und die in der unwissenden Phantasie eines Häuptlings oder eines Druiden alle möglichen abergläubischen Vorstellungen hervorbringt, was war sie neben der wohltätigen, wunderbaren Macht, die uns heute in einem Stäubchen Radium erscheint?«

Don Luis unterbrach sich und fing plötzlich zu lachen an.

»Ach was, genug! Ich ereifere mich ja plötzlich und fange noch an, ein Loblied auf die Wissenschaft zu singen. Entschuldigen Sie mich, Madame«, fügte er hinzu, während er sich erhob und auf Véroniqe zuging. »Sagen Sie mir bitte, ob ich Sie nicht mit meinen Erklärungen gar zu sehr gelangweilt habe... Nicht zu sehr? Ich bin übrigens fertig... fast wenigstens. Wir müssen nur noch einen Punkt klären, eine Entscheidung treffen.«

Er setzte sich neben sie.

»Also folgendes: Wir haben den Gottesstein, das heißt einen wirklichen Schatz erobert. Was machen wir damit?«

Véronique geriet in sichtliche Erregung.

»Oh, davon kein Wort mehr. Ich will nichts von all dem, was aus Sarek kommt, nichts von all dem, was man in der Abtei vorfindet. Wir werden arbeiten.«

»Die Abtei gehört Ihnen aber doch.«

»Nein, nein, Véronique d'Hergemont existiert nicht mehr, und die Abtei gehört niemandem. Mag alles versteigert werden, ich will nichts von dem, was dieser verdammten Vergangenheit angehört.«

»Und wovon wollen Sie leben?«

»Wovon ich bisher lebte... von meiner Arbeit. Ich bin sicher, daß François damit einverstanden ist, nicht wahr, mein Liebling?«

Darauf wandte sie sich instinktiv zu Stéphane, wie wenn dieser ein Recht hätte, auch seine Meinung zu sagen:

»Sind Sie auch einverstanden, lieber Freund?«

»Durchaus!«

Darauf sagte sie:

»Übrigens habe ich, wenn ich auch an der Liebe meines Vaters nicht zweifle, dennoch keinen Beweis, daß er in bezug auf mich eine letztwillige Verfügung getroffen hat.«

»Vielleicht habe ich diese Beweise«, sagte Don Luis.

»Wie denn?«

»Patrice und ich, wir sind nach Sarek zurückgekehrt. In einem Schreibtisch in Maguennocs Zimmer haben wir in einer Geheimschublade ein versiegeltes Couvert ohne Adresse vorgefunden, das wir öffneten. Es enthielt Wertpapiere, die zwanzigtausend Francs Rente abwerfen. Auf dem Papier standen folgende Worte: ›Nach meinem Tode soll Maguennoc diese Wertpapiere Stéphane Maroux aushändigen, dem ich meinen Enkel François anvertraue. Sobald François achtzehn Jahre alt sein wird, sollen ihm die Papiere gehören. Ich hoffe im übrigen, daß er versuchen wird, seine Mutter ausfindig zu machen, und daß diese für mich beten werde. Ich segne alle beide.‹ Hier sind die Papiere«, sagte Don Luis... »und hier ist auch der Brief. Er ist vom Monat April dieses Jahres datiert.«

Véronique war sprachlos. Sie sah Don Luis an, und es kam ihr die Idee, daß vielleicht alles von diesem seltsamen Menschen nur erfunden sei, um sie und ihren Sohn sicherzustellen. Dieser Gedanke aber ging schnell vorüber. Im Grunde genommen war es ja ganz natürlich, daß Monsieur d'Hergemont in Voraussicht der Schwierigkeiten, die nach seinem Tode entstehen könnten, an seinen Enkel gedacht hatte. Sie sagte leise:

»Ich habe nicht das Recht, das auszuschlagen.«

»Sie haben um so weniger das Recht«, sagte Don Luis, »als dies eine Angelegenheit ist, die ja nicht direkt Sie angeht. Der Letzte Wille Ihres Vaters bezieht sich vielmehr auf François und Stéphane. Also, wir sind auch über diesen Punkt einig. Bleibt nur noch der Gottesstein, und ich stelle von neuem die Frage: Wem gehört er?«

»Ihnen«, erklärte Véronique kurz und bündig.

»Mir?«

»Ihnen, denn Sie haben ihn entdeckt und seine Bedeutung erkannt.«

»Ich muß Sie daran erinnern, daß dieser Block ohne Zweifel einen unschätzbaren Wert hat. Wie groß auch schließlich die Wunder seien, die die Natur hervorbringt, so ist es doch nur einem Zusammentreffen außerordentlicher Umstände zu verdanken, daß die Natur das Wunder hervorzubringen vermochte, so viel kostbare Materie in einem so kleinen Volumen anzuhäufen. In diesem Stein liegen wirklich unermeßliche Schätze.«

»Ausgezeichnet«, meinte Véronique, »Sie werden sie besser als irgendwer auszunützen verstehen.«

Don Luis überlegte einen Augenblick, dann sagte er lächelnd:

»Sie haben vollkommen recht, und ich gestehe unumwunden ein, daß ich diese Lösung erwartet habe. Erstens nämlich scheint mir mein Recht auf den Gottesstein hinlänglich begründet, dann aber brauche ich auch wirklich diesen Stein. Mein Gott, die Grabplatte der Könige von Böhmen hat ja ihre magische Kraft noch nicht erschöpft, und es bleiben Völker genug, auf die diese Macht genauso wirken kann wie auf unsere Vorfahren, die Gallier. Ich habe gerade ein Unternehmen vor, wo ich diese kostbare Hilfe sehr gut brauchen kann. Wenn ich in einigen Jahren mein Unternehmen ausgeführt habe, werde ich den Gottesstein einem Laboratorium zum Geschenk machen, das zu gründen ich beabsichtige. Auf diese Weise wird die Wissenschaft die Sünden wiedergutmachen, die der Gottesstein begangen hat, und die schreckliche Begebenheit von Sarek wird gesühnt sein. Sind Sie meiner Meinung, Madame?«

Sie streckte ihm die Hand hin. »Von ganzem Herzen.«

Ein langes Schweigen trat ein. Dann meinte Don Luis Perenna: »Ja, diese ganze Begebenheit war unendlich schaurig. Ich habe Abenteuer erlebt, welche angstvolle Erinnerungen in mir hinterlassen haben. Aber dieses hier übertrifft sie alle. Es übertrifft alles, was möglich ist und was der Mensch zu ertragen vermag. Es war unlogisch, und das beweist, es war die Tat eines Irren ... Und überdies hat es sich in einer Zeit des Wahnsinns und der Verwirrung ereignet. Durch den Krieg konnten diese Verbrechen in aller Stille vorbereitet und ungehindert vollzogen werden. In Friedenszeiten haben Ungeheuer keine Zeit, bis ans Ende ihrer idiotischen Träume zu gelangen.«

»Sprechen wir nicht mehr davon«, sagte Véronique mit zitternder Stimme.

Don Luis küßte der jungen Frau die Hand, dann nahm er Okay auf den Arm.

»Sie haben recht; sprechen wir nicht mehr davon, sonst setzt es Tränen, und Okay würde melancholisch werden. Okay, du prächtiges Tier, sprechen wir nicht mehr von diesem entsetzlichen Abenteuer. Aber an gewisse Einzelheiten, die hübsch und malerisch waren, dürfen wir uns wohl erinnern, nicht wahr, Okay? So zum Beispiel an den Garten Maguennocs mit den riesigen Blumen. Du erinnerst dich doch daran? Und dann an die Sage von dem Gottesstein, an das Heldenepos der keltischen Stämme, die mit der Grabplatte durch die Welt irrten, mit der vor Radium strotzenden Grabplatte ihrer Könige, von der unablässig wunderbar belebende Atome ausströmen. Darin liegt doch etwas Großes, nicht wahr, Okay? Siehst du, Okay, wenn ich ein Romanschreiber wäre und die Aufgabe hätte, die Geschichte der Insel mit den dreißig Särgen zu schreiben, so würde ich mich nicht viel um die fürchterliche Wahrheit kümmern. Ich würde dir eine Hauptrolle geben. Ich würde auch das Eingreifen jenes Schwätzers, des Phrasendreschers Don Luis streichen und dich zum unerschrockenen und schweigsamen Retter machen. Du würdest allein gegen das schreckliche Scheusal kämpfen; du würdest seine Machenschaften vereiteln, durch deinen wunderbaren Instinkt das Laster zunichte machen und der Tugend zum Triumph verhelfen! Und das wäre auch weit besser so, denn niemand anders als du, mein prächtiger Okay, wäre imstande, schlagend zu beweisen, daß im Leben schließlich doch alles okay ist...«

Maurice Leblanc im Diogenes Verlag

Arsène Lupin – Der Gentleman-Gauner
Roman. Aus dem Französischen von Erika Gebühr
detebe 20127

Die hohle Nadel oder Die Konkurrenten des Arsène Lupin
Deutsch von Erika Gebühr
detebe 20239

813 – Das Doppelleben des Arsène Lupin
Roman. Deutsch von Erika Gebühr
detebe 20931

Der Kristallstöpsel oder Die Mißgeschicke des Arsène Lupin
Roman. Deutsch von Erika Gebühr
detebe 20932

Die Gräfin von Cagliostro oder Die Jugend des Arsène Lupin
Roman. Deutsch von Erika Gebühr
detebe 20933

Arsène Lupin kontra Herlock Sholmes
Roman. Deutsch von Erika Gebühr
detebe 21026

Die Insel der 30 Särge
Roman. Deutsch von Lothar Schmidt und Ulrike Simon
detebe 21198

Die Uhr schlägt achtmal
Roman. Deutsch von Erika Gebühr
detebe 21254

Jules Verne im Diogenes Verlag

Hauptwerke ungekürzt, originalgetreu, mit allen Illustrationen der französischen Erstausgabe in Diogenes Taschenbüchern

Reise um die Erde in achtzig Tagen
Roman. Aus dem Französischen von Erich Fivian. detebe 20126

Fünf Wochen im Ballon
Roman. Deutsch von Felix Gasbarra
detebe 20241

Von der Erde zum Mond
Roman. Deutsch von Ute Haffmans
detebe 20242

Reise um den Mond
Roman. Deutsch von Ute Haffmans
detebe 20243

Zwanzigtausend Meilen unter Meer
Roman in zwei Bänden. Deutsch von Peter Laneus und Peter G. Hubler
detebe 20244 + 20245

Reise zum Mittelpunkt der Erde
Roman. Deutsch von Hansjürgen Wille und Barbara Klau. detebe 20246

Der Kurier des Zaren
Roman in zwei Bänden. Deutsch von Karl Wittlinger. detebe 20401 + 20402

Die fünfhundert Millionen der Begum
Roman. Deutsch von Erich Fivian
detebe 20403

Die Kinder des Kapitäns Grant
Roman in zwei Bänden. Deutsch von Walter Gerull. detebe 20404 + 20405

Die Erfindung des Verderbens
Roman. Deutsch von Karl Wittlinger
detebe 20406

Die Leiden eines Chinesen in China
Roman. Deutsch von Erich Fivian
detebe 20407

Das Karpathenschloß
Roman. Deutsch von Hansjürgen Wille und Barbara Klau. detebe 20408

Die Gestrandeten
Roman in zwei Bänden. Deutsch von Karl Wittlinger. detebe 20409 + 20410

Der ewige Adam
Geschichten. Deutsch von Erich Fivian
detebe 20411

Robur der Eroberer
Roman. Deutsch von Peter Laneus
detebe 20412

Zwei Jahre Ferien
Roman. Deutsch von Erika Gebühr
detebe 20440

Das erstaunliche Abenteuer der Expedition Barsac
Roman. Deutsch von Eva Rechel-Mertens
detebe 21237

Die Insel der Milliardäre
Roman. Deutsch von Ute Haffmans
detebe 21243

Die Eissphinx
Roman. Deutsch von Hans-Jürgen Wille und Barbara Klau. detebe 21268

Die großen Seefahrer und Entdecker
Eine Geschichte der Entdeckung der Erde im 18. und 19. Jahrhundert. detebe 21401

Margery Allingham im Diogenes Verlag

Die Handschuhe des Franzosen
Kriminalgeschichten
Aus dem Englischen von Peter Naujack
Zeichnungen von Georges Eckert
detebe 20929

Trau keiner Lady
Roman. Deutsch von Gerd van Bebber
detebe 21567

Gefährliches Landleben
Roman. Deutsch von Brigitte Mentz
detebe 21568

Süße Gefahr
Roman. Deutsch von Peter Fischer
detebe 21569

Judaslohn
Roman. Deutsch von Edith Walter
detebe 21570

Wenn Geister sterben
Roman. Deutsch von Brigitte Mentz
detebe 21616

Überstunden für den Totengräber
Roman. Deutsch von Theda Krohm-Linke
detebe 21630

Tänzer in Trauer
Roman. Deutsch von Irene Holicki
detebe 21691